庫 SF

〈SF2033〉

宇宙の戦士

〔新訳版〕

ロバート・A・ハインライン

内田昌之訳

早川書房

7651

STARSHIP TROOPERS
by
Robert A. Heinlein

Translated by
Masayuki Uchida
Published 2022 in Japan by
HAYAKAWA PUBLISHING, INC.
This book is published in Japan by
arrangement with
THE LOTTS AGENCY, LTD.
through JAPAN UNI AGENCY, INC., TOKYO.

謝辞

7章冒頭のラドヤード・キプリングによる詩節「未開人《ヒーザン》」は、キプリング氏の遺族の許可を得て使用している。
〈ロジャー・ヤングのバラード〉の歌詞からの引用は、作者であるフランク・レッサーの許可を得て使用している。

兵士であり、市民であり、科学者でもある、アーサー・ジョージ・スミス軍曹に
そして、あらゆる時代において、少年たちを真の男に鍛え上げたすべての軍曹たちに

R・A・H

宇宙の戦士〔新訳版〕

登場人物

ジュアン・リコ（ジョニー）……機動歩兵部隊の兵士
ジェラール軍曹（ジェリー）……ラスチャック愚連隊の小隊長
ジョンスン軍曹……………………ラスチャック愚連隊第二班の班長。コック
エース………………………………ラスチャック愚連隊の伍長
カール………………………………ジョニーのハイスクールでの親友
カルメン……………………………ジョニーのハイスクールでのクラスメイト
デュボア先生………………………ジョニーのハイスクールでの歴史・道徳哲学の教師
エミリオ・リコ……………………ジョニーの父親
ズィム軍曹…………………………ジョニーの基礎訓練キャンプでの中隊長
ブラックストーン大尉……………ブラッキーごろつき隊の中隊長
ブランビー
クーナ　}……………………………ブラッキーごろつき隊の兵士

1

どうした、エイプども！　そんなに命が惜しいのか？
——名もなき小隊軍曹、一九一八年

降下《ドロップ》のまえにはいつも震えがくる。もちろん注射は打ったし、催眠処置も受けたんだから、恐怖なんか感じるはずがないというのはもっともな話だ。艦の精神科医は、ぼくが眠っていたあいだに脳波を調べてあれこれバカげた質問をしたあげく、それは恐怖ではない、別にたいしたことではないと言っている——要は、やる気満々の競走馬が出走ゲートでうずうずしているようなものだと。

それについてはなんとも言えない。だって競走馬になったことがないから。でも、これはほんとだ——毎回、ぼくはめちゃくちゃ怖くなる。

降下の三十分まえ、全員がロジャー・ヤング号の降下室に集合したあとで、小隊長による検分がおこなわれた。正規の小隊長じゃない。ラスチャック少尉は前回の降下の際に戦死した。代理をつとめているのは、本来は小隊軍曹であるジェラールだ。プロキシマ星系のイスカンダー出身のフィンランド系トルコ人——浅黒い肌をした小柄な男で、見た目は事務員みたいだけど、以前、背伸びをしてやっと届くほど体のでかい猛り狂ったふたりの兵士をつかまえたときには、そいつらの頭をココナツみたいにがつんと打ち合わせてから、すっと身を引いて倒れてくる相手をよけたものだ。

非番のときだと、それほどいやなやつじゃない——軍曹にしては。面とむかって〝ジェリー〟と呼ぶことだってできる。もちろん新兵だとまずいけど、戦闘降下を一度でも経験した者なら大丈夫だ。

でも、いまのジェリーは非番じゃない。兵士たちは事前にそれぞれの戦闘用装備の点検をすませていて（だって、自分の命がかかってるんだよ？）、小隊軍曹代理も全員を集合させたあとで入念に確認をしたけど、ここでもう一度、ジェリーがこわい顔で、なにひとつ見逃すまいと最終チェックをおこなうのだ。彼はぼくのすぐまえにいる兵士のそばで足を止めると、そいつのベルトについているボタンを押して身体状況をしめす数値を表示させた。「出ろ！」

「しかし軍曹、ただの風邪なんです。軍医の話では——」

ジェリーは兵士の言葉をさえぎり、「〝しかし〟じゃない！」と怒鳴りつけた。「軍医は降下しないだろう——おまえも降下はなしだ、そんな高熱ではな。降下の直前に押し問答している暇があると思ってるのか？　さっさと出ろ！」

　隊から離れていくジェンキンズは、がっくりして、腹を立てているようだった――ついでに、ぼくもいやな気分だった。少尉どのが前回の降下で戦死して、順繰りに地位があがったために、ぼくはこのときの降下で第二班の副班長になっていて、その班にひとり欠員が出ようとしているのに穴埋めするすべがなかった。これはまずい――つまり、だれかがやっかいな状況に陥って助けを求めたとしても、そいつを助ける余裕がないということだ。

　ほかに駄目出しをされた者はいなかった。ジェリーはぼくたちのまえに進み出ると、全員を見渡してやれやれと首を振った。「どうしようもない類人猿《エイプ》の群れだ！」うなるような声だった。「おまえたちが今回の降下でそろって戦死すれば、いちからやり直して、少尉どのが期待していたような部隊をつくりあげることができるかもしれん。まあ、むずかしいだろうな――最近の新兵どもの様子を見ると」彼はふいに背筋を伸ばし、声を張り上げた。「忘れるんじゃないぞ、エイプども、政府はおまえたちひとりひとりに金をかけているんだ。武器、スーツ、弾薬、機材、訓練、それとおまえたちが食い過ぎる食料、ぜんぶひっくるめると五十万ドル以上になる。そこへおまえたちの本来の価値である三十セントを加えると、たいへんな金額になるわけだ」じろりとぼくたちをにらみつける。「だからちゃんと持ち帰ってこい！　おまえたちを失うのはかまわないが、おまえたちが身につけている極上のスーツを失うわけにはいかんのだ。この部隊に英雄はいらない。少尉どのもそんなことは望んでいないはずだ。おまえたちにはやるべき仕事がある。降下して、そいつをやり遂げて、撤収の合図に常に耳をすまし、回収地点へは手はずどおり迅速に集合しろ。わかったか？」

ジェリーはまたぼくたちをにらみつけた。「おまえたちは作戦を把握しているはずだ。しかし、催眠処置が効かないやつもいるだろうから、ここでざっと説明しておく。おまえたちは二千ヤードの間隔で降下し、二列の散兵線を敷く。着地したらすぐにおれのいる方向を確認し、身を隠す場所を探すあいだに、両側にいる仲間たちの方向と距離を確認しろ。これで十秒がむだになるから、手近にあるものを片っ端からぶち壊して、左右の側衛が着地するのを待て」（ここで言われているのはぼくのことだ――副班長として、ぼくは左の側衛を受け持つので、そばにはだれもいない。体が震えてくる）

「左右の側衛が着地したら、列をまっすぐに整えて、間隔を均一に保て！　なにをしていようが中断して、そのことだけに集中するんだ。十二秒だぞ。それから、副班長の合図に従い、奇数番号と偶数番号で交互前進《リープフロッグ》を開始し、敵の包囲攻撃をおこなう」ジェリーはぼくに目を向けた。「すべてをきちんとやり遂げたら――まずむりだろうが――左右の側衛が合流すると同時に撤収の合図がある……それで引き上げだ。なにか質問は？」

質問はなかった。いつだってないのだ。ジェリーは話を続けた。「もうひとつ言っておく――これはただの襲撃であって、戦闘ではない。こちらの火力と恐ろしさを見せつけるための示威行動だ。われわれの任務は敵に思い知らせることだ――こちらにはやつらの都市を壊滅させるだけの力があったが、そうはしなかったのだと、ただ全面的な爆撃を手控えているだけで、やつらはけっして安全ではないのだと。捕虜はとるな。殺すのはやむを得ないときだけだ。しかし、われわれが降下するエリアについては徹底的に破壊する。どこかの怠け者が使わなかった爆弾をかかえて戻ってくるのは見たくない。わかったか？」彼はちらりと時間を確かめた。「ラスチャック愚連隊には守るべき名声がある。少尉どのが、亡くなるまえに、おまえたちに伝えてくれと言っていたぞ。これからもずっとおまえたちを見張っていると……おまえたちがその名を輝かせることを期待していると！」

ジェリーは、第一班長のミリアッチオ軍曹へ目を向けた。「従軍牧師へ、五分だ」その言葉に、数名の兵士が列を離れてミリアッチオのまえで膝をついたが、みんなが彼と同じ宗教の信者というわけではなかった。イスラム教徒でも、キリスト教徒でも、グノーシス主義者でも、ユダヤ教徒でも、降下のまえに言葉をかけてほしいと思う者がいれば、牧師は受け入れてくれる。聞くところによると、昔の軍隊では従軍牧師がほかの兵士たちといっしょに戦うことはなかったそうだが、どうしてそれでうまくいっていたのかさっぱりわからない。だって、自分で進んでやろうとも思わないことを祝福したりできるものだろうか？いずれにせよ、機動歩兵部隊では、だれもが降下してだれもが戦う――従軍牧師やコックや艦長付きの書記さえも。ぼくたちが発射管を抜けるとき、艦内に愚連隊はひとりも残らない。もちろんジェンキンズは別だけど、それはあいつの責任じゃない。

ぼくは列を離れなかった。震えているのをだれかに見られてしまいそうだったし、どのみち、従軍牧師は離れたところからでも同じように祝福をあたえられる。ところが、最後の迷える兵士が立ち上がると、牧師はぼくのそばへ近づいてきて、ふたりだけで話せるように自分のヘルメットをぼくのそれに押し当てた。「ジョニー」彼は静かに言った。「きみが下士官として降下するのは今回が初めてだな」

「はい」ぼくはほんとうは下士官じゃなかった。ジェリーがほんとうは士官じゃなかったのと同じだ。

「ひとつだけ言っておくよ、ジョニー。けっして死ぬな。やるべきことはわかっているはずだ。それをやれ。それだけをやれ。勲章を手に入れようとするな」

「ええと、ありがとう、牧師さん。肝に銘じるよ」

牧師はぼくの知らない言葉でなにかそっと言い足し、肩をぽんと叩いてから、急ぎ足で自分の班へ戻っていった。ジェリーが、「気を——つけ！」と号令をかけ、全員がぱっと背筋を伸ばした。

「小隊！」

「班！」ミリアッチオ軍曹とジョンスン軍曹が応じた。

「左舷と右舷——班ごとに降下準備！」

「班！　各自のカプセルに搭乗！　行け！」

「分隊！」——第四分隊と第五分隊がそれぞれのカプセルに搭乗して発射管へ吸い込まれると、ようやく、ぼくの搭乗するカプセルが左舷の軌道にあらわれた。遠い昔にトロイの木馬に乗り込んだ男たちもこんなふうに震えたのか？　それとも、ぼくだけなのか？　ジェリーがそれぞれのカプセルの密封を確認し、ぼくのカプセルについてはみずから密封作業をおこなった。そのついでに、彼はぐっと身を乗り出してこう言った。「ヘマをするなよ、ジョニー。訓練どおりにやればいいんだ」

ハッチが閉じて、ぼくはひとりきりになった。〝訓練どおりに〟か！　体の震えが抑えきれなくなってきた。

そのとき、イヤホンをとおして、中央発射管におさまっているジェリーの声が聞こえてきた。「ブリッジ！　ラスチャック愚連隊……降下準備完了！」

「あと十七秒だ、少尉！」艦長が女性にしては低い声で快活にこたえた――ジェリーが少尉と呼ばれるのはなんだか腹立たしい。たしかに、少尉は戦死したんだから、いずれジェリーが後釜になるかもしれないけど……ぼくたちはいまでも〝ラスチャック愚連隊〟なんだ。

艦長が付け加えた。「幸運を祈る、諸君！」

「ありがとうございます、艦長」

「踏ん張れ！　あと五秒！」

ぼくは全身をストラップで締め付けられていた――腹と、額と、左右のすねを。それなのに、震えは経験がないほどひどかった。

射出されてしまえばむしろ楽になる。それまでは、真っ暗な中ですわったまま、加速にそなえてミイラみたいにぐるぐる巻きにされ、ろくすっぽ息もできない――しかも、実際にはむりなんだけど、仮にヘルメットをはずせたとしても、カプセルの中には窒素しかない――

おまけに、カプセルは発射管にきっちりおさまっているから、もしも射出されるまえに艦が被弾したら、祈りの言葉を口にする余裕もなく、ただ死ぬだけで、身動きひとつとれず、なすすべもない。あの震えがくるのは、そんなふうに暗闇で延々と待たされるせいだ。存在を忘れられているんじゃないかという不安……艦はとっくに撃破され、軌道上を漂流していて、じきにぼくも、身動きひとつとれないまま、息が詰まって死ぬんだろうか。あるいは、いまいるのは墜落軌道で、いずれはそのとおりの運命をたどるんだろうか——たとえ、途中で炙《あぶ》り焼きにならなかったとしても。

そのとき、艦の制動プログラムが急作動して、体の震えが止まった。たぶん8G、ひょっとしたら10Gか。女のパイロットが艦をあやつるときは、快適な乗り心地とは言いがたくなる。ストラップの当たる部分はどこもかしこもあざだらけだ。いやいや、女のほうが男よりもパイロットとして優秀なのはわかっている——なにしろ反応が速いし、より大きなGに耐えることができる。進入も素早いし、脱出も素早いから、艦の乗組員にしろぼくたちにしろ、みんなの生き延びる確率が高くなる。そうはいっても、本来の体重の十倍もの重さが背骨にかかるのは楽しいものじゃない。

でも、デラドライア艦長の腕前については認めざるを得ない。ロジャー・ヤング号の制動が終わると、揺れはすっかりおさまった。すぐさま艦長の指示が聞こえてくる。「中央発射管……発射！」反動による二度の衝撃音と共に、ジェリーと小隊軍曹代理が射出された。それからすぐに、「左舷および右舷の発射管——連続発射！」残った兵士たちの射出の始まりだ。

ガコン！　カプセルがひとつまえに押し出される。ガコン！　またひとつ。旧式の自動小銃の薬室へ送り込まれる銃弾にそっくりだ。まあ、そのとおりではある……ただし、こちらの銃身は兵員輸送艦に組み込まれた二連発射管で、銃弾となるカプセルには完全装備の歩兵が（かろうじて）ひとり入るだけの大きさがある。

ガコン！　ぼくはいつも三番目で、早めに射出されるほうだった。それが今回は、しんがりとして、三つの分隊のあとから最後に出る。カプセルは一秒ごとに射出されているとはいえ、やっぱり待つのは退屈だ。発射音でもかぞえてみよう——ガコン！（十二番）ガコン！（十三番）ガコン！（十四番——こいつだけ妙な音がしたのは、ジェンキンズが乗り込むはずだった空っぽのやつだから）ガコン！

そしてガシャン！　順番が来てぼくのカプセルが発射室へ叩き込まれ、それから——ズドーン！　爆発の衝撃はすさまじく、これと比べたら艦長の制動操作なんか優しい愛撫みたいなものだ。

それから、急になにもなくなる。

ほんとになにもない。音もなく、圧力もなく、重さもない。ただ暗闇に浮かんで……自由落下、大気圏の上空、たぶん三十マイルくらいで、見たこともない惑星の地表めがけて無重力状態で落下する。でも、もう震えはない。きついのは事前の待機なんだ。いったん射出されてしまえば、もう痛い思いをすることはない——なにかまずいことが起きるとしても、どうせあっという間だから、自分が死ぬことに気づく暇さえないだろう。

カプセルはたちまちぐらぐらと揺れ始めたが、じきに安定して、自分の体重が背中にかかってきた……その重みがどんどん増えて、ぼくが目的地の惑星における本来の体重（〇・八七G、と説明されていた）になるころには、カプセルは薄い高層大気の中で到達できる最大速度に達していた。ほんとに腕のいいパイロット（艦長はまさにそうだ）だと、巧みな突入と制動により、カプセルが発射管から射出されるときの速度を、惑星のその緯度における自転速度とぴたり一致させることができる。荷を積んだカプセルは重い。高層大気の希薄な突風をつらぬいても、所定の位置からそれほど遠くへ流されることはない——とはいえ、小隊は降下中にどうしてもちりぢりになって、完璧なフォーメーションがいくらか崩れてしまう。うかつなパイロットだとこれがさらにひどいことになって、攻撃グループが広大な範囲にばらまかれてしまうので、撤収地点で合流できなくなり、任務を遂行するどころじゃなくなる。歩兵が戦うためには、だれかに戦場まで運んでもらわなければならない。ある意味、パイロットはぼくたちと同じくらい不可欠な存在なんだ。

カプセルがあれだけ穏やかに大気圏に突入したということは、艦長が水平方向のベクトルをこれ以上ないほどゼロに近づけてくれたんだろう。ありがたい——これならきっちりしたフォーメーションで着地して時間のむだをなくせるし、そもそも歩兵を正確に降下させるパイロットは、回収のときも手際よく正確にことを運んでくれるものなのだ。

第一外殻が燃え尽きて剝がれた——均等ではなかったらしく、カプセルはぐらぐらと大きく揺れた。残りが剝がれると姿勢は正常に戻った。第二外殻の乱流ブレーキがいっせいに空気をとらえて乗り心地が悪化した……それらがひとつずつ燃え尽きるにつれて乗り心地はますます悪化し、第二外殻がばらばらに分解し始めた。カプセルで降下する兵士たちが年金を受け取るまでなんとか生き延びられるのは、剝がれた外殻がカプセルの速度を落とすだけではなく、目標地域の上空に大量の破片をぶちまけてくれるので、敵のレーダーでは降下中の兵士のまわりに何十もの標的が映し出され、どれが兵士でどれが爆弾でどれがそれ以外なのか判別できなくなるからだ。弾道コンピュータをノイローゼにさせるには充分だし、実際にそのとおりになる。

おまけに、ぼくたちが降下するとすぐに、艦からはダミーのカプセルが連続して投下されて、外殻が剝がれないぶんだけ急速に落下していく。それらのカプセルは、ぼくたちを追い抜いたあとで爆発して〝窓〟をあけてくれるだけでなく、敵のレーダーを攪乱したり、斜めの方向へ突進したりといったさまざまな働きをして、地上にいる歓迎委員会の連中をさらに混乱させる。

そのあいだ、艦は小隊長の指向性ビーコンをしっかりと捕捉し、そこから発生するレーダーの〝ノイズ〟を無視して兵士たちを追尾しながら、将来利用するためにそれぞれの衝撃を計算する。

第二外殻が消え失せると、第三外殻が自動的に最初のパラシュートを展開した。長くはもたなかったけど、もともとそんな想定はされていない。数Gでぐいと強く引かれたかと思うと、そのパラシュートはぼくから離れていった。第二パラシュートはもう少しだけ長もちしてくれたし、第三パラシュートはかなり長く踏ん張った。カプセルの内部がひどく暑くなってきたので、ぼくは着陸のことを考え始めた。

第三外殻が剝がれて最後のパラシュートが飛び去り、いまや体を守るのは全身を包むパワードスーツとプラスチック製のカプセルだけ。ぼくはその中でストラップに締め付けられたままで、身動きひとつとれない。そろそろどこでどんなふうにして着陸するかを決めなければ。両腕を動かさずに（そもそも動かせない）親指だけで距離計のスイッチを押すと、ヘルメット内で額のまえにある表示装置に数値が浮かび上がった。

残り一・八マイル――ぼくの好みからすると少し近すぎる。相棒がいないだけになおさらだ。カプセルの落下速度はもう変わらないから、このまま内部にとどまっていてもしかたがない。表面温度を見るかぎり、まだしばらくは自動的にひらくことはないだろう――そこで、反対の手の親指でスイッチを入れてカプセルから離脱した。

最初の爆発でストラップがすべて切断され、第二の爆発でプラスチック製のカプセルが八つに分かれて吹き飛んだ――そのとたん、ぼくは空中にいて、すわった姿勢のまま、まわりを見られるようになった！　さらにありがたいことに、分解した八つの破片は（距離を計測するための小さな部分以外は）表面が金属でコーティングされているので、スーツを身につけた兵士と同じように電波を反射する。レーダーを監視している連中は、たとえ生身であろうと人工頭脳であろうと、すぐそばに散らばるガラクタの中からぼくを見分けるのに苦労しているはずだ。ぼくの両側や上下に数マイルに渡って広がる、それ以外の何千という破片のことは言うまでもない。機動歩兵の訓練では、こうした降下を地上から肉眼とレーダーの両方で見て、それが地上にいる敵軍にどれほどの混乱をもたらすかを学ぶ。なぜなら、空中にいる兵士はものすごく無防備な感じがするからだ。パニックなんて簡単に起きるから、パラシュートを早くひらきすぎて、すわり込んだカモみたいになったり（カモはほんとにすわるのかな？　もしもすわるなら、その理由は？）、逆にひらくのに失敗して、足首や背中や頭の骨を折ったりしかねない。

体をまっすぐに伸ばし、筋肉をほぐして、あたりを見回す……それから、ふたたび体をふたつに折り、スワンダイブの要領でぐいと身をそらして顔を下界に向け、じっくりと観察した。そこは狙いどおり夜だったけど、赤外線暗視装置があるので、目が慣れてくれば地形をしっかりと把握できる。都市を斜めに突っ切る川がぼくのほぼ真下にあり、ぐんぐん迫ってくる。地面よりも温度が高いからくっきりと輝いて見えるのだ。川のどちら側の岸に降りてもかまわないけど、川の中には降りたくない。動き出しが遅れてしまう。

ぼくの右側、ほぼ同じ高度で、ぱっと閃光がひらめいた。非友好的な原住民が、カプセルの破片をひとつ粉砕したらしい。ぼくはすぐさま最初のパラシュートを送り出した。できることなら、至近距離で標的を追っている敵の監視スクリーンから逃れたい。衝撃にそなえて身構え、それに耐えて、二十秒ほどただよい降りてから、パラシュートを切り離した——まわりにあるものと同じスピードで落下しなかったら、それはそれで敵の注意を引いてしまうからだ。

うまくいったらしい。ぼくは粉砕されなかった。

およそ六百フィートの高度で、第二のパラシュートを送り出して……すぐに、自分が川へむかって流されているのに気づいた。川岸にある平屋根の倉庫かなにかの百フィートほど上空をちょうど通過しようとしていたので、パラシュートを切り離し、スーツの跳躍用ジェットを使いながら、少々バウンドしたとはいえ首尾良く屋根に降り立った。同時に、ジェラール軍曹のビーコンをスキャンする。

ぼくは川のまちがった側に降りていた。ヘルメットの内側にあるコンパスリングに表示されたジェリーの星印は、あるべきところよりずっと南に位置していた――こっちが北へずれすぎているのだ。屋根の上を小走りで川のあるほうへと急ぎ、となりにいる分隊長までの距離と方位を調べると、一マイル以上ずれているのがわかったので、「エース！　隊列をそろえろ」と叫ぶなり、背後へ爆弾を放り投げ、川を越えようと倉庫から踏み出した。エースの反応は予想の範囲内だった――本来ならエースがぼくの立場にいるべきなのに、彼は自分の分隊から離れようとしなかったのだ。そうはいっても、ぼくから命令を受けるのは楽しくないのだろう。

背後で倉庫が吹き飛んで、爆風が叩きつけてきたとき、ぼくはまだ川の上にいた。本来なら対岸にある建物の陰にいるはずだったのに。ジャイロがひっくり返りそうになり、ぼくもあやうくひっくり返るところだった。爆弾のタイマーは十五秒にセットした……いや、どうだろう？　そのとき突然、自分が興奮していることに気づいた。地上に降りたあとでは、なによりも避けなければいけないことだ。〝訓練どおりに〟やるんだ——ジェリーが忠告していたように。時間をかけて正確に、たとえそれで〇・五秒よけいにかかるとしても。

着地と同時に、もう一度エースの位置を確かめ、隊列をそろえろと繰り返した。返事はなかったけど、エースはすでに動き始めていた。ぼくはそれ以上なにも言わなかった。やるべきことをやっているなら、ぶっきらぼうな態度は大目に見てもかまわない——いまのところは。でも、艦に戻ったら（もしもジェリーがぼくをこのまま副班長の地位におくなら）、どこか人けのない場所で、だれがボスなのかをはっきりさせなければいけないだろう。エースは正規の伍長で、ぼくは一時的に伍長の代理をつとめる上等兵にすぎないとはいえ、いまは彼のほうが立場が下なんだから、生意気な態度を許すわけにはいかない。いつまでもそれじゃだめだ。

でも、いまはそんなことを考えている暇はない。川を飛び越していたときに、おいしい標的をひとつ見つけていたので、ほかのだれかに気づかれるまえにそれを破壊したかった。丘の上にごっそりとかたまっている、公共建築物らしきもの。たぶん聖堂……あるいは宮殿か。ぼくたちの掃討エリアからは何マイルか離れていたけど、奇襲攻撃では少なくとも半数の弾薬をエリア外で使うのが決まりだ——そうすれば、敵はこっちの居場所がわからなくて混乱しっぱなしになる。あとは、絶えず移動を続けて、すべてを手早く片付けること。数の面では敵のほうが圧倒的に多い——生き延びるためには不意打ちとスピードが肝心だ。

ロケットランチャーに装塡を始めながら、エースの位置を確かめ、ふたたび隊列をそろえるよう命じた。その最中に、ジェリーの声が全員用の回線で飛び込んできた。「小隊！　交互前進！　進め！」

ぼくの上官であるジョンスン軍曹が復唱した。「交互前進！　奇数番号！　進め！」

これで二十秒ほどはなにも心配する必要がなくなったので、手近の建物に飛び上がり、ランチャーを肩に担いで、標的を見つけた。第一の引き金をひいてロケット弾に標的を捕捉させ、続いて第二の引き金をひいて発射してから、ふたたび地面へ飛び降りる。「第二班、偶数番号！」ぼくは呼びかけ……頭の中で数をかぞえてから命じた。「進め！」

ぼくもいっしょに前進し、次の建物の列を飛び越して、空中にいるあいだに、川に面した最初の建物の列を火炎放射器でなぎ払った。見たところ木造のようだし、そろそろ盛大に火をおこしてもいいころだ。運が良ければ、倉庫のどれかに石油製品か、ひょっとしたら爆発物でも入っているかもしれない。着地と同時に、背中のY形発射筒から二個の小型爆弾を左右へそれぞれ二百ヤードの距離で発射したものの、それがどうなったかを見届けることはできなかった。ちょうどそのとき、最初のロケット弾が命中して、見まちがえようのない（一度でも見たことがあるならの話）核爆発の閃光がひらめいたのだ。もちろん、ほんのちっぽけなやつで、公称核出力は二キロトンにも満たず、反射体のケースと爆縮方式によって臨界量以下で作動する——だれだって宇宙規模の大災害に巻き込まれたくはないだろ？　それでも、丘のてっぺんを吹き飛ばすだけの威力はあるし、市内にいる連中はみんな放射性降下物から逃れて身をひそめるはずだ。さらにありがたいことに、たまたま屋外にいて閃光を目にした原住民は、これから二時間ほどのあいだ、ほかになにも——つまりは、ぼくを——見ることができなくなる。ぼくは閃光で目がくらんだりはしなかった。兵士たちはみんな大丈夫なのだ。顔を覆うボウルはたっぷり鉛を含んでいるし、目には暗視装置をかけている。それに、たまたまその方向を見ていたとしても、頭を引っ込めてスーッで受け止めるよう訓練を受けていた。

だから、まぶたをぎゅっと閉じただけで、ふたたび目をあけたら、まっすぐ前方にある建物の開口部からひとりの原住民があらわれるのが見えた。そいつがぼくを見て、ぼくもそいつを見て、そいつがなにか——たぶん武器だろう——を持ち上げようとしたそのとき、ジェリーの声が聞こえてきた。「奇数番号！　進め！」

そいつとたわむれている暇はなかった——本来なら到着していなければならない地点までたっぷり五百ヤードはある。左手にまだ火炎放射器をつかんでいたから、敵をさっさと焼き払い、そいつが出てきた建物を飛び越そうとジャンプしながら、数をかぞえ始めた。火炎放射器は火をつけるための道具だけど、接近戦では敵から身を守るための兵器として役に立つ。狙いがおおざっぱでかまわないからだ。

追い付かなければというあせりと不安のせいで、そのジャンプは高すぎたし距離も長すぎた。ジャンプ用の装備はどうしても最大限に活用したくなる——でも、それはやっちゃだめだ！　空中に何秒も浮かんだままだと、格好の標的になってしまう。前進するときには、行く手にある建物をかすめるようにしてぎりぎりで飛び越し、地上にいるあいだはそれを遮蔽物としてめいっぱい利用する——ひとつの場所にとどまるのは数秒以内にとどめること。敵に狙いをつける余裕をあたえてはいけない。とにかく別の場所へ。移動を続けるのだ。

　今回のジャンプは失敗だ——手前にある建物の列を飛び越すには大きすぎるし、そのむこうの列まで越えるには小さすぎる。気がつくと、ぼくは屋根に降りようとしていた。とはいえ、またちっちゃな原爆ロケット弾を発射するために三秒ほど乗っていられるような平らな屋根じゃない。配管と支柱と雑多な金物類のジャングル——製造所か、なにかの化学工場か。降りるところがないのだ。さらにまずいことに、そこには半ダースほどの原住民がいた。この妙な連中はヒューマノイドで、身長は八、九フィートあり、ぼくたちよりずっと細身で体温は高い。服をいっさい着ないので、暗視装置をとおすとネオンサインみたいにくっきりと見える。昼間に肉眼で見るとさらに妙な連中だけど、例の蜘蛛みたいな姿をしたやつらと戦うよりはましだ——あのバグ《むし》どもには吐き気がする。

　屋根の連中は、ロケット弾が命中した三十秒まえからそこにいたとすれば、ぼくの姿だけではなく、どんなものも見ることはできないはずだ。でも、確信はなかったし、どのみちそいつらの相手はしたくなかった。今回のはそういう襲撃じゃない。そこで、まだ空中にいるあいだにもう一度ジャンプし、十秒燃焼弾をひとつかみばらまいてそいつらをあわてさせてから、着地し、すぐにまたジャンプして、「第二班！　偶数番号……進め！」と呼びかけた。遅れを取り戻すためにさらに前進を続けながらも、ジャンプするたびに、ロケット弾を使うだけの価値があるものを探した。小型原爆ロケット弾の残りはあと三発、もちろん持ち帰るつもりはない。でもぼくは、核兵器を使うならそれに見合った標的でなければいけないと叩き込まれていた――こいつの携帯を許可されたのは今回がまだ二度目なのだ。

いま、ぼくは敵の給水施設を見つけようとしていた。そこに直撃弾を命中させれば、都市全体が居住不能となり、直接だれかを殺したりしなくても全員を強制的に立ち退かせることができる――ぼくたちが送り込まれたのは、まさにそういう妨害工作をするためだ。催眠状態で記憶させられた地図によれば、現在地から三マイルほど上流にあるはずだ。

ところが、これが見つからない。ジャンプの高さが足りないのだろうか。もっと高くジャンプしたいという誘惑に駆られたけど、ミリアッチオから勲章を手に入れようとするなと言われたことを思い出して、訓練どおりのやりかたを崩さなかった。Y形発射筒を自動モードにセットして、着地するたびに小型爆弾を二個ずつ投じた。ジャンプ中は、おおむね行き当たりばったりに火をつけてまわりながら、給水施設か、それ以外のなにか価値ある標的を見つけようとした。

すると、手頃な距離に〝なにか〟があった――給水施設かどうかはわからないけど、とにかくでかい。手近にあるいちばん高い建物に飛び上がり、そこに狙いをつけてロケット弾を発射した。着地したとたん、ジェリーの声が聞こえてきた。「ジョニー! レッド! 両翼を内側へまるめて包囲を開始しろ」

ぼくはその命令に応答し、レッドが応答する声を聞いた。ビーコンを点滅させてレッドがこちらの位置を確実に捕捉できるようにして、彼のビーコンの距離と方位を確かめながら呼びかけた。「第二班！　包囲を開始する！　各分隊長は応答しろ！」

　第四分隊と第五分隊が「了解」と応答した。エースの返事は――「こっちはもう始めてるぞ。さっさとペースを上げろ」

　レッドのビーコンを見ると、右翼はぼくのほぼ前方、たっぷり十五マイルは離れた位置にいた。まずい！　エースの言うとおりだ。ペースを上げなかったら時間までに合流できない――しかも、身につけたままの二百ポンドぶんの弾薬やさまざまなお荷物を使い尽くすための時間も必要だ。ぼくたちはVフォーメーションで着陸していて、ジェリーがVの底、レッドとぼくが二本の腕の先端に位置していた。ここから先は、その二本の腕を撤収時の集合地点を中心とする輪の形に閉じなければならない……つまり、レッドとぼくは、ほかのだれよりも長い距離を移動しながら、みなと同じだけの損害をあたえなければならないのだ。

　いったん包囲を始めたら、交互前進は終わりだ。数をかぞえるのをやめて、ペースを上げることに集中できる。どれほど迅速に行動しようと、移動にはどんどん危険が伴うようになっていた。初めは不意打ちという大きな優位があったので、ぼくたちは撃たれることなく地上に降りられたし（少なくとも、降下中にはだれも撃たれなかったはず）、敵に囲まれて暴れ回ったときも、こっちは味方を撃つ心配もなく思いのままに撃ちまくっていたのに、敵のほうはぼくたちを撃とうとすれば――そもそもぼくたちを標的として発見できればの話だけど――同胞を撃ってしまう危険性が高かった（ぼくはゲーム理論の専門家じゃないけど、どんなコンピュータであれ、ぼくたちの行動を分析して事前に次の行き先を予測できたとは思えない)。

それでも、敵の防衛軍は、組織立っているかどうかはともかくとして、反撃を始めていた。ぼく自身も二度、至近距離で炸裂した爆弾で、スーツを着ていてさえ歯が鳴るほどの衝撃をくらったし、なにかのビームがかすめたときには、髪がぶわっと逆立ち、体がなかば麻痺しかけた――肘の尺骨をぶつけたときのような感覚が、全身に広がったのだ。もしもスーツにジャンプの指示を出していなかったら、そこから脱出することはできなかっただろう。

こういうことがあると、立ち止まってなんで軍人になったりしたんだろうと考えてしまうものだ――ただし、そのときのぼくには立ち止まっている暇はなかった。それから二度、やみくもに建物を飛び越したところ、着地した先は敵の一団のまっただ中だった――火炎放射器を振り回してあたりを焼き払いながら、すぐにまたジャンプする。

そんな調子で先を急ぎ、自分で縮めなければいけない距離の半分、たぶん四マイルほどを最短時間で走破したものの、たいした損害はあたえられなかった。Y形発射筒が二回まえにジャンプしたときに空っぽになっていたので、中庭のような場所でひとりきりになったときに立ち止まり、予備の小型爆弾を装塡しながらエースの位置を確かめた――右翼の分隊にこれだけ近づいているなら、残った二発の原爆ロケット弾を使い切ったほうが良さそうだ。ジャンプして近くにあるいちばん高い建物の屋根に上がる。

もう肉眼でも見えるくらいに明るくなっていた。暗視装置を額へ跳ね上げ、素早くあたりを見回して、後方になにか破壊するだけの価値があるものはないかと探した。どんなものでもかまわない。えり好みしている時間はないのだ。

地平線の、敵の宇宙港がある方角になにかが見える——たぶん管制塔、ひょっとしたら宇宙船か。ほぼ同じライン上で半分ほどの距離には、おおざっぱにすら正体のわからない巨大建造物。宇宙港までは相当な距離があったけど、ぼくはそこに狙いをつけ、「見つけてくれ、ベイビー！」と言ってロケット弾を発射し——すぐさま最後の一発をランチャーに叩き込むと、近いほうの標的めがけて送り出し、ジャンプした。

ぼくが離れたまさにそのとき、その建物に直撃弾が命中した。敵のヒョロヒョロが（的確な）判断で建物もろともぼくを吹き飛ばそうとしたのか、あるいは味方のだれかが恐ろしく不注意に花火を扱ったのか。いずれにせよ、そんな場所からでは、どんなにすれすれでもジャンプする気にはなれなかった。その代わり、次のふたつの建物は内部を通り抜けることにした。着地と同時に背中の重い火炎放射器をつかんで、暗視装置を目の上におろし、フルパワーのナイフビームで目のまえにある壁の切断に取りかかる。壁の一部が奥へ倒れ、ぼくは勢いよく建物に飛び込んだ。

そして、もっと勢いよく外へ飛び出した。

自分がどういう場所へ押し入ったのかはわからなかった。信徒の集まった教会か、ヒョロの安宿か、ひょっとしたら防衛本部かもしれない。わかったのは、そこがすごく広い部屋で、ぼくが一生のあいだに見たいと思うよりも大勢のヒョロヒョロでいっぱいだったということだけだ。

たぶん教会ではないだろう。というのも、ぼくが外へ飛び出そうとしたとき、だれかが発砲してきたのだ。一発きりの銃弾がスーツで跳ね返って、耳が鳴り、体はふらついたものの、怪我をすることはなかった。でも、そのおかげで思い出した。ここを訪問した記念品をやつらに渡さずに帰るわけにはいかない。ベルトに手をやって最初にふれたものをつかみ、ひょいと投げ込む――とたんに、それはなにやらガアガアとわめき始めた。基礎訓練で何度も言われたように、即座に積極的な行動を起こすほうが、何時間もたってから最善の手段を思いつくよりましなのだ。

まったくの偶然ではあったけど、ぼくは正しい行動をとっていた。それは今回の任務のために各自に支給された特製の爆弾で、もしも有効な使い道があったら使うようにと指示されていた。投げたときに聞こえた耳障りな音は、爆弾がヒョロヒョロの言葉で叫んでいた声で、意訳すると――「わたしは三十秒爆弾です！　わたしは三十秒爆弾です！　二十九！　二十八！　二十七！……」

狙いは敵の神経をすり減らすこと。効果はあったのかもしれない。ぼくの神経はまちがいなくすり減った。人を撃つほうがまだ楽だ。とても秒読みを待つ気にはなれない。すぐにジャンプしたものの、時間までに全員が外へ飛び出せるだけのドアや窓があるのだろうかと考えずにはいられなかった。

ジャンプが最高点に達したとき、ビーコンの点滅でレッドの位置がわかり、着地したときにエースの位置がわかった。また遅れをとっている――急がなければ。

ところが、三分後にはもう間隔が詰まっていた。レッドはぼくの左翼、半マイルの位置だ。彼がジェリーにそれを報告する。ジェリーが安心したように小隊全体にむかって怒鳴る声が聞こえた――「輪は閉じたが、ビーコンはまだ降下していない。ゆっくり前進しながら動き回り、もう少しだけ騒ぎを起こしてやれ――ただし、左右にいるやつには気をつけるんだぞ。味方を巻き込むな。ここまでは上出来だ――そいつをぶち壊しにするなよ。小隊！　班ごとに……呼集！」

ぼくにも上出来に見えた。都市の大半は炎上していて、あたりはすっかり明るくなりかけていたけど、肉眼のほうが暗視装置より見やすいかどうかはわからなかった。煙が濃すぎるのだ。

班長のジョンスンが声を張り上げた。「第二班、点呼！」

ぼくは応答した。「第四、第五、第六分隊――点呼および報告を！」新型通信ユニットで多様な専用回線が使えるようになったおかげで、いろいろなことが確実にスピードアップした。ジェリーは、全員に話しかけることも、班長だけに話しかけることもできる。班長のほうは、自分の班全体に呼びかけることも、下士官だけに呼びかけることもできる。一刻を争う状況で、小隊として二倍の速さで点呼をとれるのだ。ぼくは第四分隊の点呼を聞きながら、弾薬がどれだけ残っているかを確認し、建物の角から頭をのぞかせたヒョロヒョロめがけて爆弾をひとつ放り投げた。そいつがいなくなったので、ぼくもすぐに移動した――「動き回れ」とジェリーに言われていたからだ。

第四分隊の点呼がちょっともたつき、分隊長が気がついてジェンキンズの代わりに番号を告げた。第五分隊の点呼はそろばんをはじくようにてきぱきと進み、やれひと安心と思ったとき……エースの分隊の四番で報告が止まった。ぼくは呼びかけた——「エース、ディジーはどこだ？」

「黙ってろ」とエース。「六番！　点呼！」

「六！」スミスが応答する。

「七！」

「第六分隊、ディジー・フロレスが行方不明」エースが報告した。「分隊長は離脱して捜索にむかう」

「一名不在」ぼくは班長のジョンスンに伝えた。「六班のフロレスです」

「行方不明か、それとも死亡か？」

「わかりません。分隊長と副班長は離脱して捜索にむかいます」

「ジョニー、それはエースにまかせろ」

でも、その命令は聞こえなかったので、ぼくは返事をしなかった。ジョンスンがジェリーに報告し、ジェリーが悪態をつくのが聞こえた。いや、別に勲章がほしかったわけじゃない——仲間を連れ戻すのは副班長のつとめだ。副班長というのは、最後尾にくっついているおまけで、消耗品だ。分隊長にはほかにやるべきことがある。もうわかったと思うけど、副班長というのは、班長が生きているかぎり必要がない存在なんだ。

そのときのぼくは、いつにも増して、自分が消耗品であり、いままさに消費されようとしていると実感していた。なぜなら、宇宙でいちばん甘美な音が聞こえていたのだ——撤収艇の目印となるビーコンから鳴り響く、集合の合図。このビーコンは大釘のような形をした自動制御ロケットで、撤収艇に先んじて発射され、地面に突き刺さると、あのありがたい、ありがたい音楽を流し始める。撤収艇は三分後にそこへ自動的に降下してくるから、必ずそばにいたほうがいい。このバスは待つことができないし、別のバスがあとから来ることもないのだ。

とはいえ、仲間のカプセル降下兵が生きている可能性があるなら、そいつを見捨てるわけにはいかない——ラスチャック愚連隊ではありえない。どの機動歩兵部隊だって同じだ。なんとしても回収を試みる。

ジェリーの命令が聞こえた。「しゃきっとしろ、おまえたち！　回収地点に集結して敵を阻止するんだ！　急げ！」

そして聞こえてくるビーコンの甘美なささやき。「——**永遠なる栄光に満ちた歩兵たちの胸に、その名は輝く、その名は輝く、ロジャー・ヤング！**」ぼくはそちらへ駆け出したくてたまらなかった。

その代わりに、正反対の方向へむかい、エースのビーコンに接近しながら、爆弾でも燃焼弾でも、とにかく自重を減らす役に立つものは残らず使い果たした。「エース！　フロレスのビーコンはつかまえたのか?」

「ああ。戻ってろ、役立たず!」

「もうあんたの姿が視認できる。彼はどこだ?」

「おれのまっすぐ前方、およそ四分の一マイルだ。失せろ! やつはおれの部下だ」

ぼくは返事をしなかった。そのまま左へ斜めに突っ走り、エースから聞いたディジーの居場所までたどり着いた。

見ると、エースがディジーのまえに立ちはだかっていた。ヒョロヒョロがふたり、炎に包まれて倒れていて、さらに何人かが走り去ろうとしていた。ぼくはエースのそばに降り立った。「スーツから引っ張り出そう——撤収艇はすぐに着陸するぞ!」

「怪我がひどいんだ!」

たしかにそのとおりだった——ディジーのスーツの装甲にはもろに穴があいていて、そこから血が流れ出していた。ぼくは途方に暮れた。負傷者を回収するには、まずスーツから引き出さなければならない。あとは、両腕で抱き上げて——パワードスーツを着用していれば楽勝だ——その場から飛んで離れればいい。スーツなしの人間の体は、すでに使った弾薬やその他もろもろをひっくるめたより軽いのだ。「どうする?」

「ふたりで運ぶさ」エースが厳しい顔で言った。「ベルトの左側をつかめ」彼が右側をつかみ、ふたりで力を合わせてフロレスを立ち上がらせた。「ロックしろ! さあ……掛け声に合わせてジャンプするぞ。一……二!」

ぼくたちはジャンプした。距離は出なかったし、きれいなジャンプでもなかった。ひとりだったらフロレスを地面から持ち上げることさえできなかっただろう。装甲のあるスーツは重すぎるのだ。それでも、ふたりで協力すればなんとかなる。

ジャンプ——そしてまたジャンプ——何度も、何度も。エースが声をかけ、着地するたびにふたりでディジーをしっかりつかんで安定させた。彼のジャイロは故障しているようだった。

撤収艇が着陸して、ビーコンの音が消えた。着陸するのは見えた……でも遠すぎた。小隊軍曹代理が呼びかけていた。「順に、搭乗の準備！」

そこにジェリーの声がかぶさった。「その命令は取り消しだ！」

やっとのことでひらけた場所に出ると、撤収艇が船尾を下に垂直に立っていて、離陸警報が鳴り響いていた——小隊はその周囲で地上にとどまって、防御用の円陣を組み、自分たちで作りあげた盾の背後にしゃがみ込んでいた。

ジェリーの怒鳴る声がした。「順に、撤収艇へ乗り込む——行け！」

でも、ぼくたちはまだまだ遠く離れていた！　第一分隊から仲間たちがばらばらと離れて撤収艇へなだれ込み、円陣がだんだんと縮まっていく。

そのとき、ひとつの人影が円陣から飛び出して、ぼくたちのほうへむかってきた。あんなスピードが出せるのは指揮用のスーツだけだ。

ジェリーが、まだ空中にいるぼくたちに合流し、フロレスのY形発射筒をつかんでいっしょに持ち上げてくれた。

三度のジャンプで撤収艇までたどり着いた。仲間たちは全員乗り込んでいたが、ドアはまだひらいていた。ぼくたちがフロレスを中へ運び込んでドアを閉めているあいだ、撤収艇のパイロットは、あんたたちのせいでランデブーができなくなったから、もう全員あの世行きよ、と叫んでいた。ジェリーはまったく注意を払わなかった。ぼくたちはフロレスを横たえて、そのかたわらで身を伏せた。噴射の衝撃を感じたそのとき、ジェリーがつぶやく声が聞こえた。「全員そろっています、少尉どの。三名負傷しました――でも、全員そろっています！」

デラドライア艦長のために言っておきたいことがある――彼女より腕のいいパイロットはどこにもいやしない。撤収艇と軌道上にいる艦とのランデブーは、きっちりと計算されている。どうやってやるのかは知らないけど、とにかく計算されていて、変更はできない。どうしようもないのだ。

ところが、艦長はやってのけた。撤収艇が時間どおりに離陸できなかったのをスコープで確認したあと、いったん制動をかけ、それからまた速度をあげた――そして、計算する時間がなかったから、目と感覚だけで速度を合わせて、ぼくたちを収容した。もしも全能の神が星ぼしの運行をつかさどるのに助手を必要とすることがあるなら、だれを頼りにすればいいかは明らかだ。

フロレスは上昇中に死んだ。

2

心底びびって、逃げ出した
立ち止まりもせず
振り返りもせず家に着き
おふくろの部屋に閉じこもる。
ヤンキー野郎、どんどん行け
ヤンキー野郎はダンディ
音楽とステップを披露すりゃ
女の子たちが寄ってくる。

本気で入隊したいと思っていたわけじゃなかった。

ましてや歩兵部隊なんてありえない！　それくらいなら、広場で鞭で十回叩かれて、父から誇り高い家名に泥を塗ったと言われるほうがましだった。

たしかに、ハイスクールの最終学年も終わりに近づいたころ、連邦軍に志願するかどうか考えていると父に話したことはあった。十八歳の誕生日が近づいてきたら、だれだって考えると思う——しかも、ぼくの誕生日は卒業するその週にやってくるんだ。もちろん、ほとんどの連中はただ考えるだけで、ちょっとだけその思いつきをもてあそんでから、なにか別のことをする——カレッジへ進学するとか、就職するとか、なにかそんなことを。ぼくだってそうなるはずだった……いちばんの親友が本気で入隊を考えたりしていなければ。

ハイスクールでは、カールとぼくはなにをするときもいっしょだった。女の子をひっかけるのもいっしょ、ダブルデートもいっしょ、ディベートチームもいっしょ、あいつの家の実験室で電子をいじくりまわすのもいっしょ。ぼくは電子理論にはくわしくなかったけど、はんだごてを使うのは得意だった。カールが頭を働かせて、ぼくがその指示どおりに実行する。あれは楽しかった。ふたりでやることはなんでも楽しかった。カールの一家はぼくの父みたいな金持ちじゃなかったけど、ふたりのあいだではそんなことは問題じゃなかった。ぼくの十四歳の誕生日に父がロールスのヘリコプターを買ってくれたときには、それはぼくだけじゃなくカールのものでもあった。逆に、あいつの家の地下の実験室はぼくのものでもあったわけだ。

それだけに、カールからすぐには進学しないで、まず軍で任期を勤めるつもりだと言われたとき、ぼくは考え込んでしまった。あいつは本気だった。それがあたりまえで、正しいことだと思っているようだった。

だから、ぼくも入隊すると言ってやった。

カールは妙な目つきでぼくを見た。「親父さんが許してくれないだろ」

「ええ？　どうやってぼくを止めるって言うんだ？」もちろん、法的には、父は止めることはできなかった。それは人がなにかを完全に自由に選択できる最初の機会なのだ（たぶん最後でもある）。男であれ女であれ、十八歳の誕生日を迎えれば自由に志願できるし、それに異議を唱える筋合いはだれにもない。

「じきにわかるさ」カールは話題を変えた。

そこで、ぼくは父にこの件を伝えてみた。ごく遠回しに、おずおずと。

父は新聞と葉巻を脇に置いてぼくを見つめた。「おまえ、気でもちがったのか？」

ぼくは小声で、そんなことはないとこたえた。

「そうか、まさにそんなふうに聞こえたぞ」父はため息をついた。「まあ……予期しておくべきだったのかもしれん。男の子が成長するときにはそういう時期があるものだ。おまえが歩き方をおぼえてもう赤ん坊ではなくなったときのことをおぼえている。正直言って、しばらくのあいだはかなりのいたずら小僧だった。母さんが集めていた明代の花瓶をひとつ壊したりしてな……あれはわざとだった、まちがいない……だが、おまえはまだ小さすぎてそれが値打ちものだとわからなかったから、手をぴしゃりと叩かれただけだった。わたしの葉巻を一本くすねて、ひどく体調を崩したこともあったな。母さんもわたしも、その日おまえが夕食をまったく食べられなくても気づかないふりをしたし、わたしは今日までそのことをおまえに話さなかった。男の子は、身をもってそういうことを試して、おとなの悪習は自分には合わないと知るべきだ。おまえが思春期という曲がり角にさしかかったときには、女の子は自分とはちがう……すばらしいものなんだと気づき始めるのを、ふたりで見守っていたものだ」

父はまたため息をついた。「どれもあたりまえの段階だ。そして、思春期の終わりにやってくる最後の段階で、男の子は入隊してかっこいい制服を着ようと決心する。さもなければ、自分が恋を、だれも経験したことのないような恋をしていて、すぐに結婚しなければならないと思い込む。あるいはその両方だ」父はにっと笑った。「わたしのときは両方だった。しかし、手遅れになるまえにどちらも乗り越えたから、バカなまねをして人生を棒に振るようなことはなかった」

「でも、父さん、ぼくは人生を棒に振るわけじゃないよ。軍で勤めるのはほんの一期だけだ――職業軍人とはちがうんだ」

「この話は保留ということにしないか？　聞きなさい、おまえがこれからなにをするかをわたしが教えてあげよう――おまえが知りたがっているようだからな。そもそも、この百年以上のあいだ、わたしたちの一族は政治とは距離を置き、自分たちの畑だけを耕してきた。おまえがその立派な記録を破ろうとする理由はどこにも見当たらない。おそらく、ハイスクールにいるあの男の影響なんだろう――名前はなんといったかな？　だれのことかわかるはずだ」

父が言っていたのは、ぼくたちの歴史・道徳哲学の教師のこと――当然ながら、退役軍人だ。「デュボア先生だろ」

「ふーむ、おかしな名前だな――お似合いと言うべきか。外国人なのはまちがいない。学校をひそかに新兵募集場として利用するのは違法行為のはずだ。この件については少しばかり辛辣な手紙を書くとしよう。納税者にはそれなりの権利があるからな！」

「いや、父さん、先生はそんなことしてないよ！　だって――」ぼくは口をつぐんだ。どう説明すればいいのかわからなかった。デュボア先生はいつも横柄で、高慢で、ぼくたちの中には軍に志願できるほど優秀なやつはひとりもいないという態度なのだ。あの先生のことは好きになれなかった。「ええと、どっちかというと、みんなのやる気をくじいているほうだから」

「ふーむ！　豚をどうやって誘導するか知ってるか？　まあいい。卒業したら、おまえはハーバードで経営学を勉強する。わかってるだろう。それからソルボンヌへ移り、ついでに少しばかり旅行をして、うちの販売店をいくつかまわり、よその土地でどんな経営をしているかを学ぶ。そのあと、家へ戻って仕事に取りかかるんだ。まずは在庫管理とかそういったふつうの下働きだが、それは形式的なものだ――ひと息入れる間もなく、じきに重役になるだろう。この先わたしが若返ることはないんだから、おまえが少しでも早く仕事を手伝えるようになってくれれば、それだけありがたい。そのうえで能力と意欲がともなうようになったら、おまえがボスになる。さあ！　この筋書きをどう思う？　人生の二年間を浪費するのと比べて？」

ぼくは黙っていた。耳新しい話はひとつもない。自分でもそれくらいは考えていた。父は立ち上がってぼくの肩に手を置いた。「ジョニー、わたしがおまえの気持ちをわかっていないなどと思わないでくれ。ちゃんとわかっている。だが、現実を見るんだ。もしも戦争が起きているのなら、わたしは真っ先におまえを激励する——そして戦時体制に合わせて経営を進めていくだろう。だが、戦争は起きていないし、ありがたいことに二度と起きることもない。われわれは戦争を克服したんだ。いまやこの惑星は平和で幸福で、ほかの惑星とも充分に良好な関係を築いている。とすると、この〝地球連邦軍〟というやつはなんなのか？ まさに寄生虫そのものだ。機能をなくした臓器であり、過去の遺物であり、納税者のお情けで生き延びている。ほかに就職の道がない無能な人間たちを任期のあいだ公費で食わせてやり、そのあとは死ぬまで偉そうな顔をさせておくなんて、とんでもないむだ遣いではないか。おまえはそんなことをしたいのか？」

「カールは無能じゃないよ！」

「悪かった。いや、カールは良い青年だが……指導がまちがっていたんだな」父は眉をひそめ、すぐに笑顔になった。「実はな、おまえを驚かせようと思って用意してあったものがある……卒業祝いだ。しかし、おまえがこのバカげた考えを頭から追い出しやすくなるように、いまここで伝えておくとしよう。おまえがなにかするかもしれないと心配しているわけじゃないぞ。もっと幼かったときから、おまえに分別があることはわかっていた。とはいえ、混乱しているのはたしかなようだ——これを聞けばそんな考えもどこかへ吹っ飛ぶだろう。なんだかわかるかな?」

「いや、ぜんぜん」

父はにやりとした。「火星旅行だよ」

ぼくは唖然としたにちがいなかった。「ええっ、父さん、まさかそんな——」

「驚かせるつもりだったが、そのとおりになったな。おまえたちのような若者が宇宙旅行についてどう感じているかは知っているが、わたしは初めて体験したあともなにがいいのかさっぱりわからなかった。とはいえ、おまえにとってはいいタイミングだ。ここらで旅行をして——ひとり旅だということは言ったかな?——ストレスを発散するといい。なにしろ、いったん責任ある立場になったら、月で一週間すごす時間をひねりだすのさえむずかしくなるからな」父は書類を取り上げた。「いや、礼はいらないぞ。もういいから、こいつを片付けさせてくれ——今夜は、もうじき何人かお客が来ることになっている。仕事でな」

ぼくはその場を立ち去った。父はそれで話はついたと考えていたらしい……ぼくもそうだったと思う。火星! しかもひとりで! でも、このことはカールには話さなかった。賄賂だと思われるんじゃないかと心配だった。いや、事実そうだったのかも。その代わり、カールには、父はぼくとは考えがちがうみたいだとだけ伝えた。

「ああ」カールはこたえた。「おれの親父もそうさ。けど、これはおれの人生だからな」

ぼくはそのことを、歴史・道徳哲学の最後の授業のときもずっと考えていた。これはほかの科目とはちがって、必修科目だけれど合格点をとる必要はなかった——そしてデュボア先生は、生徒たちが授業を理解しようがしまいがまったく気にしていないようだった。切り株のようになった左腕で生徒をさし（わざわざ名前を呼んだりはしない）、鋭い口調で質問を投げかけてきた。それから討論が始まるのだ。

ところが、その最後の日、デュボア先生はぼくたちがなにを学んだのかを突き止めようとしているみたいだった。ひとりの女子生徒がずけずけと先生に言った。「わたしの母は暴力ではなにも解決しないと言っています」

「それで？」デュボア先生は冷ややかに女子生徒を見つめた。「カルタゴの長老たちはそれを知ったら喜ぶだろう。お母さんはなぜ彼らにそれを教えてあげないのかね？　きみ自身が教えてもいいのでは？」

ふたりは以前にも議論をしていた——不合格になる心配がないので、デュボア先生の機嫌をとる必要がなかったのだ。女子生徒は金切り声で言った。「わたしをからかっているんですね！　カルタゴが滅亡したことはだれだって知っています！」

「きみは知らないのかと思ったよ」先生は険しい顔で言った。「知っているなら、暴力が彼らの運命を完膚なきまでに決したと言うはずではないのかね？　もっとも、わたしはきみ個人をからかったわけではない。許しがたいほどバカげた考えを軽蔑しただけだ——いつもそうしているのでね。〝暴力はなにも解決しない〟などという、歴史的に見てまちがっている、しかも不道徳きわまりない主張にしがみつく者に対しては、ナポレオン・ボナパルトとウェリントン公爵の幽霊を呼び出して議論させてみたらいいと忠告することにしている。ヒトラーの幽霊をレフェリーに据えて、審査員はドードーやオオウミガラスやリョコウバトにすればいい。暴力は、むきだしの力は、ほかのどんな要素と比べても、より多くの歴史上の問題に決着をつけてきたのであり、それに反する意見は最悪の希望的観測にすぎない。この基本的な真理を忘れた種族は、常にみずからの命と自由でその代償を支払うことになったのだ」

先生はため息をついた。「年がめぐり、クラスが変わっても——わたしにとっては失敗が繰り返されるだけだ。こどもを知識へと導くことはできても、ものを考えさせることはできない」突然、先生は切り株のような腕でぼくをさした。「きみ。軍人と民間人とのあいだに道徳的なちがいがあるとしたら、それはどんなものだ？」

「ちがいは」ぼくは慎重にこたえた。「市民道徳にあります。軍人は自分が属する国家の安全について個人的に責任を負い、必要とあらば、命がけでそれを守ります。民間人はそういうことはありません」

「教科書に書かれているとおりだな」先生はあざけるように言った。「しかし、きみはそれを理解しているのか？　それを信じているのか？」

「えー、わかりません」

「もちろんわからないだろう！　たとえ〝市民道徳〟が近づいてきて目のまえで吠えたとしても、ここにいる者はだれひとりとしてそれに気づくまい！」先生はちらりと腕時計に目をやった。「以上だ。これですべて終わりだ。この次はもっと楽しい状況で顔を合わせたいものだな。解散」

すぐあとが卒業式で、それから三日後にはぼくの誕生日、さらに一週間もしないうちにカールの誕生日がやってきた――それでもまだ、ぼくは入隊しないことをカールに伝えていなかった。あいつはぼくにその気がないことをうすうす察していたはずだけど、ふたりでそれについて話をすることはなかった。ばつが悪かったのだ。ぼくはただ、カールの誕生日の次の日に待ち合わせをして、いっしょに新兵募集ステーションへ出かけた。

連邦ビルの階段で、カルメンシータ・イバネスと出くわした。もと同級生で、二種類の性別がある種族の一員でいることに感謝したくなるような女の子だ。カルメンはぼくのガールフレンドじゃなかった――だれのガールフレンドでもなかった。同じ相手と二回続けてデートすることはけっしてなく、だれにでもやさしく接したけれど少しそっけないところがあった。でも、ぼくはカルメンをよく知っていた。うちのプールがオリンピックで使えるほど大きかったから、よく泳ぎに来ていたのだ。連れてくる男の子はいつもちがっていて、ひとりで来たのは、ぼくの母さんからしつこくせがまれたときだけだった。母さんはカルメンのことを〝良い影響がある相手〟とみなしていた。珍しく、それは正解だった。

カルメンがぼくたちを見て足を止め、えくぼを浮かべた。「あら、おふたりさん！」

「やあ、黒い瞳《オーチ・チョールニイエ》」ぼくは応じた。「どうしてここに？」

「わからない？　今日はわたしの誕生日なの」

「はあ？　そりゃおめでとう！」

「だから入隊しようと思って」

「え……」ぼくだけでなく、カールも同じくらい驚いていたと思う。でも、カルメンはいつもそんな調子だった。噂話はしないし、自分のことを口にすることもなかった。「冗談じゃないんだよな」ぼくは念を押した。

「なんで冗談を言わなくちゃならないの？　宇宙船のパイロットになりたいの——とにかく、そのための努力をするつもり」

「おまえならきっとやり遂げられるさ」カールが急いで言った。そのとおりだった——いまはあいつが正しかったことがよくわかる。カルメンは小柄だけどいかしていて、健康状態も反射神経も申し分なかった。競技レベルの高飛び込みもやすやすとこなしたし、数学も得意だった。ぼくはといえば、代数が〝C〟で商業算術は〝B〟という情けなさ。カルメンはうちの学校の数学の授業をぜんぶ受けていたうえに、個人指導の上級課程までとっていた。でも、どうしてそんなことをするのか考えたことはなかった。実のところ、おチビのカルメンは装飾品としてあんまり上等すぎたから、実用性にまで思いがいたらなかったのだ。

「おれたち——いや、おれも」カールが言った。「入隊しにきたんだ」

「ぼくもだ」ぼくは口をはさんだ。「ふたりでいっしょに」いや、そう決心していたわけじゃなかった。口が勝手に動いたんだ。

「わあ、すてきね！」

「ぼくも宇宙船のパイロットを目指すつもりだ」ぼくはきっぱりと付け加えた。

カルメンは笑ったりせず、とてもきまじめにこたえた。「ああ、それはすごいわ！ 訓練で出くわすかも。そうなるといいわね」

「衝突コースで？」カールが言った。「パイロットとしてはうれしくないだろう」

「バカね、カール。もちろん地上でよ。あなたもパイロットになるの？」

「おれが？ おれはトラックの運転手じゃないからな。わかるだろ――スターサイド研究開発部隊だよ、採用されればだけど。希望はエレクトロニクス」

「〝トラックの運転手〟だなんて！ あなたなんか冥王星へ送られて氷浸けになればいいのに。ううん、嘘よ――幸運を祈るわ！ さあ、入りましょ」

新兵募集ステーションは円形広間の手すりのむこう側にあった。デスクで腰をおろしていた艦隊軍曹は、やたらケバケバしい礼服姿だった。胸には勲章の略綬がずらりとならんでいたけど、どういうものかはわからなかった。右腕がとても短く断ち切れていたので、上着は袖がないかたちに仕立ててあった……しかも、手すりに近づいてみると、両脚がどちらもなくなっているのが見えた。

当人はそのことをまったく気にしていないようだった。カールが呼びかけた。「おはようございます。入隊したいんですが」

「ぼくもです」ぼくは続けて言った。

軍曹はぼくたちを無視し、すわったままの姿勢でぎこちなく会釈をした。「おはよう、お嬢さん。なにかご用かな？」

「わたしも入隊したいんです」

軍曹はにっこりした。「それは立派な心がけだ！　ただちに二〇一号室へ行ってロハス少佐をたずねたまえ。彼女が指示をしてくれる」そしてカルメンを上から下までじっくりとながめた。「もしできれば」「パイロットか？」

「見たところいけそうだな。さあ、ミス・ロハスのところへ」

カルメンは軍曹に礼を言い、ぼくたちにまたあとでと声をかけて去っていった。軍曹はぼくたちに注意を移し、おチビのカルメンを相手にしたときに見せた楽しげな表情をすっかり消して品定めに取りかかった。「それで？　希望は？　労務大隊か？」

「とんでもない！」ぼくは言った。「パイロットになるつもりです」

軍曹はぼくをじっと見つめ、なにも言わずに目をそらした。「そっちは？」

「研究開発部隊に興味があります」カールは大まじめに言った。「とりわけエレクトロニクスです。可能性はかなり高いはずです」

「うまい具合にいけばの話だ」艦隊軍曹は冷たく言った。「そのためには、心構えと能力の両面で、必要な水準に達していなければならない。なあ、おまえたち、わたしがなぜこんな目立つところにいるかわかるか？」

ぼくには意味がよくわからなかった。カールが言った。「なぜです？」

「なぜなら、政府はおまえたちが入隊しようがしまいがこれっぽっちも気にしていないからだ！　実はちょっとした流行になっていてな。一部の若者たちが、あまりにも多くの若者たちが、任期をさっさと勤めて市民権を獲得し、襟に退役軍人のしるしであるリボンをつけようとしている……現実の戦闘を見たことすらないままに。とはいえ、おまえたちが入隊を希望して、わたしの説得も通じなかったとしたら、軍としてはおまえたちを採用するしかない。憲法で規定されている権利だからな。どんな人間も、男であれ女であれ、生まれ持った権利として、軍務をこなして完全な市民権を獲得することができる。だが、実際のところは、志願兵全員に栄光ある炊事兵よりはましな仕事をあたえようとして四苦八苦しているというのが現実だ。全員がほんものの軍人になれるわけじゃない。そんなに大勢は必要ないし、どのみちほとんどの志願兵には第一級の兵士になるだけの素質がない。兵士になるためにはなにが必要なのかわかるか？」

「いいえ」ぼくは正直にこたえた。

「たいていの連中は、両手と両足とにぶい頭さえそろっていればいいと思っている。砲弾のえじきになるだけならそうかもしれない。ユリウス・カエサルが求めたのもそれだけだったかもしれない。だが、現代の兵士は高度な技能を身につけたスペシャリストであり、ほかのどんな職についても〝達人〟と呼ばれるレベルにある。頭のにぶい連中を受け入れる余裕はないわけだ。そこで、どうしても入隊したいというくせに、われわれが求めるだけの資質をもっていない連中に対しては、思いつくかぎりの、つらくて、きたなくて、危険な仕事をあてがい、任期を終えることなく尻尾を巻いて家へ逃げ帰ってもらうか、それがだめでも、市民権に価値があるのはそのために大きな代償を支払ったからだということを死ぬまで忘れずにいてもらう。さっきここに若い娘がいただろう――パイロットになりたがっていたやつだ。うまくやってほしいものだ。優秀なパイロットは常に必要とされているが、充分とは言えないからな。あの娘ならいけるかもしれん。だが、もしもだめだったら、南極大陸へ送られることだってありうるんだ。人工の光しか見ないせいできれいな目は真っ赤になり、きつくて、きたない作業で指の節はたこだらけになるだろう」

ぼくは軍曹に言ってやりたかった。カルメンなら最低でも天空監視部隊のコンピュータプログラマーにはなれるはずだと。あいつはほんものの数学の天才なんだと。でも、軍曹は語り続けた。

「だから、わたしがここにすわっているのは、おまえたちのような若者を思いとどまらせるためなんだ。これを見たまえ」軍曹は椅子をぐるりと回して、両脚がなくなっているのがぼくたちによく見えるようにした。「なんの才能もなければ、月でトンネルを掘るとか、新しい病気のために人間モルモットの役を果たすとかいった運命が待つわけだが、ここではそうはならないと仮定しよう。軍がおまえたちを戦う男に育て上げると仮定しよう。わたしの姿を見ろ。おまえたちもこうなるかもしれない……たとえ、あっさり戦死して家族に〝まことに遺憾ながら〟という電報が届くことがないとしてもだ。実際にはその可能性のほうがずっと高い。最近では、訓練でも戦闘でも、負傷者というのはあまり出ないからな。戦死すれば棺桶に放り込まれるだけ。こういうのはめったにない例外なんだ。わたしは幸運だった……

もっとも、おまえたちはこれを〝幸運〟とは呼ばないかもしれないがな」

軍曹は口をつぐみ、また続けた。「だから、おまえたちも家へ帰って、カレッジへ進学して、それから薬剤師か保険ブローカーにでもなったらどうだ？　軍務はこども向けのキャンプとはちがう。ほんものの軍隊での勤務は、平時ですらつらくて危険だ……キャンプと似ていても、比べようがないほど理不尽なものだ。夏休みとはちがう。夢のような冒険が待っているわけじゃない。わかるか？」

カールが言った。「ここへ来たのは入隊するためです」

「ぼくもです」

「兵科を選べないことはわかっているんだな？」

カールが言った。「希望は申告できると思っていたんですが」

「そのとおり。ただし、退役するまでのあいだ二度と選択の機会はないぞ。配属担当官だっておまえの選択にはちゃんと気をくばってくれる。まず初めに、今週、左利きのガラス職人という、おまえがそれで幸せになれると考えている人材をほしがっている部署があるかどうかを調べる。残念ながらそういう要望が出ていることが判明した場合は、まあ太平洋の底でかもしれないが、次に、おまえに生まれつきの才能と心構えがあるかどうかのテストがおこなわれる。二十回に一回くらいは、すべてが適合していると認めざるをえない結果になって、おまえは希望の職務につく……だれかのひどい悪ふざけで、なにかぜんぜんちがう仕事をするようにという命令が届くまではな。しかし、それ以外の十九回では、希望は却下され、おまえはタイタンでサバイバル用装備の実地テストに参加するのが適任だと判断される」軍曹は遠い目をして続けた。「タイタンは寒いぞ。しかも、テスト用の装備というやつは驚くほど頻繁に故障する。それでも、実地テストは必要なんだ。研究室でなにもかも解決することはできないからな」

「おれにはエレクトロニクスの研究にたずさわる資格があります」カールは断固として言った。「ポストに空きさえあるなら」

「そうか？　おまえはどうなんだ、若いの？」

ぼくはためらい——そこでふいに気づいた。ここでやっておかなかったら、この先ずっと、自分はただの社長の息子でしかないのかと悩み続けるだろうと。「いちかばちかやってみます」

「まあ、わたしはちゃんと説得したからな。出生証明書は持ってきたか？　それと、身分証を見せてくれ」

十分後、まだ宣誓もしていないのに、ぼくたちは最上階で刺されたりつつかれたりX線で透視されたりしていた。身体検査というのは、当人が病気ではないときには、あらゆる手を尽くして病気持ちにさせようとするものらしい。すべての努力が失敗に終わると、入隊できるわけだ。

医師のひとりに、何パーセントくらいが身体検査で不合格になるのかきいてみた。その医師は驚いたような顔をした。「いや、だれも不合格になんかしないよ。法律で禁じられているからね」

「ええっ？　ちょっと、きいていいですか、ドクター？　だったらこの鳥肌が立つような大騒ぎにどんな意味が？」

「ああ、これはな……」医師はそう言いながら、すっと身を引いてぼくの膝をハンマーで叩いた（ぼくは彼を蹴ってしまったけど、強くではなかった）。「きみの肉体がどのような任務に耐えられるのかを調べるためだ。しかし、たとえきみが、車椅子に乗っていて両目とも見えなくて、それでも入隊すると駄々をこねるバカ者だったとしても、彼らはそれにふさわしいバカげた任務をなにか見つけるだろう。毛虫のイガイガを手探りでかぞえるとかな。不合格になるただひとつの方法は、きみには宣誓の意味すら理解できないと、精神科医に診断してもらうことだ」

「はあ。ええと……ドクター、あなたは入隊したときにはもう医師だったんですか？　それとも、医師になるべきだと判断されて学校へ送られたんですか？」

「わたしが？」医師はショックを受けたようだった。「お若いの、わたしがそこまで愚かに見えるかね？　わたしは軍属の民間人だよ」

「ああ。失礼しました」

「気にしなくていい。だが、軍務というのはアリにむいている。嘘じゃない。わたしは兵士たちが出かけるのを見送り、兵士たちが帰ってくるのを迎える――帰ってこられたときの話だが。彼らがどんな目にあったのかはよくわかる。それはなんのためだ？　一センタボにもならない、ほんのささやかな政治的特権のためであり、しかも、ほとんどの連中にはそれを賢く活用するだけの才覚すらない。いっそのこと医師たちにまかせてもらえるなら――いや、やめておこう。言論の自由がどうあれ、反逆罪になるようなことを口にしていると思われかねない。だがな、お若いの、十かぞえられるだけの頭があるなら、いまのうちに思い直すことだ。さあ、この書類を持って新兵募集ステーションにいた軍曹のところへ戻りたまえ――わたしの言ったことを忘れずにな」

ぼくは円形広間へ引き返した。カールはすでにそこにいた。艦隊軍曹はぼくの書類に目をとおし、渋い顔で言った。「ふたりとも腹が立つほど健康のようだな――頭にいくつか穴があいているだけで。ちょっと待ってくれ、立会人を呼ぶから」軍曹がボタンを叩くと、女性職員がふたりやってきた。ひとりは高齢で横柄な感じだったけど、もうひとりはけっこうかわいかった。

軍曹はぼくたちの身体検査票と、出生証明書と、身分証を指さし、かしこまった口調で言った。「あなたがたを呼んだのは、ひとりずつ別々にこれらの書類を見てもらい、内容を確認したうえで、それぞれの書類について、あなたがたのそばにいる二名の男性といかなる関係があるのかを確認してもらうためです」

ふたりの女性職員は退屈な日常業務をこなすように作業に取りかかった。事実そのとおりだったのだろう。それでも、ふたりはすべての書類をたんねんに調べて、ぼくたちの指紋を――またもや！――採取し、かわいいほうが片目に宝石用ルーペを当てて出生証明書の指紋と比較した。サインも同じように入念に調べられた。ぼくは自分が自分であるのかどうか不安になってきた。

艦隊軍曹がまた口をひらいた。「ここにいるふたりに入隊の宣誓をおこなう資格があることをしめす書類は見つかりましたか？　もし見つかったのなら、それはどのようなものですか？」

「見つかりました」年上のほうの職員が言った。「それぞれの身体検査票に、委任された精神科医たちによる但し書きがあり、このふたりが宣誓をおこなえる精神状態にあり、アルコールや麻薬やそのほか心身の働きを阻害する薬物の影響を受けておらず、催眠状態にもないということが、正式に結論づけられています」

「けっこうです」軍曹はぼくたちに顔を向けた。「では、あとについて言いたまえ。わたしは、法定年齢に達していて、みずからの意志により――」

「〝わたしは〟」ぼくたちはそれぞれに復唱した。「〝法定年齢に達していて、みずからの意志により――〟」

「――いかなるかたちであれ強制や約束や勧誘によることなく、この宣誓の意味と結果について適正なる助言と警告を受けたのち――

――いまここで地球連邦軍に入隊します。任期は最低で二年ですが、軍が必要とするだけ延長されることがあります――」

（ぼくはこの部分を聞いてちょっと息をのんだ。〝任期〟は二年だとばかり思っていた。考えてみればわかりそうなことだけど、みんながそんなふうに話していたのだ。あろうことか、ぼくたちは生涯続く契約にサインしようとしていた）

「わたしはここに誓います。地球連邦憲法を地球上あるいは地球外のあらゆる敵から守り抜き、連邦およびその関連する国と属領で暮らす市民と合法的居住者の憲法で認められた自由と基本的人権を保護し、法で認められた直属または代理の権威者からあたえられる合法的な職務は地球上であれ地球外であれ必ず遂行し——

——地球連邦軍最高司令官およびわたしの上位にある士官またはその代理者からの合法的な命令には必ず服従し——

——合法的にわたしの指揮下に置かれた地球連邦軍のすべての軍人あるいはそれ以外の人びとあるいは人間以外の生物にも同じように服従を要求し——

——そして、現役の任期を満了して名誉除隊をしたとき、あるいは任期を満了したあとで非現役の退役状態に置かれたときには、天寿をまっとうするそのときまで、主権者である市民の裁判で評決によってその名誉を剝奪されないかぎり、主権者の権利を行使する義務と責任と特権を含め、しかしそれに限定されることなく、地球連邦市民としてのあらゆる義務と責任を遂行し、すべての特権を享受します」

（ひゅう！）デュボア先生が、歴史・道徳哲学の授業で入隊の宣誓について分析し、一節ずつぼくたちに検討させたことがあった。でも、その〝大きさ〟はなかなか実感できるものじゃない——実際にそいつが不格好なかたまりとなって、まるでクリシュナ神が駆る巨大な馬車のように、重々しく止めようもなく目のまえに迫ってくるまでは。

それでも、ぼくはもうだらしない服装をしてなにも考えずにいられる一般市民とはちがうのだ、ということは実感できた。自分が何者なのかはまだわからなかったけど、以前の自分ではないということはわかっていた。

「神よ力をあたえたまえ」ぼくたちがそろって宣誓を終えると、カールが十字を切り、かわいい職員も十字を切った。

そのあとは、五人全員でまたサインをしたり指紋をとったりが続き、その場で撮影されたカールとぼくの平面カラー写真がそれぞれの書類に刷り込まれた。艦隊軍曹がようやく顔をあげた。「おや、昼休みをとっくに過ぎているな。食事の時間だぞ、若いの」

ぼくはごくりと唾をのんだ。「あの……軍曹?」

「なんだ? 言ってみろ」

「ここから家族に連絡できますか? 話しておきたいんです、ぼくが——どうしてこういうことになったのかを」

「もっといいことがある」

「はい?」

「おまえたちふたりにはいまから四十八時間の休暇をあたえる」軍曹は冷たく笑みを浮かべた。「戻ってこなかったらどうなるかわかるか?」

「ええと……軍法会議ですか?」

「まさか。そんな大ごとになるものか。ただ、おまえの書類に〈任期を満了せず〉という印がついて、絶対に、絶対に、再入隊のチャンスがあたえられなくなるだけだ。言ってみればクーリングオフ期間で、そのあいだに、本気で入隊するつもりはなく初めから宣誓なんかするべきではなかった育ちすぎの赤ん坊たちをふるい落とすわけだ。政府の金を節約できるし、そういうガキどもと親たちの嘆きも節約できる——近所のやつらもあれこれ想像をめぐらす必要がなくなる。両親に話さなくたっていいんだぞ」軍曹は手をついてデスクから椅子を離した。「では、明後日の正午にまた会うとしよう。会えるとしての話だがな。身の回りの品を持ってくるんだぞ」

さんざんな休暇だった。父はぼくをひどく怒鳴りつけ、そのあとはいっさい口をきかなくなった。母は寝込んでしまった。ぼくが予定より一時間ほど早く出発したときには、朝食担当のコックと下男たちのほかには、だれひとり見送りに出てこなかった。

ぼくは新兵募集係の軍曹のまえで足を止め、敬礼をしようかと考えたけど、やりかたがわからないことに気づいた。軍曹が顔をあげた。「来たか。これがおまえの書類だ。二〇一号室へ持っていけ。そこで検査を受けることになる。ノックして入るんだぞ」

二日後、ぼくは自分がパイロットにはなれないことを悟った。検査官たちがぼくに対してくだした評価の一部をあげてみると——〝空間関係の直観的把握力が不足……数学の才能が不足……数学の予習が不充分……反応時間は適格……視力は良好〟。最後のふたつが記されていたのはありがたかった。自分は指を折ってかぞえるのが精一杯なんじゃないかという気がし始めていたのだ。

配属担当官の指示で、二番目以降に希望する兵科を順番にリストアップしたあと、さらに四日間、聞いたこともないほど突拍子もない適性検査を受け続けた。なにを調べたかったのかさっぱりわからないけど、女性の速記者がいきなり椅子から立ち上がって「蛇よっ！」と叫んだりするのだ。そこにあったのは蛇ではなく、害のないビニール製のホースだけだったのに。

　筆記試験や口頭試問も同じくらいバカげたものがほとんどだったけど、検査官たちはそれで満足しているようだったから、言われたとおりにした。いちばん気を遣ったのは、自分の希望をリストアップしたときだった。もちろん、最初のほうには宇宙軍の仕事（パイロット以外の）を片っ端からならべた。動力室の技術者だろうと調理手だろうと、陸軍の仕事よりは宇宙軍の仕事のほうが良かった——ぼくは旅がしたかったんだ。

　その次にリストに入れたのは諜報科だった。スパイでもあちこちへ出かけられるし、退屈することはないと思ったからだ（それはまちがいだったけど、まあいい）。そのあとも長いリストが続いた——心理戦科、化学戦科、生物戦科、戦闘生態科（どんなものかはわからなかったけど、名前からするとおもしろそうだった）、兵站《ロジスティックス》科（これは単純ミス——ぼくはディベートのために論理学《ロジック》の勉強をしていたので、てっきり記号論理学《ロジスティックス》のことだと思ってしまったのだ）、などなど。そしていちばん最後に、ちょっとためらいながら、軍用犬科と歩兵科を入れた。

非戦闘系の補助部隊はわざわざリストに入れなかった。戦闘部隊に採用されないのだったら、実験動物として扱われようが金星の地球化《テラナイズ》計画へ労働者として送り込まれようがどうでもよかった——どっちにしたってブービー賞だ。

宣誓をすませた一週間後に、配属担当官のミスター・ワイスから呼び出された。彼は退役した心理戦科の少佐で、そのときは調達部で勤務についていたのだが、平服姿で、自分のことはただ〝ミスター〟と呼べばいいし、堅苦しいことはなにもなしでかまわないと言ってくれた。そこには、ぼくの希望兵科のリストと検査結果の報告書だけではなく、ハイスクールの成績証明書まで用意されていた。ハイスクール時代はなかなかうまくやっていたので、これはありがたいことだった。充分にいい成績だったけどガリ勉と呼ばれるほどではなかったし、どの科目でも落第点をとったことはなく、途中で受講をやめたのもひとつだけ、それ以外の学内活動でもかなりの優等生だった。水泳チーム、ディベートチーム、陸上競技部、クラスの会計係、年に一度の文学コンテストの銀メダル、ホームカミング実行委員会の委員長、といった感じだ。そういう多芸多才な記録がすべて成績証明書には記されていた。

ぼくが部屋に入ると、ミスター・ワイスが顔をあげた。「すわりたまえ、ジョニー」彼はそう言って、成績証明書に目を戻し、やがてそれをおろした。「犬は好きか？」

「え？　はい」

「どれくらい好きなんだ？　ベッドで犬といっしょに寝たか？　そのまえに、きみの犬はいまどこにいる？」

「いえ、いま現在は犬は飼っていません。でも、飼っていたときは——ええと、ベッドでは寝かせていませんでした。母が犬を家に入れることを許してくれなかったので」

「しかし、こっそり入れてやったんじゃないのか？」

「それは——」母が決めたことに逆らおうとすると、怒られることはなかったけどすごくすごく悲しそうな顔をされた。そのことを説明してみようかと思ったけど、あきらめた。「いいえ」

「ふーむ……ネオドッグを見たことはあるか？」

「はい、一度だけ。二年まえにマッカーサー劇場で展示されていました。でも、動物虐待防止協会から苦情が出ました」

「軍用犬チームがどういうものか教えてやろう。ネオドッグはしゃべる犬というだけではないんだ」

「マッカーサー劇場にいたネオドッグはよくわかりませんでした。ほんとうにしゃべるんですか？」

「しゃべるよ。犬たちのアクセントにこっちの耳を慣らせばいい。やつらの口のかたちでは、b、m、p、vを発音できないから、人間のほうがそれに相当する音に慣れる必要がある——口唇口蓋裂の障害がある場合と似ているが、文字がちがうわけだ。それでも、話す言葉は人間と同じようにはっきりしている。しかし、ネオドッグはしゃべる犬ではない。そもそも犬ではなくて、犬をもとにして人工的に変異させた共生体だ。ネオ、つまり訓練されたケイレブの頭の良さは、犬のおよそ六倍で、これは愚鈍な人間と同じくらいの知能になる――もっとも、この比較はネオにとって公平とは言えない。愚鈍な人間はいわば欠陥品だが、ネオは特定の職務をこなすという面ではまさに天才だ」

　ミスター・ワイスは顔をしかめた。「ただし、それは相方の共生体がいればの話だ。そこが問題でね。うーん……きみはまだ若いから結婚の経験はないだろうが、少なくとも両親の結婚生活は見てきたはずだ。ケイレブとの結婚を想像できるかね？」

「は？　いや。それはむりです」

「軍用犬チームにおける犬人間《ドッグマン》と人間犬《マンドッグ》との感情面の結びつきは、たいていの結婚生活における感情面の結びつきよりもずっと緊密で、はるかに重要な意味がある。もしも主人が戦死したら、われわれはそのネオドッグも殺す――ただちに！　哀れな犬のためにしてやれるのはそれだけなんだ。慈悲の殺しというやつだな。もしもネオドッグのほうが死んだときは……まあ、その主人を殺すのがいちばん簡単な解決策なんだが、人間を殺すわけにもいかない。代わりに、そいつを拘束して病院に収容し、ゆっくりと元の状態へ戻していく」ワイスはペンを手にして、なにか印をつけた。「母親の目を盗んで犬をベッドで寝かせることすらなかった若造を、軍用犬科に配属するような危険はおかせない。だから、なにか別のものを考えてみるとしよう」

　ぼくはここでやっと気づいた。リストで軍用犬科の上にならべていた希望はすべて却下されてしまったにちがいないと――そしていま、またひとつ希望が却下されたのだと。あんまりびっくりしたので、相手の次の言葉をあやうく聞き逃すところだった。ワイス少佐は物思いにふけりながら語り始めた。無表情で、ずっとまえに遠くで死んだだれかのことを話しているかのように。「わたしもかつては軍用犬チームの片割れだった。ケイレブが戦死したときには、六週間ものあいだ鎮静剤漬けにされ、そのあとでほかの職務につくためのリハビリを始めた。ジョニー、きみが履修してきたこれらの科目だが——どうしてなにか役に立つ勉強をしておかなかったんだ?」

「と言いますと?」

「いまさら手遅れだな。忘れてくれ。ふーむ……歴史・道徳哲学の教師はきみを買っているようだな」

「そうなんですか?」ぼくは驚いた。「なんて言ってます?」

ワイスはにっこりした。「きみはバカなのではなく、ただ物を知らず、置かれた環境のせいで偏見を植え付けられているのだそうだ。あの男のことはよく知っているが、これはなかなかの高評価だぞ」

それのどこが高評価なんだ! あの高慢ちきで頭の固いおいぼれ——

「それに」ワイスは続けた。「テレビ鑑賞でCマイナスをとる生徒がなにもかもダメということはありえない。ここはデュボア先生の推薦を受け入れるとしよう。歩兵になるというのはどうかね?」

連邦ビルを出たときには、へこんではいたけどひどく悲しいというわけでもなかった。少なくとも、ぼくは兵士だった。ポケットにはそれを証明する書類もあった。できが悪すぎて有益な仕事はなにもさせられないと判断されたわけではなかった。

勤務時間が終わって何分かたっていたので、ビルの中には必要最小限の夜間スタッフしか残っていなかった。円形広間で、いままさに帰ろうとしているひとりの男と出くわした。見覚えのある顔だったけど、だれなのかは思い出せなかった。

男のほうはぼくの顔を見てすぐにわかったようだった。「よお！」きびきびした声で呼びかけてきた。「まだ出発していなかったのか」

そこでやっと気づいた――ぼくたちに宣誓をさせた艦隊軍曹じゃないか。ぼくはぽかんと口をあけた。目のまえにいる男は平服姿で、二本の脚で歩いていたし、腕も二本そろっていた。「ええと、こんばんは、軍曹」ぼくはもごもごと言った。

軍曹はぼくの表情を完璧に読み取り、自分の体を見おろして気さくに笑った。「落ち着けよ、若いの。勤務時間が過ぎたら恐ろしい見世物を続ける必要はないからな。まだ配属先は決まらないのか？」

「ついさっき命令を受けました」

「どこだ？」

「機動歩兵部隊です」

軍曹は満面の笑みを浮かべて手を差し出した。「わたしと同じだな！　握手しようじゃないか、若いの！　一人前の男に仕立ててもらえるぞ——さもなければ訓練で死ぬか。両方かもしれないな」

「良い選択でしょうか？」ぼくはおそるおそるたずねた。

「良い選択？　若いの、それは唯一の選択だよ。機動歩兵こそが軍隊だ。それ以外は、ボタンを押すだけの連中か、われわれにノコギリを手渡す教授どもばかり。仕事をするのはわれわれなんだ」軍曹はまたぼくの手を握って続けた。「ハガキを送ってくれ——〝連邦ビル内、ホウ艦隊軍曹〟で届くから。幸運を祈る！」そして彼は去っていった。背筋を伸ばし、かかとを鳴らし、頭を高くあげて。

ぼくは自分の手を見おろした。軍曹が差し出したのは、そこにはないはずの手——右手のほうだった。でも、感触はほんものみたいだったし、ぼくの手を握る力はしっかりしていた。そういう可動式の義手があることは知っていたけど、初めて出くわすとびっくりさせられるものだ。

ぼくは新兵たちが配属が決まるまでのあいだ一時的に宿泊しているホテルへ帰った——まだ制服もなかったので、みんな日中はふつうのつなぎの作業服を、勤務時間以降は自分の服を着ていた。翌朝早くに出発することになっていたので、ぼくは部屋に戻って荷造りを始めた——よけいな荷物を家に送り返すためだ。ワイスから、持っていくのは家族の写真と、もしも弾けるなら楽器（ぼくは弾けなかった）だけにしろと注意されていた。カールは希望どおり研究開発部隊への配属が決まり、三日まえに出発していた。ぼくはすごくうれしかったけど、カールのほうはぼくが引き当てた配属先を知ってひどく困惑していたはずだ。おチビのカルメンも、宙軍士官候補生（見習い）として、すでに出発していた。これでうまくすればパイロットになれる……彼女ならきっとやり遂げるだろう。

荷造りをしていたら、相部屋になった男が入ってきた。「命令を受けたのか？」彼はたずねた。

「ああ」

「どこだ？」

「機動歩兵部隊だ」

「歩兵だって？　うわ、そりゃサイテーだな。同情するよ、心から」

ぼくは背筋をぴんと伸ばして怒鳴った。「黙れ！　機動歩兵は陸軍でいちばんの部隊だぞ。それこそが軍隊なんだ！　ほかのくだらない連中はぼくたちにノコギリを手渡すだけ——仕事をするのはぼくたちだ」

男は声をあげて笑った。「じきにわかるって！」

「その口にこぶしを突っ込んでほしいのか？」

3

彼は鉄の杖をもって彼らを治める。

——ヨハネの黙示録　第二章二十七節

ほかの二千人ほどの犠牲者といっしょに、北方の大草原にあるキャンプ・アーサー・カリーで基礎訓練を受けた。これがまさに〝キャンプ〟で、常設の建造物といえば装備品をおさめる一群の倉庫だけ。寝るのと食べるのはテントの中で、生活するのは野外——あれを〝生活〟と呼べればの話だけど、当時のぼくにはむりだった。それまでは温暖な気候に慣れていたから、北極がキャンプからほんの五マイルほどのところにあってだんだんと近づいているような気がした。氷河期が復活しかけているのだ、まちがいない。

とはいえ、訓練をすれば体は温まるし、その訓練はたっぷりと用意されていた。

キャンプで迎えた最初の朝は、夜明けまえに叩き起こされた。時差ぼけで苦しんでいたので、たったいま眠りについたばかりのように思えた。ぼくを真夜中に起こすべきだと本気で考えている人たちがいるなんて、とても信じられなかった。

でも、彼らは本気だった。どこかのスピーカーから死人でも目を覚ましそうな軍隊マーチが鳴り響いて、毛むくじゃらの迷惑なやつが、ならんだテントに沿ってどすどすと歩きながら「全員出ろっ！　起きるんだっ！　急げっ！」と怒鳴りまくった。ぼくが毛布の中にもぐり込むと、そいつはまた舞い戻ってきて、寝台をひっくり返してぼくを冷たく固い地面にほうり出した。

なんとも人間味の欠けた気遣いだった。そいつはぼくが地面にぶつかるのを見届けもしなかった。

十分後、ズボンとアンダーシャツと靴という格好で、準備運動にそなえて仲間といっしょに不揃いな列をつくったちょうどそのとき、太陽が東の地平線から顔をのぞかせた。ぼくたちの目のまえにいたのは、肩幅の広い、意地の悪そうな大男で、身なりはぼくたちと変わりなかった。ただし、ぼくのほうは見た目も気分もできの悪い化粧をほどこされた死体みたいだったのに、その男はというと、顎の剃り跡は青々として、ズボンにはきちんと折り目がつき、靴ときたら鏡に使えそうなほどだったし、態度のほうも、きびきびとして油断がないわりに、リラックスして落ち着いていた。見た感じまったく眠る必要がなさそうだ——一万マイルごとに定期点検をして、ときどきほこりを払えばそれでいい。

男は大声で怒鳴った。「中隊っ！　気をーつけっ！　おれはズィム軍曹、この中隊の指揮官だ。おれに話しかけるときは敬礼して〝軍曹どの〟と言うこと——指揮棒を持っている相手と話すときは必ず敬礼して〝どの〟をつけるんだ——」軍曹は手にした短い杖でくるりと小さく円を描き、指揮棒というのがどれなのかをしめした。まえの晩にキャンプに到着したとき、ぼくはそれを持ち歩いている男たちを見て、いずれ自分でも手に入れようと考えていた——なんとなくかっこよかったからだ。でも気が変わってしまった。「——なぜなら、ここにはおまえたちを訓練するだけの士官がいないからだ。おまえたちの訓練はわれわれが担当する。だれだ、くしゃみをしたのは？」

返事はなかった——

「だれだ、くしゃみをしたのは？」

「わたしがしました」だれかの声がこたえた。

「なにをしたんだ？」

「わたしがくしゃみをしました」

「わたしがくしゃみをしました、軍曹どの！」

「わたしがくしゃみをしました、軍曹どの。寒いんです」

「ほう！」ズィムはくしゃみをした男につかつかと近づき、指揮棒の先端の金具をそいつの鼻先に突き付けた。「名前は？」

「ジェンキンズです……軍曹どの」

「ジェンキンズ……」ズィムはその単語を、なにか不快なもの、いっそ恥ずべきものであるかのように繰り返した。「夜間の偵察に出ているときでも、おまえは鼻水が出たというだけでくしゃみをするんだな。ああ？」

「それはしたくありません、軍曹どの」

「同感だ。ところで、寒いんだったな。ふーむ……すぐに治してやろう」ズィムは指揮棒で指し示した。「あそこの兵器庫が見えるか？」ぼくもそちらへ目を向けたが、広大な草原のほかには、地平線に近いあたりに建物がひとつ見えるだけだった。

「隊列を離れろ。あれを回ってくるんだ。駆け足だぞ。急げ！　ブロンスキー！　ついていけ」

「わかりました、軍曹」指揮棒を手にした五、六人の中から、ひとりがジェンキンズを追って走り出し、すぐに追い付くと、棒でやつのズボンの尻のあたりをぴしゃりと叩いた。ズィムは、気をつけをしたまま震えている新兵たちに向き直った。彼は列に沿って行きつ戻りつ歩きながら、ひどく悲しそうな顔で、ぼくたちをしげしげと見つめた。やがて、全員の真正面で足を止めると、首を横に振ってから、ひとりごとのように、しかしよくとおる声で語り始めた。「まさかおれの中隊でこんなことが起きるとはな！」

ズィムはぼくたちに目を向けた。「おまえたちエイプは――いや、エイプではないな。そんな立派なものじゃない。おまえたちは胸くそ悪い猿そのものだ。胸板の薄っぺらな、腹のたるんだ、よだれかけのとれないマザコンどもが。生まれてこのかた見たこともないぞ、こんな甘やかされたみっともないガキどもばかり――そこのおまえ！　腹を引っ込めろ！　まっすぐまえを向け！　おれはおまえに話しているんだぞ！」

ぼくはあわてて腹を引っ込めたけど、自分のことを言われたのかどうかはわからなかった。

ズィムの叱責はえんえんと続き、その怒鳴り声を聞いているうちに、ぼくは鳥肌が立っていることを忘れ始めていた。軍曹は同じことを二度は言わなかったし、罰当たりな言葉や下品な言葉はけっして使わなかった（あとで知ったことだが、彼はそういう言葉を特別な機会のためにとってあって、このときはそうではなかったらしい）。それでも、ぼくたちの肉体や精神や道徳や遺伝上の欠点について、侮辱的な細部にいたるまで徹底的にあげつらった。

ところが、ぼくはなぜか侮辱された気がしなかった。ズィムのあやつる言葉を研究するのがすごくおもしろくなってきたのだ。彼がぼくたちのディベートチームにいてくれたら良かったのに。

ようやく口を閉じたとき、ズィムはいまにも泣き出しそうに見えた。「とても耐えられない」苦い口ぶりだった。「なんとかしなければ――これでは六歳のときに持っていた木の兵隊のほうがましだ。よし！　ここに集まったシラミどもの中に、おれを叩きのめすことができると思うやつはいないか？　ひとりくらい〝男〟はいないのか？　言ってみろ！」

短い静寂がおりた。ぼくもその一員だった。ズィムがぼくを叩きのめせることに疑いの余地はなかった。それは確実だった。

隊列のずっと遠く、背の高いほうの端で声があがった。「ええと、おいらならいけるんじゃねえかと……軍曹どの」

ズィムはうれしそうな顔をした。「いいぞ！　おれに見えるところへ出てこい」言われたとおりに出てきた新兵は、実に立派な体格をしていて、ズィム軍曹より少なくとも三インチは背が高く、肩幅も広かった。「名前はなんだ、新兵?」

「ブレッキンリッジだ……軍曹どの。体重は二百十ポンドあるけど、腹がたるんだりはしてねえよ」

「なにか好みの戦い方はあるか?」

「軍曹どの、あんたの死に方はあんたが決めてくれ。おいらはなんでも」

「よし、ルールなしだ。好きなときに始めていいぞ」ズィムは指揮棒を脇へほうった。

戦いは始まり——すぐに終わった。でかい新兵は地面にすわり込み、左の手首を右手でつかんでいた。ひとことも声は出さなかった。

　ズィムがそいつの上にかがみ込んだ。「折れたか?」

「かもしれねえ……軍曹どの」

「すまんな。少しあわてさせられたよ。医務室の場所はわかるか? いや、なんでもない——ジョーンズ! ブレッキンリッジを医務室へ連れていけ」ふたりが去っていくとき、ズィムは新兵の右肩をぽんと叩いて静かに言った。「一カ月かそこらたったら、もう一度やってみよう。なにが起きたのか教えてやるから」ふたりだけの話にするつもりだったのだろうが、軍曹たちの立っていた場所は、ぼくが徐々に身を固くしていた場所から六フィートくらいしか離れていなかった。

　ズィムは一歩さがって声を張り上げた。「よし、この中隊にも少なくともひとりは男がいたようだ。気分が良くなってきた。もうひとりくらいどうだ? もうふたりでもかまわないぞ？　ふたりだったら、おまえたちのような醜いヒキガエルでもおれに対抗できると思わないか？」彼は隊列に沿って左右へ視線を走らせた。「いくじなしの、軟弱な――おお、いたか！　出てこい」

列でとなり同士にならんでいたふたりの男がいっしょに進み出た。小声で相談をしていたのだろうが、やはり背の高いほうの端にいたので、ぼくには聞こえなかった。ズィムはそのふたりに笑いかけた。「名前を教えてくれ、近親者への連絡用に」

「ハインリッヒ」

「ハインリッヒ様か？」

「ハインリッヒです、軍曹どの。ビッテ」そいつはもうひとりの新兵に早口で話しかけてから、礼儀正しく付け加えた。「こいつはまだ標準英語をうまく話せないのです、軍曹どの」

「マイアー、マイン・ヘル」もうひとりの男が名乗った。

「かまわん、ここへ着いたばかりのときに英語をうまく話せないやつは大勢いる――おれもそうだった。マイアーに伝えてやれ。心配するな、じきにうまくなると。だが、いまからなにをするか理解しているんだろうな？」

「ヤヴォール」マイアーはこたえた。

「もちろんです、軍曹どの。こいつは標準英語を理解します。流暢にしゃべることができないだけです」

「いいだろう。おまえたちはその顔の傷をどこでつけたんだ？　ハイデルベルクか？」

「ナイン——いいえ、軍曹どの。ケーニヒスベルクです」

「似たようなもんだ」ズィムは、ブレッキンリッジと戦ったときの指揮棒を取り上げ、それをくるりと回してたずねた。「おまえたちはこいつを使いたいんじゃないのか？」

「それではあなたにとって不公平です、軍曹どの」ハインリッヒは慎重にこたえた。「できれば素手のほうが」

「好きにしろ。それでもおまえたちはコケにされるかもしれないがな。ケーニヒスベルクだったか？　ルールは？」

「ルールなんて決められますか、軍曹どの、三人でやるのに？」

「興味深い指摘だな。だったら、目玉をえぐり出した場合は、けりがついたときにちゃんと返すと決めておこう。さあ、おまえの決闘仲間《コープスブルーダ》におれのほうは準備完了だと伝えろ。好きなときに初めていいぞ」ズィムは指揮棒を投げ捨てた。だれかがそれを受け止めた。

「冗談でしょう、軍曹どの。おれたちは目玉をえぐったりはしません」

「目玉はえぐらないんだな、わかった。〝準備ができたら撃て、グリッドレイ〟」

「なんですって？」

「いいからかかってこい！　さもなければ隊列に戻れ！」

　ぼくが見たのが実際にこのとおりだったのかどうかは確信がない。その一部については、後日、訓練の中で学んだのかもしれない。とにかく、あのとき起きたのはこういうことだったのだと思う。ふたりの新兵は中隊長の両側へ回り込み、充分に距離をとったまま挟み撃ちにできる態勢をとった。この位置からだと、ひとりで戦う者には選択肢として四つの基本的な行動がある――いずれの場合でも、自分自身の動きやすさや、ふたりよりもひとりのほうが協調性が高まることを有利に活用することができる。ズィム軍曹は、どんな集団も、協調して動けるよう完璧に訓練されていないかぎりは、ひとりの人間より弱くなるという（的確な）発言をしている。たとえばズィムなら、敵のひとりにフェイントをかけておいて、もうひとりのふところへ飛び込みざま膝の皿を割るかなにかして行動不能にできる――それから最初のひとりをゆっくりと片付ければいい。

ところが、ズィムはふたりに攻撃をさせた。まずマイアーが先陣を切った。彼が体当たりをして敵を地面に倒し、後に続くハインリッヒが、たぶんブーツで上から蹴りつけるという作戦だったのだろう。戦いはそんなふうにして始まるように見えた。

そして、ぼくが実際に見たと思うのはこうだった。マイアーはそもそも体当たりできなかった。ズィム軍曹はくるりとマイアーに向き直りながら、同時にハインリッヒの腹を蹴りあげた――突進したマイアーのほうは、ズィムの力強い手助けを受けて、そのまま宙を舞っていた。

でも、はっきりしているのは、戦いが始まったとたんに、ふたりのドイツ人の若者が安らかに気絶していたということだけだ。ぴくりともせず、ひとりはうつぶせに、ひとりはあおむけに。ズィムはそのふたりのそばに立ち、呼吸さえ乱していなかった。「ジョーンズ」彼は呼びかけた。「いや、ジョーンズは行ってしまったか？　マフムード、バケツで水を運んできて、こいつらの目玉にぶちまけてやれ。おれの爪楊枝はだれが持ってるんだ？」

しばらくたって、ふたりは意識を取り戻し、ずぶ濡れのまま隊列へ戻った。ズィムはぼくたちを見回して静かにたずねた。「ほかにだれかいるか？　それとも準備運動に取りかかるか？」

ぼくはほかにいるとは思わなかったし、軍曹もそんな予想はしていなかったと思う。ところが、列の左のほう、背の低い新兵たちがならんでいる中から、ひとりの若者が進み出て中央まで歩いてきた。ズィムはその若者を見おろした。「おまえひとりか？　それとも相棒を選びたいか？」

「自分ひとりです、軍曹どの」

「好きにしろ。名前は？」

「スズミです、軍曹どの」

ズィムが目を見ひらいた。「スズミ大佐となにか関係が？」

「自分は大佐の息子という光栄に浴しています、軍曹どの」

「そうか！　よし！　黒帯か？」

「いいえ、軍曹どの。まだです」

「おまえにそれだけの資格があるのはうれしいことだ。さて、スズミ、試合のルールでやるか、それとも救急車を呼んでおくほうがいいか？」

「おまかせします、軍曹どの。ただ、意見を言わせていただけるなら、試合のルールでやるほうがより賢明かと思います」

「どういう意味で言っているのかはわからんが、それでいくとしよう」ズィムが権威の象徴を投げ捨てた。驚いたことに、ふたりは後ずさりしてむかい合い、おじぎをした。

試合が始まると、男たちは上体をかがめておたがいのまわりをめぐり、探るように手を出し合った。まるで二羽の雄鳥みたいに。

突然、ふたりは組み合った——すぐさま小柄な若者が地面に倒れ込み、ズィム軍曹がその体の上を高々と飛び越えた。だがズィムは、マイヤーのようにどすんと地面に叩きつけられて息を詰まらせたりはしなかった。着地と同時にごろりと回転すると、スズミとほぼ同時に立ち上がって若者に相対した。「バンザイ!」ズィムは叫び、にやりと笑った。

「アリガトウ」スズミも笑みを返した。

ふたりはほとんど間を置かずに組み合い、ぼくはまたもや軍曹が宙を舞うのだろうと思った。そんなことはなかった。ズィムがまっすぐ相手のふところに飛び込んで、腕と脚がごちゃごちゃと絡み合い、その動きがゆるやかになったときには、ズィムがスズミの左足を右耳の中へ押し込もうとしていた——入るわけがないのに。

スズミが動かせるほうの手で地面を叩いた。ズィムはすぐに相手を解放した。ふたりはまたおじぎをした。

「もう一番いきますか、軍曹どの」

「すまんな。仕事に取りかからなければ。別の機会にどうだ？　楽しみと……名誉のために。

あらかじめ伝えておくべきだったかもしれないが、おれはおまえの立派な父上に鍛えてもらったのだ」

「そうではないかと思っていました、軍曹どの。では別の機会に」

ズィムはスズミの肩をぴしゃりと叩いた。「隊列に戻れ。中隊！」

それから二十分ほどかけて、ひととおりの準備運動をすませると、震えるような寒さは消えて汗がしたたるほど暑くなった。ズィムはみずから指揮をとり、号令をかけながらぼくたちと同じ運動をすべてこなした。見たところくたびれてはいなかったし、全員が運動を終えたときも呼吸は乱れていなかった。その日以降、ズィムが準備運動の指揮をとることはなかった（ぼくたちは二度と朝食まえに彼の姿を見ることはなかった。地位にはそれなりの特権があるのだ）。でも、その日の朝はいっしょだったし、運動が終わって新兵たちがへたばっていたときには、彼は全員の先頭に立って駆け足で食堂テントへむかい、そのあいだずっと怒鳴り続けていた。「もっと速く！　急げ！　ぐずぐずするな！」

キャンプ・アーサー・カリーでは、ぼくたちはどこへ行くにも駆け足だった。カリーというのがだれなのかは最後までわからなかったけど、きっとトラック競技の選手だったんだろう。

ブレッキンリッジはすでに食堂テントにいた。手首はギプスで固定されていたけど、親指もそのほかの指も見えていた。彼の話す声が聞こえてきた。「いや、ただ骨が曲がっただけだ——おいらはずっと弱っちいやつを相手にしてたからな。でも見ててくれ——いつかあいつをやっつけるから」

ぼくはそれはどうだろうと思った。スズミならひょっとすれば――でも、このでかぶつにはむりだ。こいつは圧倒的な差で負けたことがわかっていないだけだ。ぼくは初めて会ったときからズィムが嫌いだった。でも、彼には風格があった。

朝食は申し分なかった――どの食べ物もうまかった。どこぞの全寮制の学校とはちがって、食卓で人生がみじめになるようなバカげたことはなかった。突っ伏して料理を手でかき込んだとしても文句を言われることはない――食事はだれにも気兼ねせずにすむほぼ唯一の時間だったので、これはありがたかった。朝食のメニューはぼくが家にいたときに食べていたものとはぜんぜんちがっていて、給仕をつとめる民間人たちが叩きつけるように料理をくばってまわる様子は、母が見たら青くなって自室へこもってしまいそうな勢いだった。それでも、食事は熱々で、量もたっぷりあり、味のほうもあっさりしてはいたけど上々だった。ぼくはいつもの四倍ほどの量を食べ、クリームと大量の砂糖を入れたコーヒーでそれを次々と流し込んだ――たとえそれが鮫だろうと、皮を剝がしもせずに食べてしまったはずだ。

ぼくがおかわりに取りかかったとき、ジェンキンズがブロンスキー伍長を従えて姿をあらわした。ふたりはズィムがひとりで食事をしているテーブルでちょっと立ち止まり、そのあと、ジェンキンズはぼくのそばのあいていたスツールにどすんとすわり込んだ。ひどいありさまだった――真っ青で、疲れ切り、ぜいぜいと息をついていた。ぼくは声をかけた。「ほら、コーヒーをついでやるよ」

ジェンキンズは首を横に振った。

「食べたほうがいい」ぼくは譲らなかった。「スクランブルエッグがあるぞ——これならのみ込みやすいだろ」

「食べられるかよ。くそっ、あのムカつく野郎が」ジェンキンズは、低い、ほとんど抑揚のない口調で、ズィムのことを罵倒し始めた。「おれはただ、横になって朝食を抜きたいと頼んだだけなのに。ブロンスキーが許してくれないんだ——中隊長に会うべきだとかぬかして。だから言われたとおりにして、気分が悪いんですと伝えた。ちゃんと伝えたんだ。ズィムはおれの頬にさわって、脈をとり、診療呼集は九時からだと言った。テントへ帰らせてくれないんだよ。ああ、ちくしょう！　いつか暗い夜にぶちのめしてやる、きっとだ」

とりあえず、スプーンでスクランブルエッグを差し出し、コーヒーをついでやった。しばらくたつと、ジェンキンズは食べ始めた。ほとんどの新兵たちはまだ食事を続けていたのに、ズィム軍曹は立ち上がって外へと歩き出し、ぼくたちのテーブルのそばで足を止めた。「ジェンキンズ」

「ああ？　はい、軍曹どの」

「〇九〇〇時の診療呼集で医者に診てもらえ」

ジェンキンズの顎の筋肉がぴくっと動いた。彼はゆっくりとこたえた。「薬は必要ありません——軍曹どの。なんとかなります」

「〇九〇〇時だ。これは命令だ」ズィムは去った。

ジェンキンズはまた抑揚のないひとり語りを始めた。やがてその勢いが衰え、彼はスクランブルエッグをひと口食べてから、いくらか大きな声で言った。「いったいどんな母親があいうものを産み落としたんだろうな。ぜひとも見てみたいもんだ。そもそもあいつに母親なんかいるのか？」

それは修辞疑問だったのに返事があった。ぼくたちがいたテーブルの端のほう、スツール数脚ぶん離れたところで、教官の伍長がひとりで席についていた。彼はすでに食事をすませて、タバコをふかしながら同時に歯をせせっていた。話を聞いていたらしい。「ジェンキンズ――」

「はい――伍長どの？」

「おまえは軍曹というのがどんな連中か知らないのか？」

「ええと……いま学んでいるところです」

「やつらには母親なんかいない。訓練をすませた兵士にきいてみるがいい」伍長はタバコの煙をぼくたちのほうへ吐き出した。「やつらは分裂して増殖する……バクテリアみたいなものだ」

4

主はギデオンに言われた。あなたの率いる民は多すぎる……それゆえ今、民にこう呼びかけて聞かせよ。恐れおののいている者はみな帰れ……こうして民の中から二万二千人が帰り、一万人が残った。主はギデオンに言われた。民はまだ多すぎる。彼らを連れて水辺に下れ。そこで、あなたのために彼らをえり分けることにする……彼は民を連れて水辺に下った。主はギデオンに言われた。犬のように舌で水をなめる者、すなわち膝をついてかがんで水を飲む者はすべて別にしなさい。水を手にすくってすすった者の数は三百人であった……

主はギデオンに言われた。手から水をすすった三百人をもって……わたしはあなたたちを救い……ほかの民はそれぞれ自分の所に帰しなさい……

——士師記　第七章二－七節

キャンプに入った二週間後、ぼくたちは寝台を奪われた。つまり、それぞれの寝台をたたみ、それを四マイル運んで倉庫に詰め込むという、先行きの怪しい楽しみをあたえられたということだ。もうそんなことはたいした問題ではなくなっていた。地面は以前よりずっと温かく柔らかく感じられた――とりわけ、真夜中に警報が鳴り響き、大急ぎでテントを飛び出して兵隊ごっこをしなければならないときには。そういうのが一週間に三度はあった。でも、こうした模擬訓練が終われば、すぐにまた眠りに戻れるようになった。どんな場所でも、どんな時刻でも眠るすべを学んだのだ――すわったままでも、立ったままでも、隊列を組んで行進しているときでも。それどころか、夜の閲兵行進のとき、目を覚ますことなく音楽を楽しみながら、気をつけをしたまま眠ることさえできた――しかも、号令がかかると即座に目を覚ますのだ。

キャンプ・カリーではとても重要な発見をした。幸福とは充分な睡眠にある。それだけだ、ほかにはなにもない。いままでに出会った金持ちなのに不幸な人びとは、みんな睡眠薬をのんでいた。機動歩兵にそんなものは必要ない。カプセル降下兵に寝棚とそこで横になる時間をあたえたら、そいつはリンゴにもぐり込んだ虫みたいに幸せに眠りこけるだろう。

本来は、毎晩たっぷり八時間の睡眠時間と、夕食後の約一時間半の自由時間があたえられることになっていた。でも現実には、夜の睡眠時間には、警戒待機や、夜間勤務や、野外行進や、天災とかそういった気まぐれなできごとが割り込んできたし、夕食後の自由時間のほうは、新兵特訓や些細なミスによる超過勤務で台無しにされ、そうでないときでも靴磨きや、洗濯や、仲間同士の散髪（まずまずの腕前の理髪師も何人かいたけど、許されていたのはビリヤードの球みたいな丸刈りだけで、それならだれにでもできた）でつぶれてしまった——装備の手入れや、身の回りのあれこれや、軍曹たちの要求といった、それ以外の無数の雑用のことは言うまでもない。たとえば、朝の点呼では「入浴ずみ！」と返事をすることを教わったが、これは起床の合図があってから少なくとも一度は入浴したことを意味している。嘘をついてごまかすこともできたけど（ぼくも二度ほどやった）、うちの中隊でひとり、見るからに入浴した様子がなかったのにそうやってごまかそうとしたやつは、堅いブラシと床用石鹸で仲間にごしごしこすられながら、監視する教官の伍長のありがたい忠告を聞かされるはめになった。

それでも、夕食後に急ぎの用事がなければ、手紙を書いたり、のんびりしたり、おしゃべりをしたり、軍曹たちが精神面および道徳面でかかえるたくさんの欠陥について議論したり、なによりの楽しみとして、女性という種族について語り合ったりすることができた（ぼくたちは、そんな生物は実在せず、燃えさかる想像力によって生み出された神話なのだと確信するようになっていた——うちの中隊にいたある若者は、連隊本部で女の子を見たと主張して、全員から自慢屋の大嘘つきとみなされた）。ポーカーで遊ぶこともできた。ぼくは、真ん中のカードが欠けたストレートを狙ってはいけないということを痛い目にあって学び、その教訓をけっして忘れなかった。実を言うと、それ以来一度もポーカーはやらなかった。

完全に自由になる二十分が手に入ったら、眠ることもできた。この選択肢はとても高く評価されていた。ぼくたちはいつだって数週間分の睡眠不足に悩まされていたのだ。

ひょっとしたら、基礎訓練キャンプが必要以上に厳しすぎるという印象をあたえたかもしれない。それはちがう。

できるかぎり厳しいものにすることが、そもそもの目的だったのだ。

新兵たちはみんな固く信じていた――これは純然たる悪意の行為であり、計算されたサディズムであり、頭のいかれた連中が他人を苦しませることに悪魔じみた快楽を見いだしているのだと。

そうではなかった。残虐行為に病的な楽しみを求めているにしては、それはあまりにも計画的で、あまりにも知的で、あまりにも効率的かつ事務的に組織化されていた。外科手術のように冷徹な目的のために、外科手術のように管理されていた。たしかに、一部の教官たちは楽しんでいたかもしれないけど、ぼくは事実としてそれを知っているわけじゃない――それに、教官の選抜にあたって、心理戦科の士官たちがいじめっ子タイプをすべて排除しようとしたことを（いまは）事実として知っている。彼らが探したのは、新兵たちにとって最大限にきつい状況を生み出すことのできる、腕の立つ献身的な職人たちだった。いじめっ子は、愚かすぎるし、自身が感情的になりすぎるし、いずれ楽しみにあきて怠けるようになる可能性が高いので、けっして効率的とはいえないのだ。

それでも、教官の中にはいじめっ子が混じっていたかもしれない。ただ、聞くところによれば、一部の外科医たち（必ずしも腕が悪いわけではない）は、切ることと、外科手術にともなう出血を楽しんでいるらしい。

まさにそれだ――外科手術。キャンプの当面の目的は、軟弱すぎるとか、こどもじみているとかで、とても機動歩兵にはなれそうもない新兵たちを、部隊から追い払うことにあった。そして実際に大きな成果をあげた（ぼくも危うく追い払われるところだった）。うちの中隊は最初の六週間で小隊サイズにまで縮んだ。特に問題なく落伍を強いられた兵士は、もしも本人が望むなら、非戦闘系の部隊で任期を勤め上げることを許された。それ以外の者は、素行不良や、任務不履行や、医学的理由で除隊となった。

ふつうは、ある兵士が去っていく理由は、そいつが出ていくときに自分から話してくれないかぎりわからない。でも、一部の兵士たちは、すっかり嫌気がさして、聞こえよがしに理由をぶちまけてから除隊し、市民権獲得のチャンスを永久に失ってしまう。ほかにも、多くは年かさの兵士たちだが、どれだけ熱心に努力しても体が訓練についていけなくなってしまう場合もある。ぼくがひとりおぼえているのは、カラザーズという気のいいおっさんで、もう三十五歳くらいになっていたはずだった。彼は担架で運び出されていくあいだも、こんなのは不公平だ、いつか戻ってくるぞと弱々しく叫んでいた。

あのときは少し悲しかった。みんなカラザーズが好きだったし、彼は本気で努力していたのだ。だからぼくたちは目をそらし、もう二度と会うことはないと、あいつはまちがいなく医学的理由で除隊になって民間人に戻るのだと思っていた。ところが、ずっとあとになって、ぼくはカラザーズと再会した。彼は除隊を拒否して（医学的理由の場合は受け入れなくてもいい）、とある兵員輸送艦で三等コックになっていた。カラザーズはぼくのことをおぼえていて、昔話をしたがった。ぼくの父がハーバードのアクセントを誇りにしているように、彼もキャンプ・カリーで仲間とすごした日々を誇りに思い、自分はふつうの宙軍の兵士よりちょっとはましだと感じているようだった。まあ、たしかにそうだったかもしれない。

でも、肥満児をさっさと排除して、ものになりそうにない兵士の訓練にかかるコストを削減することよりもずっと重要だったのは、人間にできる範囲で最大の努力を払うことで、機動歩兵が戦闘降下のためにカプセルに入るときに、肉体面でも、意思の面でも、規律の面でも、能力の面でも、必要な準備ができているようにすることだった。それができていなければ、地球連邦のためにならないし、まちがいなくチームの仲間のためにもならないし、なにより本人のためにならない。

とはいえ、基礎訓練キャンプは必要以上に厳しすぎたのではないだろうか？

ぼくに言えるのはこれだけだ――この次にぼくが戦闘降下をするときには、キャンプ・カリー出身の兵士たちか、シベリアで同じような訓練を受けた兵士たちに脇を固めてもらいたい。さもなければカプセルに入るのを拒否するつもりだ。


とはいえ、たしかに当時のぼくは、なにもかもが意味のない悪質なナンセンスだと考えていた。些細なことはいろいろあった。キャンプに入った一週間後、それまで着ていた作業服に加えて、閲兵行進のためにえび茶色の通常軍服が支給された（儀式用の軍服と完全な礼服が支給されたのはずっとあとのことだった）。ぼくは上着を手に支給品倉庫へ引き返し、担当の軍曹に苦情を入れた。その人は支給品担当軍曹でしかなく、態度もどことなく父親っぽかったので、ぼくは彼のことをなかば民間人のように思っていた——当時はまだ、胸についている略綬の見分け方を知らなかったのだ。さもなければ、軽々しく話しかけたりはしなかっただろう。「軍曹、この上着は大きすぎます。うちの中隊長が、これじゃテントだと言ってます」

軍曹は上着に目を向けたけど、さわろうとはしなかった。「そうか?」

「はい。体に合うやつがほしいんですが」

軍曹はやはり動かなかった。「いいことを教えてやろう、ぼうず。この軍隊にはサイズがふたつしかない——大きすぎるか小さすぎるかだ」

「でも、うちの中隊長が——」

「もっともだな」

「でも、どうすればいいんですか?」

「なるほど、助言がほしいのか! それなら在庫がある——今日入ったばかりの新品だ。ふむ……おれならこうするな。ここに針がある、ついでに巻き糸もつけてやろう。はさみはいらないな、かみそりの刃のほうがいい。腰回りはめいっぱい詰めていいが、肩のほうはまたゆるめられるように布地を残しておけ。あとで必要になるからな」

ぼくの仕立てを見たズィム軍曹のコメントはこれだけだった——「もっとうまくできるだろう。二時間の超過勤務だ」

というわけで、次の閲兵行進のときにはもう少しまともな服になっていた。

最初の六週間は体力作りのしごきばかりで、閲兵行進や長距離行軍が何度も繰り返された。やがて、脱落者は自分の家やどこかよそへ去ってしまい、ぼくたちは十時間で五十マイルを歩きとおせるレベルに達していた――脚をまともに使ったことのない人のために言っておくけど、これは優秀な馬でもなかなかたいした距離なのだ。休憩をとるときも、足を止めるのではなく、緩速行進、早足行進、駆け足と、ペースを変えることで対応した。ときには、全行程を踏破し、野営して携帯食をぱくつき、寝袋で眠って、翌日にまた行進で引き返したりもした。

ある日、寝袋をかつぐこともなく、携帯食も持たずに、ぼくたちは通常の日中の行軍に出かけた。昼食の休憩もなかったけれど、砂糖や堅いパンなんかを食堂のテントからくすねて服に隠しておくことを学んでいたので、驚いたりはしなかった。午後になってもキャンプからどんどん離れていくばかりだと、だんだん不安にはなってきた。でも、バカげた質問をするべきではないということは身にしみていた。

行軍が止まったのは暗くなる少しまえだった。三個中隊だったけど、列はいくらか短くなっていた。大隊編成の閲兵行進を、音楽抜きで、歩哨を立てておこなったあと、解散になった。ぼくはすぐにブロンスキー伍長のところへ行った。ほかの教官よりはいくらか話がしやすかったし、ある程度は責任を感じていたからだ。たまたまこのときは、ぼく自身が臨時伍長とされていた。新兵がつける階級章なんてたいした意味はない。特権といえば、自分がへマをしたときだけでなく自分の分隊がヘマをしたときにも厳しく叱られることくらいで、どうせつけたときと同じくらいあっという間に消え去るのだ。ズィムは、まず年長者全員を臨時の下士官にしようとした。ぼくが階級章のついた腕章を受け継いだのは、二日まえにうちの分隊長が倒れて病院送りになってしまったからだ。

ぼくは言った。「ブロンスキー伍長、はっきり教えていただけませんか？　食事の合図はいつになるのでしょう？」

ブロンスキーはにやりと笑った。「わたしはクラッカーを二枚持っている。一枚分けてほしいか？」

「は？　いえ、伍長どの。それはけっこうです」（クラッカーなら二枚よりもっとたくさん持っていた。いろいろ学んでいたのだ）「食事の合図はないのですか？」

「わたしもなにも聞かされていないのだよ、若いの。しかし、近づいてくるヘリコプターは見えないな。わたしがきみだったら、分隊の仲間を集めて相談するだろう。ひょっとしたら、石をぶつけて野ウサギを捕れるやつがいるかもしれない」

「わかりました。ただ——その、われわれは夜通しここにいるのでしょうか？　だれも寝袋を持参していないのですが」

ブロンスキーはひょいと眉をあげた。「寝袋がない？　ほう、それはそれは！」彼はなにやら考え込んでいるようだった。「むう……羊たちが吹雪の中で身を寄せ合っているのを見たことはないか？」

「いいえ、ありません」

「試してみるといい。羊は凍死しないから、きみたちも大丈夫かもしれない。仲間といっしょなのがいやなら、一晩中歩き回るという手もある。歩哨より内側にとどまっているかぎり、だれにもじゃまされることはない。動き続けていれば凍死することはないさ。むろん、明日には少しばかりくたびれているだろうが」ブロンスキーはまたにやりとした。

ぼくは敬礼をして自分の分隊へ戻った。全員で食べ物を出し、平等に分配した——ぼくの手元に残った量は最初よりも少なくなった。食べ物をなにひとつくすねてこなかったり、行軍中にぜんぶ食べてしまったりしたバカどもがいたからだ。それでも、数枚のクラッカーと二個のプルーンで、胃袋が鳴らす警報音はずいぶん静かになった。

羊たちのやりかたも効果があった——三つの分隊から成るうちの班全体で、いっしょに試してみたのだ。眠るための手段としてはお勧めしない。外側にいると、体の片側が凍り付いてしまい、なんとか内側へもぐり込もうとするはめになるし、内側にいると、そこそこ暖かいのはたしかだけど、まわりの連中が肘や足を突き出してきたり、くさい息を吐きかけてきたりする。夜通しずっと、ブラウン運動みたいにあっちへ行ったりこっちへ来たりで、すっかり目が覚めてしまうわけでもなく、ぐっすり眠れるわけでもない。ひと晩が百年ほどの長さに感じられるだけだ。

夜明けが訪れると、おなじみの怒鳴り声が響いた——「起きろ！　急げ！」人間の山から突き出した尻は教官の指揮棒で励ましを受けるはめになり……そのあと準備運動が始まった。

ぼくはまるで死体になったみたいで、どうやれば足のつま先に手が届くのかわからなかった。痛みをこらえてなんとかやってのけたけど、二十分後に出発したときには、すっかり老け込んだ気分になっていた。ズィム軍曹はくたびれた様子さえなく、この悪党はどうやってか髭まで剃っていた。

行進しているうちに日射しで背中が温まり、ズィム軍曹の命令でぼくたちは軍歌を歌い始めた。初めは、〈連隊行進曲〉とか〈弾薬輸送車の歌〉とか〈海兵隊賛歌〉とかいった懐メロで、そのあとに我らが〈カプセル降下兵のポルカ〉が続くと、早足行進から駆け足へと歩調が変わっていった。ズィム軍曹の歌は完全に調子っぱずれで、ただ声がでかいだけだった。でも、ブレッキンリッジが力強くしっかりとリードしてくれたので、ほかのみんなも、ズィムの恐ろしくくずれた音をものともせずに歌うことができた。だれもが意気揚々として、全身の棘を逆立てたような気分になっていた。

でも、五十マイルの行軍を終えたときには、だれも意気揚々とはしていなかった。長い夜だった。果てしない一日だった——それでもズィムは、閲兵行進のときの身なりにケチをつけてぼくたちを叱り飛ばし、行軍を終えてから閲兵行進が始まるまでたっぷり九分あったのに髭を剃ってこなかったと言って、何人かの新兵に罰点をあたえた。その晩、数名の新兵が除隊し、ぼくもちょっと考えたけど、あのバカげた臨時の階級章をつけていたし、まだぶっ壊れたわけではなかったのでやめておいた。

その夜は、二時間の警戒待機があった。

でも、最終的に、ぼくは二十か三十の温かな肉体が寄り添えることがどんなに心地よくて贅沢であるかを学ぶことになった。というのも、それから十二週間後、素っ裸でカナディアンロッキーの原生地帯にほうり出され、山の中を四十マイル踏破しなければならなかったのだ。ぼくはやり遂げた——そして道中の一インチごとに軍隊を憎んだ。

それでも、目的地に着いたとき、ぼくはそれほど悲惨な姿ではなかった。ぼくほど警戒心の強くない二匹の野ウサギのおかげで、完全に飢えてしまうことはなかった……それに素っ裸でもなかった。体には温かな野ウサギの脂と泥を分厚く塗りたくり、両足には毛皮を巻き付けていた——その野ウサギたちにはもう毛皮は必要なかった。岩の薄片ひとつで、必要とあらばびっくりするほど多くのことができる——ぼくたちの先祖の穴居人たちは、ふつう考えられているほど頭が弱くはなかったのではないかと思う。

ほかの新兵たちもやり遂げた。いまだに努力を続けていて、この試練を受ける代わりに除隊の道を選んだりもしなかった連中——ただし全員ではなく、ふたりの若者がこの訓練で命を落とした。ぼくたちは全員で山中へ戻り、十三日かけてふたりを見つけ出した。頭上のヘリコプターからの誘導に従い、最高の通信機器を残らず活用し、指揮用のパワードスーツを着用した教官たちが指揮をとってデマが広まるのを阻止した——なぜなら、ほんのわずかでも望みがあるなら、機動歩兵はけっして仲間を見捨てないのだ。

そのあと、〈これぞ我が祖国〉の旋律が流れる中、ぼくたちは心からの敬意を払ってふたりを埋葬した。死後にあたえられた一等兵という階級は、ぼくたち新兵にはそれまで縁のなかった地位だった。なぜなら、カプセル降下兵は生き延びることを必ずしも期待されていない（死ぬことも仕事の一部）……それでも、どのように死ぬかという点には大いに関心が寄せられている。頭をあげ、ぐずぐずせず、なおも努力を続けていなければならない。

埋葬されたうちのひとりはブレッキンリッジだった。もうひとりはぼくの知らないオーストラリア人の若者だった。このふたりは訓練で死んだ最初の兵士ではなかった。そして最後でもなかった。

5

あいつは罪人に決まってる
でなけりゃここにいるはずない！
右舷の砲……撃て！
あいつに大砲はもったいない
シラミ野郎はほうり出せ！
左舷の砲……撃て！
――古来より礼砲のリズムをとるために使われるはやし歌

でも、それはぼくたちがキャンプ・カリーを離れたあとのことで、それまでにはたくさんのできごとがあった。ほとんどは戦闘訓練だ――二本の手から模擬核兵器まであらゆるものを使う、戦闘教練と戦闘演習と戦闘機動訓練。ぼくはあんなにいろいろな戦い方があるとは知らなかった。まずは両手と両足――そんなものは武器じゃないと思うなら、ズィム軍曹と大隊長のフランケル大尉による〝サバット〟の模範試合か、小柄なスズミが両手と笑顔だけで相手を叩きのめすのを見るといい。ズィムはすぐにスズミを格闘技の教官に指名し、みなにその命令をきくよう要求したけど、ぼくたちが彼に敬礼したり敬称をつけたりする必要はなかった。

新兵の数が減ってくると、ズィムは、閲兵行進のとき以外は隊形を気にかけるのをやめて、教官の伍長たちを手助けして、より多くの時間を個人指導に費やすようになった。彼はなにを使おうが簡単に敵を殺せたが、お気に入りはナイフで、申し分なく上等な官給品を使う代わりに、自分用にバランスを合わせたものを特注していた。個人指導のときはかなり態度が柔らかくなり、ちょっとムカつく程度で、どうしようもない下衆野郎ではなくなった——バカげた質問にだって辛抱強くこたえてくれた。

一度、日々の訓練の合間にちりばめられた二分間の休憩のときに、ひとりの新兵——テッド・ヘンドリックという名の若者——が質問した。「軍曹どの。このナイフ投げというやつはおもしろいと思います……けど、なんでこんなことを学ぶ必要があるんです？　なにか使い道があるんですか？」

「そうだな」ズィムはこたえた。「手元にあるのが一本のナイフだけだとしたら？　あるいは、ナイフすら持っていなかったら？　どうする？　お祈りをして死ぬか？　それとも、なんとしてでも敵を倒すか？　ぼうず、こいつは現実なんだ——圧倒的に不利になったら降参できるチェッカーのゲームとはちがう」

「けど、おれが言いたいのはそこなんです。手元になにひとつ武器がなかったら？　あるいは、こういうナイフしかなかったら？　それなのに敵が危険な武器をそろえていたら？　できることはなにもありません。あっさり負けてしまうでしょう」

ズィムは静かにこたえた。「おまえはなにもかもまちがっているぞ、ぼうず。〝危険な武器〟なんてものはないんだ」

「はあ？　どういうことでしょう？」

「危険な武器なんてものはない。ただ危険な相手がいるだけだ。おまえたちに教えているのは、いかにして危険な存在になるかということだ──敵にとってな。ナイフなしでも危険な存在だぞ。片手か片足が残っていて、まだ命があるかぎりはずっとだ。おれの言っている意味がわからなければ、『橋の上のホラティウス』か『ボノム・リシャールの最期』を読むがいい──どっちもキャンプの図書室にある。だが、おまえが最初にあげた例について考えてみようか。おれがおまえで、ナイフ一本しか持っていないとする。おれの背後にある標的──おまえがはずしたナンバー3だ──あれが歩哨で、水爆以外のあらゆるもので武装しているとしよう。おまえは歩哨を倒さなければならない……音をたてず、一瞬で、助けを呼ぶ暇をあたえずに」ズィムがわずかに振り向くと──ドスッ！──手に持ってすらいなかったナイフが、標的ナンバー3のど真ん中に刺さって震えていた。「わかるか？　ナイフは二本持っているほうがいい──だが、たとえ素手であろうと、おまえは歩哨を倒さなければならないのだ」

たえるためだからな」

「まだなにか気になるのか？　言ってみろ。おれがここにいるのは、おまえたちの質問にこたえるためだからな」

「ええと、はい、軍曹どの。いまの話では歩哨は水爆を持っていませんでした。けど、実際は水爆を持っています。そこが問題なんです。だって、少なくともおれたちなら、歩哨のときは水爆を持ちます……だから、おれたちが出くわす相手も持っている可能性が高いはずです。歩哨がということではなく、そいつが属している側がということです」

「言いたいことはわかった」

「だから……よろしいですか、軍曹どの？　もしもおれたちが水爆を使えるなら——それに軍曹が言われたように、これはチェッカーのゲームじゃなくて、現実の戦争で、みんな真剣なわけですから——雑草の中を這いずり回ってナイフを投げたりするのは、なんかバカげてるんじゃないですか？　自分が殺されるかもしれない……それどころか戦争に負けるかもしれないんですよ……せっかくほんものの武器を持っていて、勝利をつかむためにそれを使えるのに？　ひとりの教授タイプがボタンを押すだけではるかに大きな成果をあげられるときに、古くさい武器で大勢の兵士たちが命を危険にさらすことにどんな意味があるんでしょうか？」

ズィムはすぐには返事をしなかった。それはすごく珍しいことだった。やがて、彼は静かに口をひらいた。「おまえは機動歩兵部隊にいて幸せか、ヘンドリック？　いつでも除隊はできるのだぞ」

ヘンドリックがなにかつぶやいた。ズィムが言った。「はっきりと言え！」

「おれは除隊したいわけじゃありません、軍曹どの。最後までがんばって任期を勤め上げるつもりです」

「なるほど。おまえのいまの質問は、一介の軍曹にこたえられるようなことではない……そもそもおれに質問するべきことではない。おまえは入隊するまえにその答を知っているはずなのだ。というか、知っていなければならないのだ。おまえの学校には歴史・道徳哲学の授業はあったか？」

「はい？　ええ——ありました、軍曹どの」

「だったら答を聞いたはずだ。だがいまは、おれ自身の——非公式な——見解を話してやろう。おまえは赤ん坊を叱ろうと思ったら、そいつの首を切り落とすか？」

「まさか……そんなことはしません！」

「当然だな。ぴしゃりと叩くだけだろう。状況によっては、敵の都市を水爆で攻撃することが、赤ん坊を斧で殴るのと同じくらい愚かな行為になることもある。戦争とは単なる暴力と殺戮ではない。戦争とはある目的を達成するための制御された暴力だ。戦争の目的とは、政府の決定を力によって支援することだ。けっして、殺すだけのために敵を殺すことではない……こちらがさせたいと思うことを相手にさせることなのだ。殺戮とはちがう……制御された、意図のある暴力だ。しかし、そうした制御の目的を決めるのはおまえやおれの仕事ではない。いつ、どこで、どうやって――あるいはなぜ――戦うかを決めるのは、そもそも兵士の仕事ではない。それは政治家や将軍の仕事だ。政治家は〝なぜ〟と〝どれくらい〟を決める。将軍がそれを引き継いで、〝どこで〟と〝いつ〟と〝どうやって〟をおれたちに指示する。おれたちが暴力を受け継ぎ持ち、ほかの人びと――いわゆる〝高齢の賢者たち〟――が制御を受け持つ。それがあるべき姿なのだ。おれにこたえられるのはこれで精一杯だ。まだ納得がいかないのなら、連隊長と話ができるようにしてやる。連隊長と話しても納得がいかなかったら――そのときは家に帰って民間人に戻れ！　そんな調子だと、おまえは絶対に兵士にはなれないだろうからな」

ズィムはさっと立ち上がった。「おれに長話をさせたのは訓練をさぼるためだったんだな。さあ立て、おまえたち！　急ぐんだ！　標的にむかって位置につけ――ヘンドリック、おまえからだ。今度はナイフを南へむかって投げろ。南だぞ、わかったか？　北じゃないぞ。標的はおまえの真南にあるんだから、せめて南と言える方角へ飛ぶようにしろ。命中しないのはわかっているが、少しはおびやかせるかどうかを見ておきたい。自分の耳を切り落とすな、手をすべらせて背後にいるだれかを怪我させるな――おまえのちっぽけな脳に〝南〟という概念を叩き込め！　標的にむかって――かまえ！　投げろ！」

ヘンドリックはまた標的をはずした。

棒を使う訓練もしたし、針金を使う訓練もした（針金が一本あればたくさんの恐ろしい利用方法を即興で考案できる）。それから、ほんとうの最新兵器でなにができるか、それをどうやって使うか、どんなふうにして点検整備するかを学んだ。模擬核兵器、歩兵用ロケット、さまざまな種類のガス、毒物、焼夷弾、爆発物。ほかにも、ここで書かないほうがよさそうなものがいろいろ。それだけでなく、たくさんの〝古くさい〟武器についても学んだ。たとえば模擬銃につけた銃剣、それと模擬ではない銃もあったが、それは二十世紀の歩兵用ライフルとほとんど同じだった——狩猟で使われるスポーツ用ライフルとよく似ていたけど、ぼくたちが使ったのはスラッグ弾——合金をかぶせた鉛の弾丸——だけで、一定の距離に置かれた標的と、不意打ちを想定した訓練で突然あらわれる標的の両方に向けて発砲された。これは、ぼくたちがどんな武器でも使いこなせるようにすることと、あらゆる事態に迅速かつ油断なく対応できるようにすることを目的としていた。まあ、効果はあったと思う。たしかに効果はあった。

野外演習では、これらのライフルが、より危険で恐ろしい照準兵器の代用品として使われた。ぼくたちは多くの代用品を活用した——そうするしかなかったのだ。物や人間に対して使われる〝爆弾〟や〝手榴弾〟は、破裂して大量の黒煙だけを噴き出す。別のやつから噴き出すガスを吸うと、くしゃみが出たり涙が流れたりする。それで死亡したか麻痺したことになるのだが、なにしろひどい目にあうので、新兵たちもガスにそなえた予防策に注意を払うようになるわけだ。その餌食になったときに猛烈な叱責をくらうことは言うまでもない。

睡眠時間はやっぱり足りなかった。演習の半分以上は夜間におこなわれ、暗視鏡やレーダーや聴音装置などが使われた。

照準兵器の代用品として使われるライフルには空砲が装塡されたが、五百発につき一発だけは実弾になっていた。危険だって？　イエスでもありノーでもある。生きているだけでも危険はある……それに、非爆発性の銃弾なら、頭か心臓に命中しないかぎり死ぬことはないし、たとえ命中しても死なないかもしれない。五百発に一発ある〝現実〟は、身を隠すことに対する関心を大いに高めてくれる。とりわけ、一部のライフルをかまえていたのは射撃の名手である教官たちで、本気でこっちを撃ち倒そうとしていたのだ――その銃弾がたまたま空砲でなければの話だが。教官たちはわざと新兵の頭を撃ったりはしないと約束していた……でも、事故は常に起こるものだ。

この親切心からの約束は、さほど安心をもたらしてはくれなかった。五百発ごとの実弾は、退屈な演習を大規模なロシアンルーレットに変えてしまった。ライフルの発砲音が届くよりも先に銃弾が耳のそばをヒュンとかすめるのを初めて聞いたとたん、退屈している場合ではなくなるのだ。

でも、新兵たちはそれでもたるんできたので、上層部からお達しがあった。ただちに気合いを入れなかったら、実弾の混入率を百発に一発に変える……それでもだめなら、さらに五十発に一発にすると。ほんとに変更があったのかどうかは知らない――知るすべがない――けど、気持ちが引き締まったのはたしかだった。なにしろ、となりの中隊の新兵が尻をかすめた実弾でみごとな傷跡をこしらえたおかげで、山のような軽口が飛び交っただけでなく、全員があらためて身を隠すことに対する関心を高めたのだ。だれもがこの若者が尻を撃たれたことを笑った……でも、よくわかっていたのだ。それは彼の頭だったかもしれないし、ぼくたち自身の頭だったかもしれない。

ライフルを撃っていない教官たちは、身を隠してはいなかった。白いシャツを着て、あのバカげた指揮棒を手に背筋をぴんと伸ばして歩き回り、たとえ新兵でも教官を狙って発砲したりはしないだろうと確信しているようだった——それは一部の教官たちにとっては過信だったかもしれない。とはいえ、確率は五百発に一発だったので、殺害の意図をもって発砲したところで意味はなかったし、新兵はそれほど射撃がうまくなかったから、安全率はさらに上昇した。ライフルは簡単な武器ではない——標的を追尾する能力がまったくないのだ。こういうライフルで戦争がおこなわれ、それで勝敗が決していた時代ですら、ひとりの兵士を射殺するには平均して数千発の銃弾が必要だったらしい。ありえない話に聞こえるけど、戦史ではそれが事実とされている——ほとんどの銃弾は、まともに狙いをつけられたわけじゃなく、敵に頭をさげさせてそいつの射撃を妨害するだけの働きしかなかったようだ。

いずれにせよ、ライフルで撃たれて怪我をしたり死んだりした教官はいなかった。新兵のほうも、ライフルの銃弾で死んだやつはいなかった。死因はすべて、ほかの武器やなにかだった——こっちが規則どおりの行動をとらなかったりすると、そういうのがいきなり襲いかかってくるのだ。実際、ある新兵などは、初めて敵の射撃に直面したとき、あまりにも勢いよく身を隠そうとして首の骨を折ってしまった——銃弾はかすりもしなかったのに。

けれど、このライフルの銃弾と身を隠す問題から始まった連鎖反応により、ぼくはキャンプ・カリーにおける最低の状態まで落ち込んでしまった。まず第一に、臨時の階級章を剝奪された。といっても、ぼくがなにかやったわけではなく、ぼくがその場にいもしなかったときに分隊の仲間がやったことのせいだった……だからそのことを指摘した。ブロンスキーからは黙っていろと言われた。そこでズィムに会いにいった。軍曹には、部下がやったことの責任はとにかくおまえにあるのだと冷たく言われた……そして、ブロンスキーの許可なくこの件を口外したという理由で殴られ、さらに六時間の超過勤務を命じられた。その後、ひどく気持ちを乱される一通の手紙を受け取った——母がようやく手紙を書いてくれたのだ。パワードスーツを着用した最初の訓練では肩を捻挫し（演習用スーツには教官が無線制御で任意に動作不良を起こせる機能がそなわっており、ぼくは派手に転倒して肩を痛めた）、そのおかげで軽い勤務にまわされて、考え事をする時間が必要以上に多くなってしまった——そのときのぼくには、自分を哀れむ理由がたくさんあった、というか、そう思えてならなかったのだ。

〝軽い勤務〟ということで、その日のぼくは、大隊長室の当番兵をつとめていた。そんなところには入ったこともなかったので、初めはやる気満々で、なんとか良い印象をあたえようとした。ところが、フランケル大尉は熱意など求めていなかった。当番兵はじっとすわって、なにもしゃべらず、じゃまをしなければそれでいいのだ。居眠りをするわけにもいかなかったので、ぼくには自分に同情する時間だけができてしまった。

昼食の少しあとに、いきなり眠けを吹き飛ばすようなことが起きた。ズィム軍曹が部屋に入ってきて、そのあとに三人の男たちが続いた。軍曹はいつもどおりきちんとしていたけど、その表情は青ざめた馬に乗った死神のようで、右目のまわりには殴られたみたいな――もちろん、そんなことはありえない――黒いあざがついていた。同行してきた三人のうち、中央のひとりはテッド・ヘンドリックだった。彼はすっかり汚れていた。そう、中隊は野外演習の真っ最中だったのだ。草原の磨き掃除をするわけにもいかないし、兵士は地面に身を寄せている時間がとても多い。おまけに、ヘンドリックは唇を切っていて、顎の先とシャツには血がついていたし、帽子はなくなっていた。なんだか興奮しているみたいだ。

ヘンドリックの両側にいるのも新兵だった。どちらもライフルを持っていたけど、ヘンドリックは持っていなかった。ひとりはぼくの分隊にいたレイヴィという若者だった。興奮しながらも楽しんでいるらしく、だれも見ていないときに、ぼくにこっそり片目をつぶって見せた。

フランケル大尉は驚いたみたいだった。「これはどういうことかね、軍曹？」

ズィムは直立不動のまま、なにかの台詞を暗唱するみたいにしゃべりだした。「大尉どの、H中隊指揮官より大隊指揮官へ報告いたします。処罰の件です。第九一〇七条。戦術的命令ならびに戦闘教義の無視、部隊は模擬戦闘中。第九一二〇条。命令違反、状況は同一であります」

フランケル大尉はとまどった顔をした。「そんな問題をわたしのところへもってきたのか、軍曹？　公式に？」

いったいどういうふうにしたら、ズィムみたいに困惑をあらわにしながら、しかもその顔と声にはいっさい表情を出さずにいられるんだろう。「大尉どのがよろしければ。この男は軍の処罰を拒否しました。どうしても大隊長に会わせろと主張したのです」

「なるほど。にわか法律家だな。まだよくわからないのだが、軍曹、とにかくそれは彼の権利だ。その戦術的命令と戦闘教義とはどんなものかね？」

「〝静止命令《フリーズ》〟です、大尉どの」ぼくはちらりとヘンドリックを見て、思った――やれやれ、こいつはひどく罰せられるぞ。この命令が出されたら、すぐに身を伏せ、どこでもいいから隠れる場所を見つけて、それからフリーズする――命令が解除されるまで、完全に動きを止め、眉ひとつ動かしてはいけない。すでに身を隠しているときはそのままフリーズすればいい。フリーズ中に撃たれた兵士たちの話は聞いていた……そいつらはゆっくりと死んでいったが、音ひとつたてず身動きもしなかったという。

フランケル大尉がすっと眉をあげた。「もうひとつの違反は？」

「同じことです、大尉どの。フリーズを解いてしまったあとで、ふたたびフリーズに戻れという命令に従わなかったのです」

フランケル大尉はけわしい顔になった。「名前は？」

ズィムがこたえた。「T・C・ヘンドリック、新人二等兵RP七九六〇九二四号です」

「よろしい。ヘンドリック、きみはこれより三十日間、すべての権利を剝奪される。勤務と食事の時間、および衛生上の必要が生じたとき以外、自分のテントから出てはならない。衛兵伍長の監視のもと、毎日三時間の超過勤務を命じる——消灯まえに一時間、起床まえに一時間、昼食時間の代わりに一時間だ。夕食はパンと水だけ——パンは好きなだけ食べていい。毎週日曜日には十時間の超過勤務、もしも希望するなら、礼拝に出席できるように勤務時間は調整する」

（ぼくは思った——なんてこった！　こりゃ厳罰だ）

　フランケル大尉は続けた。「ヘンドリック、きみがこれほど軽い処罰ですんだのは、軍法会議を招集しないかぎり、わたしにはこれ以上の処罰を科す権限がないからだ……それともうひとつ、きみの中隊の記録に汚点を残したくないからだ。さがりたまえ」大尉はデスクの上の書類に目を戻し、いまのできごとをすっかり忘れて——

——そのときヘンドリックが叫んだ。「おれの言い分を聞かないんですか！」

　大尉は顔をあげた。「ああ。すまない。きみにも言い分があるのか？」

「もちろんあります！　ズィム軍曹はおれに悪意をいだいています！　ここへ来てからずっと、おれのことをさんざんいじめ抜いてきました！　軍曹は——」

「それが彼の仕事だ」大尉は冷たく言った。「きみはこの二件の告発を否認するのか？」

「いいえ、でも——軍曹はおれがアリ塚の上に横たわっていたことを話していません」

　フランケル大尉はうんざりしたような顔になった。「ほう。するときみは、数匹のアリのせいで、自分だけでなく隊の仲間まで犠牲にするつもりなのかね？」

「数匹ではありません——何百匹もいたんです。刺すやつが」

「それで？　若いの、きみは考えちがいをしている。たとえそれがガラガラヘビの巣だったとしても、きみはやはりフリーズすることを期待され――求められるのだ」フランケルは言葉を切った。「ほかになにか、自分を弁護するために言うことはあるかね？」

ヘンドリックが口をひらいた。「もちろんあります！　軍曹はおれを殴りました！　おれに手をかけたんです！　大勢の教官たちが、あのバカみたいな指揮棒を手に偉そうに歩き回って、みんなの尻をひっぱたき、背中にパンチを叩き込んでは、しゃきっとしろと言います――おれはそれに耐えてきました。でも、軍曹は手でおれを殴ったんです――おれを地面に殴り倒して、〝フリーズだ！　このうすのろが！〟と怒鳴ったんです。それはどうなんですか？」

フランケル大尉は自分の両手を見おろし、また顔をあげてヘンドリックを見た。「若いの、きみは民間人によくありがちな誤解をしている。きみは上官が、きみの言う〝部下に手をかける〟ことを許されていないと思っている。通常の社会状況であれば、それは正しい。たとえば、われわれが劇場や商店で出くわした場合、きみがわたしの階級にふさわしい敬意を払ってくれるかぎりは、きみにわたしの顔をひっぱたく権利がないように、わたしにもきみの顔をひっぱたく権利はない。だが、勤務中であればルールはまったくことなる――」

大尉は椅子をくるりと回して、数冊のルーズリーフ式の書物を指さした。「そこにきみの生活を律する軍法が記されている。それらの書物のどの条項を見ても、軍法会議のどの判例を調べても、上官は勤務中に部下に〝手をかけた〟り、ほかのどんなやりかたであれ部下を殴ったりしてはならないと述べた、あるいはほのめかした箇所は、一語たりとも見つからないだろう。ヘンドリック、わたしはきみの顎を叩き割ることもできる……その行為の妥当性に関して、わたしは自分自身の上官に対して責任を負う。しかし、きみに対してはなんの責任もないのだ。それどころではないぞ。状況によっては、将校であろうとなかろうと、上官というものは、配下の士官や兵士を、遅滞なく、警告もなしに殺害することが許されているだけではなく、それを求められることもあるのだ——それでも、処罰されるどころか称賛される。たとえば、敵前における臆病な行動を防ぐときだな」

大尉はデスクをとんと叩いた。「さて、指揮棒の件だが——あれにはふたつの用途がある。第一に、あれは権威のしるしだ。第二に、きみたちを指導するため、きみたちを軽く叩いて急き立てるために使う。現状の使われ方では怪我人が出ることはありえない。悪くても、少しひりひりするくらいだ。しかし、指揮棒は千の言葉にまさる。たとえば、起床時にきみが迅速に起きられないとする。当直の伍長としては、〝そろそろお目覚めになってはいかがでしょう〟とやさしく声をかけ、今朝はベッドで朝食を召し上がりますかとたずねたってかまわないわけだ。きみの世話をするために専任の伍長をつけるだけの余裕があればな。そんな余裕はないから、伍長はきみの寝袋をひっぱたき、駆け足で列の先へと進んでいく——必要に応じて拍車をかけながら。もちろん、きみをあっさり蹴飛ばすこともできる。それは同じように合法だし、同じくらい効果的でもある。だが、新兵の訓練と教育の責任者である将軍は、権威のしるしである無人格の棒を使って寝坊するやつを叩き起こすほうが、当直の伍長にとってもきみたちにとっても、より威厳があると考えている。わたしも同じ意見だ。きみやわたしがどう考えるかが問題なのではない——これが軍のやりかたなのだ」

フランケル大尉はため息をついた。「ヘンドリック、わたしがきみにこのような説明をしたのは、なぜ罰せられるのかわからない者を罰しても意味がないからだ。きみは悪い子だった——なぜ〝子〟かというと、どう見てもまだおとなになっていないからだが、われわれは今後も努力を続けるだろう——きみが訓練のどの段階にいるかを考えると、驚くほど悪い子だった。きみが言ったことはなにひとつ弁解になっていないし、罰を軽減する根拠にすらならない。兵士としての責務がどういうものかまったくわかっていないように見える。だから、なぜ不当な扱いを受けていると思うのか、きみ自身の言葉で語りたまえ。わたしはきみにまともな兵士になってもらいたいのだ。ひょっとしたらきみに有利な要素がなにかあるのかもしれない——正直言って、そんなことがありえるとは想像もできないのだが」

大尉の叱責が続いているあいだ、ぼくはヘンドリックの顔を何度か盗み見た。どうしてか、大尉の静かで穏やかな言葉は、ズィム軍曹のどんな怒鳴り声よりもきつく感じられた。ヘンドリックの顔は、怒りから呆然とした驚きへ、さらにはふてくされた表情へと変わった。

「言ってみろ!」フランケルが鋭く言った。

「ええと……その、全員がフリーズを命じられたので地面に伏せたら、そこがアリ塚の上だったんです。だから膝立ちになって、少し離れたところへ移動しようとしたら、いきなりうしろから殴り倒されて、怒鳴りつけられました——おれがさっと立ち上がって一発かましましたら、軍曹が――」

「待て！」フランケル大尉が椅子から立ち上がった。背丈はぼくと変わらないはずなのに、十フィートはありそうに見えた。大尉はヘンドリックをまじまじと見つめた。

「きみは……殴ったのか……自分の……中隊長を？」

「は？　そう言ったでしょう。けど、軍曹が先に殴ったんです。うしろからで、おれは見てもいませんでした。だれであろうとそんなのは許せません。おれが一発かましたら、軍曹がまたおれを殴って、それから――」

「黙れ！」

ヘンドリックは口をつぐんだ。それから付け加えた。「おれはこの小汚い服を脱ぎたいだけです」

「その希望はかなえてやれると思う」フランケル大尉は凍てつくような声で言った。「それも大急ぎで」

「書類をください、おれは除隊します」

「ちょっと待て。ズィム軍曹」

「はい、大尉どの」ズィムはだいぶまえからひとことも発していなかった。じっとその場に立ち、まっすぐ前方を見て、彫像のように身動きひとつせず、顎の筋肉だけをひくつかせていた。こうして見ると、それはたしかにあざだった――みごとな黒あざだ。ヘンドリックはよほどきれいなパンチを入れたんだろう。でも、軍曹はそれについてはなにも言わず、フランケル大尉もたずねなかった——大尉は、ズィムはドアにぶつかっただけで、あとでその気になれば説明するだろうと思っているのかもしれなかった。

「規定どおり、軍法の関連条項を中隊で告示しているか?」

「はい、大尉どの。毎週日曜日の朝に告示して日誌に記載しています」

「それは知っている。記録に残すために質問しただけだ」

毎週日曜日、教会の礼拝が始まるまえに、ぼくたちは整列させられて、軍の法規から抜き出した懲罰に関する条項を読んで聞かされた。それは中隊事務室のテントの外にある掲示板にも張り出された。まともに聞いている者はいなかった。それもまた訓練の一環であり、立ったまま居眠りをしていても問題はなかったのだ。ぼくたちがひとつだけ気に留めたのは——気に留めることがあったとしてだが——〃三十一とおりの強行着陸〃と呼ばれていたものだった。なにしろ、教官たちは、新兵が知っておくべきすべての規則を、ぼくたちに肌で吸収させようとするのだ。この〃強行着陸〃というのは、〃起床オイル〃とか〃テントジャック〃なんかと同じ、使い古されたジョークで、三十一の重大な罪を意味している。ときどきだれかが、三十二番目の方法を見つけたと自慢したり、別のだれかが見つけたと非難したりした——それは常にバカげたことで、たいていは公序良俗に反していた。

「上官を殴っただと——!」

突然、それはもはや笑い事ではすまなくなっていた。ズィムに一発かました? そのせいで絞首刑になるのか? だって、新兵のほぼ全員がズィム軍曹を殴ろうとしたことがあったし、何人かは命中させてもいた……素手の格闘を教わっていたときのことだ。ズィムが登場するのは、ぼくたちがほかの教官にさんざんしごかれて、なかなかやれると自信をつけ始めたころ──そこから、軍曹があとを引き継いで磨きをかけるのだ。それどころか、スズミが軍曹を気絶させたのも見たことがある。ブロンスキーが水をぶっかけると、ズィムは起きあがってにやりと笑い、スズミと握手をかわした──それから、やつを地平線の彼方へ投げ飛ばしたのだ。

フランケル大尉はあたりを見回し、ぼくを手招きした。「きみ。連隊本部を呼び出してくれ」

ぼくはなんとか連絡をつけて、スクリーンに士官の顔が表示されると、身を引いて大尉に通話をまかせた。「副連隊長だ」顔が言った。

フランケルはきびきびと言った。「第二大隊長より連隊長へ。軍法会議で判事をつとめる士官の派遣を要請します」

顔が言った。「いつ派遣すればいいのかね、イアン？」

「できるだけ早くお願いします」

「わかった。ジェイクが司令部にいるはずだ。条項と氏名は？」

フランケル大尉はヘンドリックの氏名と条項の番号を伝えた。スクリーン上の顔が口笛を吹き、けわしい顔になった。「ただちに派遣しよう、イアン。もしもジェイクがつかまらなかったら、わたしがそちらへ行く──親父《オールド・マン》に報告したらすぐにな」

フランケル大尉はズィムに顔を向けた。「この付き添いは——目撃者なのか？」

「はい、大尉どの」

「班長は現場を見たのか？」

ズィムはほんの少しためらった。「そうだと思います、大尉どの」

「連れてきたまえ。現場のほうにパワードスーツを着用している者はいるか？」

「はい、大尉どの」

ズィムが電話をかけているあいだに、大尉がヘンドリックにたずねた。「きみの弁護をしてもらうためにどのような証人を呼びたいかね？」

「は？　証人なんか必要ありません、軍曹は自分がなにをしたか知っています！　とにかく書類をください——おれはここから出ていくんですから」

「そのときが来たらな」

ぼくにはものすごく早かったように思えた。ものの五分とたたないうちに、指揮用のスーツを着たジョーンズ伍長が、両腕にマフムード伍長をかかえてジャンプしながらやってきた。彼がマフムードをおろして引き返していったそのとき、スピークスマ中尉があらわれた。彼は言った。「こんにちは、大尉。被告人と証人はここに？」

「準備はできている。始めてくれ、ジェイク」

「録音は？」

「いま開始した」

「けっこうです。ヘンドリック、まえに出たまえ」ヘンドリックは言われたとおりにしたが、まるで神経がちぎれかけているかのように、混乱しきった顔をしていた。スピークスマ中尉はきびきびと続けた。「キャンプ・アーサー・カリー、第三訓練連隊長F・X・マロイ少佐の命により、地球連邦軍の法規に従い、訓練・規律集団司令官より発せられた一般命令第四号にもとづき、戦地軍法会議を開催する。審理依頼士官——イアン・フランケル大尉、機動歩兵部隊、第三連隊第二大隊長。判事——ジャック・スピークスマ中尉、機動歩兵部隊、第三連隊第一大隊長。被告人——シオドア・C・ヘンドリック、新人二等兵RP七九六〇九二四号。第九〇八〇条。告発内容——非常事態下にある地球連邦内での上官殴打」

ぼくが面食らったのは事態の進行がひどく速いことだった。ぼく自身もいきなり〝法廷事務官〟に任命されて、証人たちを〝退出〟させて待機させておくよう指示された。ズィム軍曹が言うことをきいてくれなかったら、いったいどうやって〝退出〟させればいいのだろうと思ったけど、軍曹は視線だけでマフムードと二名の新兵を呼び集めると、全員で声の聞こえないところへ出ていった。ズィムはほかの証人たちから離れてじっと待っていた。マフムードは地面にすわり込んでタバコを巻いた——でも、すぐに火を消さなければならなかった。彼が最初に呼ばれたからだ。二十分とたたないうちに、三人すべてが呼び出されて、全員がヘンドリックが話したのとほぼ同じ内容の証言をした。ズィムは最後まで呼ばれなかった。

スピークスマ中尉がヘンドリックに言った。「被告人は証人に対して反対尋問をおこなうか？　希望があるなら、当法廷はそれを認める」

「ありません」

「法廷で発言するときは気をつけをして〝判事どの〟と言うこと」

「ありません、判事どの」ヘンドリックは言った。「おれは弁護士を要求します」

「戦地軍法会議では弁護士をつけることは認められていない。被告人は自身の弁護のために証言をおこなうか？　それは被告人の義務ではないし、これまでに提示された証拠を考慮して、証言がない場合は当法廷は司法確知をおこなわない。警告しておくが、被告人の証言は、被告人に対して不利な証拠として使われる可能性があるし、反対尋問の対象ともなる」

ヘンドリックは肩をすくめた。「なにも言うことはありません。そんなことをしてなんになります？」

「繰り返す――被告人は自身の弁護のために証言をおこなうか？」

「あー、いいえ、判事どの」

「当法廷は被告人に手続き上の質問をしなければならない。被告人がここで告発された違反行為をおかすまえに、関連する条項は被告人に対して告示されたか？　イエスかノーで返答してもいいし、黙秘してもかまわない――ただし、偽証に関する第九一六七条にもとづき、被告人はみずからの返答に責任を負っている」

被告人は黙秘した。

「よろしい、当法廷は関連する条項を再度読みあげ、被告人にもう一度質問する。〝第九〇八〇条、軍隊に所属する者が、上官を殴打あるいは攻撃した場合、または殴打あるいは攻撃を試みた場合は――〟」

「ああ、それなら告示されたと思います。日曜の朝になるとあれこれ聞かされたので――やってはいけないことについて、やたら長々としたリストを」

「被告人は当該条項について聞かされたのか、聞かされなかったのか？」

「ああ……はい、判事どの。聞かされました」

「よろしい。被告人は証言を放棄したが、情状酌量あるいは減刑を求めるためになにか申し立てることはあるか？」

「と言いますと？」

「当法廷に対してなにか申し立てたいことはないか？　すでに提示された証拠に影響をおよぼすかもしれないと被告人が考えるような事情はないか？　あるいは、減刑の根拠となるようなことはないか？　たとえば、病気であるとか、なんらかの薬物を服用しているとか。ここでは被告人の宣誓は影響しない。自分が有利になると思うことはなんでも発言してかまわない。当法廷が知ろうとしているのはこういうことだ――被告人はこの件に関してなにか不当と感じているか？　もし感じているなら、その理由は？」

「はあ？　当然ですよ！　なにもかも不当です！　軍曹が先におれを殴ったんです！　みんなの証言を聞いたでしょう！　軍曹が先に殴ったんですよ！」

「ほかには？」

「はあ？　ありません、判事どの。それで充分でしょう？」

「審理は終了した。シオドア・C・ヘンドリック新人二等兵、まえに出なさい！」スピークスマ中尉は審理のあいだずっと起立したままだった。ここでフランケル大尉も立ち上がった。法廷の空気が急に冷たくなったような気がした。

「ヘンドリック二等兵、被告人を告発のとおり有罪と認める」

ぼくの胃袋がひっくり返った。こいつらはやるつもりなんだ……あの〈ダニー・ディーヴァー〉みたいに、テッド・ヘンドリックの絞首刑を見せつけるつもりなんだ。今日の朝、となりの席でいっしょに朝食をとったばかりなのに。

「当法廷は判決を言い渡す」中尉は続けた。ぼくは吐き気がした。「被告人を十回の鞭打ちおよび素行不良による懲戒除隊に処す」

ヘンドリックは息をのんだ。「おれは軍隊をやめたいんです！」

「当法廷はそれを認めることはできない。付け加えると、被告人の処罰がこれほど軽くすんだのは、当法廷にこれ以上重い処罰を科す権限がないからにすぎない。今回の審理を依頼した士官は戦地軍法会議を指定してきた——なぜそれを選んだのか、当法廷は詮索するつもりはない。だが、もしも被告人が高等軍法会議にかけられていたとしたら、当法廷に提示された証拠から考えて、まちがいなく絞首刑が宣告されていただろう。被告人はとても幸運だ——そして審理を依頼した士官はこのうえなく慈悲深かった」スピークスマ中尉は言葉を切り、また続けた。「軍の法務当局による本件の審査と承認がすみしだい、刑はすみやかに執行される。では閉廷する。被告人を退出させて監禁したまえ」

最後の言葉はぼくに向けられたものだったけど、実のところ、ぼくはなにもする必要はなかった。ただ衛兵テントに電話をして、ヘンドリックが連れ去られるときに受領書を受け取っただけだった。

午後の診療呼集のとき、フランケル大尉がぼくを当番兵からはずして、医師の診察を受けに行かせ、医師はぼくを勤務に戻した。ぼくは自分の中隊に復帰し、すぐに着替えて閲兵行進に加わった——そして、ズィム軍曹から〝軍服にしみ〟があるからと罰点をあたえられた。まあ、軍曹は片目のまわりにもっと大きなしみをつけていたけど、あえてそれは指摘しなかった。

練兵場の、副連隊長が立つ場所のすぐうしろに、一本の大きな柱が立てられていた。命令伝達の時間がくると、〝本日の所定の命令〟やそのほかのこまごました指示の代わりに、ヘンドリックの軍法会議の件が告示された。

そのあと、ヘンドリックが、武装したふたりの衛兵にはさまれ、体のまえで両手に手錠をかけられた姿で引き出されてきた。

ぼくはそのときまで鞭打ちを見たことがなかった。故郷では、もちろん公の場でおこなわれていたけれど、それは連邦ビルの裏手だった——父から絶対にそこに近づくなと命じられていたのだ。一度だけその命令にそむこうとしたことはあった……でも、執行が延期になり、その後は二度と見にいこうとはしなかった。

一度でもたくさんだ。

衛兵たちがヘンドリックの両腕を持ち上げて、柱の高いところにある大きなフックに手錠をかけた。彼がシャツを脱がされたときにわかったのだが、シャツはすぐにはずせるように留めてあり、下着もなかった。副連隊長がきびきびと命じた。「法廷の宣告どおり刑を執行する」

どこかほかの大隊に所属している教官の伍長が、鞭を手に進み出た。衛兵軍曹が回数をかぞえた。

かぞえ方はゆっくりで、一発ごとに五秒の間を置いていたが、それよりずっと長く感じられた。テッドはうめき声ひとつあげなかったけど、三発目をくらったあと、泣きじゃくり始めた。

次に気がついたとき、ぼくはブロンスキー伍長を見上げていた。伍長は平手でぼくを叩きながら、じっと見おろしていた。彼は手を止めてたずねた。「もう大丈夫か？　よし、隊列に戻れ。急ぐんだぞ、もうじき閲兵行進が始まる」ぼくたちは行進をすませてから、中隊の宿営地へ戻った。ぼくは夕食をあまり食べられなかったけど、仲間の多くもそれは同じだった。

だれもぼくが気絶したことを話題にしなかった。あとになって知ったことだけど、ぼくひとりではなかった――仲間の二十人ほどが気絶していたのだ。

6

あまりにも安価に手に入れたものは、軽く扱われてしまう……〝自由〟ほどすばらしいものが高価でないとしたら、実におかしなことではないか。

――トーマス・ペイン

ヘンドリックが隊から追放された夜、ぼくはキャンプ・カリーにおける最低の状態まで落ち込んでしまった。なにしろ眠れなかった――新兵がそんなことになるとすれば、よっぽど意気消沈しているわけだが、これは基礎訓練キャンプですごした経験がないとわからないだろう。とにかく、その日は本格的な訓練をしていなかったから体は疲れていなかったし、勤務可能のお墨付きを得たとはいっても肩はまだ痛みがあったし、母から送られてきた手紙のせいで胸が痛んでいたし、目を閉じるたびに、あのビシッという音が聞こえてきて、柱からだらりとさがったテッドの姿が見えるのだった。

臨時の階級章を失ったことを思い悩んでいたわけではない。すっかり除隊しようという気持ちになっていたので、そんなのはもはや問題ではなくなっていた。あれが真夜中ではなくて、ペンと紙がすぐ手の届くところにあったら、その場で除隊の手続きをとっていたにちがいない。

テッドは、ほんの半秒ほど、ひどいまちがいをおかしてしまった。でも、それは単なるミスでもあった。あいつはこの部隊を嫌っていたけれど（好きなやつがいるか？）、最後までがんばって市民権を勝ち取ろうとしていた。そのあとで政治の世界に進むつもりだったのだ。市民権を手に入れたら、「大きな変化があるから——まあ見てろよ」と、よく言っていたものだ。

でも、これでテッドは永遠に公職に就くことはできない。ほんのいっとき集中力を欠いただけで、なにもかも終わってしまった。

テッドにそういうことが起こるなら、ぼくにだって起こるかもしれない。もしもなにかつまらないミスをしたら？　次の日とか、次の週に？　自分から軍を離れることも許されない……背中を鞭打たれて追放されるのだ。

そろそろ自分がまちがっていて父が正しかったことを認めるべきだった。あの小さな紙片を提出して、こっそり家に帰り、ハーバードへ進学してから家業を継ぐつもりだと父に伝えるべきだった——まだそれが許されるなら。朝一番でズィム軍曹と会って、もう限界だと話すべきだった。でも、朝になるまではむりだ。ズィム軍曹を起こすなら、彼がまちがいなく非常事態だと判断してくれる用事がなければだめだ。嘘じゃない、絶対にだめなんだ！　ズィム軍曹が相手のときには。

ズィム軍曹——

あいつにはテッドの件と同じくらい悩まされた。軍法会議が終わってテッドが連れ去られたとき、軍曹はあとに残ってフランケル大尉にこう言った。「大隊長どの、少しお話しできませんでしょうか？」

「かまわんよ。きみには残ってもらって話を聞きたいと思っていた。すわりたまえ」

ズィムがちらりとぼくを見て、大尉もぼくに目を向けた。わざわざ命じられるまでもなく、ぼくは部屋を出た。続きの事務所には、民間人の事務員がふたりいるだけだった。大尉に呼ばれるかもしれないので、ぼくはあえてその場にとどまった。ファイルの列の奥に椅子があったので、そこに腰をおろした。

頭をもたせかけている仕切り壁をとおして、ふたりの話し声が聞こえてきた。大隊本部は、常設の通信機器と録音用機材を設置してあるため、テントというよりは建物というほうがよかったけど、〝最低限の戦地用の建物〟であり、要するに掘っ立て小屋だった。内部の仕切り壁も頑丈なものではなかった。ふたりの民間人はテープ起こしのためにイヤホンをつけてタイプライターにかがみ込んでいたので聞こえなかったと思う——それに、彼らのことはどうでもよかった。ぼくは盗み聞きするつもりはなかった。あー、いや、そのつもりだったのかもしれない。

ズィムが言った。「大尉どの、自分を戦闘部隊へ転属させてください」

フランケルがこたえた。「聞こえないなあ、チャーリー。また耳の具合がおかしいみたいだ」

ズィム。「本気なのです、大尉どの。ここの仕事は自分にはむいていません」

フランケルは不機嫌な声になった。「きみの問題についてわたしに愚痴を言うのはやめろ、軍曹。せめて当面の仕事を片付けてからにしたまえ。いったいなにがあった？」

ズィムが固い声で言った。「大尉どの、あの若者に十回の鞭打ちは重すぎます」

フランケルがこたえた。「もちろんそうだ。だれがへまをしたかはわかっているだろう——わたしだってわかっている」

「はい、大尉どの。わかっております」

「それで？　あのぼうずどもが現時点では野生の動物みたいなものだということは、きみのほうがよく知っているはずだ。どんなときなら彼らに背を向けて安全なのか、それも知っているはずだ。第九〇八〇条にまつわる教義と規程はわかっているな——けっして彼らにそれを破るチャンスをあたえてはならないのだ。もちろん、中には破ろうと試みる者もいるだろう——それくらい挑戦的でなければ機動歩兵にはむかないからな。彼らは隊列の中では従順だ。彼らが食事をしたり、眠ったり、すわって講義を受けたりしているときなら、背中を向けても安全だ。しかし、戦闘訓練とか、なにか興奮してアドレナリンがあふれるような訓練に出かけたときは、彼らは帽子いっぱいの雷汞《らいこう》なみに爆発しやすくなる。きみならもちろん、教官たちはみんなわかっているはずだ。きみたちは訓練を受けている——それを監視する訓練を、爆発が起きるまえに嗅ぎつける訓練を。未熟な新兵に黒あざをつけられるなどということがなぜ起きたのか、説明してくれないか？　彼がきみに手をかけることは絶対にあってはならなかった。そのもくろみに気づいたとき、きみは彼をさっさと殴り倒すべきだったのだ。さて、きみはなぜ迅速に行動しなかった？　腕がにぶってきたのか？」

「わかりません」ズィムはゆっくりとこたえた。「きっとそうなんでしょう」

「ふーむ！　それが事実なら、戦闘部隊への転属などありえないな。だが、そんなはずはない。というか、三日まえにいっしょに訓練したときには、そんなことはなかった。では、いったいなにを見落としたのか？」

ズィムの返答は遅かった。「あの新兵を安全なやつだと決めつけてしまったのではないかと思います」

「そんなやつはいない」

「はい、大尉どの。しかし、彼はとても熱心で、絶対に最後までやり抜くと決意していました――特に才能はなかったのですが、努力は続けていました――それで、自分も無意識のうちに決めつけてしまったのだと思います」ズィムは黙り込み、また続けた。「たぶん、彼に好感を持っていたせいでしょう」

フランケルは鼻を鳴らした。「教官が新兵に好感を持つことは許されない」

「わかっています、大尉どの。しかし事実なのです。なかなかいいやつらなんです。ほんとうのクズどもはとっくにお払い箱にしましたから。ヘンドリックの唯一の欠点は、不器用なのは別として、自分がすべての答を知っていると思い込んでいたことです。自分は気になりませんでした。あのくらいの年頃には自分もそうでしたから。クズどもが家に帰ったいま、残った連中はみんな意欲があり、人のためになることに熱心で、きびきびと動きます——コリーの仔犬たちみたいにかわいいのです。ほとんどが立派な兵士になることでしょう」

「では、それがきみの弱点だったわけか。きみはあの男に好感を持った……だから、必要なときに切り捨てられなかった。そのせいで、彼は軍法会議にかけられ、鞭打たれ、懲戒除隊となった。泣かせる話だ」

ズィムは真剣に言った。「なにか手立てがあったなら、あの鞭打ちは自分が代わってやりたかったと思います、大尉どの」

「順番を待て、わたしのほうが上官だからな。この一時間、わたしがなにを望んでいたと思う？　きみが黒あざをつけて部屋に入ってくるのを見たときから、わたしがなにを心配していたと思う？　なんとか手立てを尽くして隊内処分ですませようとしたが、あの若い愚か者はそれでは満足しなかった。それでも、まさかきみに一発くらわせたと口走るほど頭がいかれてるとは思いもしなかった——どうしようもないバカ野郎だ。あんなやつは何週間もまえに除隊に追い込んでおくべきだったのだ……もめごとを起こすまでだいじに育てたりするのではなく。だが、彼がわたしにむかって、証人のいるまえで、そのことを口走ってしまった以上、わたしとしては公式にそれを問題視するしかなかった——それで手詰まりになったのだ。記録しないわけにもいかず、軍法会議を避けることもできない……ただ憂鬱な手続きを進めて、潔く自分たちのあやまちを受け入れ、結果として、死ぬまでわれわれを恨む民間人をまたひとり増やす。彼は鞭で打たれるしかなかった。たとえわれわれに非があったとしても、きみもわたしも身代わりにはなれないのだ。第九〇八〇条の違反があったとすれば、連隊はなにが起きたのかを突き止めなければならない。われわれのミスだ……それでも打たれるのは彼だ」

「これは自分のミスです、大尉どの。だからこそ転属させてほしいのです。あの、それが隊にとって最善だと思うのです」

「きみはそう思うわけだな？　しかし、わたしの大隊にとって最善なことはわたしが決めるのだよ、軍曹、きみではなく。チャーリー、きみを苦境から救い出したのはだれだと思っている？　その理由は？　十二年まえのことを思い出してみろ。きみは伍長だったな、忘れたか？　あのころきみはどこにいた？」

「ここです。大尉どのもよくご存じのはずです。まさにこの相も変わらぬ荒れ果てた大草原です――二度と戻ってこなければ良かったと思います！」

「だれだってそうだ。しかし、これは陸軍でもっとも重要かつもっとも注意を要する仕事でもある――苦労知らずの青二才どもを兵士に育て上げるのだ。きみの受け持ちでいちばんの苦労知らずの青二才はだれだった？」

「えー……」ズィムはゆっくりとこたえた。「大尉どのが最悪だったとまで言うつもりはありません」

「ほんとうか？　しかし、別の候補者をあげろと言われてもむずかしいだろう。わたしはきみを心底憎んでいたよ、ズィム〝伍長〟」

ズィムは驚き、少し傷ついたような声になった。「そうだったのですか？　自分は大尉どのを憎んではいませんでした――むしろ好感を持っていました」

「そうか？　まあ、〝憎む〟というのも教官にはけっして許されない感情だな。われわれは新兵に憎しみを持ってはいけないし、好感を持ってもいけない。指導しなければならないのだ。しかし、あのころきみがわたしに好感を持っていたとすると――ふーむ、きみはとても変わったやりかたでそれを表現していたのだな。いまでも好感を持っているか？　こたえなくていいぞ。きみが好感を持っていようがいまいが興味はない――というより、どちらであろうと知りたくないのだ。まあいい。あのころのわたしはきみが大嫌いで、きみをやっつける方法をあれこれ考えていたものだ。しかし、きみはいつでもぴしっとしていて、わたしに第九〇八〇条で軍法会議にかけられるようなチャンスをあたえてくれなかった。そのおかげで、わたしはいまこうしているわけだがな。さて、きみの要望についてだが――わたしが新兵だったころ、きみがわたしにむかって何度も何度も繰り返した言葉があった。わたしはきみのほかのどんな言動よりも、それがいやでたまらなかった。おぼえているか？　わたしはおぼえているから、いまここで、その言葉をきみに返そう――〝踏ん張れ、つべこべ言わずに踏ん張れ！〟」

「わかりました、大尉どの」

「まだ行くな。今回のうんざりする騒ぎも悪いことばかりではない。きみもわかっているだろうが、どこの新兵教育連隊も、第九〇八〇条のもつ意味については厳しい教訓を必要としている。新兵たちはまだ考え方を学んでいないし、読むことはないし、めったに聞くこともない――だが、見ることはできる。若きヘンドリックの不幸は、いずれ、彼の仲間たちのだれかを、死ぬまで首でぶらさがる運命から救うことになるかもしれない。とはいえ、そのための実例がわたしの大隊から出たのは遺憾だし、この大隊からまた別の実例を提供するつもりもない。教官たちを集めて注意しておきたまえ。二十四時間くらいは新兵たちもショックが消えないだろう。そのあと、みんな不機嫌になって緊張が高まるはずだ。木曜日か金曜日には、除隊しようかと思っているだれかが、ヘンドリックはそれほどひどい目にあったわけではなく、鞭打ちの数にしても飲酒運転の罰より少ないくらいだと考え始める……さらには、いちばん嫌いな教官をぶん殴れるのだったら、それくらいは割に合うのではないかと。軍曹――そのパンチは絶対にくらってはならない！　わかったか？」

「わかりました、大尉どの」

「教官たちにはこれまでの八倍の慎重さを求めろ。新兵たちとは距離をとり、背後には充分に注意を払え。猫の群れの中にいる鼠のように油断をおこたるな。ブロンスキーには特に念を押しておけよ。あいつは新兵たちと仲良くしがちだからな」

「ブロンスキーを叩き直します、大尉どの」

「必ずだぞ。今度殴りかかろうとするやつがいたら、パンチで止めなければだめだ――今日のようなヘマは許されないからな。新兵は確実に叩きのめし、教官はそいつに指一本ふれさせてはならない――さもなければ、わたしがそいつを無能の罪で処罰するぞ。全員に伝えておけ。新兵たちに教え込まなければならない……第九〇八〇条に違反するのは、単に高くつくだけではなく不可能なのだと……それを試みようとするだけで、しばらく気絶して、バケツの水を顔にぶっかけられて、顎にひどい痛みが残り、ほかにはなにも得られないのだと」

「わかりました、大尉どの。そのとおりにいたします」

「確実にやるんだぞ。ヘマをする教官がいたら、そいつを処罰するだけでなく、わたし自身が草原へ連れ出して叩きのめしてやる……だらしない教官たちのせいでうちの新兵があの鞭打ち用の柱に縛り付けられるようなことは、二度とあってはならないからだ。さがってよろしい」

「はい、大尉どの。失礼いたします」

「まったく失礼な話だ。なあチャーリー――」

「はい、大尉どの」

「今夜あまり忙しくないようなら、士官用エリアへ運動靴と防具を持ってきて、いっしょにワルツでも踊らないか？　八時ごろでどうだ」

「はい、大尉どの」

「これは命令ではない、招待だ。きみがほんとうに腕がにぶっているのなら、肩甲骨を蹴り飛ばしてやれるかもしれないな」

「えー、では少しばかり賭けてみますか、大尉どの？」

「なに？　ここでデスクにむかって回転椅子をころがしているわたしを相手にか？　やめておこう！　きみが片足をセメント入りのバケツに突っ込んで戦うことに同意するなら別だが。まじめな話、チャーリー、ほんとうにひどい一日だったが、これから良くなるどころかもっと悪くなるぞ。ふたりでいい汗をかいて、こぶでもつくれば、ママに甘やかされたガキどものことは忘れて、今夜はぐっすり眠れるだろう」

「必ずうかがいます、大尉どの。夕食は食べすぎないようにしてください——自分も片付けなければいけない仕事がいくつかありますので」

「夕食をとるつもりはない。ここでデスクに張り付いて、この四半期報告書をなんとか仕上げなければ……連隊長が夕食後にすぐ見たいと待ちかまえていてな……おまけに、ここでは言えないある人物のせいで、二時間ほど作業が遅れている。だから、ワルツには少し遅れるかもしれない。行きたまえ、チャーリー、もうじゃまはしないでくれ。またあとでな」

　ズィム軍曹がいきなり部屋から出てきたので、ぼくはあわててかがんで靴紐を結ぼうとし、そのせいで、彼が事務所を通り抜けていったときにはファイルケースのうしろに体が隠れてしまっていた。フランケル大尉はもう怒鳴っていた。「当番兵！　当番兵！　当番兵！——三度も呼ばなければならないのか？　名前は？　完全装備で一時間の超過勤務だな。E、F、Gの各中隊長を見つけて、わたしが閲兵行進のまえに会いたがっていると伝えろ。それから、大至急わたしのテントへ行って、きれいな軍服と、帽子と、拳銃と、靴と、略綬を持ってこい——勲章はなしだ。ここへならべるんだ。そのあと、午後の診療呼集へ行け——いま見ていたが、そっちの腕でぽりぽりかけるなら、肩のほうもそれほど痛みはないはずだ。診療呼集までは十三分ある——急げ！」

ぼくはやり遂げた……ふたりを上級教官用のシャワー室（当番兵はどこにでも入ることができる）で見つけ、もうひとりを本人のデスクで見つけた。ぼくたちが受ける命令は不可能なわけではなく、ほとんど不可能に近いからそう見えるだけなのだ。ぼくがフランケル大尉の閲兵行進用の軍服をならべていたとき、診療呼集の合図があった。大尉は顔もあげずにうなるように言った。「超過勤務は取り消しだ。さがっていいぞ」そこで自分の中隊へ戻ったところ、〝服装の乱れ〟で超過勤務を命じられ、テッド・ヘンドリックが機動歩兵部隊ですごす日々が胸くそ悪い終わりを迎えるのを見ることになった。

というわけで、眠れずにすごしたその夜は、考えることがたくさんあった。ズィム軍曹が熱心に働いているのは知っていたけど、彼が自分のやっていることに満足しきっているわけではないのかもしれないなんて思ってもみなかった。軍曹はあまりにも独善的で、あまりにも自信満々で、この世界と自分自身になんの不安もないように見えたのだ。

あの無敵のロボットが、自分が失敗したと感じ、逃げ出して見知らぬ人びとの中へ隠れたいと思うほどの深い屈辱にさいなまれ、自分が出ていくことが〝隊にとって最善〟だなどという言い訳までするというのは、テッドが鞭打たれるのを見たのと同じくらい、ある意味ではそれ以上に、ぼくの心を揺り動かしていた。

しかもフランケル大尉が、軍曹に同意して——つまり、失敗の重大さを認めて——彼をしつこくなじり、叱り飛ばしたのだ。いやはや！　ほんとうに驚きだった。軍曹は叱られるものじゃない。軍曹は叱るものだ。それが自然の法則なのだ。

それでも、ぼくは認めざるをえなかった。ズィム軍曹が受け止め、耐えていたのは、とてつもなく屈辱的で心折られる叱責であり、ぼくが軍曹から聞かされていたのがラブソングに思えるほどだった。しかも、大尉は声を荒らげることさえなかったのだ。

この一連のできごとは、ありえないほど常識はずれだったので、だれかほかの人に話そうという気には一度もならなかった。

それにフランケル大尉のこと――ぼくたちは士官を見かけることはあまりない。彼らは夕方の閲兵行進に姿を見せて、最後のときにうろうろするだけで、汗をかくようなことはなにもしない。週に一度は視察をおこなって、軍曹たちに個人的な意見を伝えていたけど、それはいつだって、軍曹たちではないほかのだれかに対する小言だった。そして週ごとに、どの中隊が連隊旗の護衛役という栄誉をになうかを決めるのだ。それだけではなく、士官たちはときどき不意打ちの視察にあらわれ――折り目のついたズボンに、しみひとつない、現実離れした姿で、かすかにコロンの香りをただよわせ――そしてまた帰っていくのだった。

たしかに、長距離行軍のときには、常にひとりかそれ以上の士官が同行したし、フランケル大尉も二度ほどサバットの妙技を披露したことがあった。でも、士官たちはまともに仕事をすることはなかったし、軍曹たちが彼らの上ではなく下の立場にいたのでなんの心配事もなかった。

ところが、フランケル大尉は、夕食を抜くほど熱心に仕事をしていて、あれこれ忙しすぎるから運動不足だと不平をもらし、汗をかくだけのために自由時間をつぶそうとしているように見えた。

心配事のほうにしても、ヘンドリックの身に起きたことについては、むしろズィムよりも大尉のほうが心乱されているようにしか見えなかった。しかも、大尉はヘンドリックの顔さえ知らなかった。だから名前をきかなければならなかったのだ。

自分が暮らす世界の本質について、完全に思いちがいをしていたのではないかという不安があった。世界のあらゆる部分が見た目どおりのものではなかったような感じ——たとえば、自分の母親がそれまで知っていた人ではなく、ゴムの仮面をかぶった見知らぬ人だったことに気づいたような。

それでも、ひとつ確実なことがあった。ぼくは機動歩兵部隊がほんとうはどういうものなのか知りたいとは思わなかった。あの神々のような軍曹や士官たちでさえそんなにつらい思いをしているのだとしたら、ジョニーにとってはまちがいなくつらすぎる！　理解すらできない部隊でどうしてミスをせずにいられる？　ぼくは死ぬまでずっと首を吊られてぶらぶらさせられるなんていやだ！　鞭で打たれる危険だっておかしたくない……たとえ、あとに残る怪我をしないように医師が待機しているとしても。うちの家系には鞭打ちを受けた者はひとりもいなかった（もちろん、学校で体罰を受けた者はいたけど、それはまったく別の話だ）。両親のどちらの家系にも犯罪者はいなかったし、犯罪の告発を受けた者さえいなかった。うちは誇り高い一族なのだ。ひとつだけ欠けていたのが市民権だけど、父はそれを真の名誉とはみなさず、無益なつまらないものと考えていた。それでも、もしもぼくが鞭打ちを受けたら——たぶん、父はショックで卒倒するだろう。

とはいえ、ヘンドリックがやったことは、ぼくだって千回もやってやろうかと考えたことだ。なぜぼくはやらなかった？　臆病だったんだろう。あの教官たちなら、だれであれ、ぼくを叩きのめすことができるに決まっていたから、ぼくは口をつぐんで、行動に移そうとはしなかった。根性がないな、ジョニー。少なくともテッド・ヘンドリックには根性があった。ぼくにはなかった……そして、根性がない男はそもそも軍隊になんか用がないのだ。

それだけでなく、フランケル大尉はこの件をテッドの落ち度とは考えていなかった。たとえぼくが、根性がないせいで九〇八〇に違反することがないとしても、いつかは、九〇八〇以外のなにかを——ぼくの落ち度ではなく——やらかして、やっぱり鞭打ち用の柱からぶらさがることになるかもしれない。

いまのうちに出ていくんだ、ジョニー、なにかヘマをやらかすまえに。

母からの手紙もぼくの決心をあと押しするものだった。両親がぼくを拒絶していたあいだはこちらも冷たい態度でいられた——でも、両親が軟化してしまうと、もうがまんできなかった。というか、少なくとも母は軟化したのだ。手紙にはこう書かれていた。

——ただ、こんなことは言いたくないのだけれど、お父さんはいまでもあなたの名前を口にすることを許してくれないの。でもね、ジョニー、それはお父さんなりの悲しみのあらわしかたなのよ。泣くわけにはいかないから。わかってちょうだい、かわいいジョニー、お父さんは自分の命以上に――お母さんを愛する以上に――あなたを愛しているの。あなたはそのお父さんをとても深く傷つけてしまった。おもてむきは、あなたのことを、自分でものごとを決められる一人前の男で、誇りにしていると言っているわ。でも、それはお父さん自身の誇りが言わせていることであって、最愛の息子に心を深く傷つけられた誇り高い人のつらい苦しみでしかないの。わかってちょうだい、ジョニー、お父さんがあなたのことを口にせず、手紙も書かないのは、まだできないからなの――いつの日か、悲しみに耐えられるときがくるまでは。そのときが来たら、お母さんにはわかるから、あなたのためにとりなしてあげる――そうすれば、またみんなでいっしょに暮らせるわ。

お母さんのこと？　かわいいこどもがなにをしたって、母親は怒ったりしない。あなたに傷つけられることはあっても、あなたへの愛がゆらぐことはないわ。あなたがどこにいようと、なにをしようと、お母さんにとっては、膝小僧をぶつけて慰めてもらおうと駆け寄ってくる男の子でしかないの。お母さんの膝は狭くなったけど、というよりあなたが大きくなったのかしら（お母さんはそんなこと信じていない）、とにかく、あなたが必要とするときには、いつでもこの膝は待っているから。男の子が母親の膝を必要としなくなることはけっしてないもの――そうでしょ、ジョニー？　そう願いたいわ。

ぜひ手紙を書いてそう言ってちょうだい。

ただ、あなたが手紙をくれなくなってずいぶんたつから、こちらからあらためて連絡するまでは、エレノーラ伯母さん宛てに送ってくれるのがいちばんいいと思う。伯母さんがすぐにこちらへまわしてくれるから——これ以上の面倒を起こさずにすむし。わかったわね？

かわいい子に千のキスをこめて

お母さんより

なるほど、よくわかった——父が泣くわけにはいかないとしても、ぼくは泣いてかまわなかった。だから泣いた。

ぼくはやっとのことで眠りにつき……たちまち警報で叩き起こされた。連隊の兵士全員が、大急ぎで爆撃訓練場へ出かけて、弾薬を使わない模擬演習に突入した。身につけていたのは、イヤホン型受信機を含む、スーツなしの完全装備で、全員が散開したとたんにフリーズしろという命令が来た。

そのフリーズは少なくとも一時間は続いた——みんなほとんど息もせず、じっとしていた。鼠がこっそり通り過ぎてもやかましく聞こえただろう。なにかがそばへ来て、ぼくの上を走り抜けていった。たぶんコヨーテだ。ぼくはぴくりとも動かなかった。フリーズのあいだはものすごく寒かったけど、ぼくは気にしなかった。これで最後だと思っていたからだ。

次の日の朝は起床の合図も聞こえなかった。数週間ぶりに寝袋から叩き出され、朝の体操の列にならぶのもひと苦労だった。まずはズィム軍曹と会わなければならなかったので、朝食のまえに除隊するのはむりだった。ところが、ズィムは朝食の席にいなかった。ブロンスキーに中隊長と会う許可を求めても、「いいぞ。好きにしろ」と言われただけで、理由もきかれなかった。

とはいえ、そこにいない男と会うことはできない。朝食のあと、長距離行軍が始まったけど、やはりズィムの姿は見当たらなかった。日帰りの行軍で、昼食はヘリコプターで届けてもらえた――これは予想外の贅沢で、ふつうは、出発するまえに携帯食がくばられないときは飢えに耐える訓練になる。なにか食べ物を隠し持っていれば別だけど、ぼくは持っていなかった。考えることが多すぎたからだ。

ズィム軍曹は携帯食といっしょに姿をあらわし、野外で郵便物の配布を始めた――こちらは予想外の贅沢ではなかった。これは機動歩兵部隊のために言っておこう。ぼくたちは食料、水、睡眠、そのほかなんでも警告なしに削られたけど、個人の郵便物だけは、状況の許すかぎり、一分たりとも遅れて届けられることはなかった。それはぼくたちのものであり、最初に確保できた輸送手段によって届けられ、たとえ作戦行動中でも、休憩がありしだい読むことができた。ぼくにとってはさほど重要なことではなかった。母の手紙が届くまでのあいだ、ぼくのところには（カールからの二通の手紙を別にすると）くずかご行きの郵便物しか届かなかったからだ。

　ズィム軍曹が郵便物をくばっているあいだ、ぼくはそばへ寄りもしなかった。このときはキャンプへ戻ってから話をしようと考えていた。司令部から離れているときに、やつに目をつける理由をあたえるのは無意味だ。だから、ズィムがぼくの名前を呼んで一通の手紙を差し上げたときにはびっくりした。ぼくはすぐに駆け寄って手紙を受け取った。

　そしてもう一度びっくりした——差出人が、ぼくのハイスクール時代の歴史・道徳哲学の教師、デュボア先生だったのだ。サンタクロースからの手紙のほうがまだ驚きは少なかっただろう。

　内容を読んだあとでも、まだなにかのまちがいのように思えた。宛名の住所と差出人の住所を確かめてようやく、先生がぼく宛てに書いたものだと納得できた。

親愛なる若者へ

　もっと早く手紙を書いて、きみが軍に志願しただけではなく、わたしと同じ兵科を選んだことを知ったときの喜びと誇らしい気持ちを、伝えるべきだったろう。だが、驚いたことを伝えるためではない。それは予想していたことだった——ただ、きみが機動歩兵部隊を選んだことは、わたし個人にとって追加のボーナスのようなものだった。このような成果があると、それほどしばしば起こることではないとはいえ、教師の努力も報われるのだと思える。教師というものは、ひとつの金塊を手に入れるために、大量の小石と砂をふるいにかけなければならない——だが、それらの金塊はありがたい見返りだ。

わたしがすぐに手紙を書かなかった理由は、いまのきみにならわかるだろう。大勢の若者たちが、非難されるべき落ち度によるとはかぎらないが、新兵訓練のあいだに脱落していく。わたしは、個人的なコネにより情報を入手し、きみが難所をがんばって乗り越えるのを（その難所がどういうものかはみんなよく知っている！）ずっと待っていた。ここまでくれば、事故や病気さえなければ、きみは訓練を完了して任期を勤め上げるだろう。

きみはいま、軍隊生活でもっともきつい部分にさしかかっている。肉体的にきついのではなく（肉体面の過酷さは、その程度がわかったいま、もはや悩みの種にはなるまい）、精神的にきついのだ……見込みのある市民を兵士に変えるためには、魂を根底からくつがえすような再調整と再評価が必要だ。いや、むしろこう言うべきか——きみはすでに最大の難所を乗り越えたが、行く手にはまだ多くの苦労があり、次々と高くなっていくハードルをクリアしなければならない。だが、重要なのはその〝難所〟なのだ。わたしはきみのことを知っている。これだけ待ったのだから、きみはたしかに〝難所〟を乗り越えたにちがいない——さもなければとっくに家に帰っているはずだ。

その精神の頂に到達したとき、きみはなにかを、新しいなにかを感じたはずだ。言葉にはできないかもしれない（わたしも新兵のときはできなかった）。だから、この高齢の戦友がきみに代わってそれを言葉にするのを許してもらいたい。表現するすべを知っておけば役に立つことが多いからな。単純だよ――人が耐えることのできるもっとも気高い運命とは、愛する故郷と戦争の荒廃とのはざまにみずからの身体を投げ出すことだ。きみにもわかるだろうが、むろん、これはわたしの言葉ではない。基本となる真理は変わるものではなく、ひとたび明察の人がそれを言葉にしたならば、世界がどれだけ変わろうと、言い換える必要などありはしない。これは不変の真理であり、場所や、時代や、人種や国家によってことなるものではないのだ。

きみの貴重な睡眠時間のいくらかをこの老人のために割くことができるなら、ときどきはわたしに手紙を書いて様子を知らせてほしい。それと、もしもわたしのかつての戦友と出会うことがあったら、くれぐれもよろしくと伝えてほしい。

幸運を祈る、戦士よ！　きみはわたしの誇りだ。

ジャン・V・デュボア
機動歩兵部隊中佐（退役）

そのサインは手紙そのものに負けないほどの驚きだった。あの口うるさいおいぼれが中佐だった？　うちの連隊長だって少佐でしかないのに。デュボア先生は学校では一度も階級のことは口にしなかった。ぼくたちの考えでは（そもそも考えたかどうか）、先生はせいぜい伍長くらいで、片手を失ったときに除隊して、ああいう楽な仕事をまわされたにちがいなかった。なにしろあの科目は、合格するどころか、まともに授業を受ける必要すらなく、ただ聴講していれば良かったのだ。もちろん、歴史・道徳哲学は市民権を持つ者が教えることになっていたので、デュボア先生が退役軍人だということはみんな知っていた。でも、機動歩兵部隊？　とてもそんなふうには見えなかった。神経質で、少しだけ横柄な、ダンス教師のタイプ――ぼくたちエイプとはちがう。

でも、先生が自分でそのとおりサインしていたのだ。

キャンプへ戻るまでの長い道中、ずっとその驚くべき手紙のことを考えていた。それはデュボア先生が教室で語ったどんな言葉ともまるで似ていないように思えた。いや、先生が教室で語ったことと矛盾していたというわけじゃない。ただ、語り口がまったくちがっていた。いつから中佐が新兵に〝戦友〟と呼びかけるようになったのだ？

彼がただの〝デュボア先生〟で、ぼくがその授業を受けなければならない生徒のひとりだったときは、先生がぼくに注目しているようには見えなかった――ただし一度、きみには金はありあまってるがセンスが足りないと嫌みを言われたことはあった（たしかに、父ならあの学校を買ってぼくへのクリスマスプレゼントにすることもできただろう――それが犯罪だっていうのか？　先生にはなんの関係もないことだ）。

あのときデュボア先生は、〝価値〟についてだらだらと講釈して、マルクスの理論を伝統的な〝利用〟理論と比較していた。「もちろん、マルクスの定義する〝価値〟はバカげている。どれほどの労働力を注ぎ込もうと、泥のパイをリンゴのタルトに変えることはできない――泥は泥であって、価値はゼロだ。必然的に、未熟な労働力は価値をさげてしまいかねない。無能なコックは、みごとな練り粉に新鮮なリンゴという、すでに価値があるものを、とても食べられない代物に変えてしまう――価値はゼロだ。逆に、有能なコックであれば、同じ材料からありきたりなリンゴのタルトよりずっと大きな価値をもつ菓子を作ることができる。それも、ふつうのコックがふつうの菓子を作るのと変わりない手間で。

このような料理の事例を見るだけでも、マルクスの価値理論は崩壊し――この誤った理論から共産主義という壮大きわまりないペテンが生まれたのだ――〝利用〟の観点から見た常識的な定義の正しさが明らかになる」

デュボア先生は切り株のような腕をさっと振った。「しかしだ――うしろのそいつ、起きろ!――支離滅裂な古びた神秘論のような『資本論』は、仰々しく、強引で、混乱していて、神経症的で、非科学的で、不合理ではあったが、この思いあがったペテン師のカール・マルクスは、それにもかかわらず、きわめて重要な真理をほんの少しだけつかんでいた。もしもマルクスが分析的な頭脳を持ち合わせていたら、だれよりも先に適切な価値の定義をしめすことができたかもしれない……そして、この惑星は果てしない悲しみから救われていたかもしれない。

まあ、だめだったかもしれないが」先生は付け加えた。「そこのきみ!」

ぼくはさっと背筋を伸ばした。

「話を聞くことができないとしても、クラスのみなに〝価値〟が相対的なものか絶対的なものかを話すくらいはできるだろう」

ぼくは話を聞いていた。目を閉じて背筋をくつろがせたまま聞いてはいけないという理由が見当たらなかっただけだ。でも、この質問には困った。今日の課題票に目をとおしていなかったのだ。「絶対的です」ぼくはあてずっぽうでこたえた。

「不正解だ」先生は冷たく言った。「〝価値〟は人間との結びつきがなければなんの意味もない。物の価値は、常に特定の人物と結びついていて、完全に個人的なものであり、それぞれの人物によって大きさがことなる。〝市場価値〟というのは作り事で、すべてが量的にことなるに決まっている個人的価値の平均値をおおざっぱに推測しただけだ。さもなければ取引そのものが不可能になるからな」（ぼくは、〝市場価値〟は〝作り事〟だと聞かされたら、父はなんと言うだろうと考えていた――おそらく、不快そうに鼻を鳴らすはずだ）

「このきわめて個人的な結びつきである〝価値〟には、ふたつの要素がある。第一に、人がある物によってどんなことができるか――すなわち、その人にとっての〝利用価値〟だ。第二に、人がそれを手に入れるためになにをしなければならないか――すなわち、その人にとっての〝原価〟だ。昔の歌に〝この世で最高のものはみんな無料《ただ》〟と明言しているのがあった。それはちがう！　まったくのでたらめだ！　この悲劇的な誤りが、二十世紀の民主主義の堕落と崩壊をもたらしたのだ。こうした崇高な実験が失敗したのは、当時の人びとが、ほしいものは投票さえすればなんでも手に入ると信じ込まされていたからだ……なんの苦労もなく、汗もかかず、涙も流さずに手に入ると。

価値あるもので無料のものなどない。呼吸さえ、出生時の激しい努力と苦しみをもっての み手に入れることができる」デュボア先生はまだぼくを見つめていた。「もしもきみたち若者がおもちゃを手に入れるときに、生まれたばかりの赤ん坊が生きるためにもがくような努力が必要だとしたら、きみたちはもっと幸せになれるだろう……そして、はるかに豊かになれるだろう。現実には、一部の生徒たちについて、わたしは豊かさゆえの貧困を気の毒に思う。きみ！　わたしが百メートル競走のメダルをきみに授与したとしよう。きみはそれで幸せになるか？」

「えー、たぶんなると思います」

「はぐらかすのはやめたまえ。メダルがもらえるんだぞ――ほら、書いてあげよう。〝百メートル競走、優勝メダル〟だ」先生はぼくの席へ戻ってきて、その紙きれをぼくの胸にとめた。「どうだ！　幸せか？　価値あるものだ――ちがうかね？」

ぼくはムカついていた。初めは、おまえは金持ちのこどもだと嫌みを言われ――持たざる者たちのおきまりのひやかし――お次がこの茶番だ。ぼくは紙きれをむしり取り、先生に投げつけた。

デュボア先生は驚いた顔をした。「それでは幸せにならないのかね？」

「ぼくが四着だったことは先生も知ってるはずです！」

「そのとおり！　一着のメダルはきみにとってはなんの価値もない……なぜなら、自分で勝ち取ったものではないからだ。しかし、四着になったことで、きみはささやかな満足感をおぼえている——それは自分で勝ち取ったからだ。ここにいる夢遊病者たちの何人かは、このちょっとした道徳劇の意味を理解してくれたと思う。あの歌を書いた詩人がほんとうに言いたかったのは、この世で最高のものは金以外で手に入れなければならない、ということだろう。それは真理だ——彼の言葉の文字どおりの意味がまちがいであるように。この世《ライフ》で最高のものは金を超越している。その対価は苦しみであり汗であり献身だ……そして、この世《ライフ》でなによりも貴重なものを得るために必要な対価とは、命《ライフ》そのもの——完璧な価値を得るための究極の犠牲だ」

キャンプへ引き返すために行軍を続けながら、デュボア先生——デュボア中佐——から教わったことや、あの意外な手紙についてあれこれ考えた。それから、いったん考えるのをやめた。楽隊が隊列内でぼくたちの近くまでさがってきたので、しばらくのあいだフランスの軍歌を歌い続けた——〈ラ・マルセイエーズ〉は当然として、〈ラ・マデロン〉や〈放浪者の歌〉、それから〈外人部隊〉と〈アルマンティエールのお嬢さん〉。

楽隊の演奏が聞こえるのはありがたい。草原で足取りが重くなってきたときも、すぐに元気がわいてくる。初めは録音された音楽しかなくて、それも閲兵行進と点呼のときだけだった。でも、早いうちに上層部のほうで、だれが演奏できてだれができないかの見極めがおこなわれた。楽器が支給されて、新兵ばかりの連隊付きの楽隊が結成された――指揮者や楽隊長さえ新兵だった。

楽隊員だからといって、なにか義務をまぬがれるわけじゃない。とんでもない！　それぞれの自由時間に演奏することを許可され奨励されただけなので、夜や日曜日なんかに練習するのだ――しかも、反り返って歩いたり、回れ右前進をしたり、閲兵行進ではそれぞれの小隊で整列する代わりに引き立て役をつとめたりしなけりゃならない。部隊ではたくさんのことがそんな調子でおこなわれた。たとえば、うちの従軍牧師はやっぱり新兵だった。ぼくたちのほとんどより年上で、聞いたこともないどこかの怪しげな小宗派から聖職に任命されていた。その神学が正統なものであろうとなかろうと（ぼくにきかないでほしい）、彼は説教に大いなる情熱を注ぎ込んでいたし、新兵たちの悩みを理解できる立場にあるのはたしかだった。それに礼拝で歌うのは楽しかった。そもそも、日曜日の午前中は、朝の宿舎掃除から昼食までのあいだ、ほかに行くところがなかったのだ。

楽隊からはどんどんメンバーが欠けていったが、どうやってか、いつでも演奏は続いていた。キャンプにはバグパイプが四組とスコットランド風の制服が何着かあり――寄付してくれたキャメロン氏族の族長《ロキール》は、息子さんをここで訓練中に亡くしていた――さらに、新兵たちの中にバグパイプ奏者がひとりいることが判明した。スコットランドのボーイスカウトで吹き方を習ったのだそうだ。ほどなく、楽隊には四名のバグパイプ奏者が登場した。うまくはなかったけど、音はでかかった。バグパイプというやつは、初めて聞くとすごくへんな音に感じられるし、これが初心者の練習となると身の毛がよだつ思いがする——音にしても見た目にしても、まるで脇の下に猫をかかえ、その尻尾を口にくわえてかみついているみたいなのだ。

それでも、聞いているうちに慣れてきた。初めてバグパイプ奏者たちが楽隊のまえに飛び出して〈アラメインの戦い〉を吹き鳴らしたときには、ぼくの髪がまっすぐ逆立って帽子が浮きあがったほどだった。あの音は心にしみいり——涙を流させる。

もちろん、長距離行軍のときに楽隊を同行させることはできなかった。楽隊について特別な許可が出ていたわけではなかったからだ。楽隊員だってみんなと同じように完全装備だったので、チューバやバスドラムは置いてくるしかなく、なんとかなるのは自分の荷物に加えられる小型の楽器だけだった。それでも、機動歩兵部隊には、ほかのだれも持っていそうにない楽器があった。たとえば、ハーモニカと大きさの変わらない小さな箱は電子楽器で、大きなホルンとそっくりの音を出すだけでなく同じように演奏できた。地平線へむかって行軍中に楽隊集合の合図があると、楽隊員たちは足を止めることなく自分の装備をはずし、分隊の仲間たちに分けて持ってもらってから、駆け足で軍旗中隊の隊列にならび、演奏を始めるのだった。

これは励みになる。

楽隊が徐々に後方へさがって、ほとんど音が聞こえなくなり、ぼくたちは歌うのをやめた。距離があまり離れてしまうと、自分たちの歌声でリズムが聞こえなくなるからだ。

突然、ぼくは気分が良くなっていることに気づいた。

なぜそうなったのか考えてみた。あと二時間もすればキャンプに着いて、除隊できるからだろうか？

ちがう。除隊しようと決めたときは、たしかにある程度の心の安らぎが得られ、ひどいらだちがおさまって眠りにつくことができた。でも、これはそれとはちがっていた――そして理由は見当もつかなかった。

そこで気づいた。ぼくは難所を乗り越えたんだ！

ぼくはデュボア中佐が手紙で書いていた〝難所〟を越えた。まさに歩いてそれを乗り越え、ゆったりした足取りでくだり始めたのだ。草原はホットケーキのように真っ平らだったけど、それでもなお、目的地へ着くまではずっと、帰り道も途中まで、ぼくは重い足取りで坂をのぼり続けていた。それから、どこかの時点で――たぶんみんなで歌っていたときだろう――難所を越えて、あとはずっとくだり坂になった。装備も軽く感じられるようになったし、もう悩むこともなかった。

キャンプに着いても、ぼくはズィム軍曹に話しかけなかった。もうそんな必要はなかった。ところが、解散したあと、軍曹のほうがぼくを呼び寄せて話しかけてきた。

「はい、軍曹どの？」

「これは個人的な質問だ……気がむかなければこたえなくていい」軍曹は言葉を切った。ぼくは、軍曹が叱責されるのを盗み聞きしていたことを気づかれたのではないかと思って身震いした。

「今日の郵便物の配布のとき」軍曹は続けた。「おまえは手紙を受け取ったな。おれには関係のないことだから、ただの偶然だったんだが、あのときちらりと差出人の名前を見たんだ。場所によっては、かなりありふれた名前だと思うが、しかし——これは個人的な質問だから、おまえにこたえる義務はないぞ——ひょっとして、あの手紙を書いたのは、左の手首から先がなくなっている人じゃないか?」

ぼくはぽかんと口をあけていたと思う。「どうして知ってるんです? 軍曹どの?」

「その原因が生じたとき、おれも近くにいたんだ。デュボア中佐だな? そうだろう?」

「はい、軍曹どの」ぼくはこたえた。「ハイスクールで歴史・道徳哲学の授業を受け持ってくれた先生です」

たぶん、ぼくがズィム軍曹に、ほんの少しでもなにか印象をあたえたのはこのときだけだったと思う。軍曹は八分の一インチほど眉をあげて、かすかに目を見ひらいた。「そうなのか? おまえはとんでもなく幸運だったな」そして付け加えた。「おまえが手紙の返事を出すときに——もしよければだが——ズィム軍曹がよろしく言っていたと伝えてもらえないか」

「はい、軍曹どの。ええと……デュボア先生も軍曹への伝言を入れたのではないかと」

「なんだとっ?」

「いいえ、確信はないんですが」ぼくは手紙を取り出して、その部分を読みあげた。「〝もしもわたしのかつての戦友と出会うことがあったら、くれぐれもよろしくと伝えてほしい〟これは軍曹どのに宛てた言葉でしょうか？」

ズィム軍曹はじっと考え込んだ。その視線はぼくを突き抜けて、どこか遠くを見つめていた。「うん？　ああ、そうだ。まさにおれに宛てた言葉だ。ほんとうにありがとう」軍曹は急に我に返り、きびきびと言った。「閲兵行進まであと九分だ。シャワーを浴びて服を着替えなければならないんだぞ。さあ急げ、新兵！」

7

若い新兵は愚かもの――自殺ばかりを考える。
意気地がないし、誇りもない、
でも毎日毎日蹴飛ばされ、ちょっとはましになっていく、
やがてある朝目覚めると、その身に軍装ひとそろい。
汚れた格好はやめにして、身辺きちんと片付けて、
ぐずぐずやるのはこれまでだ。

――ラドヤード・キプリング

新兵訓練についてこれ以上あれこれ話すのはやめておこう。ほとんどは単純労働で、ぼくはひたすら追い立てられていた――それで充分だ。

でも、パワードスーツについては少しばかり話しておきたい。ぼくがそれにすっかり魅せられてしまったからでもあるし、そのせいで面倒なことになったからでもある。文句を言ってるわけじゃない――自業自得だったのだ。

機動歩兵がパワードスーツと共に生きていくのは、軍用犬チームの連中が相棒の犬といっしょに生きていくのと同じようなものだ。ぼくたちが自分たちをただの〝歩兵〟ではなく〝機動歩兵〟と呼ぶ理由の半分は、このスーツにある(残りの半分は、ぼくたちを投下する宇宙船と、降下のときに使うカプセルだ)。これはぼくたちに、すぐれた視力、すぐれた聴力、強い背中(より重い武器とより多くの弾薬を運べる)、強い両脚、すぐれた知力(軍で使われる意味の〝知力〟だ――スーツを着た男はほかのみんなと同じようにバカでもかまわないが、できればそうでないほうがいい)、高い攻撃力、すぐれた耐久力をもたらし、弱点を減らしてくれる。

パワードスーツは宇宙服とはちがう――でも、同じように使うことができる。基本的には鎧でもない――でも、円卓の騎士たちが着ていた鎧よりはすぐれている。戦車でもない――でも、機動歩兵はひとりで戦車隊と対峙し、支援なしでそれを全滅させることができる。機動歩兵と戦車で戦おうとする愚か者がいればの話だが。宇宙船でもないけど、少しなら飛ぶことはできる。とはいえ、宇宙船だろうと大気圏航空機だろうと、パワードスーツを着用した兵士と戦うには、その兵士のいる地域に集中爆撃をおこなうしかない(一匹のノミを殺すのに家をまるごと焼き払うようなものだ!)。反対に、ぼくたちには、飛行船だろうが潜水艦だろうが宇宙船だろうが、とにかくどんな船にもできないことがたくさんできる。

宇宙船やミサイルなどを使って、非人道的な大量破壊をもたらす手段はたくさんあるけど、あまりにも無差別かつ広範囲に被害がおよぶことで、その国家や惑星が存在しなくなるので、戦争は終わってしまう。ぼくたちがやっているのはぜんぜんちがう。鼻にパンチをくらわせるような個人的な戦争だ。ぼくたちは標的を選べるので、特定の場所に、指定された時刻に、必要なだけの圧力を正確に加えることができる。これまでは、敵地に降下して左利きで赤毛の者を全員殺害もしくは捕虜にせよと命じられたことはないけど、実際に命令が出たら、そのとおりやり遂げるだろう。

機動歩兵は、作戦実行時刻に特定の場所に降下して、指定された地域を占領し、そこを拠点として、敵を穴から追い出し、その場で降伏か死を強要する。ぼくたちは血みどろの歩兵だ、がに股でどたどたと歩き回り、敵のいるところへ出向いて、じかにそいつとやり合う雑兵だ。これまでずっとそうやってきたんだし、武器が変わっても任務の内容はほとんど変わらない——少なくとも、五千年まえに、アッカドのサルゴン王の歩兵たちがシュメール人たちに〝降参だ！〟と叫ばせたときから。

いつの日か、歩兵抜きで戦争ができるようになるかもしれない。どこかで、目先のことしか考えない、額の張り出した、人工頭脳なみの知力をもつ狂気の天才が、新たな兵器を発明し、それが穴へもぐり込んで、敵をつまみ出し、降伏か死を強要できるようになるかもしれない——穴の奥に捕らえられている同胞たちを巻き添えにすることもなく。どうなるかはわからない。ぼくは天才じゃない、ぼくは機動歩兵だ。さしあたり、そんな機械が発明されてぼくたちに取って代わるまでは、戦友たちがその仕事を引き受けることになる——ぼくだって少しはその助けになれるかもしれない。

いつの日か、すべてがきれいさっぱり片付いて、歌にあるように〝もう戦うことは考えない〟という世界が来るのかもしれない。ひょっとしたら。同じ日に、ヒョウも体の斑点をはずし、ジャージー種の乳牛として仕事を得るのかもしれない。これもやっぱり、どうなるかはわからない。ぼくは世界政策の教授じゃない。ぼくは機動歩兵だ。政府に行けと命じられれば、そこへ行く。その合間には、たっぷりと眠らせてもらう。

ぼくたちに取って代わる機械はまだ発明されていないけど、ぼくたちの手助けをしてくれるすてきな機械はいろいろと考案されてきた。その筆頭がパワードスーツだ。

外観については、さんざん写真にとられてきたので、いまさら説明する必要はないだろう。このスーツを着ていると、ゴリラサイズの武器を装備した、でっかい金属製のゴリラに見える（軍曹が真っ先に〝エイプども〟と呼びかけてくるのはこのせいかもしれない。まあ、カエサルの部下たちがこの言葉を使っていたという可能性のほうがありそうだ）。

でも、パワードスーツはゴリラよりはるかに強い。スーツを着た機動歩兵がゴリラとハグを交わしたら、ゴリラのほうは押しつぶされて死んでしまう。機動歩兵とスーツはびくともしない。

スーツの〝筋肉〟である疑似筋肉組織についてはよく知られているけど、最大の長所はそれだけのパワーを制御する方法にある。こいつの設計で真に天才的なのは、歩兵がそれを制御する必要がないという点だ。服みたいに、皮膚みたいに、ただ着ればいい。どんな種類の船でも操縦法は学ばなければならない。新しい反射神経や、経験のない人工的な思考法を身につけるには、長い時間がかかる。自転車に乗るのでさえ、歩くのとはまったくちがう技術が要求されるのだから、これが宇宙船となったら——かんべんしてくれ！　ぼくの寿命ではとても足りない。宇宙船の操縦にむいているのは、数学者の頭脳をもつ曲芸師だ。

　ところが、パワードスーツはただ着用するだけでいい。

　完全装備で重量は二千ポンドほど——それでも、初めて身につけたそのときから、すぐに歩いて、走って、ジャンプして、伏せて、卵を割らずにつまみ上げて（少しだけ練習がいるけど、どんなことだって練習すればうまくなる）、ジグを踊り（スーツなしでちゃんとジグが踊れるならの話）、となりの家を飛び越えて羽毛のように着地することができるのだ。

　その秘密は負のフィードバックと増幅にある。

　パワードスーツの回路図についてきかれても困る。ぼくにはこたえられない。でも、すごく優秀なコンサート・ヴァイオリニストだって、ヴァイオリンを作ることはできないはずだ。ぼくは現場で保守作業や修理をおこない、三百四十七ある項目をチェックして〝不良〟状態から着用可能な状態まで戻すことはできるけど、それはどんなに無能な機動歩兵でも当然できるはずのことだ。でも、スーツが本格的に故障したら、博士《ドクター》を呼ぶしかない——この科学博士（電気機械工学）は、宙軍の参謀士官で、ふつうは中尉（陸軍の階級では〝大尉〟）で、兵員輸送艦の乗組員のひとりでもある。心ならずもキャンプ・カリーの連隊本部へ派遣されているわけだが、これは海軍軍人にとっては死よりも悲惨な運命と言える。

　でも、パワードスーツの機能に関する印刷物や立体写真や回路図にほんとうに興味があるのなら、機密情報でない部分については、それなりに大きな公立図書館へ行けばほとんどを見つけることができる。機密情報になっているわずかな部分については、信頼できる敵のスパイを探すしかない――〝信頼できる〟というのは、スパイが油断のならない連中だからだ。図書館で無料で入手できる情報を売りつけられる可能性が高い。

ここでは、回路図抜きでパワードスーツの機能を説明しよう。スーツの内部には、何百もの圧力受容器がならんでいる。きみが手の付け根で押すという行動をとると、スーツがそれを感知して、増幅し、いっしょになって押すことで、押すという命令を出した受容器への圧力を解放する。ややこしい話だけど、負のフィードバックというのはそもそもややこしい概念なのだ――たとえ、ぼくたちの肉体が、むなしく足を蹴り出す赤ん坊でなくなってからずっとやってきたことだとしても。幼いこどもはまだ学び続けている途中で、だから動きがぎこちない。青年やおとなは学んだことに気づきもしないままそれを実行している――そして、パーキンソン病の患者はそのための回路に損傷を受けている。

フィードバックがあるおかげで、パワードスーツはきみのどんな動きにも正確に合わせてくれる――しかも、その力はすさまじい。

制御された力……なにも考えなくても力は制御される。きみがジャンプすると、あの重いスーツもジャンプするが、それはきみが生身でジャンプするよりずっと高い。思い切りジャンプすると、スーツのジェットが噴射して、スーツの脚の〝筋肉〟の力が増幅される。三基のジェットがきみの肉体を押すとき、その圧力の軸はきみの質量の中心をとおることになる。

こうしてきみはとなりの家を飛び越える。そして飛び上がったときと同じ速さで降下する……スーツは近接・開閉装置（近接信管に似た簡単なレーダーの一種）によってそれを察知し、きみがなにも考えなくても、着地の衝撃をうまくやわらげるだけのジェットをふたたび噴射する。

パワードスーツがすばらしいのはそこだ——考える必要がないのだ。運転したり、飛ばしたり、舵をとったり、操作したりする必要はない。ただ着用すれば、きみの筋肉からじかに命令を受けて、筋肉がしようとしていることを実行してくれる。おかげで、きみは武器をあやつって周囲に注意を払うことだけに集中できる……ベッドで死ぬことを願っている歩兵にとってはものすごく重要なことだ。監視の必要な機器をたくさんかかえていたら、もっと簡素な装備の——たとえば石斧とか——だれかがこっそり忍び寄ってきて、計器を読み取ろうとしている兵士の頭を叩きつぶすだろう。

〝目〟と〝耳〟にも、きみの気を散らすことなく役に立ってくれる装備がある。たとえば攻撃用のスーツには、ふつうは三つの音声回線がある。戦術上の機密を保持するための周波数制御はきわめて複雑で、それぞれの回線に少なくともふたつの周波数が割り当てられ、そのどちらも、相手側とマイクロマイクロ秒までタイミングを合わせたセシウム時計の制御によって不規則に変動する——でも、こういうことはいっさい気にしなくていい。A回線で分隊長に連絡をとりたいときは、一度だけ歯をかみしめる——B回線のときは二回かみしめる——といった調子だ。マイクは喉に貼り付けられているし、イヤホンは両耳におさまっていてはずれる心配もない。ただ話すだけだ。しかも、ヘルメットの両側面にある外部マイクにより、頭がむきだしになっているかのように近くの物音を聞くことができる——あるいは、頭をちょっと回すだけで、やかましい周囲の音を抑えて、小隊長の命令を聞き逃さないようにもできる。

人体の中で頭だけは、スーツの筋肉を制御する圧力受容器とのつながりがないので、頭を使って——顎の筋肉、頤《おとがい》、首——あれこれスイッチを操作することで、戦闘のために両手をあけておくことができる。頤は視覚表示全般を担当し、顎のスイッチは音声関係を担当する。すべての表示は額のまえにあるミラーに投影されるので、頭上や背後でなにが起きているかを確認できる。ヘルメットにこのような装置がついているため、見た目は水頭症のゴリラみたいになるのだが、幸い、敵はこちらの姿を見て不快感をおぼえるほど長くは生きられないし、なによりこの仕組みは使いやすい。数種類あるレーダー表示を、コマーシャルを避けるためにチャンネルを替えるよりも素早く、次々と切り替えられる——距離と方位を調べたり、上官の居場所を突き止めたり、両翼の仲間と連絡をとったり、なんでもできるのだ。

蠅を追い払おうとする馬のように頭を振ると、赤外線暗視装置は額の上にあがる——もう一度振ると、またさがってくる。ロケットランチャーから手を離せば、スーツがそれをふたたび必要になるときまで格納する。給水用の乳頭や、空気の供給や、ジャイロなどについては説明するまでもない。どの装備もその意図するところは同じ——着用者をその任務の遂行、すなわち大量殺戮に専念できるようにすることだ。

　もちろん、こういう操作には練習が必要なので、歯磨きやなんかと同じくらい無意識に適切な回路を選べるようになるまで何度も練習をする。でも、パワードスーツを着用して動き回るだけなら、ほとんど練習はいらない。ジャンプの練習をするのは、まったく自然な動きでジャンプをしても、より高く、より速く、より遠く、そしてより長時間ジャンプをすることになるからだ。この最後の点だけでも新たな適応が必要になる。空中での数秒は活用できる——戦闘中は数秒が値段のつけようもないほど貴重なのだ。ジャンプして地上を離れると同時に、距離と方位を確認して、標的を見つけ出し、仲間と連絡を取り合い、武器を発射し、再装塡し、着地せずにまたジャンプする決断をくだし、自動装置に先んじてふたたびジェットを噴射する。練習すれば、これらすべてを一度のジャンプでやれるようになるのだ。

　でも、ふつうは、パワードスーツに練習はいらない。きみのために、きみがやっているとおりの行動を、よりうまくやってくれる。ただし、ひとつだけ例外がある——かゆいところをかけないのだ。肩甲骨のあいだをかくことのできるスーツがあるなら、そいつと結婚してもいいくらいだ。

　機動歩兵のスーツには三種類のタイプがある——攻撃、指揮、偵察だ。偵察用スーツは高速で長距離を移動できるけど、武装は弱い。指揮用スーツは行動用とジャンプ用の燃料をたっぷり積んでいるので、動きが速くてジャンプも高い。さらに、ほかのスーツの三倍の通信・レーダー機器と、慣性推測追尾装置を搭載している。攻撃用スーツを使うのは、眠たそうな顔で隊列にならんでいる連中——死刑執行人たちだ。

もう言ったかもしれないけど、ぼくはパワードスーツに惚れ込んでいた。初めて使ったときに肩を痛めてしまったにもかかわらずだ。それ以来、うちの班がスーツを着用した訓練を許可された日は、いつでも特別な日になった。そのへまをやらかした日、ぼくは仮の班長として仮の軍曹の階級章をつけ、暗闇の中という想定で、仮想の敵を相手に使うための模擬原爆ロケット弾を装備していた。それがトラブルのもとだった。なにもかも仮想なのだ――そのくせ、すべてが現実であるかのように行動することを要求される。

うちの班は退却中で――いや、〝後方へ前進中〟か――教官のひとりが、無線操作でぼくの部下のスーツの動力を切って、そいつを身動きできない負傷者に仕立て上げた。機動歩兵の戦闘教義に従って、ぼくはそいつの救出を命じ、副班長が動くまえにうまく命令を出せたことで少しばかりうぬぼれた気持ちになりながら、次にやるべきことに取りかかろうとした。すなわち、襲い来る仮想の敵をひるませるために、模擬原爆で大騒ぎを引き起こしてやるのだ。

ぼくたちの班は弧を描いて散開していた。ロケット弾は斜めに発射することになるわけだが、味方の兵士たちが吹き飛ばされないだけの距離をとり、しかも敵が混乱するほどの近さで着弾させなければならなかった。もちろん、大急ぎで。演習場での動きやそこで生じる問題については、事前に話し合っていた。ここまでは順調だった――唯一の不測の事態は負傷者たちだった。

戦闘教義によれば、爆風で影響を受ける可能性がある部下たちの位置は、レーダービーコンで正確につかまなければならなかった。ところが、これを迅速におこなう必要があったのに、ぼくはあの小さなレーダー表示を読み取るのがあまり得意ではなかった。それで少しだけずるをした——暗視装置を跳ね上げ、真っ昼間の光の中で肉眼で確認したのだ。距離は充分にとれていた。まずいことに、半マイルほど先に影響を受けそうな兵士がひとりだけ見えたけど、ぼくが持っていたのはちっぽけなロケット榴弾が一発だけで、それは煙を大量に噴き出すしか能のない代物だった。そこで、肉眼で適当な場所を選び、ロケットランチャーを取り上げて発射した。

それからすぐにジャンプした。ほんの数秒もむだにしなかったとうぬぼれながら。

とたんに、空中でスーツの動力が切られた。怪我をすることはない——これは遅延作動式で、着地と同時に実行される。ぼくは地面に降りてすぐに固まった。しゃがんだままで、上半身はジャイロで直立していたけど、動くことはできなかった。一トンもの金属に取り囲まれて、動力を失っていたら、わざわざ動くなと命じられるまでもない。

その代わり、ぼくは自分をののしった——問題のある行動をとっただけで負傷者にされるとは思ってもみなかったのだ。うかつとしか言いようがない。

ズィム軍曹が班長の行動を監視することは当然考えておくべきだった。

軍曹はすぐにそばへ飛んでくると、ふたりきりで面とむかって話しかけてきた。ぼくはどうしようもなく愚かで、不器用で、汚れた皿も洗えないほど不注意だから、床掃除の仕事で柄についていて、聞きたくもないことをあれこれ論じられた。ぼくの過去やありそうな未来やそのほかの事柄について、聞きたくもないことをあれこれ論じられた。最後の言葉にはまったく感情がこもっていなかった。「おまえがやったことをデュボア中佐にどんなふうに伝えてほしい？」

そして軍曹は去った。ぼくはそこでしゃがみ込んだまま、演習が終わるまでの二時間、ずっと待ち続けた。ついさっきまで羽根のように軽く、七リーグをひとまたぎする魔法の靴だったパワードスーツが、まるで鉄製の拷問具のように感じられた。やがて、軍曹が戻ってきて、スーツの動力を回復させ、ぼくたちは全速力で大隊本部を目指した。

フランケル大尉の叱責は短かったけど、ずっときつかった。

大尉は言葉を切り、士官たちが軍規を引用するときに使う棒読み口調で言った。「きみは軍法会議での審理を求めることもできる。希望するか？」

ぼくはごくりと唾をのんでこたえた。「いいえ、大尉どの！」そのときまで、ぼくは自分がどれほどやっかいな状況に陥っているか自覚していなかった。

フランケル大尉は少し緊張を解いたようだった。「では、連隊長の意向を確認するとしよう。軍曹、囚人を護送したまえ」ふたりで急ぎ足で連隊本部へむかい、ぼくはそこで初めて連隊長と対面した――そのころには、なにがあろうとぼくは法廷へ引っ張り出されるのだと確信していた。でも、テッド・ヘンドリックが自分の発言で墓穴を掘ったことははっきりとおぼえていた。ぼくはなにも言わなかった。

マロイ少佐がぼくに言葉をかけたのは二度だけだった。ズィム軍曹の報告を聞いたあとで、少佐はそのうちのひとつ目の言葉を発した。「まちがいないか？」

ぼくはこたえた。「はい、少佐どの」それでぼくの発言は終わりだった。

マロイ少佐がフランケル大尉にたずねた。「この男がなんとかなる見込みはあるのか？」

フランケル大尉がこたえた。「わたしはあると信じています、少佐どの」

マロイ少佐が言った。「では、隊内処分ですませることにしよう」それからぼくに顔を向けて――

「鞭打ち五回だ」

まあ、とにかく首でぶらさがるはめにはならなかった。十五分後、医師がぼくの心臓の検査をすませ、衛兵軍曹が例の腕を抜かなくても脱げる特製のシャツをぼくに着せた――首から腕の先までがジッパーになっているのだ。閲兵行進の集合の合図が鳴り響いたところだった。なにもかも遠いできごとのようで、現実味がなかった……頭がおかしくなるほど怖くなったときに、そんなふうに感じることもあるのだ。悪夢のような幻――

集合の合図がやんだとき、ズィム軍曹が衛兵テントに入ってきた。彼が衛兵軍曹――ジョーンズ伍長――にちらりと目をやると、伍長は外へ出ていった。ズィムは近づいてきて、ぼくの手になにかを滑り込ませた。「それをかんでいろ」彼は静かに言った。「きっと役に立つ。体験済みだ」

ゴム製のマウスピースだった。素手の格闘教練で歯が折れないようにするために使うやつだ。ズィムは出ていった。ぼくはそれを口に入れた。そのあと、手錠をされて行進で外へ連れ出された。

命令書が読みあげられた。「――模擬戦闘のさなかに、実戦であれば戦友の死を招いたにちがいない重大な過失をおかした」それから、彼らはシャツを脱がして、ぼくを柱につないだ。

さて、とても奇妙なことがひとつある。鞭打ちを受けるのは、それを見ているときほどつらくないのだ。楽勝だと言ってるわけじゃない。およそ経験したことがないほどの強烈な痛みだったし、鞭打ちそのものより、次の鞭を待っているあいだのほうがずっとしんどかった。でも、マウスピースのおかげで、一度だけ悲鳴が出たときも声がもれることはなかった。

もうひとつ奇妙なことがある。だれもぼくのまえで鞭打ちを話題にしなかった。新兵たちでさえそうだった。ぼくの見たかぎりでは、ズィムやほかの教官たちも以前とまったく同じようにぼくのことを扱った。医師が傷口の手当てをして勤務に戻れと言ったその瞬間に、なにもかも完全に終わったのだ。その夜は、少しだけ食事もとれたし、テーブルでの雑談に加わっているようなふりさえできた。

隊内処分についてもうひとつ。これは経歴に永久的な汚点を残すことがない。新兵訓練が終われば記録は破棄されて、まっさらな状態から再出発できる。でも、なにより重要な記録がひとつだけ残る。

本人はそのことをけっして忘れないのだ。

8

若者を歩むべき道の初めに教育せよ。年老いてもそこからそれることがないであろう。

——箴言　第二十二章六節

鞭打ちを受けた者はほかにもいたけど、それはごく少数だった。うちの連隊で軍法会議によって鞭打ちの刑を宣告されたのはヘンドリックだけだ。それ以外の連中は、ぼくと同じように隊内処分ですんだ。鞭打ちとなると連隊長のところまで話を通さなければならない——配下の指揮官は、いやいやながら、それを小さな声で連隊長に申し出ることになる。そのときでさえ、マロイ少佐は、鞭打ち用の柱を立てるよりも、〝軍務に不適格〟とみなして追放する傾向が強かった。ある意味、隊内処分による鞭打ちはもっとも軽い賛辞と言えた。それはすなわち、罰せられる人物が、そのときはとてもありえないように思えても、いずれは立派な兵士となり市民となる素質をもっている小さな可能性があると、上官たちが考えているしるしなのだ。

隊内処分でもっとも厳しい罰を受けたのはぼくだけだった。ほかに三回より多い鞭打ちを受けたやつはいなかった。ぼくだけが、もう少しで民間人の服を着そうになりながらも、危ういところでまぬがれたのだ。これは一種の社会的栄誉と言えるけど、あまりお勧めはできない。

ところが、そこで別の事件が起きた。ぼくやヘンドリックのよりずっと悲惨な——ほんとうに胸が悪くなる事件だった。一度だけ絞首台が用意されたのだ。

ただし、これははっきりさせておきたい。この事件は軍とはなんの関係もなかった。犯行がおこなわれたのはキャンプ・カリーではなかったし、問題の若者を機動歩兵部隊に受け入れた配属担当官は辞職するべきだった。

この男が脱走したのは、ぼくたちがキャンプ・カリーに到着したわずか二日後のことだった。もちろんバカげているけど、この事件はなにもかも筋がとおらなかった——彼はなぜ除隊しなかったのだろう？　当然ながら、脱走は〝三十一とおりの強行着陸〟のひとつではあるけれど、軍はこれに死刑を宣告することはない——〝敵前逃亡〟とか、なにかほかの、この脱走というきわめて非公式な除隊の手段を、無視するわけにはいかない重大な問題に変えてしまう特別な事情がないかぎり。

軍は脱走兵を見つけて連れ戻す努力をしない。これはまったく当然のことだ。ぼくたちはみんな志願兵だ。ぼくたちが機動歩兵なのは、そう希望したからであり、ぼくたちは機動歩兵であることを誇りにしているし、機動歩兵部隊もぼくたちを誇りにしている。もしもだれかが、たこのできた足から毛深い耳にいたるまで、全身でそのように感じていないとしたら、ぼくは戦いが始まるときにそんなやつにそばにいてほしくない。もしもぼくが負傷したときは、まわりにいる仲間たちに救出してもらいたい――なぜなら、彼らは機動歩兵で、ぼくも機動歩兵で、彼らにとってぼくの皮膚は彼ら自身の皮膚と同じだけの重みをもっているからだ。戦闘が激しくなったときにびびって逃げ出すような、偽物の兵士たちは必要ない。〝徴兵〟症候群をこじらせた兵隊もどきを隊列に加えるくらいなら、欠員が出たままにしておくほうがずっと安全なのだ。だから、もしもそいつらが脱走するのなら、勝手に脱走させればいい。連れ戻したりするのは時間と金のむだだ。

もちろん、脱走した連中のほとんどは帰ってくるけど、ときには何年も先になる。その場合、軍はそいつを絞首刑にする代わりに、うんざりしながら五十回の鞭打ちをおこない、そのまま釈放する。たとえ警察に捜索される心配がなくても、市民や合法的な居住者ばかりの世界で脱走兵でいるというのは、神経のすり減る状況にちがいない。〝悪しき者は追う人もないのに逃げる〟というやつだ。隊へ戻り、罰を受けて、ふたたび楽に息ができるようになりたいという思いが、耐えがたいほど強くなるのだろう。

でも、この若者は戻ってこなかった。脱走して四カ月、所属する中隊の同僚たちも彼のことをおぼえているとは思えなかった。なにしろ、いっしょにいたのはたった二日だけ。おそらく、顔のない名前だけの〝N・L・ディリンジャー〟となり、毎日毎日、朝の点呼で〝無届け外出〟と報告されていたのだろう。

そして、こいつは幼い少女を殺した。

ディリンジャーは地元の裁判所で有罪判決を受けたが、身元確認により、まだ除隊していない兵士だということが判明した。規定どおり部隊に通告があり、司令官はただちに手を打った。ディリンジャーは部隊へ戻ってきた。軍の法律と司法権は通常の民法より優先されるからだ。

なぜ司令官はわざわざそんなことをしたのだろう？　なぜ地元の保安官に仕事をまかせてしまわなかったのだろう？

ぼくたちに〝教訓をあたえる〟ため？

とんでもない。うちの司令官が、これ以上幼い少女を殺させないために配下の兵士たちに吐き気をもよおさせる必要があると考えたはずがない。いま思うと、むしろぼくたちにその光景を見せずにすませたかったのだろう——もしもそれが可能であるなら。

ぼくたちはひとつの教訓を得た。でも、そのときはだれも口にはしなかったし、それは心にしみ込んで第二の天性となるまでに長い時間がかかるものだった。

機動歩兵は自分の始末は自分でつける——それがどんなことであろうと。

ディリンジャーはぼくたちの部隊に所属していて、まだ名簿に載っていた。ぼくたちにとって不要な男だとしても、初めから入隊させるべきではなかった男だとしても、喜んで追放したい男だとしても、やはりぼくたちの連隊の一員だった。あっさり無視して、千マイルも離れたところにいる保安官にまかせるわけにはいかなかった。やらなければならないとなれば、男は――ほんものの男は――自分の手で飼い犬を射殺する。やり損なうかもしれない代理人を雇ったりはしない。

連隊の記録では、ディリンジャーはぼくたちの一員になっていた。だから彼の始末をつけるのはぼくたちの義務だった。

あの夜、ぼくたちは練兵場へむかって一分間に六十歩というゆっくりした足取りで行進し（百四十歩に慣れていると、歩調を合わせるのがむずかしい）、楽隊は〈嘆かれざる者のための葬送曲〉を演奏していた。やがて、ぼくたちと同じ機動歩兵の礼服に身を包んだディリンジャーが連れ出されてくると、楽隊による〈ダニー・ディーヴァー〉の演奏が始まった。ディリンジャーは、すべての記章だけでなく、ボタンや帽子までむしり取られてしまい、あとにはもはや軍服とは言えないえび茶色と薄い青色の服だけが残った。ドラムロールが鳴り響き、すべては終わった。

ぼくたちは閲兵行進をすませてから駆け足で帰途についた。気絶したやつはいなかったはずだし、ひどく気分が悪くなったやつもいなかったと思うけど、その夜は、ほとんどの仲間があまり夕食を口にしなかった。食堂のテントがあんなに静かだったのは初めてだった。でも、たしかに陰惨ではあったけど（ぼくが死を目の当たりにしたのはこのときが最初で、仲間たちの大半もそうだった）、それはテッド・ヘンドリックが鞭打ちを受けたときのようなショックではなかった――なにしろ、ディリンジャーの立場になってみるわけにはいかなかった。〝あれはぼくだったかもしれない〟という感情はまったくわいてこなかった。脱走にまつわる専門的な事柄は別として、ディリンジャーは少なくとも四つの重大な犯罪をおかしていた。仮に被害者が生きていたとしても、ほかの三つの犯罪――誘拐、身代金要求、児童虐待――のいずれかひとつで、彼は〈ダニー・ディーヴァー〉を踊っていただろう。

ぼくはディリンジャーに同情しなかったし、いまもそれは変わらない。あの〝すべてを理解することは、すべてを許すこと〟とかいう格言はまったくのたわごとだ。理解すればするほど嫌悪が増すことだってある。ぼくが同情する相手は、見たこともないバーバラ・アン・エンスウェイトと、もう二度と幼い娘に会うことができないその両親だ。

夜になって楽隊がそれぞれの楽器を片付けると、ぼくたちはバーバラを悼み、自分たちの不名誉を嘆くために三十日間の喪に服すことになった。軍旗には黒の喪章がさがり、閲兵行進のときも音楽はなく、長距離行軍でも歌うことはなくなった。一度だけ、だれかが不平をこぼしたときには、別の新兵がすぐさま、おまえはあんなクズ野郎を許せるのかと問いただした。たしかに、あれはぼくたちの罪ではなかった――でも、ぼくたちの仕事は幼い少女を守ることであり、殺すことではない。連隊は汚名を着せられたのだ。それは払拭しなければならない。ぼくたちは恥辱をあたえられ、実際に恥じ入っていた。

その夜、こういう事件が起こるのを防ぐにはどうすればいいのか考えてみた。もちろん、いまではめったに起こることじゃない――でも、一度でも充分多すぎるのだ。満足のいく答は出なかった。ディリンジャーは、見たところほかのだれとも変わりなかったし、そもそも、そのふるまいにも経歴にも問題がなかったからキャンプ・カリーにたどり着くことができたのだ。よく記事になっている病的な性格だったんじゃないかと思う――そいつらを見分ける手段はない。

まあ、こういう事件が一度起きるのを防ぐ方法がなかったとしても、二度と起こらないようにする確実な方法はひとつだけある。ぼくたちはそれを使ったのだ。

もしもディリンジャーが自分のやっていることを理解していたのなら（とても信じがたいように思えるが）、そのあとで自分がどうなるかもわかっていたはずだ……ただ、幼いバーバラ・アンと同じだけの苦しみをあたえられなかったのは残念だ――やつは実際にはまったく苦しまなかったのだから。

でも、よりありそうな可能性として、ディリンジャーに自分が悪いことをしているという意識がまったくなかったとしたら？　その場合はどうなる？

狂犬は射殺されるものではないのか？

そのとおりだけど、あんなふうにおかしくなるのは病気だ――

ぼくにはふたつの可能性しか見えなかった。病気がもはや手のほどこしようがないのだとしたら、ディリンジャーは本人のためにもまわりの人びとのためにも死んだほうがいい。もしも治療によって正気を取り戻すことができて（ぼくにはそう思えた）、文明社会で暮らしていけるくらいになるとしたら……そして本人が〝病気〟だったときにやったことをじっくり考えられるようになるとしたら……その場合、自殺する以外にどんな道が残されているだろう？　どうして自分を受け入れられるだろう？

それに、治療が終わるまえに脱走して同じことを繰り返してしまったら？　それも一度ではすまなかったら？　こどもをなくした親たちにどうやって説明する？　犯罪者を野放しにしてしまったことを？

答はひとつしか見当たらなかった。

いつしかぼくは、歴史・道徳哲学の授業であった討論のことを考えていた。デュボア先生が、二十世紀の北アメリカ共和国の崩壊に先立つ〝混乱期〟について話していた。先生によると、すべてが崩壊する直前には、ディリンジャーがおかしたような犯罪が犬の喧嘩なみにありふれていたらしい。このような〝恐怖〟は北アメリカだけで広まっていたわけではなかった——ロシアやイギリス諸島でも、それ以外の国々でも同じだった。でも、北アメリカでそれが最高潮に達したのは、すべてがばらばらになる少しまえのことだった。

「法律に従う人びとは」デュボア先生は生徒たちに言った。「夜中に公園に足を踏み入れたりはしなかった。そんなことをすれば、狼のような少年たちの集団に襲われる危険をおかすことになる。相手は鎖やナイフや手製の銃や棍棒で武装していたので、少なくとも怪我はするし、ほぼ確実に金品を強奪され、ひどいときは生涯残る傷を負わされたり、殺されたりした。このような状況が、ロシア・アングロアメリカン同盟と中華覇権国家との戦争が勃発するまで何年も続いたのだ。殺人、麻薬依存、窃盗、暴行、公共物破壊が、ごくあたりまえに起きていた。公園だけの話ではない——昼間の路上、学校のグラウンド、あるいは校舎の中でさえ起きていた。だが、公園が危険なのは周知の事実だったので、人びとは暗くなったらそこには近づかなかったのだ」

　ぼくは自分の学校でそんなことが起きている様子を想像してみようとした。とてもむりだった。公園だって考えられなかった。公園は楽しむ場所であって、怪我をさせられる場所ではない。まして殺されるなんてのは――「デュボア先生、そのころは警察はなかったんですか？　裁判所とか？」

「いまよりもずっと多くの警察があった。裁判所も多かった。どれも手一杯だったのだ」

「なんだかよくわかりません」いまの時代に、若者がその半分でも悪いことをしたら……まあ、本人とその父親がならんで鞭打ちをくらうことになるだろう。ただ、そんなことが起こらなかっただけだ。

　デュボア先生はぼくに問いかけた。「〝非行少年〟を定義したまえ」

「ええと、人びとをよく殴ったりする若者のことです」

「不正解だ」

「は？　でも教科書には――」

「申し訳ない。たしかに教科書にはそう書いてある。だが、尻尾を脚と呼んだからといって、その呼び名が実態に合うわけではない。〝非行少年〟というのはそもそも矛盾した表現であり、彼らがかかえる問題と、彼らがその解決に失敗したことへの手掛かりをあたえてくれる。きみは仔犬を育てたことがあるかね？」

「はい、あります」

犬を家に入れてはいけないと決められてしまったのだ。

「トイレのしつけはできたかね？」

「あー……できました。最終的には」ぼくがしつけをなかなかできなかったせいで、母から
「そうか。仔犬が粗相をしたとき、きみは怒ったかね？」

「はい？　いえ、あいつはなにもわかっていなかったので。まだ仔犬だったんです」

「ではどうしたのかな？」

「それは、叱りつけて、粗相したところに鼻を押しつけて、叩いてやりました」

「仔犬にはきみの言葉は理解できなかったはずだが？」

「それはそうですが、ぼくが腹を立てているのはわかりますから」

「しかし、きみは怒らなかったと言ったばかりではないか」

デュボア先生は、すごくムカつくやりかたで生徒を混乱させるのだった。「怒ってなんかいません。あいつにぼくが怒っていると思わせる必要があったんです。仔犬も学ばなければいけないでしょう？」

「それはそうだ。しかし、きみが不満をもっていることをはっきり伝えたのに、なぜ仔犬を叩くなどという残酷なことができたのかね？　きみは、かわいそうな仔犬は自分がまちがったことをしているのがわからなかったと言った。それなのに、きみは苦しみをあたえた。正当化してみたまえ！　それともきみはサディストなのか？」

当時のぼくは、サディストがどういう意味なのか知らなかった――でも、仔犬のことは知

っていた。「デュボア先生、それは必要なことなんです！　仔犬を叱るのは、そいつにまずいことになったと教えるためですし、粗相したところに鼻を押しつけるのは、なにがいけないのかを伝えるため、叩くのは二度と同じことをさせないためです――しかもその場でやらなくちゃだめなんです！　あとから罰をあたえてもなにもいいことはありません。混乱させるだけです。ちゃんと叱っても、仔犬は一度ではおぼえないので、見張っていてまた現場をおさえたら、今度はもっと強く叩くんです。じきにおぼえてくれます。ただ叱るのでは息をむだにするだけなんです」それから、ぼくは付け加えた。「先生は仔犬を育てたことがないんでしょう」

「何度もある。いまはダックスフンドを育てている――きみと同じやりかたでな。では非行少年に話を戻そう。当時のもっとも凶悪な少年の平均年齢は、この教室にいる諸君より少しばかり若かった……もっと小さいころから無法の暮らしを始めることが多かったのだ。さっきの仔犬の話を忘れないでくれ。この少年たちはよくつかまった。警察が毎日のように集団で逮捕していたのだ。彼らは叱られたか？　ああ、しばしば手厳しく叱られた。彼らは鼻を押しつけられたか？　これはめったになかった。報道機関や警察当局は彼らの名前を非公開にした――多くの場所で、十八歳未満の犯罪者についてはそうすることが義務づけられていたのだ。彼らは叩かれたか？　とんでもない！　多くの少年は、幼いころでさえ一度も叩かれたことがなかった。叩くとか、なにかそういった苦痛をあたえる罰は、こどもの心に生涯残る傷をつけると広く信じられていたからだ」

（ぼくは、父さんはこの学説を聞いたことがなかったにちがいないと思った）

「学校での体罰は法律で禁じられていた」デュボア先生は続けた。「裁判所の宣告による鞭打ちを合法としていたのは、デラウェアという小さな州だけだったが、そこは犯罪がきわめて少なかったので、刑はめったに執行されなかった。鞭打ちは〝残酷で異常な刑罰〟とみなされていた」デュボア先生は考えながら話していた。「わたしには〝残酷で異常な刑罰〟に反対する理由がわからない。裁判官は常に慈悲深くあるべきだが、その裁定は犯罪者に苦痛をもたらさなければならない。さもなければ罰がないのと同じことになってしまう。苦痛とは、何百万年にもおよぶ進化によってわれわれの中に築き上げられた基本的メカニズムであり、なにかがわれわれの生存を脅かしたときに警告する安全装置の役を果たしている。そのように高度に完成された生存メカニズムを利用することを、なぜ社会が拒否しなければならないのだ？　もっとも、当時は科学とも言えないエセ心理学的ナンセンスが蔓延していたのだが。

〝異常な〟と言うが、罰はそもそも異常なものでなければ、なんの目的も果たすことができない」先生は切り株のような腕で別の男子生徒をさした。「仔犬が一時間おきに叩かれたらどうなると思う？」

「あー……たぶん頭がおかしくなります」

「たぶんな。そんなことをしても仔犬にはなにも教えられない。この学校の校長が最後に生徒を鞭で打つはめになってからどれくらいたつ？」

「あー、わかりません。二年くらいだと思います。盗みをした生徒が——」

「もういい。ずいぶんたっているわけだ。それはすなわち、鞭打ちという罰がきわめて異常であるがゆえに、意義があり、抑止効果があり、教育的であるということだ。さっきの若き犯罪者たちの話に戻ろう。おそらく彼らは赤ん坊のころに叩かれなかったのだ。もちろん犯罪をおかしても鞭で打たれることはなかった。通常の流れはこうだ——初犯の場合は、まず警告があり、多くは裁判なしの叱責だけですまされる。何度か犯行を重ねると禁固刑になるが、執行猶予がついて、その少年は保護観察下に置かれる。繰り返し逮捕されて、何度か有罪判決を受けると、ようやく罰があたえられる——その場合でも、ただの禁固刑であり、似たような連中といっしょになって、さらに犯罪的な習慣を身につけることになるだけだ。刑期中に大きな問題を起こさずにいたら、たいていはその軽い罰すらまぬがれて保護観察となる——当時の用語で言う〝仮釈放〟だな。

このような信じがたい流れが何年も続くうちに、少年の犯罪はその頻度と悪質さを増していくが、退屈だが快適な刑務所暮らしをごくまれに強要される以外、なんの罰もあたえられることはない。それから突然、ふつうは法律の定めで十八歳の誕生日を迎えたときに、このいわゆる〝非行少年〟はおとなの犯罪者になる——そして、ときにはほんの数週間か数カ月で、殺人罪により死刑囚独房で刑の執行を待つことになる。きみ——」

デュボア先生はまたぼくを指名した。「きみがただ仔犬を叱っていただけで、罰は一度もあたえず、そいつが家の中を汚すのを放置していたとしよう……ときどき離れ家に閉じ込めることはあっても、二度とするなよと警告するだけで、すぐにまた家の中へ入れてやっていたのだ。そしてある日、きみはそいつがおとなの犬になっていて、それでもなお家を汚していることに気づく――そこで銃を取り出してさっさと撃ち殺してしまう。なにか意見はあるかね？」

「それは……ぼくがいままで聞いた中で最高にバカげた犬の育て方ですね」

「同感だ。こどもでも同じことだな。それはだれの失敗だろう？」

「あー……それは、ぼくだと思います」

「やはり同感だ。ただ、わたしには確信があるがね」

「デュボア先生」ひとりの女子生徒がいきなり声をあげた。「でもなぜです？　なぜ彼らは、幼いこどもたちを必要なときに叩き、もっと年かさのこどもたちが悪いことをしたときは鞭でしっかり打つということをしなかったんでしょう……けっして忘れられない教訓になるのに！　あたしが言いたいのは、ほんとうに悪いことをしたこどもたちのことです。どうしてなんですか？」

「わからない」デュボア先生はけわしい顔でこたえた。「とにかく、社会的美徳や法の尊重を若者たちの心に植え付けるための実績ある手法が、科学者とも言えないエセ専門家のくせに〝ソーシャルワーカー〟とか〝児童心理学者〟とか自称している連中には受け入れられなかったんだ。彼らにとっては簡単すぎたのだろう――仔犬をしつけるために必要な忍耐と固い決意だけを使うというのは、だれにでもできることだからな。ときどき思ったのだが、彼らは無秩序がもたらす既得権を重視したのかもしれない——まあ、それはさすがにないだろうな。おとなというのは、どんなふるまいをしていようと、意識ある〝最高の志〟から行動するものだ」

「でも——そんな！」少女は言った。「あたしだって、叩かれたくないという気持ちはみんなと変わりません。でも、必要なときはちゃんとママが叩いてくれました。一度だけ、学校で鞭打たれたときには、家に帰ってからまた叩かれました——もうずいぶんまえのことですけど。裁判官のまえへ引き出されて鞭打ちの刑を宣告されるなんて、とても考えられません。行儀良くしていればそんなことは起こらないんですから。あたしはこの社会のありかたにまちがったところがあるとは思いません。命の危険があるから外を歩けない社会なんかよりずっとましです——ほんとに、そんなの恐ろしすぎます！」

「同感だ。お嬢さん、そうした善意の人びとがやったことの悲劇的なまちがいは、彼ら自身がやったと思っていたこととは対照的に、とても根が深いのだ。彼らは道徳にまつわる科学的な理論を持ち合わせていなかった。彼らなりの道徳にまつわる理論があり、それに従って生きようとしたが（わたしは彼らの動機を皮肉るべきではなかった）、その理論はまちがっていた。半分は漠然とした願望のようなもので、あとの半分は理屈で固めたイカサマだった。熱心になればなるほど、彼らは道をはずれていった。なにしろ、彼らは人間には道徳的本能があると思い込んでいたんだ」

「先生？　あたしはてっきり——でも、ありますよ！　あたしにはあります」

「いや、きみにあるのは教育で身につけた良心だ。それはきわめて慎重に訓練されたものだ。人間には道徳的本能などない。生まれつき道徳感覚があるわけではないのだ。きみにも生まれたときはなかったし、わたしだってなかった——仔犬にもない。われわれは訓練や経験をとおして、そして心の汗をたっぷり流すことで、道徳感覚を獲得するのだ。この不幸な非行少年たちは、きみやわたしと同じように道徳感覚をもたずに生まれ、しかもそれを獲得するチャンスをあたえられなかった。彼らの経験がそれを許さなかった。〝道徳感覚〟とはなんだ？　磨きあげられた生存本能だ。生存本能は人間の本性そのものであり、われわれの個性のあらゆる面がそこから生まれている。生存本能と対立するものはなんであれ、遅かれ早かれその個体を殺すことになるので、未来の世代にそれが出現することはない。この真理は数学的に明白なことであり、どこでも証明できる。たったひとつの永遠不滅の原則が、われわれのあらゆる行動を支配しているのだ。

しかし、生存本能というのは」デュボア先生は続けた。「個人が生き続けようとするやみくもな動物的衝動よりも、ずっと微妙で、はるかに複雑な動機へと育て上げることができる。お嬢さん、きみがまちがって〝道徳的本能〟と呼んだものは、年長者たちによってきみの中に植え付けられてきた、きみ個人の生存よりも大きな強制力をもつ生存があるという真理なのだ。たとえば、きみの家族の生存。きみがいずれもつことになる、こどもたちの生存。きみがあがんばって高みへ這い上がることがあれば、国家の生存。ほかにもいろいろだ。科学的に証明可能な道徳理論とは、ほかならぬ個人の生存本能に根ざしていなければならないし、生存の階層構造を正しく説明して、それぞれのレベルにおける動機に留意し、すべての軋轢を解決しなければならない。

いま、われわれにはそのような理論がある。どのようなレベルの、どのような道徳問題でも解決できる。利己主義、家族愛、国家への義務、人類に対する責任――それどころか、人間以外の生物と関係を築くための倫理的価値観すら生み出そうとしている。だが、すべての道徳問題は、あるまちがった引用句によって説明することができる――〝仔猫たちを守って死ぬ母猫よりも大きな愛をもつ人間はいない〟。その猫がどのような問題に直面し、いかにして解決したかを理解したら、そのときまみは、自分を見つめ直し、道徳の梯子《はしご》をどれほど高くまでのぼれるかを学ぶ準備ができるだろう。

こうした非行少年たちは低いレベルにある。生存本能だけをもって生まれ、獲得したもっとも高い道徳性といえば、仲間のストリートギャングへの怪しげな忠誠心だけだ。ところが、口先ばかりの社会改良家たちは、〝少年たちの良心に訴えかけ〟たり、〝手を差し伸べ〟たり、〝少年たちの道徳感を呼び起こし〟たりしようと試みた。くだらん！　非行少年たちには〝良心〟などない。彼らは自分たちのやってきたことが生存のための手段だと経験から学んでいた。まさに叩かれたことのない仔犬だ。だから、楽しみながらやって成功したことが、彼らにとっての〝道徳〟になったのだ。

あらゆる道徳性の基礎にあるのは義務だ。利己主義が個人と結びついているように、義務という概念は集団と結びついている。例の非行少年たちには、だれも彼らが理解できるようなやりかた――つまり鞭打ち――で義務を教えることはなかった。逆に、彼らのいた社会は、〝権利〟について果てしなく彼らに語り続けていた。

その結果は予想されてしかるべきだった。なぜなら、人間には、いかなるものであれ、生まれつきの権利などないのだから」

デュボア先生は言葉を切った。だれかが餌に食いついた。「先生？　〝生命、自由、幸福追求〟というやつはどうなんですか？」

「ああ、そうだ、〝侵されざるべき権利〟だな。毎年、だれかがそのご立派な詩を引用してくれる。生命？　太平洋の真ん中で溺れかけている男に、どんな生きる〝権利〟があるのかね？　海は彼の叫びに耳をかたむけたりはしない。こどもたちを救うためには命を捨てなければならない父親に、どんな生きる〝権利〟があるのかね？　彼が自分の命を救うことを選ぶとしたら、それは〝権利〟があるからという問題なのかね？　ふたりの男が餓死しかけていて、死以外の唯一の選択肢が食人であるとき、どちらの男の権利が〝侵されざるべき〟ものなのかね？　そもそもそれは〝権利〟なのか？　自由についてだが、あの奴隷解放の文書にサインした英雄たちは、みずからの命で自由を買うことを誓った。自由はけっして侵されざるべき権利ではない。定期的に愛国者たちの血で買い戻さなかったら、必ず消えてしまうのだ。かつて考案されたあらゆる〝人間の生得権〟の中で、自由はもっとも安価とは縁遠いものであり、けっして無償で手に入ることはない。

三番目の〝権利〟は？　〝幸福追求〟か？　これはたしかに侵されざるものだが、そもそも権利ではない。これはひとつの普遍的な状態であって、どんな暴君でも奪うことはできないし、愛国者でも取り返すことはできない。地下牢に入れられようが、火あぶりになろうが、磔《はりつけ》にされようが、脳が生きているかぎりわたしは〝幸福追求〟ができる――ただし、神だろうと聖人だろうと、賢者だろうと神秘の薬だろうと、わたしが幸福をつかむことを保証はできない」

デュボア先生はぼくに顔を向けた。「わたしはきみに、〝非行少年〟というのはそもそも矛盾した表現だと言った。〝非行《デリンクエント》〟の本来の意味は〝義務をおこたる〟こと。だが、義務はおとなの美徳だ――少年がおとなになるのは、義務というものを知り、それを生まれ持った自己愛よりもたいせつなものとして受け入れるようになったときであり、そのとき以外にはない。〝非行少年〟などというものは存在しないし、ありえないのだ。だが、すべての少年犯罪者は、常にひとりかそれ以上のおとなの非行によって生まれる――年齢的にはおとなでありながら、みずからの義務を知らない、あるいは、知っていても失敗してしまった連中だ。

それこそが、多くの面で称賛に値した文化を破壊した弱点だった。通りをうろつく年少者のチンピラたちは、より大きな病の徴候なのだ。当時の市民たち（全員がその一員とみなされていた）は、〝権利〟という神話を賛美した……そして、みずからの義務を見失ってしまった。どんな国家も、そのような体質になっては、生き延びることはできないのだ」

ぼくは、デュボア中佐ならディリンジャーをどんなふうに分類するだろうと考えた。たとえ社会から排除しなければならなかったとしても、哀れみを受けるに値する、少年犯罪者だったのか？　それとも、あざけりの目を向けられる価値しかない、おとなの犯罪者だったのか？

ぼくにはわからなかったし、永遠にわかることはないだろう。ひとつだけはっきりしていたのは、ディリンジャーが二度と幼い少女を殺さないということだ。

ぼくはそれで満足した。そして眠りについた。

9

この艦に潔い敗者の居場所はない。
必要なのは突撃して勝利をおさめるタフな野郎どもだ！
――ジョナス・イングラム提督、一九二六年

平原でやれるだけの訓練を終えたあと、ぼくたちはもっと厳しい訓練のためにけわしい山岳地帯へ移動した――カナディアンロッキー山脈の、グッドホープ山とワディントン山とにはさまれたあたりだ。キャンプ・サージェント・スプーキー・スミスは、地形がごつごつしていることを別にすれば、キャンプ・カリーとよく似ていたけど、ずっと規模が小さかった。もっとも、第三連隊のほうもずっと小さくなっていた――初めは二千人以上いたのが、四百人を下回っていた。H中隊の編成はいまや小隊がひとつだけになっていたし、大隊の閲兵行進はまるで中隊のように見えた。それでも、ぼくたちはやはり〝H中隊〟と呼ばれていたし、ズィムは中隊長であって小隊長ではなかった。

こうして人数が減ったということは、個人指導がはるかに増えたということだ。教官の伍

長の人数のほうが分隊の数より多くなっていた。気にかける相手が当初の二百六十人からわずか五十人まで減ったズィム軍曹は、そのアルゴスのような両目で常にぼくたちのひとりひとりを監視していた――彼がその場にいないときでさえ。とにかく、新兵がなにかヘマをしたら、すぐに軍曹がその背後に立っていたものだ。

それでも、ぼくたちがくらう叱責は、厳しいながらも、親愛の情が感じられるものになっていた。なぜなら、連隊が変わったように、ぼくたちも変わっていたのだ――五人にひとりの割合で残った者は、もはやほぼ兵士であり、ズィムはそいつを脱落させるより、なんとか一人前にしようとしているみたいだった。

フランケル大尉と顔を合わせる機会もずっと増えた。大尉は、デスクですわっている代わりに、ぼくたちの教育に大半の時間を費やすようになり、新兵全員の名前と顔をきちんと把握して、頭の中のカードファイルに整理しているみたいだった――各人が武器や装備の扱いでどれくらい上達しているかはもちろん、超過勤務の状況や、診療記録や、最近家族から手紙が来たかどうかまで。

大尉はズィム軍曹ほどぼくたちに厳しくはなかった。言葉は穏やかだったし、よほどバカげたことをしないかぎりその顔から親しみのある笑みが消えることはなかった――でも、それでだまされてはいけない。そのほほえみの下には緑柱石の鎧がひそんでいる。ズィム軍曹とフランケル大尉のどちらが優秀な兵士なのかは結局わからなかった――つまり、記章を取り去って階級をいっさい考慮しなかった場合の話だ。ふたりともほかの教官たちより優秀な兵士なのは疑いようがなかった——では、どちらが最高なのか？ ズィム軍曹は、どんなことでも閲兵行進のときみたいに正確にきちんとやる。フランケル大尉は同じことを、まるでゲームみたいに元気よく楽しそうにやる。結果はどちらもそんなに変わらない——でも、いつだって、フランケル大尉がそう見せているほどやさしいことではないのだ。

ぼくたちは大勢の教官を必要としていた。パワードスーツでジャンプするのは（まえにも言ったとおり）平坦な地面では簡単だ。まあ、山岳地でも同じように簡単に高くジャンプすることはできる——でも、垂直な花崗岩の壁をのぼるとか、二本のモミの木の狭い隙間を抜けるとか、最後の瞬間にジェットの再噴射をするとかなると、はるかにむずかしくなる。岩場でおこなわれたパワードスーツの訓練では三名の死傷者が出た。ふたりは死亡し、ひとりは傷病除隊となった。

とはいえ、スーツを使わずにロープとピトンで岩壁をのぼるのはもっとむずかしい。カプセル降下兵に岩のぼりの訓練がなんの役に立つのかわからなかったけど、口を閉じて命令どおりに学ぶ努力をするほうがいいのはわかっていた。その技術を身につけるのはそれほどむずかしいことではなかった。もしも一年まえに、ビルの外壁と同じように真っ平らで垂直な岩のかたまりを、ハンマーと数本のちっぽけな鋼鉄のピンとひと巻きの物干し用ロープだけでのぼれるようになると言われていたら、思い切り笑い飛ばしていただろう。ぼくは海抜ゼロメートルのタイプだ。訂正しよう——ぼくは海抜ゼロメートルのタイプだった。あれから少しばかり変わったのだ。

自分がどれだけ変わったかについては、だんだんとわかってきた。キャンプ・サージェント・スプーキー・スミスでは、ぼくたちには自由があった――町へ出かける自由ということだ。いや、キャンプ・カリーでも最初の一カ月が過ぎてからは〝自由〟があった。そっちのほうは、日曜日の午後、もしも小隊が勤務に当たっていなかったら、当番兵テントで手続きをして、夕方の点呼までには戻るということを心に留めながら、好きなだけ遠くまで歩いて出かけられるという自由だった。でも、野ウサギを勘定に入れなければ、歩いて行ける範囲にはなにもなかった――女の子も、劇場も、ダンスホールも、なんにもなかった。

にもかかわらず、自由は、キャンプ・カリーですら、不毛な特権というわけではなかった。ときには、テントも、軍曹も、新兵仲間の親友たちのむさ苦しい顔すら見えないところまで出かけられるというのが、すごく重要になることもある……急いでなにかをする必要もなく、自分の魂を取り出してじっくりながめることができるのだ。その特権はいろいろなレベルで失われることがあった。行動をキャンプの中だけに制限されることもあった。あるいは、自分の中隊のある通路だけに制限されて、図書室へ行くことも、〝レクリエーション〟テントというまちがった名称の施設（たいていは、ボードゲームが数組と、似たようなつまらないお楽しみがあるだけ）へ行くこともできなくなった。もっと厳しい制限を課されたときは、ほかの場所にいることを命じられたとき以外、ずっと自分のテントにとどまることを求められた。

この最後のやつは、それ自体にはたいした意味はなかった。ふつうはきつい超過勤務が追加されるので、眠るとき以外はテントですごす時間などなくなるのだ。それはアイスクリームの上に飾りでのせられたチェリーのようなもので、その兵士がやらかしたのが日常的な凡ミスではなく、機動歩兵部隊の一員にはふさわしくない行為なので、その汚れを洗い落とすまではほかの兵士たちと付き合うのが不適当であると、本人と世界に対して告知しているのだった。

ところが、キャンプ・スプーキーでは、ぼくたちは町へ出かけることができた――勤務状況や素行状況などの許す範囲で。毎週日曜日の朝、礼拝（これは朝食の三十分後に早められていた）のすぐあとに、シャトルバスがバンクーバーへと出発する。帰りのバスが着くのは、夕食の直前と、消灯の合図の直前だった。教官たちは、勤務状況の許す範囲で、土曜日の夜を町ですごすこともできたし、三日連続の外出許可をとることもできた。

ぼくは初めての外出でバスから足を踏み出したとたん、自分が変わったことになんとなく気づいた。ジョニーはもはや合わなくなっていた。つまり、一般市民の生活にだ。すべてが驚くほどややこしくて信じられないほど乱雑に思えた。

バンクーバーをけなしているわけじゃない。すてきな環境にある美しい都市だ。愛嬌のある人びとは、機動歩兵が町にいることに慣れていて、兵士を温かく迎えてくれた。繁華街には兵士のための社交クラブがあって、毎週ダンスパーティがひらかれ、ダンスの相手をしてくれる若いホステスがそろっていた。年長のホステスは、シャイな若者（驚いたことに、ぼくがそうだった――まあ、雌の野ウサギ以外に女っ気のないところで数カ月すごしてみるといい）に若いホステスを紹介してやり、パートナーの足を踏んづけさせるのだった。

でも、ぼくは最初の外出のときは社交クラブへ行かなかった。ほとんどの時間は、町で突っ立ってぽかんとながめていただけだった——美しい建物、あらゆる種類の不必要な品物でいっぱいのショーウィンドウ（武器はひとつもなかった）、走り回ったり、ぶらぶら歩いたり、好き勝手なことをしたりして、ひとりとして同じ服を着ていない人びと——そして、女の子たち。

とりわけ女の子たちだ。あんなにすばらしいものだとは思ってもみなかった。男女のちがいは着ている服だけじゃないと初めて気づいたときから、ぼくは女の子に好感をもっていた。記憶が正しければ、男の子が女の子はちがうんだと知って反感をいだく、そういう時期がなかったように思う。ぼくはいつだって女の子が好きだった。

でも、あの日気づいたのだ。自分が女の子を軽く見すぎていたことを。

女の子はほんとうにすばらしい。町角に立って、通りすぎる姿をながめているだけでも楽しい。女の子は歩かない。とにかく、ぼくたちのようには歩かない。どう説明すればいいのかわからないけど、もっとずっと複雑ですごく見栄えがする。両脚だけを動かすのとはちがって、あらゆるところが別々の方向へ動くんだ……しかも、そのすべてが優雅に見える。

もしも警官が通りかからなかったら、ずっとそこで立っていたかもしれない。その警官はぼくたちを値踏みして言った。「やあ、きみたち。楽しんでいるかな？」

ぼくは警官の胸についている略綬をすばやく見て、感銘を受けた。「はい、楽しんでおります！」

「そんなにかしこまる必要はない。ここではあまりすることがないからな。社交センターへ行ったらどうだ？」警官が住所を告げて、方向を教えてくれたので、ぼくたちはそちらへ歩き出した——パット・レイヴィ、〝仔猫《キトン》〟・スミス、それとぼくだ。警官が背後から呼びかけてきた。「楽しんでこいよ……もめごとに巻き込まれないようにな」それはズィム軍曹がバスに乗り込むぼくたちにかけた言葉そのままだった。

でも、ぼくたちは社交クラブへ行かなかった。パット・レイヴィがこどものときにシアトルに住んでいて、故郷の町を見てみたいと言い出したのだ。金はあるから、いっしょに行くならみんなのバス代をもつと。ぼくは別にかまわなかったので、そういうことになった。バスは二十分おきに出ていたし、外出許可はバンクーバーに限定されているわけではなかった。スミスもいっしょに行くことになった。

シアトルはバンクーバーとそれほど変わりがなく、女の子たちも同じようにたくさんいたので、ぼくは楽しかった。でも、シアトルは機動歩兵が集団でうろつくことに慣れておらず、ぼくたちは夕食をとる店を選びそこねて、そこであまり歓迎を受けなかった——波止場の近くのバーレストランだ。

言っておくけど、ぼくたちは酒を飲んでいなかった。まあ、キトン・スミスは夕食といっしょに一杯だけ、ほんの一杯だけビールを飲んだけど、あいつはいつだって愛想のいいやつだった。それで仔猫《キトン》というあだ名がついたんだ。初めて素手の格闘教練を受けたとき、ジョーンズ伍長がうんざりした顔であいつに言った――「仔猫だってもっと強いパンチをもってるぞ！」こうしてあだ名は定着した。

店で軍服を着ていたのはぼくたちだけだった。ほかの客はほとんどが商船の船乗りたちだった――シアトルはとんでもなく大量の海運貨物を扱っているのだ。当時のぼくは知らなかったけど、船乗りたちはぼくたちのことを嫌っていた。原因の一部は、彼らの組合が業界の地位を連邦軍と同等にしようと何度も何度も試みて失敗に終わっていることと関係がある――でも、歴史を何世紀もさかのぼる、それ以外の原因がいろいろあるのだ。

店にはぼくたちと同じ年頃の若者も何人かいて――軍務につくのにちょうどいい年齢だけど、志願していなかったのだ――髪を長く伸ばし、だらしない感じで、なんとなく薄汚れて見えた。たぶん、入隊するまえのぼくもあんなふうに見えたんだと思う。

やがてぼくたちは、うしろのテーブルにいるふたりの若造とふたりの船乗り（服装で判断した）が、わざとこちらに聞こえるように言葉をかわしていることに気づいた。その内容をここで書くつもりはない。

ぼくたちはなにも言わなかった。でも、若者たちの言葉がますます下品になり、笑い声がますます大きくなると、ほかの客がみんな口を閉じて聞き耳を立て始めた。キトンがぼくにささやきかけた。「もう出よう」

ぼくがパット・レイヴィに目をやると、やつもうなずいた。勘定はすんでいた。料理と引き替えに支払いをする店だったのだ。ぼくたちは立ち上がって外へ出た。

若者たちもあとから出てきた。

パットが小声でぼくに言った。「気をつけろ」ぼくたちは振り返らずに歩き続けた。

若者たちが突進してきた。

ぼくはさっと身をひるがえして相手の首筋に手刀を叩き込み、そいつが倒れていくあいだに仲間を助けようとあたりを見回した。でも、もう終わっていた。四人が四人とも倒れていた。キトンがそのうちのふたりを片付け、残ったひとりは、パットがちょっと強く投げ飛ばしすぎたらしく、街灯の柱に巻き付くようにして倒れていた。

たぶん店主だと思うけど、ぼくたちが店を出たあとですぐに通報したらしく、警察が到着したのは、ぼくたちがのびている連中をどうしようかと思案していたときだった。警官はふたり組だった。そういう地域だったということだろう。

年かさの警官は告訴を勧めたけど、ぼくたちは気が進まなかった――ズィムに〝もめごとに巻き込まれるな〟と釘を刺されていたからだ。キトンが十五歳の少年のようなきょとんとした顔で言った。「みんなつまずいたんじゃないですかね」

「そのようだな」警官は同意し、ぼくの相手のだらんと伸びた手からナイフを蹴り飛ばすと、それを縁石に押し当てて刃を折った。「さて、きみたちはもう行ったほうがいい……ずっと山の手のほうへ」

ぼくたちは立ち去った。パットもキトンも事を荒立てようとしなかったのがうれしかった。民間人が軍人を襲うのはすごく重大なことだけど、その結果はどうなった？　帳尻は合ってる。彼らがぼくたちに飛びかかり、彼らがこぶをつくった。ぜんぶチャラだ。ただ、外出時に武器をけっして携帯しないのはいいことだ……敵を殺すことなく行動不能にする訓練を受けているのも。なにしろ、すべてが反射的な行動なのだ。ぼくはあいつらが襲いかかってくるのをまったく予期していなかったし、すべてが片付くまでなにも考えなかった。

でも、この一件で初めて、ぼくは自分がどれだけ変わったかを知ったのだ。

ぼくたちは歩いて停留所へ戻り、バンクーバー行きのバスに乗り込んだ。

キャンプ・スプーキーへ移動してすぐに降下訓練が始まった。一小隊ごとに（小隊ぜんぶということは、いまは中隊ぜんぶだが）ワラワラの北方にある平原へ出かけて、乗船し、宇宙へ上昇して、降下して、ひととおりの訓練をおこなってから、ビーコンに従って帰投する。まる一日がかりの仕事だ。中隊が八つあったときは、毎週降下するわけにはいかなかったけど、人員の損耗が続くにつれて、頻度は週に一度よりも少し多くなり、それと同時に訓練はきつくなっていった。山岳地へ、極地の氷上へ、オーストラリアの砂漠へ、さらに、修了間際には、月の表面へ。そこでは、カプセルはわずか百フィートの高さで射出されて、即座に爆発する。こっちは目をこらして、パワードスーツだけで（空気がないので、パラシュートもない）降下しなければならず、へたな着陸をすると空気がもれて命を失うことになる。

人員の損耗の原因については、死亡あるいは負傷もあったが、カプセルへの搭乗拒否というのもあった。搭乗拒否した者は、それでおしまいだった。叱責を受けることすらなかった。ただ脇へどけられ、その夜には除隊させられた。何度か降下したやつでも、パニックを起こして拒否することがあった……教官たちの対応はやさしく、けっして治癒することのない病気にかかった友人に接するかのようだった。

ぼくはカプセルに乗り込むのを拒否したことはなかった――ただ、震えについては身をもって学んだ。震えは必ずきたし、毎回バカみたいに怖くなった。いまでもそうだ。でも、降下しなければカプセル降下兵にはなれない。

たぶん事実じゃないと思うけど、パリへ観光旅行に出かけたカプセル降下兵についてこんな話がある。彼はアンヴァリッドを訪れて、ナポレオンの棺を見おろし、そこにいたフランス人の警備員にたずねた。「こいつはだれだ？」

フランス人はもちろん憤慨した。「ムッシュー、ご存じないのですか？　かのナポレオンの墓ですよ！　ナポレオン・ボナパルト――史上最高の軍人です！」

カプセル降下兵は考え込んだ。それからたずねた。「そうなのか？　こいつはどこへ降下したんだ？」

ほぼまちがいなく実話ではないだろう。あそこの入口には大きな標示があって、ナポレオンが何者なのかきちんと説明されているからだ。でも、カプセル降下兵は降下についてそんなふうに感じているのだ。

そして、ぼくたちは新兵訓練を修了した。

ほとんどなにもかも省略してしまったのはわかっている。多くの武器についてはひとこともふれていない。すべての訓練を中断して山火事と三日間戦い続けたことも、訓練だとばかり思っていた警戒待機が、終わってみたらほんものだったことも、炊事テントが吹き飛ばされた日のことも、なにひとつ語っていない。天候についてもなにもふれなかったけど、実を言うと、天候というのは歩兵にとっては重要なことだ。とりわけ、雨とぬかるみは。ただ、そのときはどんなに重要なことでも、振り返ってみるとえらく退屈な話に思えてしまう。年鑑からどんな種類でもいいから天候の描写を抜き出して、それを好きなところへ挿入すればいい。たぶんそれで当てはまるだろう。

連隊は二千九名の新兵でスタートした。修了したのは百八十七名——それ以外の連中については、十四名が死亡（ひとりは死刑になって強烈な印象を残した）で、あとは、自分から除隊したり、脱落したり、転属になったり、傷病除隊になったり。マロイ少佐が短いあいさつをして、各人に修了証書が渡され、最後にもう一度閲兵行進がおこなわれたあと、連隊は解散となり、連隊旗は次に必要となるとき（三週間後）までしまい込まれて、新たな二千名の民間人たちに、彼らがただの群衆ではなくひとつの部隊なのだと告げるときを待つことになった。

ぼくは〝訓練を積んだ兵士〟となり、認識番号の頭に〝RP〟ではなく〝TP〟をつけられた。記念すべき日だった。

まさに生涯最高の日だった。

10

自由の木はときどき愛国者の血でよみがえらせなければならない。
——トーマス・ジェファーソン、一七八七年

といっても、ぼくが自分のことを〝訓練を積んだ兵士〟と思っていたのは、配属された艦に出頭するまでのあいだだった。どんな法律もまちがった意見をもつことを禁じてはいないだろう?

地球連邦がどんなふうにして〝平時〟から〝非常時〟へ、さらには〝戦時〟へと移り変わっていったかについて、まだ説明していなかった。ぼくもそれほどはっきりと実感していたわけじゃなかった。入隊したときは〝平時〟で、少なくとも人びとは、まだふつうの状態だと考えていた(それ以外を予測していた人がいたか?)。まだキャンプ・カリーにいたころに、それが〝非常時〟に変わったけど、ぼくはやっぱり気づいていなかった。ブロンスキー伍長がぼくの髪型や軍服や戦闘訓練や装備品についてどう考えるかということのほうがずっ

と重要だったし、ズィム軍曹がそういったことをどう考えるかということはそれ以上にとてつもなく重要だったのだ。いずれにせよ、〝非常時〟はまだまだ〝平時〟だった。

〝平時〟というのは、たとえ軍で死傷者が出ても、それが新聞の一面でトップニュースにならないかぎり、民間人がだれも注意を払わない状態のことだ——その民間人が死傷者のだれかの身内なら話は別だが。でも、〝平時〟が戦闘の起きていない状態を意味していた時代が歴史上にあったとしても、そんな記述はどこにも見つけられなかった。ぼくが最初に配属された〝ウィリー山猫隊〟、つまり第一機動歩兵師団第三連隊K中隊に出頭して、ヴァレー・フォージ号で（装備品の中にあの誤解を招く修了証書を入れたまま）仲間といっしょに出発したときには、戦闘はもう数年にわたって続いていたのだ。

歴史家たちは、これを〝第三次宇宙戦争〟（あるいは〝第四次〟）と呼ぶべきか、あるいは〝第一次恒星間戦争〟と呼ぶほうがしっくりくるか、いまだに決めあぐねている。ぼくたちは、ふつうは戦争を名前で呼んだりはしないけど、必要なときにはただ〝バグ戦争〟と呼ぶ。いずれにせよ、歴史家たちは〝戦争〟の始まった日を、ぼくが最初の部隊に加わって艦に乗り込んだ日よりもあととしている。それ以前、あるいはその後しばらくについては、すべて〝紛争〟とか〝哨戒戦〟とか〝治安維持活動〟とか呼ばれていた。まあ、〝紛争〟で戦死しようと宣戦布告があってから戦死しようと、死ぬことに変わりはない。

実を言うと、兵士は戦争のことを民間人よりすごく気にかけるわけではない。自分が関わるちょっとした断片について、それが進行しているあいだ気にかけるだけだ。それ以外のときは、睡眠時間とか、軍曹たちの気まぐれとか、食事時間でないときに調理場でなにかもらえる可能性のほうが、はるかに重要な関心事だった。でも、キトン・スミスとアル・ジェンキンズとぼくが月基地で合流したとき、ウィリー山猫隊はすでに複数回の戦闘降下をおこなっていた。彼らは兵士で、ぼくたちはそうじゃなかったわけだ。でも、そんなことでいじめられたりはしなかったし――少なくともぼくは大丈夫だった――あの教官たちの計算されたサディズムのあとでは、こちらの軍曹や伍長たちは驚くほど付き合いやすかった。

わかるまで少し時間がかかったんだけど、こうした比較的やさしい扱いは、ぼくたちが何者でもなく、ガミガミ言うだけの価値もないということを意味していただけだった。いずれ、ぼくたちが降下を――ほんものの降下を――経験して、ぼくたちがいま使っている寝棚の持ち主だった、戦いで死んでいったほんものの山猫たちのあとを継げるかもしれないと証明するまでは。

ぼくがどれほど未熟だったかを話してみよう。ヴァレー・フォージ号がまだ月基地にいたとき、ぼくはたまたま自分の班長と出くわした。彼はちょうど艦をおりようとしていたところで、礼服でびしっと全身決めていた。左の耳たぶにつけていた小さめのイヤリングは、きれいな造りのちっぽけな金の髑髏で、その下には、昔ながらの海賊旗に描かれる伝統的な骨の十字ではなく、こまかすぎてほとんど見えない、小さな金の骨の束がついていた。

自宅にいたころのぼくは、いつもイヤリングや宝石をつけてデートに出かけていた。きれいなイヤークリップもいくつかあって、ぼくの小指の先くらいの大きさがある、母方の祖父のものだったルビーがはめ込まれていた。ぼくは装飾品が大好きで、基礎訓練へ出発したときには、それをぜんぶ置いていかなければならないのがひどく腹立たしかった……でも、ここにも軍服といっしょに身につけてもいい装飾品があるようだった。ぼくは耳に穴をあけていなかった——男だからという理由で母が許してくれなかった——でも、クリップになにかつけることはできた。それに、新兵訓練の修了時にもらった給料がいくらか残っていたので、カビが生えるまえに使ってしまいたかったのだ。「あの、軍曹？　そういうイヤリングはどこで手に入れるんですか？　いかしてますね」

軍曹はぼくを見くだす様子もなく、笑みを浮かべることもなく、ただこたえた。「気に入ったのか？」

「すごく気に入りました！」金色のモールやパイピングがついた軍服に、すっきりした地金の飾りをつけるのは、宝石なんかよりずっといい感じだった。ぼくは、下のごちゃごちゃしたのはなしで、骨の十字だけにして、それを両耳につけたらもっといかしてるんじゃないかと考えていた。「基地の売店で扱っているんですか？」

「いや、ここの売店では絶対に売らないな」軍曹はこたえた。「少なくとも、ここにいるあいだは買えることはない——と思いたい。これだけは言っておこう——おまえが自分のを買えるところに着いたら、ちゃんとそのことを教えてやるよ。約束する」

「ああ、ありがとうございます！」

「礼はいらん」

そのあとも、ちっぽけな髑髏は何度か見かけた。もっと〝骨〟の数が多いのもあったし、少ないのもあった。ぼくの推測は正しかったらしく、この装飾品は、少なくとも外出許可が出たときには、軍服といっしょに身につけることを許されていた。それから間もなく、ぼくにもそれを〝買う〟機会がやってきて、シンプルな装飾品にしては代価が理不尽に高いことを思い知らされた。

そのバグハウス作戦――歴史書では第一次クレンダツウ戦――は、ブエノスアイレスが壊滅した直後に実行された。ブエノスアイレスを失って初めて、地上のブタどもはなにが起きているかに気づいたのだ。なにせ、宇宙へ一度も出たことのない連中は、心の奥底では、よそに惑星があるということを信じていない。こどものときから宇宙マニアだったぼくでさえそうだったのだ。

でも、ブエノスアイレスの事件は一般市民を震え上がらせ、あらゆる場所からすべての部隊を地球へ呼び戻せという大きな叫び声があがった――軌道上で、文字どおり肩をふれ合うようにして地球を取り囲み、人びとの住む空間を守らせろと。もちろん、これはバカげたことだ。攻撃せずに防御するだけでは戦争には勝てない――どこであれ〝防衛省〟が戦争に勝ったことは一度もないのだ。歴史を見ればわかる。でも、ふつうの市民の反応だと、戦争が起きていることに気づいたらすぐ防衛戦術をわめき立てるものらしい。それから、彼らは戦争を自分で動かそうとする――緊急時に乗客がパイロットから操縦桿を奪い取ろうとするように。

　とはいえ、そのときはだれもぼくに意見を求めたりはしなかった。ただそう言われただけだ。条約上のさまざまな義務と、連邦に属するほかのコロニー惑星や同盟者たちにどんな影響をあたえるかという点から見て、すべての部隊を地球へ呼び戻すのは不可能だったが、それは置いておくとしても、ぼくたちはほかにやるべきことがあって大忙しだった――すなわち、バグどもとの戦争だ。ぼくはブエノスアイレスの壊滅について、たいていの一般市民よりずっと気にしていなかったと思う。すでにチェレンコフ推進で地球から二パーセク離れていたし、そのニュースがぼくたちの艦に届いたのは、チェレンコフ推進を終えて別の艦から知らされたときだった。

　あのとき、〝うわっ、ひどいな!〟と思ったことと、同じ艦にいるブエノスアイレス出身のひとりの兵士に同情したことをおぼえている。でも、ブエノスアイレスはぼくの故郷ではなかったし、地球は遠く離れていて、ぼくはすごく忙しかった。バグどもの母星であるクレンダツウへの攻撃がすぐに始まることになっていて、ぼくたちは集結地へ着くまでのあいだ、寝棚にストラップで固定され、薬で意識を失ってすごしていた。動力を節約して、より速度をあげるために、ヴァレー・フォージ号の艦内重力フィールドが切られていたからだ。

　ブエノスアイレスを失ったことは、ぼくにとって大きな意味をもっていた。人生がそこでたいへんな転換点を迎えていたのだが、それを知ったのは何カ月もあとのことだった。

　クレンダツウへの降下時刻になると、ぼくは員数外《いんずうがい》としてダッチ・バンバーガー一等兵の下につくことになった。それを聞いたとき、ダッチはなんとか喜びを押し隠し、小隊軍曹が声の届かないところへ行くやいなや、こう言った。「いいか、新兵、おれのうしろにぴったりくっついて、じゃまにならないようにするんだぞ。足手まといになったりしたら、その首をへし折ってやるからな」

ぼくは無言でうなずいた。これは降下訓練ではないという実感がわいてきた。

そして、しばらくのあいだ例の震えに襲われてから降下した——

バグハウス作戦は〝大混乱作戦《マッドハウス》〟と呼ぶべきだった。なにもかもうまくいかなかったのだ。計画では、敵を屈服させ、その母星の首都と重要な拠点を占領し、戦争を終わらせるための、総攻撃となるはずだった。実際には、あやうく戦争に負けるところだった。

ディエンズ将軍を批判しているわけじゃない。将軍が増援を求めながら連邦軍総司令官にあっさり却下されたという話がほんとうかどうかも知らない。そんなのはぼくの知ったことじゃない。それに、どこかで無責任な憶測をならべている連中が、事実をすべて知っているとは思えない。

わかっているのは、将軍がぼくたちといっしょに降下して、地上で指揮をとり、追い込まれた状況になったときには、みずから先頭に立って陽動攻撃をおこない、それによって（ぼくを含めた）大勢の兵士たちをぶじに撤退させ——そして、みずからはその戦いで死亡したということだ。将軍はクレンダツウで放射能をもった遺体となっていて、軍法会議にかけるにも手遅れなのだから、いまさら話してもしかたがない。

一度も降下したことのない安楽椅子戦略家にひとつ言っておきたい。たしかに、バグどもの惑星を、その地表が放射性のガラスですっかり塗り固められるまで水爆で叩きのめすことはできたと思う。でも、それで戦争に勝ったと言えるのか？　バグどもはぼくたちとはちがう。あの疑似蛛形類は、実は蜘蛛にすら似ていない。やつらは節足動物で、見た目は気のふれた人が思い描く知能をもった巨大蜘蛛とたまたま似ているけど、その組織面を見てみると、心理的にも経済的にも、アリかシロアリのほうに似ている。コミューンをつくる生物であり、巣の中では究極の独裁制を敷いているのだ。やつらの母星の地表を吹き飛ばしたら、兵隊や労働階級は死ぬだろう。でも、頭脳階級や女王を殺すことはできない。たとえ大地をえぐる水爆ロケット弾が直撃したとしても、果たして女王を殺せるかどうか。巣がどこまで深く続いているかわからないのだ。それを知りたいとは思わない。あの巣穴をくだっていった兵士たちはだれひとり戻ってこなかった。

だったら、クレンダツウで生産活動がおこなわれている地表部分を壊滅させたら？　それでも、ぼくたちと同じように、宇宙船やコロニーやほかの惑星があるし、その司令部は無傷のままだ——だから、やつらが降伏しないかぎり、戦争は終わらない。当時はまだ新星爆弾《ノヴァ》はなかった。クレンダツウをぱっくりと割ることはできなかった。やつらが攻撃に耐えて降伏しないのであれば、そのまま戦争は続いたのだ。

やつらに降伏が<u>でき</u>れば<u>の</u>話だが——

やつらの兵士たちは降伏できない。労働階級は戦うことができないし（声ひとつあげない連中を撃ちまくるのは膨大な時間と弾薬のむだになる）、兵隊階級は降伏することができない。でも、あんな姿をしていて降伏のしかたを知らないからといって、バグどもをただのバカな昆虫と考えてはいけない。やつらの兵隊は頭が切れて、能力も高く、しかも攻撃的だ――唯一の普遍的な規則として、もしもバグどもが先に発砲したら、やつらのほうが優位に立つ。脚を一本、二本、三本と焼き払っても、やつらはまだ突進してくる。片側だけで四本目を焼き払えば、ようやく倒れる――が、それでも撃ってくる。中枢の覆いを見つけて叩くしかないのだ……そうすれば、やつらはやみくもに撃ちまくりながら、ぼくたちを通りすぎて走り続け、壁かなにかに激突することになる。

降下は最初から混乱していた。一体となった五十隻の艦は、本来であれば、チェレンコフ推進を終えて反動推進に切り替え、完璧なタイミングで軌道に乗り、艦隊を整列させるために惑星を一周したりすることもなく、機動歩兵部隊を、きれいなフォーメーションで目的地へ降下させるはずだった。むずかしいのはわかっている。いや、身をもって知っている。でも、失敗したときは、機動歩兵が尻ぬぐいをすることになるのだ。

ぼくたちはまだ幸運なほうだった。なぜなら、ヴァレー・フォージ号とそれに乗っていた宙軍の兵士たちは、ぼくたちが地上に着くまえにやられたのだ。あの密集した高速編隊（秒速四・七マイルの軌道速度はのんびりとは言えない）でイープル号と衝突して、どちらの艦も大破してしまった。発射管から出られたぼくたちは幸運だった――艦が衝突したときには、まだカプセルの発射が続いていたのだ。でも、ぼくはそれに気づかなかった。まだ繭の中にいて、地上を目指していた。うちの中隊長は艦が（山猫隊の半数もろとも）失われたことを知っていたのだと思う。いちばん最初に出ていたし、指揮官用の回線で、艦長との連絡が途絶えたことに気づいたはずだ。

でも、それを確かめるすべはない。中隊長も帰還できなかったのだ。ぼくに残されていたのは、じわじわと胸にこみ上げてくる、なにもかもめちゃくちゃになったという思いだけだった。

それからの十八時間は悪夢だった。ここで多くを語れないのは、おぼえているのが、切れ切れになった、恐ろしい場面の静止画ばかりだからだ。毒があろうとなかろうと、もともと蜘蛛は好きじゃなかった。ふつうのイエ蜘蛛をベッドで見かけるだけでも背筋がぞっとするのだ。タランチュラなんて論外だし、エビとかカニとかそういったやつはいっさい食べられない。初めてバグの姿を見たときには、神経が頭蓋から飛び出して泣き言をいい始めた。数秒たってようやく、自分がすでにそいつを殺したことに気づき、撃つのをやめたのだ。そいつは労働バグだったと思う。兵隊バグだったら、どんなかたちであれ戦って勝てたとは思えない。

でも、それを言うなら、ぼくは軍用犬部隊よりはずいぶんましだった。彼らは全目標地域の周辺部に降下する予定になっていて（降下が完璧におこなわれていたらの話だ）、ネオドッグたちはそこから外へ広がり、周辺部を確保する任を負った阻止部隊に作戦情報を伝達する手はずになっていた。もちろん、そうしたケイレブたちは、自前の歯以外の武装はしていない。ネオドッグは、聞いて、見て、嗅いで、発見したことを無線でパートナーの兵士に知らせる。身につけているのは無線機と爆弾だけで、重傷を負ったり捕獲されたりしたときには、その爆弾で彼（もしくはそのパートナー）が犬を爆破できるようになっている。

この気の毒な犬たちは捕獲されるのを待ったりはしなかった。敵と接触するとすぐに自決してしまった。ぼくがバグに対していだく感情を、もっと強く感じたのだ。現在のネオドッグは、バグを見たりそのにおいを嗅いだりしただけで正気をなくしたりせず、観察して回避するよう仔犬のときから仕込まれている。でも、あのころはそうじゃなかった。

うまくいかなかったのはそれだけじゃない。どの部隊も、みんな混乱に陥っていた。もちろん、ぼくもなにが起きているのかわからなかった。ただダッチのうしろにくっついて、動くものはなんでも撃つか焼き払うかして、穴があれば手榴弾を放り込んだ。しばらくたつと、弾薬や燃料をむだにしないでバグを殺せるようになったけど、無害なやつとそうでないやつを見分けることはできなかった。兵隊バグは五十四あたりたった一匹――ところが、そいつがほかの四十九匹を充分に埋め合わせるのだ。やつらが携帯している武器はぼくたちの武器ほど強力ではなかったけど、同等の殺傷力があった。やつらのビームはスーツの装甲を貫通して肉を固ゆでの卵みたいに切り裂くことができたし、仲間と協力して行動するのは、やつらのほうがぼくたちよりもうまいくらいだ……なぜなら、〝分隊〟のためにたくさんのことを考えるのを専門にしている脳が、ぼくたちの手の届かないところにある。どこかの穴の底にひそんでいるのだ。

ダッチとぼくは、かなり長いあいだ幸運に恵まれ続けた。一平方マイルほどの地域を歩き回って、巣穴があったら爆弾でつぶし、地上で動くものはすべて殺し、ジェットは緊急時にそなえてなるべく節約した。本来の目的は、全目標地域を確保し、増援部隊と重火器部隊が大きな抵抗を受けずに着陸できるようにすることだった。これは襲撃ではなく、橋頭堡を築いて、それを確保し、増援部隊と重火器部隊が惑星全体を占領あるいは制圧できるようにするための戦いだった。

ただし、そうはいかなかった。

うちの班はなかなかうまくやった。場所がちがっていたので、ほかの班との連絡はつかなかった――小隊長と軍曹は戦死したし、再編成もできなかった。それでも、ぼくたちはしっかりと一帯を確保していたし、特殊兵器分隊は強力な拠点を築いていたし、増援部隊が到着したらすぐにそれを明け渡す準備もできていた。

ただし、増援部隊はこなかった。彼らは本来ならぼくたちが降下していたはずの地点に降下して、非友好的な原住民に出くわし、そちらはそちらでやっかいな状況に陥っていた。彼らがあらわれることはなかった。というわけで、ぼくたちはその場に踏みとどまり、ときどき自陣の死傷者を増やし、機会があれば敵側の死傷者も増やしていった。そうこうするうちに、弾薬も、ジャンプ用の燃料も、スーツを動かすための動力さえも少なくなってきた。戦闘はもう二千年くらい続いているような気がした。

ダッチとぼくが壁に沿ってすばやく移動し、救援を求める特殊兵器分隊のもとを目指していたとき、ダッチの行く手で急に地面が割れて、一匹のバグが姿をあらわし、ダッチがぱったりと倒れた。

　ぼくはそのバグに火炎放射を浴びせ、手榴弾を投げて巣穴をつぶしてから、ダッチはどうなったかと振り返った。倒れてはいたが、怪我をしているようには見えなかった。これが小隊軍曹なら、自分の小隊全員の身体状況を監視し、すでに死んだ者と、手助けがないと動けないので救助が必要な者とを選別することができる。でも、兵士のスーツのベルトにならんでいるスイッチを手で操作すれば、だれでも同じことができるのだ。

　ダッチは呼びかけに応答しなかった。体温は三十七度、呼吸、脈拍、脳波の数値はゼロ――まずい状況だけど、本人ではなくスーツが壊れたのかもしれなかった。そう自分に言い聞かせたものの、人間ではなくスーツが原因なら体温計の数値が出るはずがないということを忘れていた。とにかく、ぼくは缶切りレンチを自分のベルトから引き抜き、なるべく周囲に注意を払いながら、ダッチをスーツから引っ張り出し始めた。

　そのとき、ぼくのヘルメットの中に、二度と聞きたくない総員呼集が響き渡った。「各自《ソー》で逃げろ《ヴ・キ・プ》！　帰投！　帰投！　救助して帰投しろ！　どのビーコンでもいい。あと六分だ！　総員、自分を守れ、仲間を救助しろ。どのビーコンでもいいから帰投！　各自で《ソーヴ・キ》――」

　ぼくは作業を急いだ。

　ダッチをスーツから引き出そうとしたら頭がとれてしまったので、彼をその場にほうり捨てて逃げ出した。これがもっとあとの降下なら、ダッチの弾薬を回収するだけの機転が利いたと思うけど、そのときはろくにものを考えられなかった。ひたすらジャンプを繰り返してその場を離れ、当初の目的地だった拠点での合流を目指した。

そこはすでに撤収が完了していて、ぼくは取り残されたように感じた……取り残され見捨てられたのだと。そのとき、集合音が聞こえてきた。ヴァレー・フォージ号から降下してきた艇なら〈ヤンキー・ドゥードル〉を流すはずだったけど、それとはちがう、当時は知らなかった〈シュガー・ブッシュ〉という曲だった。かまうことはない、あれはビーコンだ。ぼくは最後に残ったジャンプ用の燃料を惜しげもなく使って音の出所を目指し——扉が閉じる寸前に乗り込んで、それからしばらくあとにはヴーアトレック号に移っていた。あまりにもショックがひどかったので、自分の認識番号さえ思い出せなかった。

あの戦いが〝戦略的勝利〟と呼ばれるのを聞いたことがある——でも、現場にいたぼくは、無残な敗北を喫したのだと断言する。


六週間後（そして六十ほども歳をくったような気分で）、ぼくは惑星サンクチュアリの艦隊基地で別のシャトルに乗り込み、ロジャー・ヤング号のジェラール軍曹のもとへ出頭した。ピアスをした左の耳たぶには、骨が一本しかない壊れた髑髏をつけていた。アル・ジェンキンズもいっしょにいて、ぼくのとそっくりなやつをつけていた（キトンは発射管から出られなかった）。山猫隊のわずかな生存者は、艦隊のいたるところへちりぢりになっていた。ヴァレー・フォージ号とイープル号の衝突で、戦力は約半数が失われた。地上での壊滅的な混乱により、死傷者が八〇パーセント以上に達したので、上層部が、生存者で部隊を再編成するのは不可能だと判断した。いったん解散し、記録を保管所におさめて、傷が治るのを待ってから、顔ぶれは新しいが伝統は古いK中隊（山猫隊）を復活させようというのだ。

それに、ほかの部隊にも補充が必要な欠員がたくさん出ていた。

ジェラール軍曹はぼくたちを温かく迎え、きみたちはきちんと整備された艦で、〝艦隊内でいちばん〟の部隊に加わるのだと言ってくれたけど、ぼくたちの耳の髑髏には気づかなかったようだった。その日のうちに、ぼくたちは軍曹に連れられて少尉と会った。少尉は、はにかんだ笑みを浮かべ、父親のように少し話をしてくれた。そのときぼくは、アル・ジェンキンズが金の髑髏をつけていないことに気づいた。ぼくも同じだった――なぜなら、ラスチャック愚連隊ではだれも髑髏をつけていないことに気づいていたからだ。

ラスチャック愚連隊でみんなが髑髏をつけなかったのは、何回ぐらい戦闘降下をしたとか、どこへ降下したかといったことが、まったく重要ではなかったからだ。重要なのは愚連隊の一員であるかどうか――もしちがうのなら、彼らはそいつがだれであろうと気にもしなかった。ぼくたちが新兵としてではなく、戦闘の経験者として加わったので、彼らは疑わしい点もすべて好意的に解釈して、ぼくたちを歓迎してくれた――そこには、だれもが家族の一員ではない来客に対して見せてしまう、あのやむを得ないかすかな堅苦しさ以上のものはなかった。

けれど、一週間とたたないうちにあった戦闘降下をいっしょに終えてからは、ぼくたちは一人前の愚連隊となり、家族の仲間入りをして、ファーストネームで呼ばれ、ときどき怒鳴りあいをしてもそのせいでおたがいに対する血を分けた兄弟のような感情が損なわれることはなく、遠慮なく貸し借りをし、ざっくばらんな話し合いに加わっては、自分のバカげた意見をなんの気兼ねもなく口にしたり、同じくらい気兼ねなくその意見をこきおろされたりした。厳格な勤務のとき以外は、下士官たちでさえファーストネームで呼んでいた。もちろん、ジェラール軍曹はいつでも勤務中だったけど、地上で出くわしたときだけは、彼も〝ジェリー〟になって、威厳ある階級も愚連隊のあいだではなんの意味もないという態度をとろうとするのだった。

　とはいえ、少尉どのだけはいつでも〝少尉どの〟だった――けっして〝ミスター・ラスチャック〟ではなかったし、〝ラスチャック少尉〟でさえなかった。どんな文脈でも〝少尉どの〟だ。神は少尉どのだけであり、ジェラール軍曹はその預言者だった。ジェリーが自分で「だめだ」と言ったときは、少なくとも下士官たちにとっては、まだ議論の余地がある問題ということになるけど、彼が「少尉どのはお気に召さないだろう」と言ったときは、聖座宣《エクス・カテ》言《ドラ》をおこなったのと同じことなので、その問題は二度と持ち出されることはなかった。少尉どのがそれをお気に召さないかどうか確認する者はいなかった。神の言葉はすでに語られたのだ。

　少尉どのはぼくたちにとって父親のようなもので、みんなを愛し、甘やかしてくれたけど、それでもなお、艦内でははるか遠くの存在だった。地上にいるときでさえそうだった……降下で地上に降りたとき以外は。でも降下のときは――ふつう、ひとりの士官が、百平方マイルの地域に散らばった小隊のすべての兵士に気をくばるなんてとても不可能だと思うだろう。でも、彼にはできる。ひとりひとりにものすごく注意を払っているのだ。どうやって全員の状況を把握しているのかは説明できないけど、大騒ぎの真っ最中に、彼の声が指揮官用回線で響き渡る。「ジョンスン！　第六分隊を確認しろ！　スミッティがピンチだぞ」少尉どのがスミスの分隊長よりも先に気づいてくれるのは、なによりもありがたいことだった。

それと、部下がまだ生きているかぎり、少尉どのがそいつを残して撤収艇に乗り込むことは絶対にありえなかった。バグ戦争では捕虜をとられたけど、ラスチャック愚連隊ではそんなことはなかった。

ジェリーはぼくたちにとって母親のようなもので、みんなの身近にいて、世話をしてくれたけど、すこしも甘やかすことはなかった。でも、部下のことを少尉どのに報告したりはしなかった。ラスチャック愚連隊では軍法会議は一度もひらかれなかったし、鞭で打たれたやつなんかひとりもいなかった。超過勤務さえそれほどしょっちゅう命じられることはなかった。ジェリーはもっと別のやりかたでぼくたちを罰した。日々の視察で兵士を上から下までしげしげとながめて、ただこう言うのだ。「宙軍にいれば、おまえも立派に見えるかもしれない。転属を申し出たらどうだ？」――これで効果がある。宙軍の乗組員たちは制服のまま眠り、襟より下は一度も洗ったことがないというのが、ぼくたちのあいだでひとつの信条になっているのだ。

でも、ジェリーは兵士たちに規律を守らせる必要はなかった。同じ下士官たちに規律を守らせることで、兵士たちにも同じようにすることを期待したからだ。ぼくが加わったころの分隊長は、〝レッド〟というあだ名のグリーンだった。二度の降下を終えて、愚連隊のすばらしさに気づいたころ、ぼくはすっかり浮かれてちょっとだけ生意気になっていた——それで、レッドに口ごたえをしてしまった。レッドはジェリーに報告しなかった。ただぼくを洗面所の奥へ連れていって、中くらいの大きさのこぶをひとつそろいつくってくれた。それからぼくたちは仲のいい友人になった。それどころか、のちに、グリーンはぼくを上等兵に推薦してくれたのだ。

実のところ、艦の乗組員たちが制服で寝ているのかどうかは知らなかった。ぼくたちは艦内の自分たちの場所にいたし、宙軍の連中も彼らの場所から出てこなかった。なぜかというと、彼らは任務以外でぼくたちの居住区へやってくると歓迎されていないと感じるようにさせられていたのだ——結局のところ、人はだれでも守らなければならない社会的基準というやつをもっているのではないだろうか？　少尉どのは艦内の宙軍の領域である男性士官用居住区に個室をもっていたけど、ぼくたちがそこへ行くのは用事があるときだけで、それもごくまれだった。ただ、警備勤務で前方へ行くことはあった。ロジャー・ヤング号は男女混成艦で、パイロットをつとめる艦長だけでなく、乗組員にも女性が混じっていた。三十号隔壁より前方は女性用居住区だ——そして二名の武装した機動歩兵が、境にある扉のそばで昼夜を問わず警備に当たっていた（戦闘配置になると、ほかのすべての気密扉と同様、そこの扉も閉ざされた。だれも降下をまぬがれることはない）。

士官には三十号隔壁より先へ行く特権があり、少尉どのを含めたすべての士官は、そのすぐむこうの共用の食堂で食事をしていた。でも、士官たちは長居はせず、食べたらすぐに戻ってきた。ほかの小型輸送艦ではちがうやりかたをしていたかもしれないけど、ロジャー・ヤング号はそういうやりかたをしていた——少尉どのもデラドライア艦長も規律正しい艦を望み、それを手に入れていた。

それでも、警備勤務はひとつの特権だった。扉の脇に立ち、腕を組み、両足を広げて、なにも考えずにうとうとしているのは、平穏なひとときだった……たとえ任務以外で女性と口をきく特権をあたえられていないとしても、いまにも女性の姿を目にできるかもしれないという心温まる期待が常にあるのだ。ぼくも一度は、はるばる艦長室まで呼ばれて、話しかけられたことがあった——艦長はまっすぐぼくを見てこう言ったのだ。「これを機関長に届けてもらいたいの」

ぼくが艦内でやる日々の仕事は、掃除を別にすると、第一班の班長をつとめるミリアッチオ〝牧師〟の厳重な管理のもとで電子機器の整備をすることで、これはカールに見張られながら作業をしていたのとまったく同じだった。降下は頻繁にあるわけではなかったし、だれもが毎日働かなければならなかった。ほかにこれといった才能がなくても、隔壁を磨くことはできた。ジェラール軍曹を満足させられるほどきれいになったものはひとつもなかった。ぼくたちは機動歩兵のルールに従った——全員が戦い、全員が働く。ぼくたちの第一コックは、第二班の指揮をとるジョンスン軍曹だった。ジョージア出身（西半球にあるやつで、もうひとつのほうではない）の人なつっこい大男で、すごく腕のいいシェフだった。おまけにぼくたちを誘惑するのも得意だった。本人が間食が大好きで、ほかの人たちがそうしてはいけない理由はどこにもないと思っていたのだ。

牧師がひとつの班を指揮して、コックがもうひとつの班を指揮するということで、ぼくたちは肉体も魂も充分な世話をしてもらっていた——でも、もしもどちらかが戦死するとしたら？　きみはどちらを選ぶ？　微妙な問題だったので、みんな決着をつけようとはしなかったけど、いつも議論の種にはなった。

ロジャー・ヤング号はいつも忙しくて、ぼくたちは何度も降下をしたけれど、どのときもやりかたがちがっていた。パターンを読まれないように、毎回変えなければならなかったのだ。でも、大がかりな戦闘はもうなかった。常に単独で任務にあたり、偵察し、敵を悩ませて、奇襲をかけた。実を言えば、当時の地球連邦軍には大規模な戦闘をおこなうだけの力がなかった。バグハウス作戦の失敗により、あまりにも多くの艦艇と、あまりにも大勢の熟練した兵士が失われてしまったのだ。時間をかけて傷を癒やし、さらに多くの兵士たちを訓練する必要があった。

それまでのあいだは、ロジャー・ヤング号やそのほかの小型輸送艦も含めた、小型で速力のある艦が、どこへでも即座に急行して、敵の不意を突き、軽く損傷をあたえては撤退していた。どうしても死傷者は出たので、カプセルの補給でサンクチュアリへ戻ったときに欠員を補充した。ぼくは降下のたびにやっぱり震えを経験していたけど、実際に降下することはそう多くはなく、長時間降りていることもあまりなかった——その合間には、愚連隊の仲間たちとの艦内暮らしが何日も何日も続くのだった。

それはぼくの人生でいちばん幸せなひとときだったけれど、自分ではそうと意識したことはなかった——だれもがそうだったように、ぼくもさんざん不平をもらしながら、同時にそれを楽しんでいたのだ。

ぼくたちがほんとうに傷を負ったのは、少尉どのが戦死したときだった。

あれはぼくの人生で最悪の時期だったように思う。それでなくてもひどい気分だったのには、個人的な理由があった——ブエノスアイレスがバグに壊滅させられたとき、母がその場にいたのだ。

そのことを知ったのは、ぼくたちがカプセルの補給でサンクチュアリに戻り、たまっていた郵便物を受け取ったときだった。エレノーラ伯母さんからの伝言は、コード化して急送という指定がされていなかった——手紙そのものが届いたのだ。それはわずか三行ほどの悲痛なメモだった。伯母さんはどうしてか、母が死んだのはぼくのせいだと思っているようだった。ぼくは軍隊にいるのだから襲撃を防げなかったのはぼくの罪だということなのか、それとも、母がブエノスアイレスへ出かけたのはぼくがちゃんと自宅にいなかったせいだと思っているのか、どうもはっきりしなかった。伯母さんはひとつの文章で、その両方をほのめかしていた。

ぼくは手紙を破り捨てて、忘れてしまおうとした。てっきり両親がいっしょに死んだのだと思った——父がそんな長旅に母をひとりで行かせるはずがないからだ。エレノーラ伯母さんはそうとは書いていなかったけれど、どのみち父についてふれることはなかっただろう。伯母さんの愛情は妹だけに向けられていたのだ。ぼくの考えはほぼ当たっていた——あとになってわかったことだけど、父は母といっしょに出かける予定でいたものの、なにか用事ができたので、それを片付けるために出発を遅らせ、次の日に追い付くつもりだったのだ。でも、伯母さんはそのことをぼくに伝えなかった。

二時間後、ぼくは少尉どのに呼び出され、艦が次の偵察に出ているあいだサンクチュアリで休暇をとるつもりはないかと、とてもやさしく質問された。休暇がずいぶんたまっているので、少し消化しておくほうがいいのではないかと。ぼくが家族をなくしたことをどうして知っていたのかはわからないけど、あれはどう見ても知っていた。ぼくは、けっこうです、少尉どの、とこたえた。仲間たちがいっしょに休暇をとれるときまで待ちたかった。

あのときそうして良かったと思う。もしも休暇をとっていたら、少尉どのが戦死したときにいっしょにいることができなかっただろう……とてもではないが耐えきれなかったはずだ。あれは撤収の直前、あっという間のできごとだった。第三分隊の兵士が負傷し、重傷ではなかったが動けなくなった。副班長が救出にむかおうとして——自身も小さな破片で負傷してしまった。少尉どのは、いつものように、すべてを同時に監視していた——遠隔操作で倒れたふたりの身体状況をチェックしたにちがいないが、真相はわからない。少尉どのは副班長がまだ生きていることを確認した。そして、みずからふたりを救出に行き、スーツの左右の腕でひとりずつかかえあげた。

少尉どのは、あと二十フィートのところでふたりを放り投げ、そのふたりは撤収艇に運び込まれた――ほかの隊員たちが全員乗り込み、盾が消えて防御手段がなくなったとき、彼は撃たれて即死した。


ここではその二等兵と副班長の名前はわざとあげなかった。少尉どのは最後の瞬間までぼくたち全員を救おうとしていた。ぼくがその二等兵だったのかもしれない。だれだったかは問題ではないのだ。問題は、ぼくたち家族がその頭を切り落とされてしまったということだ。小隊の名前の由来であった家族の長を、ぼくたちをここまで育て上げてくれた父を。

少尉どのがぼくたちのもとを去ったあと、デラドライア艦長がジェラール軍曹に、各部門の責任者といっしょに隔壁のむこうの食堂で食事をしないかと誘った。でも、軍曹は固辞した。見たことがあるだろうか――厳格な未亡人が、主人はちょっと出かけているだけですぐにでも帰ってくるのだというふりをして、家族の絆を守っている姿を？　ジェリーがやったのはそれだった。以前よりほんの少しだけぼくたちに厳しく接するようになったけど、「少尉どのはお気に召さないだろう」と言わなければならないときは、ほとんど耐えがたい気持ちを味わっていたはずだ。その台詞はあまり頻繁に口に出されることはなかった。

ジェリーは戦闘チームの編成をほとんど変えなかった。全員をあちこちへ動かすのではなく、第二班の副班長を（名目上の）小隊軍曹の地位に置き、班長たちはそれぞれが必要とされる場所――すなわちそれぞれの班――にとどめ、ぼくを上等兵の副分隊長から、多分にお飾り的な副班長として伍長代理へ昇格させた。そして本人は、少尉どのはちょっと姿が見えないだけで、自分はいつものように少尉どのの命令を伝達しているだけだというようにふるまった。

それはせめてもの救いだった。

11

わたしが提供できるのは、血と、労苦と、涙と、汗だけだ。

――W・チャーチル、二十世紀の兵士・政治家

ぼくたちがヒョロヒョロたちの襲撃――ディジー・フロレスが戦死し、ジェラール軍曹が初めて小隊長として降下した戦闘――を終えて艦に戻ると、撤収艇の固定作業をしていた砲手がぼくに話しかけてきた。

「どうだった?」

「いつもどおりだ」ぼくは短くこたえた。そいつは気さくに声をかけてくれたんだと思うけど、ぼくはひどく混乱していておしゃべりをする気分じゃなかった。ディジーの死は悲しかったし、とにかく救出できたのはうれしかったし、その救出がむだになったのは腹立たしかったし、それらすべてが、ふたたび艦に戻ってこられて、腕も脚もちゃんとそろっていて動かせるとわかったときの幸せな気持ちとごちゃ混ぜになっていた。それに、一度も降下したことのない男に、どうして降下について話すことができる?

「へえ?」砲手は言った。「あんたたちは楽だよなあ。三十日ぶらぶらして、三十分だけ働くんだから。おれなんか三交代で当直だってのに」

「ああ、そうだな」ぼくは同意して、顔をそむけた。「生まれつき幸運なやつはいるさ」

「兵隊さん、真空を売り歩くわけにはいかないんだぜ」そいつはぼくの背中に言った。

とはいえ、その宙軍の砲手が言ったことはけっこう当たっていた。ぼくたちカプセル降下兵は、戦争が機械化された時代の飛行士と似ている。長く忙しい軍隊生活において、実際に敵と直面する戦闘はほんの数時間しかなく、あとは、訓練して、準備をして、出動して——戻ってきたあとは、後始末をして、次の戦闘の準備をして、その合間にはひたすら訓練、訓練、訓練だ。ぼくたちの次の降下までは三週間近くあり、目的地は別の恒星系にある別の惑星——バグどものコロニーだった。たとえチェレンコフ推進があっても、恒星同士は遠く離れている。

そのあいだに、ぼくは伍長の階級章をもらった——推薦者はジェリーで、うちの部隊には士官がいなかったので、デラドライア艦長によって承認された。厳密に言うと、この階級は、艦隊の機動歩兵部隊人事局で欠員について補充が認められるまでは、確定しているわけではなかった。でも、そんなことに意味はなかった。死傷率が高すぎて、編成表の空欄よりもそれを穴埋めする生身の人間のほうが常に少なかったのだ。ジェリーがぼくは伍長だと言ったときから、ぼくは伍長だった。あとのことはただの形式だ。

ただ、あの砲手が言っていた「ぶらぶらして」については正しくなかった。降下の合間には、武器や特殊装備に加えて、五十三機のパワードスーツの点検、保守、修理が待っていた。ときには、ミリアッチオがスーツの故障を調べて、ジェリーがそれを確認し、艦の兵器エンジニアであるファーリィ少尉が、基地の設備がなければ修理できないと判断する――そうなると、新しいスーツを倉庫から出してウォームアップをおこなうわけだが、このやっかいな作業には、それを着せようとしている人間のほうの作業を計算に入れなくても、二十六人時の工数が必要になる。

ぼくたちは忙しく働き続けた。

でも、楽しいこともあった。バックギャモンから〝オナー・スカッド〟まで、いつでもさまざまな競技会がひらかれていたし、ジョンスン軍曹のトランペットがリードする数立方光年内で最高の（まあ、たぶん唯一の）ジャズバンドは、賛美歌を甘く心地よく奏でることもあれば、状況に応じて、隔壁の鋼鉄を引きちぎらんばかりの演奏を聞かせることもあった。艦長があの軌道計算抜きの撤収艇とのランデブーで才人ぶりを（いや、才媛ぶりか？）発揮したあと、小隊で金属加工を担当するアーチー・キャンベル一等兵が、ロジャー・ヤング号の模型を作って、その台座のプレートにぼくたち全員のサインを刻み込んだ――〈凄腕のパイロット、イヴェット・デラドライアへ、ラスチャック愚連隊より感謝をこめて〉。それから艦長を隔壁のこちら側へ招待し、愚連隊ダウンビート・コンボの演奏が流れる中でいっしょに夕食をとったあと、アーチーが模型をプレゼントした。艦長は涙目になって彼にキスをし――ついでにジェリーにもキスをして、その顔を真っ赤に染め上げた。

伍長の階級章をもらったあと、ぼくはエースとの関係をはっきりさせなければならなくなった。ジェリーがぼくをそのまま副班長に据え置いたからだ。これはうまくなかった。人は段階を踏んで昇進していくべきだ。ぼくはまず分隊長をつとめるべきだったのに、上等兵の副分隊長から伍長の副班長へ一気にあがってしまった。もちろん、ジェリーもそんなことはわかっていたはずだけど、彼が全体の編成をできるかぎり少尉どのが生きていたときのままにしようとしていたのは明らかだった――だからこそ、分隊長も班長もまったく変えなかったのだ。

でも、おかげでむずかしい問題が残ってしまった。ぼくの下で分隊長をつとめる三人の伍長は、全員が実際にはぼくよりも先輩だ――でも、もしもジョンスン軍曹が次の降下で戦死したら、小隊が最高のコックを失うだけでなく、ぼくが班の指揮をとることになる。たとえ戦闘中ではなくても、命令を出すときには少しの疑いも許されない。次の降下をおこなうまえに、不安要素は片付けておかなければならなかった。

問題はエースだ。三人の伍長の中でもっとも先輩であるだけでなく、職業軍人で、しかもぼくより年上だ。もしもエースがぼくを受け入れてくれたら、ほかのふたりの分隊長についてはなんの問題もないだろう。

艦内でエースともめたことは一度もなかった。ふたりでフロレスを救出してからは、彼は充分に礼儀正しかった。それに、ぼくたちのあいだにはもめる要素がひとつもなかった。艦内の勤務では、決まり切った日々の点呼や衛兵勤務のとき以外、ふたりがいっしょになることはなかった。それでも感じるのだ。エースはぼくのことを、命令をきくべき相手とはみなしていなかった。

　そこで、休憩時間にエースをたずねていった。彼は自分の寝棚で横になって本を読んでいた。『銀河系のスペース・レンジャーズ』——なかなかいい話だけど、あんなにたくさんの冒険をしていながら、あんなに息抜きの少ない軍隊というのは考えにくい。艦内には立派な図書室があった。

「エース。ちょっといいかな」

　エースはちらりと目をあげた。「なんだ？　おれはたったいま艦を離れたところだ。非番なんだよ」

「話があるんだ。本を置いてくれ」

「そんなにあわてるようなことなのか？　この章は読み終えておきたいんだ」

「おい、よせよ、エース。先が知りたいというのなら、結末を教えてやるぞ」

「そんなことをしたら張り倒すぞ」それでも、エースは本を置いて体を起こし、話を聞く姿勢になった。

　ぼくは言った。「エース、班の編成のことなんだが——あんたはぼくより先輩なんだから、あんたが副班長になるべきなんだ」

「うわ、またそんな話か！」

「ああ。ふたりでジョンスン軍曹のところへ行って、ジェリーに話をつけてもらうよう頼むべきだと思うんだ」

「おまえがそんなことを？」

「ああ、そうだ。そうするべきなんだ」

「そうか？　なあ、チビ助、はっきり言っておくぞ。おれはおまえに反感をもっているわけじゃない。実を言えば、ふたりでディジーを救出したあの日、おまえはなかなかよくやった。それは認める。だが、分隊がほしいんだったら、自分で人を集めろ。おれの兵隊に目をつけるな。うちの連中はおまえのためにはジャガイモの皮すらむかないぞ」

「それが最後の返事か？」

「これが最初で、最後で、唯一の返事だ」

　ぼくはため息をついた。「こうなるだろうと思っていたよ。ただ、確認はしておきたかったからな。それじゃ、話は終わりだ。ただ、ひとつ考えていたことがある。たまたま目についたんだが、洗面所は掃除をしなくちゃだめだ……ぼくたちふたりでやってもいいんじゃないかな。さあ、本は脇へ置いてくれ……ジェリーが言ってるように、下士官は常に勤務中なんだ」

　エースはすぐには動かなかった。彼は静かに言った。「ほんとうにこんなことが必要だと思うのか、チビ助？　さっきも言ったが、おれはおまえに反感をもっているわけじゃないんだぞ」

「そうみたいだな」

「やれると思っているのか？」

「試してみるさ」

「いいだろう。片をつけようか」

ぼくたちは艦尾の洗面所へ行き、たいして必要もないのにシャワーを浴びようとしていたチビ助を追い出して、ドアをロックした。エースがたずねた。「なにか制限をつけておくか、二等兵？」

「そうだな……ぼくはあんたを殺すつもりはない」

「わかった。それと、骨は折らないし、相手が次の降下に参加できなくなるようなこともしない——もちろん、偶然の場合はしかたないが。それでいいか？」

「いいよ」ぼくは同意した。「そうだ、シャツは脱いでおこうかな」

「シャツを血で汚したくないってか」エースは緊張を解いた。ぼくがシャツを脱ぎ始めたら、やつはいきなりぼくの膝頭めがけて蹴りつけてきた。身構えることもなく。なんの気配も感じさせることなく。

ただし、ぼくの膝頭はそこにはなかった——ぼくも学んでいた。

本気の戦いは、ほんの一、二秒で終わるのがふつうだ。人間を殺す、あるいは気絶させる、あるいは戦闘不能にさせるために必要な時間はそれだけなのだ。でも、ぼくたちはあとに残るような怪我は負わせないと約束していた。これでいろいろと変わってくる。ふたりはまだ若く、コンディションは上々で、高度な訓練を受けていて、打撃を受けるのにも慣れている。

エースのほうが体が大きいけど、ぼくのほうが少しだけ素早いかもしれない。こういう条件だと、どちらかが殴られすぎて動けなくなるまでこの不愉快な仕事を続けるしかない――ラッキーパンチでもっと早くけりがつかないかぎり。でも、どちらも相手にラッキーパンチなど許さなかった。ぼくたちはプロで用心深かった。

というわけで、長くて、退屈で、痛みの多い時間が続いた。こまごまと説明したところで意味はない。それに、メモをとる暇はなかった。

だいぶたったころ、ぼくはあおむけにぶっ倒れていて、エースがぼくの顔に水をかけていた。彼はぼくを見おろし、引きずり起こして隔壁に押しつけると、体を支えた。「おれを殴れ！」

「はあ？」ぼくは呆然としていて、ものが二重に見えていた。

「ジョニー……おれを殴れ」

エースの顔が目のまえにふわふわと浮かんでいた。ぼくは狙いを定め、渾身の力をこめてそれを殴りつけた。どんな病気の蚊でもつぶせる強さだった。エースが目を閉じてデッキにへたり込み、ぼくはいっしょに倒れまいとして支柱を握り締めた。

エースがゆっくりと立ち上がった。「わかったよ、ジョニー」彼は首を横に振りながら言った。「おれは充分に思い知った。いいな？これから先、おれがおまえに楯突くことはない……班のだれもそんなことはしない。

うなずいたら頭に痛みが走った。

「握手するか?」エースが言った。

ぼくたちは握手をした。それもやっぱり痛かった。

戦争がどんな具合に進んでいるかについては、実際にその場に身を置いているぼくたちよりも、むしろほかの人たちのほうがくわしく知っていた。もちろん、ここで言っているのは、バグどもがヒョロヒョロたちを通じてぼくたちの母星の位置を突き止め、そこを襲撃してブエノスアイレスを壊滅させ、〝接触時の紛争〟を全面戦争へと進展させたあとの時期のことだ。ぼくたちが軍事力を増強するまえのことであり、ヒョロヒョロたちが寝返ってぼくたちの事実上の同盟者として共同で戦うようになるまえのことでもある。地球への攻撃を月から阻止する作戦はいくらか効果があった(ぼくたちは知らなかった)ものの、おおざっぱに言って、地球連邦は戦争に負けつつあった。

ぼくたちはそんなことも知らなかった。それだけでなく、ぼくたちに敵対する同盟をくつがえしてヒョロヒョロたちを味方につけるために、必死の努力が続けられていたことも知らなかった。その件にまつわる通達にもっとも近かったのは、フロレスが戦死した襲撃作戦のまえにあった指示だろう――ヒョロヒョロたちには手加減をするようにして、施設は可能なかぎり破壊するが、住民を殺すのはどうしてもやむを得ない場合だけにするよう言われたのだ。

たとえ捕虜になったとしても、知らないことは白状できない。薬物でも、拷問でも、洗脳でも、果てしない睡眠不足でも、本人が持っていない秘密を絞り出すことはできない。だからこそ、ぼくたちが教えられるのは、戦術上の目的で知っておくべきことだけなのだ。過去に、いくつもの軍隊が崩壊して消滅したのは、兵士たちが、なんのために、あるいはなぜ戦っているのかを知らなかったせいで、戦う意志が失われてしまったからだ。でも、機動歩兵にそんな弱点はない。そもそもひとりひとりが志願兵で、良くも悪くもなんらかの戦う理由を持っていた。でも、いまは自分が機動歩兵だから戦っている。ぼくたちは軍隊精神《エスプリ・ドウ・コー》を有するプロだ。選りすぐりの機動歩兵部隊の中でも、本にも書けない最高の部隊である、ラスチャック愚連隊だ。ぼくたちがカプセルの中に乗り込んだのはジェリーがそうしろと命じたからであり、ぼくたちが地上へ降下して戦ったのはそれがラスチャック愚連隊のやるべきことだからだ。

ぼくたちは敗北へむかっていることをまったく知らなかった。

バグどもは卵を産む。ただ産むだけじゃなく、それを保管しておいて、必要なときに孵化させる。たとえ兵隊バグを一匹——あるいは千匹、一万匹——殺しても、ぼくたちが基地に帰り着くころには、もうそいつらの後釜が孵化して活動を始めている。なんなら想像してみるといい、どこかでバグの人口管理官が巣穴の底へ電話をかけてこんなふうに言っている場面を——「ジョー、一万の兵隊を温めて水曜日までに用意しておいてくれ……それと、技術者に予備の孵卵器、N、O、P、Q、Rを起動させるよう伝えてほしい。需要が増えているんだ」

バグどもがこんなふうにしているとはかぎらないけど、結果としてはそういうことになる。ただ、やつらがシロアリやアリみたいに本能だけで動いているとは思わないでほしい。やつらの行動は人間と同じように知的だし（バカな種族に宇宙船は造れない！）、人間よりもずっとうまく連係をとっている。新兵を訓練して仲間と協力して戦えるようにするには、最低でも一年はかかる。兵隊バグは孵化したときからそれができるのだ。

こちらが千匹のバグを殺して機動歩兵をひとり犠牲にするたびに、バグどもは正味で勝利を得ていることになる。全体的な共産主義が、進化によってそれに適応した連中によって活用された場合、どれほど効果的なものになりうるかを、ぼくたちは高価な代償を支払って学んでいた。バグの人民委員たちにとって、兵士たちを消費するということは、ぼくたちが弾薬を消費するのと同じくらいの意味しかない。バグどものこういう面については、中華覇権国家がロシア・アングロアメリカン同盟にあたえた苦しみを考えれば、事前に予想がついてしかるべきだったのかもしれない。とはいえ、〝歴史から学ぶ〟というやつがなかなかうまくいかないのは、たいていの場合、ばったりと倒れたあとでようやくそれに本腰を入れるからだ。

それでも、ぼくたちは学びつつあった。バグとの小競り合いが繰り返されるうちに、技術的な指示と戦術方針が艦隊全体に広まっていった。労働バグと兵隊バグとの見分け方もわかってきた。時間さえあれば甲羅の形で見分けられたけど、急いで大まかに判別する方法があった——そいつがこちらへむかってくるなら兵隊だし、逃げていくならほっといても危険はない。身を守るとき以外は、たとえ相手が兵隊バグでも弾薬を浪費しない方法も学んだ。巣穴を見つけたら、まずガス弾を投下すると、数秒後に小さく爆発して油性の液体が放出され、それが気化したバグ専用の神経ガス（人間には無害）が、空気より重いのでどんどん下へ流れていく――それから、通常の手榴弾で穴をふさぐのだ。

ガスが女王たちを殺せるほど深くまで届いているのかどうかはまだわからなかった――それでも、バグどもがこの戦術をいやがっているのはまちがいなかった。ヒョロヒョロを通じて得た情報と、バグどもの内部情報により、この点については確認がとれていた。それに、このやりかたで惑星シオールからやつらのコロニーを完全に一掃したのだ。バグどもはかろうじて女王と頭脳を全員脱出させたかもしれない……でも、とにかくやつらを痛めつける方法はわかってきた。

でも、こと愚連隊に関するかぎり、こういうガス攻撃もひとつの手段であり、命令に従って、型どおりに、迅速にやり遂げるべきことにすぎなかった。

やがて、サンクチュアリへ戻ってカプセルの補給をすることになった。カプセルは消耗品だから（まあ、ぼくたちもそうだけど）、たとえチェレンコフ推進装置で銀河系をまだ二周できるとしても、なくなったら基地へ戻らなければならない。その少しまえに、ジェリーをラスチャックの代わりに少尉に名誉昇進させるという正式な通達が届いた。ジェリーは伏せておこうとしたけど、デラドライア艦長がそのことを公表し、ほかの士官たちといっしょに前方の食堂で食べるよう求めた。それでも、ジェリーはそれ以外の自分の時間をすべて艦尾ですごした。

でも、そのころには、ぼくたちはジェリーを小隊長として何度も降下していたので、少尉どの抜きで行動することに慣れてきていた——痛みは消えなかったけど、それが日常になっていたのだ。ジェリーが任官したあと、ぼくたちのあいだでひとつの話題がゆっくりと広まり、話し合われるようになった。よそと同じように、うちの小隊もそろそろ新しいボスにちなんだ名前をつけるべきではないかと。

ジョンスンがいちばんの先輩だったので、その件をジェリーに伝えることになった。彼は心の支えとしてぼくをいっしょに連れていった。「なんだ？」ジェリーがうなるように言った。

「えー、軍……いえ、少尉どの、みなで考えたのですが——」

「なにをだ？」

「その、みなでちょっと相談しまして——つまり、うちの小隊の呼び名を〝ジェリー・ジャガーズ〟にするべきではないかと」

「相談した？　その呼び名に賛成しているのは何人だ？」

「全員です」ジョンスンは愚直に言った。

「そうか？　五十二人が賛成で……ひとりが反対と。否決だな」だれも二度とその話題を持ち出すことはなかった。

それから少したって、ぼくたちはサンクチュアリの軌道上にいた。そこに着いたのはありがたかった。それ以前の二日間は、機関長がへたくそな修理をしたせいで、艦内の疑似重力フィールドがほとんど切れたままになり、自由落下状態になっていた。ぼくはあれが大嫌いなのだ。ほんものの宇宙飛行士にはなれそうもない。足の下に地面を感じるほうが良かった。ぼくたちの小隊は、全員で十日間の慰労休暇に入ることになり、基地の宿舎へ移った。

ぼくはサンクチュアリの座標を知らなかったし、それがめぐっている恒星の名前やカタログ番号も聞いたことがなかった——知らないことは白状できないからだ。その座標は超機密情報であり、知っているのは艦長やパイロットくらいだ……聞くところによると、彼らは捕虜になるのを避けるために必要なときは自殺せよと命令されていて、そのための催眠暗示もかけられているらしい。だからぼくは知りたくない。月の基地が奪われて地球自体が占領される可能性があったので、連邦はサンクチュアリにできるだけ力をたくわえさせて、母星の壊滅が必ずしも降伏につながらないようにしていたのだ。

それでも、サンクチュアリがどんな惑星かを説明することはできる。あそこは地球に似ているけど、発達は遅れている。

別に誇張ではなく、こどもが十年かけてやっとバイバイできるようになったものの、簡単な手遊びひとつおぼえられないような状態なのだ。ふたつの惑星としてはこれ以上ないほど地球とよく似ている。惑星学者の話によれば年齢も同じだし、天体物理学者の話によれば、その恒星も太陽と同じ年齢で同じタイプらしい。植物も動物も豊富だし、大気も地球とほぼ同じで、気候もよく似ている。ちょうどいい大きさの衛星があるので、地球に特有の潮の干満もある。

これだけの利点があるのに、いまだに出走ゲートから足を踏み出した段階でしかない。つまり、突然変異が不足しているのだ。地球のように高レベルの自然放射線に恵まれていないせいだ。

サンクチュアリでよく見かける、もっとも進化した植物は、きわめて原始的な巨大シダだ。頂点にいる動物は、いまだにコロニーすらつくっていない未発達の昆虫だ。ここで言っているのは、地球から移された植物や動物のことじゃない——うちのやつらはここへ来て原生のやつらを押しのけようとしている。

放射線の欠如と、それによる不健全なまでに低い突然変異率により、進化による発達がほぼゼロまで抑えられていることで、サンクチュアリの原生生物はまともな進化の機会を得ることができず、競争にも適していない。遺伝子パターンはかなりの長期間にわたって固定されたままで順応性が低い——ブリッジで何度も何度も同じ手をくばられ、ましなカードをつかむ希望もないまま、果てしなく勝負を強いられているようなものだ。

原生の生物同士で競っていたときは、これはたいした問題ではなかった——言ってみれば、のろま対のろまの争いでしかない。ところが、高レベルの放射線に恵まれて激しい競争があった惑星で進化した生物が持ち込まれると、原生生物に勝ち目はなかった。

ここまで述べたようなことは、ハイスクールの生物の授業でさえ明々白々なことだ……でも、これを話してくれたサンクチュアリの研究ステーションにいた額の広い男は、ぼくが考えもしなかった点を指摘した。

サンクチュアリに入植した人間たちはどうなのか？

ぼくみたいな通りすがりではなく、サンクチュアリに住んでいる植民者たちは、その多くがそこで生まれ、子孫はそこで何代にもわたって暮らしていくことになる――そういう子孫はどうなのか？　人間は放射線を浴びなくてもなんの害もない。むしろ、ちょっとだけ安全になる――白血病やある種の癌はサンクチュアリではほとんど見られない。おまけに、いまのところ経済面から言えばなにもかも都合がいい。畑に（地球の）小麦を植えると、雑草をとる必要さえない。地球の小麦があらゆる原生植物に取って代わるからだ。

でも、植民者たちの子孫は進化しない。とにかく、たいした進化はない。その研究者の話によれば、ほかの原因、たとえば移住者が持ち込む新しい血や、すでにある遺伝子パターン内での自然淘汰による突然変異で、多少の進化は起こり得るらしい――でも、そんなのは地球やそのほかのふつうの惑星と比べたら、ごくささやかな確率にすぎない。するとどうなるのか？　サンクチュアリの植民者は現在のレベルで止まったままになり、それ以外の人類にどんどん追い抜かれて、ついには、生きている化石となってしまうのだろうか？　宇宙船に乗ったピテカントロプスのような場違いな存在となって？

それとも、彼らは子孫の運命を心配して、定期的にX線を浴びたり、毎年たくさんの核爆発を起こして惑星の大気中に放射性物質をまき散らしたりするのだろうか？　（もちろん、

彼ら自身は目先の放射線の脅威を受け入れることになるが、子孫の利益のために、適度な突然変異という遺伝的遺産を残すわけだ）

その研究者は、植民者たちはなにもしないだろうと考えていた。人類はあまりにも個人主義的で、あまりにも自己本位なので、未来の世代についてはそれほど心配しないだろう。放射線の欠乏による遠い世代の遺伝的貧窮などというのは、たいていの人びとにとっては考えがおよぶことではない。それに、言うまでもなく、これは遠い未来の脅威の話だ。地球上ですら、進化はとてもゆるやかに進むので、新たな種の進化には何万年もの歳月がかかるのだからと。

ぼくにはわからない。だいたい、自分がこれからとる行動だって、わかったりわからなかったりするのだ。見知らぬ植民者たちがどうするか予想がつくはずがない。ただ、これだけは確信がある――サンクチュアリには、いずれ人類かバグのどちらかが全面的に住み着くだろう。あるいは、それ以外のだれかが。あそこは楽園になる可能性を秘めているし、銀河系のこのあたりにはめったにない魅力的な世界なので、低レベルな原始的生命体が占拠したままになるはずがないのだ。

サンクチュアリはいまでも楽しいところで、短期の慰労休暇をとるなら、多くの面で地球のたいていの場所よりもましだ。第二の理由として、そこには百万人以上というとんでもない数の民間人が住んでいるけど、民間人にしては悪くない連中なのだ。彼らは戦争が起きていることを知っている。その半数は基地か軍需産業で働いていて、残りの半数は食料を育ててそれを艦隊に売っている。戦争で利権を得ているとも言えるけど、理由はどうあれ、軍服には敬意を払い、それを着ている者を不快に思うようなことはない。むしろ正反対だ。機動歩兵がどこかの店に入ると、店主は敬語を使って応対し、たいして価値のないものを高すぎる値段で売りつけようとしているあいだも、心から敬意を払っているように見える。

でも、第一の理由として、その民間人の半数は女性なのだ。

そのありがたさを正しく理解するためには、まず長期の哨戒任務に出かけなければならない。警備勤務の日が来るのを待ちわびる経験が必要なのだ――六日に二時間、背骨を三十号隔壁に押しつけて立ち、女性の声のような物音に耳をすますという特権を得るために。実際には男性だけの艦のほうが楽だと思う……それでも、ぼくはロジャー・ヤング号のほうがいい。自分が戦っている究極の理由が、ただの想像の産物ではなく、現実に存在しているとわかるのはありがたい。

民間人のすばらしき五〇パーセントだけでなく、サンクチュアリに滞在している連邦軍の人員のおよそ四〇パーセントは女性だ。それをぜんぶ足すと、かつて探査された宇宙の中でもっとも美しい風景ができあがるわけだ。

こうしたほかに類のない天然の利点に加えて、慰労休暇をむだにすごさせないために相当な量の人工的な労力が投入されている。ほとんどの民間人はふたつの仕事をもっているようだ。彼らは夜通し起きて目の下にくまをつくりながら、軍人の休暇を楽しいものにしようとする。基地から市内へのびるチャーチル通りの両側にならんでいる施設は、楽しい気晴らしや娯楽や音楽によって、男たちをどのみち使い道のない金からなんの痛みもなく別れさせてくれるのだ。

すべての外貨を吐き出すことで、これらの罠を突破することができたとしても、市内には同じくらい満足できる（そこにも女の子たちがいるという意味だ）場所がまだまだあり、それが親切な住民によって無料で提供されている——バンクーバーの社交クラブとよく似ているけど、こちらのほうがもっと熱烈に歓迎してもらえる。

サンクチュアリ、とりわけこのエスピリトゥ・サント市は、まさに理想的な場所に思えたので、ぼくは任期が終わったらそこで除隊できないか頼んでみようと夢想したりしていた——結局のところ、自分の子孫が（もしもいるとして）二万五千年後にあたりまえのように長い緑色の巻きひげを生やしていようが、いまぼくがなんとかやっているだけの装備しかなかろうが、どうでもよかったのだ。研究ステーションにいた例の教授タイプから放射線がないという話を聞いても、怖くなったりはしなかった。ぼくには（周囲を見回したかぎりでは）人類がその究極の頂に到達したように思えた。

イボイノシシの紳士もイボイノシシの婦人については同じように感じるだろう——たとえそうだとしても、ぼくたちはどちらもとても誠実なのだ。

サンクチュアリでは、ほかにもいろいろと気晴らしの機会があった。とりわけ楽しかったのは、ある晩、テーブルについていた愚連隊の面々が、となりのテーブルにいた宙軍兵士の一団（ロジャー・ヤング号からではなかった）と仲良く議論を始めたときのことだった。議論は活発で、少しやかましくて、ちょうどぼくたちが本格的に反論しようとしたとき、基地の警備隊があらわれてスタンガンで仲裁に入った。ぼくたちは家具を弁償しなければならなかったけど、ほかにはどうということはなかった――基地の司令官は、慰労休暇中の兵士については、〝三十一とおりの強行着陸〟のどれかに該当しないかぎり、少しばかり自由を認めるべきだという立場をとっていたのだ。

宿舎もなかなかのものだ――豪華ではないけど、居心地が良く、食堂は一日二十五時間ずっとあいていて、民間人がすべての仕事をこなしている。起床の合図もなければ、消灯の合図もなく、ほんとうに休暇中なので、そもそも宿舎に泊まる必要もない。それでもぼくが宿舎を利用したのは、ホテルに金を使うのがまるっきり本末転倒に思えたからだ。宿舎では清潔で柔らかなベッドが無料で利用できるし、貯めた給料を使うならもっとましな方法がたくさんあった。毎日余分な時間があるのもうれしかった。九時間ぶっとおしで眠っても、まだ昼間が手つかずで残っている――ぼくはバグハウス作戦から続いていた睡眠不足をきれいに解消した。

宿舎はホテルと言ってもいいくらいだった。エースとぼくは下士官用の宿舎でひとつの部屋をふたりだけで使っていた。悲しいことに休暇も終わりに近づいたある日、現地時間で正午ごろにぼくがちょうど寝返りを打ったとき、エースがぼくのベッドを揺さぶった。「急げ、兵士！　バグどもの襲来だぞ！」

ぼくはエースに、勝手にバグどもの相手をしてろと伝えた。

「出かけようぜ」エースはくいさがった。

「金《ディネロ》がない」前日の夜、ぼくは研究ステーションの化学者（もちろん女性で、しかもチャーミングだ）とデートをしていた。彼女は冥王星にいたころにカールと知り合いだったそうで、ぼくはカールからの手紙でサンクチュアリに行くことがあったら会ってみろと言われていたのだ。すらりとした赤毛で、高級品を好む傾向があった。カールはぼくのことをむだに金持ちだとほのめかしていたらしく、彼女は昨夜を地元のシャンパンを味わってみるいい機会ととらえていた。カールの顔をつぶすわけにもいかなかったので、ぼくはいまあるのは兵士としての給料だけだと白状したりはしなかった。彼女にシャンパンをおごり、自分は新鮮なパイナップルスカッシュと称されているもの（ほんとはちがう）を飲んだ。その結果、歩いて宿舎へ戻るはめになった――タクシーは無料ではないのだ。とはいえ、それだけの価値はあった。そもそも金がなんだっていうんだ？　もちろん、ここで言っているのはバグの金のことだけど。

「心配するな」エースは言った。「おごってやるよ――昨夜はついてたんだ。確率のことをわかっていない宙軍のやつらに出くわしてな」

ぼくは起きて髭を剃ってシャワーを浴び、エースといっしょに食堂で列にならんで、半ダースの殻付き卵のほか、ポテトやハムやホットケーキなんかを腹に入れてから、町へ出かけてなにか食べることにした。チャーチル通りを歩くのは暑かったので、エースが酒場に寄ろうと言い出した。ぼくも付き合って、パイナップルスカッシュがほんものかどうか確かめてみた。ほんものではなかったけど、よく冷えていた。なにもかも手に入れるわけにはいかない。

ふたりであれこれ話をして、エースがおかわりを注文した。ぼくはストロベリースカッシュを試してみた――やっぱりほんものじゃなかった。エースがグラスをじっと見つめてから、口をひらいた。「士官になりたいと思ったことはあるか？」

ぼくは言った。「はあ？　頭がどうかしたのか？」

「ちがうって。なあジョニー、この戦争はかなり長く続くかもしれない。故郷のほうでどんな宣伝がされていようが、おれもおまえも、バグどもにやめるつもりがないことはわかっている。だったら先のことを考えたらどうだ？　よく言うだろ、楽隊で演奏するなら、でかいドラムを運ぶより棒振りのほうがいいって」

ぼくはそんな話題になったことにびっくりしていた。まして相手はエースだ。「あんたはどうなんだ？　士官になろうと思っているのか？」

「おれが？」エースはこたえた。「おいおい、だいじょうぶか、若いの――なにか考えちがいをしてるぞ。おれは学がないし、おまえより十歳も年上だ。けど、おまえなら士官候補生学校に入るための選抜試験を受けられるだけの学歴があるし、知能指数も基準に達している。おまえが職業軍人の道を選べば、おれより先に軍曹になれるはずだ……その翌日には士官候補生学校へ送られるだろう」

「やっぱり頭がどうかしたんだな！」

「先輩の話は聞いておけ。こんなことは言いたくないが、おまえみたいにバカで熱心でまじめなやつが士官になったら、部下たちはとんでもない窮地まで喜んで追いかけていきそうだ。だがおれは――まあ、生まれついての下士官だから、悲観的な態度でおまえみたいな連中の熱意に冷や水を浴びせるんだ。いずれ軍曹にはなれるだろう……二十年の任期を勤め上げて退役し、用意されている職に就く――たぶん警官だな――それから、おれと同じように趣味の悪い、すてきなデブの嫁さんと結婚して、スポーツ観戦したり魚釣りをしたりしながら楽しく朽ち果てていく」

エースは言葉を切り、喉をうるおした。「だがおまえは」彼は続けた。「おまえは軍に残って、たぶん高い地位までのぼって、輝かしい最期を遂げる。おれはその記事を読んで、誇らしげに言うんだ――〝こいつは昔の知り合いだ。よく金を貸してやったよ――ふたりとも伍長だったんだぜ〟。どうだ？」

「考えたこともなかったな」ぼくはゆっくりと言った。「自分の任期を勤めて終わるつもりだったから」

エースは意地の悪い笑みを浮かべた。「最近、志願兵が任期を終えて除隊するのを見たことがあるか？　まさか二年ですむと思っているんじゃないだろうな？」

たしかにそうだった。戦争が続くかぎり〝任期〟は終わらない――少なくとも、カプセル降下兵はだめだ。現時点では、それは心構えのちがいでしかない。〝任期〟があるぼくたちは、短期滞在者のような気持ちでいられた。「このみじめな戦争が終わったら」と口にすることもできた。職業軍人はそんなことは言わなかった。どこへも行けやしないのだ、退役するまでは——あるいは戦死するまでは。

　とはいえ、ぼくたちだってそれは変わらない。ただ、〝職業軍人〟になって二十年の任期を勤め上げなかったら……まあ、残りたくないという男が引き止められることはないとしても、市民権についてはかなりむずかしいことになるかもしれない。

「二年ではむりかもな」ぼくは認めた。「でも、戦争が永遠に続くわけはないから」

「そうか？」

「そんなことありえないだろ？」

「どうだかな。そういうことは教えてもらえないからな。しかし、おまえが気にしているのはそんなことじゃないだろう、ジョニー。故郷に恋人でも待たせているのか？」

「ちがうよ。まあ、以前はな」ぼくはゆっくりとこたえた。「でも、そいつが〝親愛なるジョニー〟とか書いてくるんだ」これは嘘というか、ちょっと話を盛っているくらいだったけど、エースが期待しているみたいだから言ってみたのだ。カルメンはぼくの恋人じゃなかったし、彼女はだれかを待ったりしない——でも、ごくまれに送ってきた手紙が〝親愛なるジョニー〟で始まっていたのは事実だった。

　エースはわけ知り顔でうなずいた。「女はそういうことをするんだよ。民間人とでも結婚して、好きなときに文句を言えるようにすりゃいいのにな。気にするな、若いの——おまえが退役したら、喜んで結婚しようとする女は山ほど見つかる……その歳になれば、いまよりうまく女を扱えるようになってるしな。結婚は、若い男にとっちゃ災難でしかないが、年寄りには慰めになるんだ」彼はぼくのグラスに目を向けた。「おまえがそのまずそうなやつを飲んでるのを見ると吐き気がする」

「ぼくだってあんたが飲んでるやつを見ると同じ気分になるんだよ」ぼくは応じた。

エースは肩をすくめた。「だからさ、世の中にはいろんな人間がいるわけだ。よく考えてみろ」

「わかった」

少したつと、エースはカードゲームの仲間入りをした。ぼくは少し金を借りて散歩に出た。考える必要があった。

職業軍人になる？　士官がどうとかいう話は別として、ぼくは職業軍人になりたかったのか？　そもそも、入隊したのは市民権を手に入れるためだったのでは？　もしも職業軍人になったら、投票する権利から遠くなって、入隊しなかったのと同じになってしまう……なぜなら、軍服を着ているかぎり投票する資格はないのだ。もちろん、それはあたりまえのことだ。愚連隊に選挙権をあたえたりしたら、バカな連中が降下をさせないよう投票したりするかもしれない。そんなことは許されない。

にもかかわらず、ぼくは選挙権を獲得するために入隊した。

いや、そうだったのか？

ぼくはそもそも選挙権のことを気にかけていたのか？　たしかに、あれは威信であり、誇りであり、地位だった……市民としての。

いや、どうなんだろう？

自分がなぜ入隊したのかどうしても思い出せなかった。

いずれにせよ、投票という行為によって市民が生まれるわけじゃない――少尉どのは投票ができるまで生きていられなかったけど、言葉の真の意味において市民だった。彼は降下をするたびに〝投票〟していたのだ。

ぼくだってそうだ！

頭の中でデュボア中佐の声が聞こえてきた――「市民であるということは、ひとつの姿勢であり、精神の状態であり、心から確信することである……部分よりも全体のほうが重要であると……部分はみずからを犠牲にして全体を生かすことを謙虚に誇るべきであると」

ぼくはまだ、自分がたったひとつの肉体を〝愛する祖国と戦争の惨禍とのあいだ〟に投げ出したいと思っているかどうかわからなかった。降下のときにはやっぱり震えがきたし、その〝惨禍〟はたいへんな惨状になるかもしれなかった。それでも、デュボア中佐がなにを言わんとしていたのかはようやく理解できた。機動歩兵部隊はぼくのもので、ぼくは部隊のものだ。部隊が単調さを打ち破るためになにかをやったのなら、それはぼくがやったことでもある。愛国心というのは、ぼくにはちょっと難解だし、スケールがでかすぎて把握しきれない。でも、機動歩兵部隊はぼくの仲間であり、ぼくが所属する場所だ。みんなぼくが残してきた家族と変わりない。ぼくにはいなかった兄弟であり、カールよりも近い存在だ。彼らから離れたら、ぼくは迷子になってしまう。

だったら、職業軍人になっていけないことがあるのか？

わかった、わかった——でも、士官になるとかいうナンセンスはどうだろう？　それはまた別の話だ。エースが言ったように、二十年勤めてひと休みし、胸に略綬をつけて足にスリッパを履いている自分の姿が目に浮かぶ……あるいは、夕刻に退役軍人会館に出かけて、同じ立場の仲間たちと昔話にふけるとか。でも、士官候補生学校？　仲間たちとの雑談でそういう話がでたときに、アル・ジェンキンズがこんなことを言っていたのを思い出す——「おれは兵士だぜ！　このままずっと兵士でいるつもりだ！　兵士でいれば、だれにも期待されずにすむからな。士官になりたいやつなんかいるか？　軍曹でも？　みんな同じ空気を吸ってるんだろ？　同じものを食べて。同じ場所へ出かけて、同じように降下する。でも、心配事はない」

アルの言葉にも一理あった。階級章がぼくになにをくれた？　こぶ以外に？

それでも、軍曹になれと言われたら、ぼくは軍曹になるだろう。拒否はしない。カプセル降下兵はなにごとも拒否しない。進み出てやり遂げるだけだ。たぶん、士官になるのも同じだろう。

実際にそうなるという話ではない。自分がラスチャック少尉みたいな士官になれるなんてとても考えられない。

ぼくはいつの間にか士官候補生学校の近くまで来ていた。そんなところへ来るつもりはなかったはずなのに。候補生の一団が練兵場に出て、基礎訓練中の新兵たちとまったく同じように、駆け足で訓練に励んでいた。日射しはきつく、ロジャー・ヤング号の降下室で雑談をするような気楽さはかけらもないように見えた――なにせ、基礎訓練を終えてからというもの、ぼくは三十号隔壁より遠くへ行進したことがなかったのだ。ああいう無意味な調教は過去のことだった。

しばらくそこにいて、候補生たちの制服に汗がにじむのをながめた。彼らを怒鳴りつける声も聞こえた――やはり軍曹たちだ。まるでキャンプに戻ったみたいだ。ぼくは首を横に振り、歩いてその場を離れ――

――宿舎に引き返して、独身士官用の翼棟へむかい、ジェリーの部屋を見つけた。

ジェリーは部屋にいて、両足をデスクにのせて雑誌を読んでいた。ぼくはドアの枠をノックした。ジェリーが顔をあげてうなった。「なんだ?」

「軍曹――いえ、少尉どの――」

「さっさと話せ!」

「少尉どの、職業軍人になりたいのですが」

ジェリーはデスクから足をおろした。「右手をあげろ」

彼はぼくに宣誓をさせ、デスクの引き出しに手を入れて書類を取り出した。

ぼくの書類はもう用意されていて、サインをするだけになっていた。まだエースにさえ話していなかったのに。すごい話じゃないか?

12

士官は有能であるだけではけっして充分とは言えない……それと同時に、偏見のない教育を受け、洗練された作法と、きちんとした礼儀を身につけ、個人の名誉を最大限に重んじる紳士でなければならない……部下の功績ある行為を見逃してはならない、たとえ褒美がたったひとことの是認であるとしても。逆に、いかなる部下であれ、そのあやまちにけっして目をつぶってはならない。

われわれがいま守ろうとしている政治理念が正しいものだとしても……艦船そのものは絶対専制体制のもとで統治されなければならない。

わたしは諸君に途方もない責任について明確に伝えられたと信じる……われわれは持てるものにて最善を尽くさなければならないのだ。

――ジョン・ポール・ジョーンズ、一七七五年九月十四日
海軍反乱者委員会に宛てた手紙より抜粋

ロジャー・ヤング号は、カプセルと人員を補充するために基地へ戻った。アル・ジェンキンズが救出作戦の掩護中に戦死した――同じときに牧師も命を落とした。さらに、ぼくの後任も必要だった。ぼくは真新しい軍曹の階級章を(ミリアッチオの代わりに)つけていたけど、ぼくが艦を離れたらすぐにエースがそれを引き継ぐような気がした――そういうのはたいてい一時的な肩書きでしかないのだ。このときの昇進は、士官候補生学校へ行くことになったぼくに対する、ジェリーなりの盛大なはなむけだった。

それでも、誇らしい気持ちを抑えることはできなかった。艦隊の着陸場では、意気揚々と出口のゲートを抜け、命令書に捺印してもらうために検疫係のデスクへむかった。それを待っていたとき、背後で礼儀正しい声がした。「失礼だが、軍曹、いましがた降りてきたあの艇――あれはロジャー・ヤング号から――」

ぼくは話している相手を振り返った。袖にちらりと目をやると、小柄で、わずかに猫背気味な伍長だとわかった。まちがいなくぼくたちの――

「父さん!」

すぐさま、伍長がぼくを両腕で抱き締めた。「ジュアン! ジュアン! ああ、わたしのジョニー!」

ぼくは父にキスをして、父を抱き締め、泣き出した。検疫係のデスクにいた民間人事務員も、ふたりの下士官がキスを交わすのを見たのは初めてだったんだと思う。まあ、眉があがるのに気づいていたら、ぼくはそいつをぶちのめしていただろう。でも、なにも気づかなかった。それどころじゃなかった。事務員はぼくに命令書を忘れるなと注意しなければならなかった。

そのころには、ぼくも父も鼻をかみ、おおっぴらに見世物になるのをやめていた。ぼくは言った。「父さん、どこか隅のほうですわって話そうよ。教えてほしいんだ……ええと、なにもかも！」ぼくは深呼吸をした。「父さんは死んだのかと思ってた」

「いやいや。あやうく死にかけたことは一度か二度あったかもしれないがな。そんなことより、おまえ……いや、軍曹か……どうしてもあの着陸艇のことを教えてもらわないと。あれは……」

「ああ、あれね。ロジャー・ヤング号からやってきた艇だよ。ぼくはいま——」

父はひどくがっかりしたようだった。「だったら急がないと。わたしは出頭しなければならないのだ」それから、熱心に続けた。「だが、おまえもすぐに艦へ戻るのだろう、ジョニー？　それとも慰労休暇に出かけるのか？」

「いや、ちがうんだ」ぼくはとっさに考えた。よりによってこんなことになるとは！「ねえ、父さん、艇の出発する時間なら知ってる。少なくともあと一時間ちょっとは乗船できないよ。あの艇は急いで帰還するわけじゃない。ロジャー・ヤング号がちょうど通過するときに、最小限の燃料でランデブーすることになってる——パイロットにその次の通過まで待つ用事がなければね。まず積み荷をのせなくちゃいけないから」

父は疑うように言った。「わたしの命令書には、最初に乗れる艇のパイロットのところへただちに出頭しろと書いてあるんだが」

「父さんってば！　そんなに規則にこだわる必要があるの？　あのおんぼろ艇を操縦している女の人は、父さんが乗り込むのがいますぐだろうと扉を閉める直前だろうと気にしないよ。どのみち、出発の十分まえに集合の合図をスピーカーで流して、ちゃんとアナウンスするんだ。乗り損ねるなんてありえないから」

ぼくは父を連れて人けのない隅へ移った。いっしょに腰をおろしたところで、父が口をひらいた。「おまえも同じ艇であがるのか、ジュアン？ もっとあとなのか？」

「それは――」ぼくは命令書を父に見せた。打ち明けるにはそれがいちばん簡単なような気がした。まるで『エヴァンジェリン』の物語みたいなすれちがい――くそっ、なんでこんなことに！

父が命令書を読んで目に涙を浮かべたので、ぼくは急いで言った。「ねえ、父さん、なんとか戻ってこられるようがんばるよ。愚連隊以外の隊に入りたいとは思わない。父さんもみんなといっしょだし……まあ、がっかりするのはわかるけど――」

「がっかりしたわけではないのだ、ジュアン」

「え？」

「誇らしいのだ。わたしの息子が士官になるんだぞ。わたしの小さなジョニーが――たしかに、がっかりした面もあった。この日をずっと待ちわびていたからな。もう少しくらい待てるさ」父は泣きながらほほえんだ。「大きくなったな。すっかり一人前だ」

「うん、たぶんね。でも父さん、ぼくはまだ士官じゃないし、ロジャー・ヤング号を留守にするのはほんの数日かもしれない。だって、あっという間に落第になることもあるっていうし――」

「もう黙れ、青年!」

「え?」

「おまえならきっとやり遂げる。〝落第〟なんていう話はもうするな」父は急に笑顔になった。「軍曹さまにむかって黙れなどと言ったのは初めてだな」

「そうだね……がんばるよ、父さん。それで、もしも士官になれたら、もとどおりロジャー・ヤング号に乗れるよう希望を出してみる。ただ……」言葉が途切れた。

「ああ、わかっている。ポストがなければ、おまえの希望などなんの意味もない。気にするな。こうして会えるのがいまだけなら、最大限に活用しないとな。おまえのことが誇らしくて胸がはち切れそうだよ。いままでどんな調子だったんだ、ジョニー?」

「うん、良かったよ」ぼくは、これはそんなに悪い状況でもないと考えていた。父はほかのどの部隊にいるより愚連隊にいるほうがいい。ぼくの友人たちが……みんなで父の世話を焼いて、死なせずにいてくれるはずだ。エースに連絡しておかないと――父のことだから、ぼくとのつながりはみんなに伝えようともしないだろう。「父さん、入隊してどれくらいたつの?」

「一年ちょっとだな」

「それでもう伍長に！」

父は苦笑した。「最近は昇進が早いんだよ」

どういう意味かきく必要はなかった。人的被害の増加だ。編成表にはつねに空欄があった。それを埋めるだけの熟練兵を集められないのだ。そこでぼくは言った。「ああ……でも、父さんは……つまり、その、兵士になるには年齢が高すぎるんじゃないの？　だから、海軍とか、兵站のほうとか——」

「わたしは機動歩兵を希望して、それを実現したのだ！」父は力をこめて言った。「それに、年齢なら多くの下士官たちとそれほど変わりはない——むしろ下回っているくらいだ。ジョニー、おまえより二十二歳年上だというだけで、わたしを車椅子に乗せる理由にはならないぞ。歳がいっているということにはそれなりの利点もあるしな」

まあ、たしかにそれはある。そういえばズィム軍曹は、新兵に仮の階級章を渡すときにはいつも年上の者から試していた。それに、父はぼくとちがって基礎訓練でへまをやらかしたりはしなかっただろう——鞭打ちもなしだ。基礎訓練を終えるまえから下士官候補とみなされていたのかも。陸軍は中堅クラスにきちんと成熟した男を大量に必要としている。父子主義的な組織なのだ。

父がなぜ機動歩兵になりたがったのか、あるいは、どういう理由でどんなふうにしてぼくの艦に配属されることになったのか——そんな質問をする必要はなかった。ただ、そのことで胸が温かくなるのを感じたし、それは過去に父から言われたどんな褒め言葉よりもうれしいことだった。それに、父が軍に入隊した理由はききたくなかった。わかるような気がしたのだ。母だ。ふたりとも母のことは話題にしなかった――つらすぎたのだ。

そこで、ぼくは唐突に話題を変えた。「いままでのことを教えてよ。父さんがどこにいて、なにをしてきたのか」

「あー、訓練を受けたのはキャンプ・サン・マルティンで――」

「え？　カリーじゃなかったの？」

「新しくできたんだ。中身は相変わらずだと思うが。ただ、二カ月早く新兵を送り出すようになったから、日曜日の休みもなかった。それからロジャー・ヤング号への配属を希望して――却下されて――マックスラタリー義勇隊に入った。いい部隊だった」

「うん、知ってるよ」無骨で、タフで、狡猾で、ほとんど愚連隊に負けないほどの名声を得ていた部隊だ。

「いい部隊だった、と言うべきだな。いっしょに何度か降下するうちに、一部の連中が戦死して、しばらくすると、わたしがこれをつけていた」父は階級章をちらりと見た。「シオールへ降下したときには伍長になっていて――」

「あそこにいたの！　ぼくもいたんだよ！」急に温かな感情があふれ出し、ぼくはそれまでなかったほど父を身近に感じた。

「知っている。少なくとも、おまえの部隊があそこにいたのは知っていた。こちらの位置はおまえたちの五十マイル北方——たぶんそれくらいだろう。わたしたちは、洞窟から飛び出すコウモリの群れみたいに大地からわき出してきたバグどもの反撃をくらったんだ」父は肩をすくめた。「戦いが終わったときには、わたしは部隊のない伍長になっていた。まともな編成ができるだけの人員が残っていなかったんだ。それで、ここへ送られた。キングのアラスカ大熊隊へまわされる可能性もあったんだが、配属担当官と話をしてみたんだ——そうしたら、まるで決まっていたかのように、伍長に欠員が出たロジャー・ヤング号が戻ってきた。で、ここにいるわけだ」

「入隊したのはいつだったの？」口にしたとたん、まずいことを言ったと気づいた——でも、マックスラタリー義勇隊から話題をそらさなければならなかった。壊滅した部隊の孤児はそのことを忘れたいはずだ。

父は静かに言った。「ブエノスアイレスの少しあとだ」

「ああ。そうか」

父はいっとき黙り込んでから、そっとつぶやいた。「おまえにわかってもらえるかな」

「なにが？」

「うーん……説明するのがむずかしくてな。たしかに、おまえの母さんを失ったことは大きな影響があった。だが、入隊したのは復讐のためではない——たとえそういう気持ちがあったとしてもだ。むしろおまえのことが影響していた——」

「ぼくが？」

「ああ、おまえだ。ジョニー、わたしはいつだって、おまえがやっていたことを、おまえの母さん以上に理解していたんだ。母さんを責めるなよ。鳥が泳ぎを理解できないのと同じように、そもそも知る機会がなかったのだから。あのときのおまえは自分が入隊した理由をわかっていたとは思えないが、たぶん、わたしのほうはその理由を知っていたんだ。おまえに対する怒りの少なくとも半分は、強烈な憤りだった……おまえが実際にやったことが、わたしが心の奥底で自分がやらなければいけないと知っていたことだったからだ。とはいえ、わたしはおまえのせいで入隊したわけでもなかった……おまえはただ、わたしが踏ん切りをつける手助けをして、わたしが選ぶ兵科を決めただけだ」

父は言葉を切った。「おまえが入隊したころ、わたしは調子が良くなかった。かなり頻繁に催眠療法士にかかっていたが――考えてもみなかっただろう？――わかったのは、自分がものすごく不満をかかえているということだった。おまえが家を出たあと、わたしはそれをおまえのせいにした――だが、実際にはおまえのせいではなかったし、わたしも催眠療法士もそのことはわかっていた。たぶん、わたしはたいていの人びとよりも早く、ほんとうに雲行きが怪しくなっていることに気づいたのだろう。わたしたちは、非常事態が宣言される一カ月もまえに、軍需の仕事の入札に招かれていた。おまえがまだ訓練を受けていたあいだに、うちの会社はほぼ全面的に軍需生産に切り替えていたのだ。

そのころには気分も良くなっていたし、必死で働いていて忙しすぎたから、催眠療法士にもかからなかった。ところが、それからまえ以上に調子が悪くなってしまった」父はにやりと笑った。「おまえは民間人がどういうものか知っているか？」

「うん……同じ言語で話しているとは思えないね。それは知ってる」

「まさにそれだ。ルートマンの奥さんをおぼえているか？　基礎訓練を終えたあと、わたしは数日間の休暇をもらって家に帰っていた。何人か友人を見かけて、別れのあいさつをしたんだ――奥さんもその中にいた。彼女はぺちゃくちゃしゃべってこう言った。〝じゃあ、ほんとうに出かけるのね？　もしもファーラウェイに寄ることがあったら、あたしの友人のレガートス夫妻とぜひ会ってくださいな〟

　わたしはできるだけ穏やかに、それはむずかしいでしょう、ファーラウェイは蜘蛛たちに占領されましたから、と言った。

　奥さんはそれを聞いても少しも騒がず、こう言った。〝あら、それなら大丈夫よ――あの人たちは民間人だから！〟」父は皮肉な笑みを浮かべた。

「うん、わかるよ」

「少し先走りすぎてしまったな。さっき言ったように、わたしはますます調子が悪くなっていた。おまえの母さんが亡くなって、わたしは自分が為すべきことができるようになった……お母さんとわたしはたいていの夫婦より仲良しだったが、それでも、わたしは解放されたのだ。それから事業をモラレスに引き渡して――」

「あのモラレスさんに？　扱いきれるの？」

「ああ。そうするしかないからな。自分にできるとは思っていなかったことをやっている者は大勢いる。わたしはモレラスにかなりの株を譲り渡し――〝脱穀している牛に口籠をかけてはならない〟という古いことわざがあるだろう――残りはふたつに分けて信託した。半分は慈善婦人会へ、半分はいつでも帰ってきて受け取れるようにおまえへ。その気になればだがな。まあいい。わたしはようやく自分の調子が悪い理由に気づいたのだ」父はいったん言葉を切ってから、とても静かに続けた。「わたしは信念にもとづいて行動しなければならなかった。自分は男であると証明しなければならなかった。ただ生産して消費するエコノミックアニマルではなく……男であると」

ぼくが返事をするより早く、周囲の壁面のスピーカーから歌が流れ出した――「――**その名は輝く、その名は輝く、ロジャー・ヤング！**」そして女性の声が続いた。「ＦＣＴロジャー・ヤング号への搭乗者は、着陸艇へ集合。Ｈバース。発進まで九分」

父はぱっと立ちあがり、装具袋をつかみあげた。「わたしの艇だ！　気をつけてな、ジョニー――試験にはちゃんと受かるんだぞ。さもないと、まだまだお子様なんだと自覚するはめになるからな」

「必ず受かるよ、父さん」

父はぼくを素早く抱き締めた。「こっちへ戻ってきたらまた会おう！」そして大急ぎで去っていった。

校長室の外にあるオフィスで、ぼくはホウ軍曹とびっくりするほどよく似た艦隊軍曹と出くわした。片腕がないところまで同じだったけど、ホウ軍曹みたいな笑顔はなかった。ぼくは言った。「ジュアン・リコ軍曹、命令に従って学校長のもとへ出頭します」

艦隊軍曹はちらりと時計を見た。「きみの艇が着陸してから七十三分たっている。どういうことだ？」

そこでぼくは説明した。艦隊軍曹は口をきゅっと結び、瞑想でもしているようにぼくをながめた。「いままでにありとあらゆる言い訳を聞かされてきた。だが、また新しいやつが加わったようだ。きみの父親が、実の父親が、きみが離れたばかりの艦へ乗り込もうとしていたと？」

「嘘偽りのない真実です、軍曹どの。確認してください──エミリオ・リコ伍長です」

「ここでは〝若き紳士たち〟の言い分を確認したりはしない。真実を語っていなかったことが判明した場合、ただ追放するだけだ。わかった、遅刻してでも父親を見送るくらいのやつでなければ、どのみち役には立たないだろう。この話はもういい」

「ありがとうございます、軍曹どの。すぐに学校長のもとへ出頭しますか？」

「それはもうすんだ」艦隊軍曹はリストに印をつけた。「一カ月くらいしたら、二十人ほどまとめて呼び出しがあるだろう。これが部屋割りで、こっちが最初にやるべきことの一覧だ──まずはその階級章をはずせ。だが、捨てるんじゃないぞ。あとで必要になるかもしれない。とにかく、この瞬間からきみは〝軍曹〟ではなく〝ミスター〟になる」

「はい、軍曹どの」

「わたしを呼ぶときに〝どの〟はいらない。こっちが〝どの〟をつけるんだ。まあ、しっくりこないだろうが」

士官候補生学校についてくわしく語るつもりはない。基礎訓練と似ているけど、それを二乗して三乗してついでに教科書を加えてある。午前中は新兵と同じようなもので、基礎訓練のときや戦闘中にやったなつかしいあれこれを繰り返し、やりかたがまずいといっては怒鳴られた――軍曹たちに。午後は候補生という〝紳士〟になって、さまざまな教科に関する講義を受け続けた。その果てしないリストには、数学、科学、銀河系学、異星生物学、睡眠学習、兵站、戦略と戦術、通信、軍法、地形測定、特殊兵器、統率心理学、さらには兵士の世話や食事からクセルクセスがギリシャ遠征に破れた理由まで、なんでも入っていた。なによりたいせつなのは、どうすれば、自身も敵に壊滅的被害をあたえながら、ほかの五十人の兵士たちの動きを追跡して、世話を焼き、愛し、導き、救い――しかも絶対に甘やかさずにいられるかということだ。

みんなベッドをあたえられていたけど、それを使うことはめったになかった。居室とシャワーと室内の洗面設備もあった。候補生四人ごとに民間人の使用人がひとりつき、ぼくたちのベッドの支度をしたり、部屋の掃除をしたり、靴を磨いて軍服をならべて使い走りをしてくれたりした。こうしたサービスの目的は贅沢をさせることではなかった。基礎訓練を受けた者ならだれでも完璧にできる雑事から候補生を解放して、明らかに不可能なことをやり遂げるための時間をあたえようというのだ。

六日のあいだ働き、汝のあらゆるつとめを果たせ
七日目もまた同じで、太索を磨きあげよ

これが陸軍版だと、締めくくりが〝馬小屋をきれいに掃除せよ〟になって、こういうことがどれほど長い世紀のあいだ続けられてきたかがよくわかる。ぼくたちがぶらぶらしていると思っている民間人をひとりでいいからつかまえてきて、一カ月ほど士官候補生学校ですごさせてやれたらいいのに。

夜だろうと日曜日だろうと、目がひりひりして耳が痛くなるまで勉強を続けた——そのあとは（眠れるなら）眠りについて、枕の下の催眠学習用スピーカーからだらだらと流れる声を聞かされるのだった。

行進するときの歌も、いかにもな暗いやつばかりだった。「軍隊はいやだ！ 軍隊はいやだ！ いつでも鋤を持っていたい！」とか、「もう戦争の勉強はしたくない」とか、「息子を兵士にしないでと、母は叫んだ泣き声で」とか。さらには、みんなのお気に入りの懐メロ〈紳士くずれの兵隊〉から、〝迷子の子羊〟にまつわるコーラス部分——「こんなおれたちにも神さまのお慈悲を、メェ！ メェ！ メェ！」

それでも、なぜか自分を不幸だと感じたおぼえはない。忙しすぎたんだろう。基礎訓練で

はだれもがぶつかる、乗り越えなければいけない心理的な〝難所〟なんてものはなかった。退学させられるのではという不安だけがいつもつきまとっていた。数学が苦手だということが特にきつかった。ルームメイトで、金星植民地出身の〝エンジェル〟という妙に似合った名前の男が、毎日夜遅くまで個人教授をしてくれた。

ほとんどの教官たち、とりわけ士官たちは、体のどこかに障害をかかえていた。おぼえているかぎりでは、腕も脚も視力も聴力も完全にそろっていたのは、戦闘訓練を担当する下士官たちだけ――それも全員というわけじゃなかった。ぼくたちに卑怯な戦いを伝授した教官は、電動椅子にすわって、首にプラスチック製のカラーをつけていて、そこから下は完全に麻痺していた。でも、舌は麻痺していなかったし、目はあらゆるものを写真のように精確にとらえたし、見たものを徹底的に分析して批評する能力は、ささやかな障害を充分におぎなっていた。

初めは、どう見ても傷病除隊で年金を満額支給できそうな人たちが、なぜそれを受け取って家に帰らないのだろうと不思議だった。じきに、そんなことは考えなくなった。

士官候補生学校ですごした日々のクライマックスといえば、小型輸送艦マンネルハイム号の下級当直士官であり見習いパイロットでもある、黒い瞳をしたイバネス宇軍少尉の訪問だろう。宙軍の白い礼服を信じられないほど粋に着こなし、ペーパーウェイトみたいに小さく見えるカルメンが、夕食の点呼で整列していたぼくのクラスのまえにあらわれ――彼女が列に沿って進むと、それに合わせて目玉の動く音が聞こえそうだった――当直士官にまっすぐ歩いていくと、良くとおるはっきりした声でぼくの名前を告げ、面会を求めたのだ。

当直士官のチャンダー大尉は、自分の母親にすら一度も笑顔を見せたことがないと広く信じられていたのに、すっかり相好《そうごう》を崩して小さなカルメンにほほえみかけ、ぼくがいることを認めた……するとカルメンは、長くて黒いまつげを大尉にむかって波打たせ、自分の艦が間もなく出撃するので、どうかぼくを夕食に連れ出すことを許してもらえないだろうかとたずねた。

気がつくとぼくは、きわめて例外的な、前代未聞の三時間の外出許可をもらっていた。ひょっとすると、宙軍はまだ陸軍には伝えていない催眠テクニックを開発したのかもしれない。さもなければ、カルメンの秘密兵器は、もっと古くからある、機動歩兵では使えないものなのかもしれない。いずれにせよ、ぼくはすばらしいひとときをすごすことができたし、同級生たちのあいだでは、それまでたいして高くなかったぼくの評判が、とんでもない高さまで跳ねあがったのだった。

それは輝かしい夜で、翌日のふたコマの授業をだいなしにするだけの価値は充分にあった。ふたりともカールの消息——冥王星の研究ステーションがバグどもに破壊されたときに戦死していた——を聞いていたことが、いくらか影は落としてはいたけど、それはほんの少しだった。ぼくたちはそういうことを受け入れるすべを学んでいたのだ。

ひとつ驚いたことがあった。食事中、カルメンがくつろいで帽子をぬいだとき、見るとつやつやした黒髪がすっかりなくなっていた。宙軍の女性たちの多くが頭を剃り上げているのは知っていた――なにしろ、軍艦の中で長い髪の手入れをするのは実用的じゃないし、とりわけパイロットは、自由落下状態の操艦時に、髪がふわふわとただよってじゃまになるような危険はおかせない。まあ、ぼくが頭を剃っていたのは、便利だし清潔だからという理由でしかなかった。でも、ぼくの心が描くおチビのカルメンは、いつでも豊かな髪を波打たせていたのだった。

ただ、いったん慣れてしまうと、剃り上げた頭もなかなかキュートだ。つまり、そもそもが見栄えのいい女の子なら、頭がつるつるでもやっぱり見栄えがいいのだ。それに、宙軍の女性と民間人の小娘とを区別する役割も果たしている――一種のピンバッジで、戦闘降下のあとでつける金の髑髏みたいなものだ。それはカルメンを際立たせ、威厳をもたらしていて、ぼくはそのとき初めて、彼女がほんとうに士官であり戦闘員であり――しかもすごくきれいな女の子であると実感したのだった。

ぼくは両目に星をきらめかせ、かすかな芳香を身にまとって宿舎へ戻った。カルメンがお別れのキスをしてくれたのだ。

士官候補生学校の授業科目で、その内容についてここでふれておきたいのはひとつだけ――歴史・道徳哲学だ。

教科課程にそれを見つけたときにはびっくりした。歴史・道徳哲学は戦闘や小隊の指揮とはなんの関係もない。戦争とのつながり（どこがつながっているか）といえば、なぜ戦うのかというところにある――そんな問題は、どんな候補生でも入校するずっとまえに解決している。機動歩兵が戦うのは機動歩兵だからだ。

ぼくは、そんな科目があるのは、学校でその授業を受けなかった連中（たぶん全体の三分の一）のためだろうと判断した。クラスの候補生たちの二〇パーセント以上は地球出身ではなかったし（軍隊に志願する割合は、地球生まれより植民地生まれのほうがかなり高い――ときには驚いてしまうほどだ）、地球出身である四分の三かそこらも、その一部は関連する属領やそれ以外の場所から来ていたので、歴史・道徳哲学を教わらなかったのかもしれない。

というわけで、ぼくはそれを、小数点が出てくるきつい科目からのちょっとした息抜きになる、気楽な科目だろうと考えたのだ。

またもや考えちがいだった。ハイスクールの授業とはちがって、こちらは合格しなければならなかった。ただし、試験で決まるわけではない。授業には試験も宿題も口頭試問もあった――でも採点はなかった。合格するために必要なのは、この候補生は士官になるのにふさわしいという教官の意見だった。

もしも教官が成績不良と判断したら、理事会がひらかれて、その候補生が士官になれるかどうかだけではなく、どんな階級であれ陸軍の一員としてふさわしいかどうかが審査される――どれだけ速く武器を扱えるかは問題ではない。そして、追加の教育をおこなうか、それとも、ただ蹴り出して民間人にしてしまうかが決定される。

歴史・道徳哲学は遅延作動爆弾のように作用する。真夜中にふと目を覚まして考える――

あのとき教官はなにを言いたかったのか？　ハイスクールの授業でさえそうだったのだ。ぼくにはデュボア中佐がなにを話しているのかわからなかった。こどものころは、この科目を科学の部門に入れるのはバカげていると思っていた。これは物理学や化学とはぜんぜんちがう。どうして本来属すべき中途半端な科目といっしょにしないのかと。ぼくが興味を抱いた唯一の理由は、ああいうすばらしい議論があったからだ。

デュボア〝先生〟が、ぼくになぜ戦うのかを教えようとした理由は、自分でとりあえず戦うと決めたずっとあとになるまでわからなかった。

さて、ぼくはなぜ戦わなければいけないのか？　この柔らかい肌を、敵意をもった見知らぬ連中の暴力にさらすなんて不合理ではないのか？　なにしろ、階級がどうあれ給料はそこそこだし、勤務時間はむちゃくちゃだし、労働条件はさらにひどい。自分は家でのんびりすわっていて、戦いのほうはそういうゲームを楽しめる鈍感な連中にまかせておくこともできるのに。まして、戦う相手となる見知らぬ敵は、ぼくが出かけていってやつらのティーワゴンを蹴倒し始めるまでは、ぼく自身に対してなにもしていなかった――これはいったいどんなナンセンスだ？

ぼくが機動歩兵だから戦う？　いやいや、パブロフの犬みたいにたわごとを垂れ流すのはやめにして、ちゃんと考えないと。

ぼくたちの教官のリード少佐は、目が見えないのに相手をまっすぐ見つめて名前で呼びかけるという、いささか対応に困る習慣の持ち主だった。そのときの授業は、一九八七年に始まったロシア・アングロアメリカン同盟と中華覇権国家との戦争のあとで起きたできごとについての再評価だった。でも、その日は、サンフランシスコとサンホアキン・ヴァレーが壊滅したというニュースをぼくたちが聞いた日でもあった。ぼくは少佐がみんなに檄を飛ばすと思っていた。なにしろ、もはや民間人でさえ察しているはずだったのだ――バグか人類か。戦うか死ぬか。

リード少佐はサンフランシスコについてなにも言わなかった。ぼくたちエイプのひとりに、ニューデリー条約を要約させ、それが戦争捕虜をどれほど無視していたかを論じ……その問題が永久に放置されたことをほのめかした。休戦は膠着状態へと変わり、捕虜たちはそのまま取り残された――一方の側では。もう一方の側では、捕虜たちは解放され、〝混乱期〟が続いていたあいだにそれぞれの故郷へ帰った――あるいは、本人が希望しなければそこにとどまった。

リード少佐の犠牲者は、解放されなかった捕虜たちについて語った。英国パラシュート部隊二個師団の生存者たちと、数千人の民間人が、おもに日本と、フィリピンと、ロシアで捕虜になり、〝政治犯〟として有罪判決を受けたのだ。

「ほかにも大勢の軍人が捕虜になりました」リード少佐の犠牲者は続けた。「戦争中やそれ以前につかまったのです――戦争初期につかまって二度と解放されなかった人もいたという噂です。解放されなかった捕虜の総数は不明のままです。最良の推定値では、六万五千人前後とされています」

「なぜ〝最良〟なのかね？」

「えー、それが教科書に載っている推定値です、少佐どの」

「言葉は正確に使ってくれたまえ。その数字は十万人より多かったのかね、それとも少なかったのかね？」

「えー、わかりません、少佐どの」

「だれにもわからないだろうな。千人よりは多かったのか？」

「そうだと思います、少佐どの。ほぼ確実です」

「絶対に確実なのだ――なぜかといえば、それ以上の人数が最終的に脱出して、故郷へ帰り着き、名前付きで集計されている。きみは授業をきちんと聞いていなかったようだな。ミスター・リコ！」

今度はぼくが犠牲者だ。「はい、少佐どの」

「解放されない千人の捕虜は、戦争を開始あるいは再開するのに充分な理由となるか？　ここで忘れてはいけないのは、もしも戦争が開始あるいは再開された場合、何百万人もの罪のない人びとが死ぬかもしれない、というか、ほぼ確実に死ぬだろうということだ」

ぼくはためらわなかった。「はい、少佐どの！　充分すぎる理由になります」

「〝充分すぎる〟か。けっこう、では解放されていない捕虜がひとりだった場合、戦争を開始あるいは再開するのに充分な理由となるか？」

ぼくはためらった。機動歩兵としての返答はわかっていた――でも、それが少佐の望んでいる返答とは思えなかった。少佐はぴしゃりと言った。「どうした、ミスター！　千人という上限があるのはわかった。きみにはひとりという下限について考えてもらいたいのだ。まさか〝一ポンドから千ポンドのあいだのどこか〟と記した約束手形では支払いはできまい――そして、戦争を始めるというのは、わずかな金を支払うよりもはるかに重大なことなのだ。ひとりの男を救うためにひとつの国を危険にさらすというのは――実際にはふたつの国だが――犯罪ではないのか？　特に、その捕虜に救われるだけの価値がないときは？　あるいは、それまでに死んでしまうかもしれないときは？　毎日、何千という人びとが事故で死んでいる……だったら、ひとりの男のことでなぜためらう？　こたえたまえ！　イエスか、ノーか――きみは授業の進行をさまたげているのだぞ」

ぼくはだんだんいらついてきた。だからカプセル降下兵として返事をした。「イエスです、少佐どの！」

「どんな〝イエス〟だ？」

「千人だろうと、たったひとりだろうと、問題ではありません。戦うだけです」

「ほほう！　捕虜の人数に意味はないと。よろしい。ではそれを証明したまえ」

ぼくは言葉に詰まった。それが正しい返答なのはわかっていた。でも、その理由はわからなかった。少佐はぼくをさらに追い立てた。「話したまえ、ミスター・リコ。これは精密な科学なのだ。きみは数学的な意見を述べた。それを証明しなければならない。だれかがこんなたとえを持ち出してくるかもしれないだろう――きみは一個のジャガイモの値段が千個のジャガイモの値段とまったく同じだと主張していると。ちがうか？」

「ちがいます、少佐どの！」

「なぜちがう？　証明したまえ」

「人間はジャガイモではありません」

「なるほど、なるほど、ミスター・リコ！　どうやらきみの疲れた脳に一日で耐えられる以上の緊張を強いてしまったようだ。明日、わたしの最初の質問に対するきみの答を、記号論理学を使って、文書で教室に持ってきたまえ。ひとつヒントをあげよう。今日やった章の文献7を参照するといい。ミスター・サロモン！　現在の政治組織はいかにして〝混乱期〟を抜け出して発展してきたのかね？　そして、その倫理的正当性とはなにか？」

サロモンは最初の部分でつまずいた。とはいえ、地球連邦がどのようにして誕生したのかを正確に説明できる者はいない。それはただ成長してきたのだ。二十世紀の終わりに各国の政府が崩壊すると、なにかでその真空状態を埋めなければならず、多くの場合、それは退役軍人の手にゆだねられた。彼らは戦争に負けたあと、ほとんどは仕事もないままで、多くはニューデリー条約で課された条件、とりわけ戦争捕虜の不当な扱いに、大きな怒りをおぼえていた――しかも彼らは戦い方を知っていた。とはいえ、これは革命ではなかった。むしろ一九一七年にロシアで起きたことに似ていた――統治システムが崩壊し、ほかのだれかが引き継いだのだ。

スコットランドのアバディーンで起きた、知られている最初の事件がいい例だ。一部の退役軍人たちが集まって、暴動と略奪を防ぐために自警団を組織し、数名の人びと（退役軍人も二名含まれていた）を絞首刑にして、自分たちの仲間には退役軍人しか入れないと決めた。初めはいいかげんな組織だった――彼らはおたがいを少しだけ信じて、ほかのだれも信じなかった。非常用の手段として始まったものが、やがて憲法にもとづく慣行となったのだ……ひと世代かふた世代のうちに。

おそらく、このスコットランドの退役軍人たちは、同じ退役軍人を絞首刑にする必要があると知ったときから決めていたのだろう――自分たちがこれをやらなければならないのであれば、〝忌まわしい、暴利をむさぼり、闇取引をし、超過勤務には倍額の賃金を支払い、兵役を避け、良識に反する〟民間人にはいっさい文句を言わせないと。いいか、おまえたちは言われたとおりにすればいい――そうしたらおれたちエイプが問題を片付けてやる！　これがぼくの推測だ。なぜなら、ぼくも同じように感じたかもしれないのだ……それに、歴史学者も認めているように、民間人と復員した軍人との対立は、いまのぼくたちには想像もできないほど激しかったのだ。

サロモンの答は教科書どおりのものではなかった。とうとうリード少佐が彼の言葉をさえぎった。「明日、三千語に要約して教室に持ってきたまえ。ミスター・サロモン、ひとつ理由を――歴史的ではない、学理的でもない、実際的な理由を――教えてほしい。いまの時代、市民権が退役軍人だけに認められているのはなぜだ？」

「えー、彼らが選ばれた人びとだからです、少佐どの。より賢いからです」

「言語道断だ！」

「はい？」

「きみには言葉がむずかしすぎたか？　バカげた意見だと言ったのだ。軍人は民間人よりも賢くはない。多くの場合、民間人のほうがはるかに知能が高い。そんなのはニューデリー条約締結の直前に起きたクーデターの試み、いわゆる〝科学者たちの反乱〟を正当化するためのちんけな言い訳だ。賢いエリートたちにものごとをまかせればユートピアが実現するというやつだな。もちろん、そんな愚かな試みは頓挫した。なぜなら、科学の追究は、たとえ社会に利益をもたらすとしても、それ自体は社会的美徳ではないからだ。それを実践する人びとは、あまりにも自己中心的になって、社会的な責任感に欠けてしまうことがある。わたしはきみにヒントをあたえたのだ、ミスター。気がついたかね？」

サロモンはこたえた。「えー、軍人が規律ある人びとだからです、少佐どの」

リード少佐はやさしい口調になった。「惜しいな。心に訴える理論ではあるが、事実による裏付けがない。きみもわたしも軍隊にいるあいだは投票を許されていないし、軍隊で規律を身につけた者が、軍隊を離れたあともみずからを律するとは証明できない。退役軍人の犯罪率は民間人のそれと大差ないのだ。それに、平時にはほとんどの退役軍人が、戦闘に加わらない補助的な部隊から戻ってくるので、軍隊の規律のほんとうの厳しさを体験していない。彼らは単に苦しめられ、こきつかわれ、危険にさらされただけだ——それでも彼らには投票権がある」

た。現在の統治システムを続ける実際的な理由は、あらゆることを続ける実際的な理由と同じなのだ——つまり、それでうまくいっているからだ。

とはいえ、細部をよく観察するのは有意義なことだ。歴史を通じて、人びとは主権者の特権を、それをきちんと保護して、全員の利益のために賢く利用できる者の手にゆだねようとしてあれこれ骨折ってきた。初期の試みは絶対君主制で、これは〝神授王権〟として熱心に保護された。

ときには、神の手にゆだねておくよりはと、賢明な君主を選ぶ試みがなされた。たとえば、スウェーデン人たちがフランス人のベルナドット将軍をみずからの統治者に選んだときのように。このやりかたの問題点は、ベルナドットのような人材がごくかぎられているということだな。

歴史上の事例は、絶対君主制から完全無政府主義まで幅広い。人類は何千もの方法を試みてきたし、提案されたものはさらに多かった。なかには、『共和国』という誤解を招く題名のついたプラトンの著作に刺激された、アリ形共産主義などという珍妙きわまりないものもあった。しかし、その意図は常に道徳的であり、安定した慈悲深い政府を実現することが目的だった。

あらゆる統治システムは、これを達成するために、市民権をあたえる対象者を、それを正しく行使できるだけの知恵があると思われる人びとに限定している。繰り返すが、〝あらゆる統治システム〞がだ。いわゆる〝無制限民主主義〞でさえ、全人口の少なくとも四分の一を、年齢や生まれや人頭税や犯罪歴などの理由で、市民権の対象から除外している」

リード少佐は皮肉な笑みを浮かべた。「わたしには、三十歳のバカ者が十五歳の天才よりも賢く投票ができるとはとうてい思えない……だが、それが〝神権をもつ一般市民〞の年齢だったのだ。まあいい、彼らはみずからの愚行の代償を支払った。

主権者の特権は、あらゆる種類の規則に従ってあたえられてきた……出生地、家系、人種、性別、財産、教育、年齢、宗教、などなど。これらの統治システムはどれも機能したが、うまくいったものはなかった。いずれも多くの人びとから専制的とみなされ、やがては崩壊するか転覆させられた。

さて、われわれはまた別の統治システムのもとにある……そして、このシステムはたいへん順調に機能している。不平をこぼす者は多いが、反乱を起こす者はいない。個人の自由は史上最大レベルで、法律は少なく、税金は安く、生活水準は生産力の許すかぎりで高く、犯罪は最低の水準に落ち込んでいる。なぜか？　われわれ投票者がほかの人びとより利口だからではない。その議論はもう片がついている。ミスター・タマニー——われわれのシステムが祖先が使っていたどのシステムよりもうまく機能している理由を説明できるかね？」

クライド・タマニーがどこでその名前をつけられたのかは知らない。ぼくはヒンドゥー教徒だとばかり思っていた。彼はこたえた。「ええと、あえて推測するなら、投票者が少数のグループで、決定が自分たちにまかされていると自覚しているからです……そのために、彼らは争点についてよく勉強するんです」

「推測はやめてくれないか。これは精密な科学なのだ。しかもきみの推測はまちがっている。ほかの多くの統治システムで支配者だった貴族たちは、みずからの大きな権力を充分に自覚している少数のグループだった。さらに、われわれのシステムで特権をもつ市民たちはどこでも少数派というわけではない。きみも知っているはずだが、成人の中に含まれる市民の割合は、イスカンダーにおける八〇パーセント以上から、地球の一部の国家における三パーセント以下までと幅広い――それでも、政府はどこでもだいたい同じだ。それに投票者は選ばれた人びとではない。彼らは特別な知識や、才能や、訓練によってその主権者としてのつとめを果たしているのではない。では、われわれの投票者たちと過去の特権の行使者たちとのちがいはなんなのか？　すでに充分な推測を重ねてきた。ここで明白な事実を述べるとしよう。われわれのシステムのもとでは、すべての投票者と公職者が、自発的に困難な職務にあたることで個人の利益よりも集団の繁栄を優先することを実践してきた。

それこそが唯一の明白なちがいなのだ。

彼らは知識は不足しているかもしれないし、市民道徳が欠落しているかもしれない。しかし、彼らの日々の職務のほうが、歴史上のいかなる支配階級のおこないよりもはるかにすぐれているのだ」

リード少佐はいったん言葉を切り、古めかしい腕時計の表面にふれて、その指針を〝読み取った〟。「授業はもうじき終わりだが、われわれの統治システムが成功している道徳的理由についてでは結論がでていない。いまも続いている成功は、けっして偶然の産物ではないのだ。忘れないでもらいたいのだが、これは科学であって、希望的観測ではない。宇宙は本来この姿なのであり、われわれが望む姿をしているわけではない。投票とは権力の行使だ。この最高の権力から、ほかのあらゆる権力が派生する——一日に一度きみたちの人生をみじめなものにするわたしの権力もそれだ。いうなれば戦力なのだ！　市民権とは生の、むきだしの戦力であり、〝棍棒と斧の力〟だ。たとえ十人で行使されようが百億人で行使されようが、政治的権力は〝戦力〟なのだ。

しかし、この宇宙は相反する一対のもので成り立っている。権力の反対とはなんだ？　ミスター・リコ」

これはぼくがこたえられる質問だった。「責任です、少佐どの」

「上出来だ。実務的な理由と、数学的に証明可能な道徳的理由の両方で、権力と責任はひとしくなければならない——さもないと、電位のことなる二点間で電流が流れるように確実に帳尻あわせが生じる。無責任な権力を容認すれば災害の種をまくことになる。本人に制御できない責任を負わせるのはやみくもな愚行でしかない。無制限民主主義が不安定だったのは、その市民が主権者としての権力を行使する方法に責任をもたなかったからだ……ただ歴史の悲劇的な論理をもちいるだけで。われわれが支払いを義務づけられているユニークな〝人頭税〟はまだ知られていなかった。文字どおり無制限の権力をもつ投票者に社会的責任があるかどうかを結論づける試みはなされなかった。投票者がありえない投票をすれば、その代わりに破滅的な事態が生じた――そして、責任が投票者に否応なくのしかかるようになり、彼とその基礎の欠落した神殿を両方とも破壊したのだ。

　表面的には、われわれのシステムもほんのわずかしかちがいはない。われわれの民主主義は、人種、肌の色、宗教、生まれ、財産、性別、信念によって制限されることはないし、主権者の権利を獲得するためには、ふつうは短期間でそれほどつらくもない軍務をこなすだけでいい――われわれの祖先の穴居人たちから見れば軽い運動みたいなものだ。とはいえ、そのわずかなちがいが、現実に適合するように作られた機能するシステムと、先天的に不安定なシステムとの差なのだ。主権者の特権は人間がもつ究極の権利なので、われわれは、それを行使する者すべてに究極の社会的責任を引き受けさせている。すなわち、国家に対して影響力を行使しようとする者には、国家を救うためにみずからの命を賭けることを――必要とあらば命を捨てることを――求めている。それゆえ、ひとりの人間が受け入れられる最大の責任は、ひとりの人間が行使できる究極の権利と同等になる。陰《イン》と陽《ヤン》とは、完全に同等なのだ」

　少佐は付け加えた。「われわれの統治システムに対してこれまで一度も革命が起きていない理由を明らかにできる者はいるか？　歴史上のあらゆる政府が革命を起こされたという事実があるにもかかわらずだ。不満の声は大きく、絶えることがないという周知の事実があるにもかかわらずだ」

　年長の候補生がこれに挑戦した。「少佐どの、革命は不可能です」

「そうだ。では理由は？」

「なぜなら革命には、つまり武装蜂起には、不満だけではなく攻撃性が必要です。革命家には戦って死ぬ覚悟がいります。さもないと口先だけの改革者になってしまいます。攻撃的な者だけをより分けて、彼らを牧羊犬にすれば、羊たちは二度と問題を起こすことはなくなります」

「うまい言い方だ！　たとえというのは常に疑わしいものだが、いまのは事実に近い。明日、数学的な証明を持ってきたまえ。質問はあとひとつが限度だな——きみたちの質問にこたえよう。だれか？」

「あー、少佐どの、なぜやらないのでしょう——その、とことんまで？　全員に兵役を課して、全員に投票権をあたえては？」

「青年、きみはわたしの目を治すことができるかね？」

「はい？　それはむりです、少佐どの！」

「道徳的美徳を——社会的責任を——それを持たず、持ちたいとも思わず、重荷を押しつけられるのを不快に思うような連中に教え込むのに比べたら、目を治すくらいずっと簡単なことだ。だからこそ、入隊するのはとてもむずかしく、除隊するのはとても簡単にしてあるのだ。家族とか部族とかいったレベルを超えて社会的責任を果たすには、想像力が——献身や、忠誠心といった、高次の美徳が——要求されるが、それは人がみずから鍛えなければならない。むりやり押しつけられたら、吐き出してしまうだろう。過去には徴兵制の軍隊が試みられたことが何度もあった。図書室で、一九五〇年ごろに起きた〝朝鮮戦争〟で洗脳された捕虜に関する、精神科医の報告書を調べてみるといい——『メイヤー・レポート』だ。その分析を教室へ持ってきたまえ」少佐は腕時計にふれた。「では解散」

リード少佐のおかげで、ぼくたちは大忙しだった。

でも、あれはおもしろかった。少佐が気楽に放り投げてくる、あの修士論文のような宿題のひとつをぼくも受け取った。ぼくは十字軍はたいていの戦争とはことなっていたのではないかという意見を述べた。そして一刀両断され、〈必須課題〉として、戦争と道徳的な完全さが同じ遺伝的形質から派生していることを証明しろと命じられた。簡単に言うと、こういうことだ——すべての戦争は人口圧力によって生じる（そう、十字軍ですらそうだった。ただし、それを証明するためには通商路や出生率といったさまざまな問題を掘り下げなければならない）。道徳は——すべての道徳規則は——生存本能から生まれる。道徳的な行動とは、個人のレベルを超えた生存のための行動だ。たとえば、自分のこどもを救うために死ぬ父親がそれにあたる。しかし、人口圧力は、ほかの人びとのあいだで生き残ろうとする過程で生じるのだから、その人口圧力によって生じる戦争は、人類に適したあらゆる道徳規則を生み出す同じ遺伝的本能から派生していることになる。

〈証明の確認〉——人口が資源に応じて制限されるような道徳規範を確立することで、人口圧力をやわらげて戦争をなくす（そして戦争にともなう明白な害悪を消し去る）ことは可能だろうか？

計画出産の有効性や道徳性を論ずるまでもなく、これは観察によって立証できるかもしれない。どんな種族でも、みずから人口増大を止めたりすれば、拡大を続ける種族によって押しのけられてしまう。地球の歴史でも、一部の人口集団がそのとおりのことをして、移住してきたほかの種族にのみこまれてしまった。

それでもなお、人類がうまく出生と死亡のバランスをとり、居住可能な惑星にぴったりおさまって、平和を維持できるようになったと仮定してみよう。なにが起こるのか？

すぐに（次の水曜日くらいに）バグどもがやってきて、「もう戦争の研究はしない」というこの種族を全滅させ、宇宙はぼくたちのことを忘れてしまうだろう。いまからでも起こるかもしれないのだ。ぼくたちが勢力を広げてバグどもを一掃するか、やつらが勢力を広げてぼくたちを一掃するかのどちらかしかない——なぜなら、どちらの種族もタフで抜け目がなく、しかも同じ領土を求めているのだから。

人口圧力によって人類が宇宙全体をびっしり埋め尽くすまで、どれくらいかかるか知っているだろうか？　答は愕然とするもので、ぼくたちの種族の年齢から考えると、ほんのまばたきするあいだなのだ。

計算してみるといい——人口は複利で増加していくのだ。

しかし、人間には宇宙全体へ広がる〝権利〟があるのだろうか？

人間は見たとおりの存在で、あらゆる競争相手に打ち勝って生き延びる意志と（これまでのところは）能力をもつ野獣だ。その事実を受け入れないかぎり、道徳や戦争や政治についてなにを語ろうとナンセンスだ。正しい道徳とは、人間が何者であるかを知るところから生まれるのであって、人道主義者や善意のネリーズ伯母さんがそうなってほしいと望むものではない。

いつの日か、宇宙がぼくたちに教えてくれるだろう——人間に宇宙へ広がる〝権利〟があるのかどうかを。

それまでのあいだは、機動歩兵たちが、この種族の味方となり、宇宙をせっせと駆けめぐるだろう。

修了が近づくと、ぼくたちは艦に乗り込み、経験豊富な戦争指揮官のもとで勤務につくことになった。これは準最終試験で、艦内にいる教官によって、必要な能力に欠けていると判定されてしまうこともある。理事会での審査は要求できるけど、そんなことをしたやつがいたという話は聞いたことがない。合格して帰ってくるか、さもなければ二度と姿を見ることはなかった。

不合格ではないのに帰ってこなかった者もいた——ただ戦死したのだ。なぜなら、配属されるのはこれから出撃する艦だからだ。装具袋はいつでも準備しておくよう命じられていた。一度、昼食のときに、ぼくの中隊の候補生たちが全員呼び出しを受けたことがあった。彼らは食事もせずに出ていき、ぼくは気がついたら候補生中隊の指揮官になっていた。

新兵のときにつけた階級章のように、これは居心地の悪い名誉だったけど、それから二日とたたないうちに、ぼく自身が呼び出しを受けた。

ぼくはただちに校長室へむかった。装具袋を肩にかけて、意気揚々と。夜遅くまで目をひりひりさせながら勉強しても授業に追いつけないのにも、クラスの中でバカみたいに見えるのにも、うんざりしていた。戦闘部隊で陽気な仲間たちと何週間かすごすのは、まさにジョニーが必要としていたことだった！

途中で新人の士官候補生たちとすれちがった。小走りでかたまって教室へむかう若者たちが一様にこわばった顔をしていたのは、どの候補生もそうなるように、士官を目指したのはまちがいだったかもしれないと気づいたせいだろう。ぼくはいつしか歌をうたっていたけど、校長室に声が届く距離まで近づいたところで口を閉じた。

ほかにふたりの候補生が来ていた。ハッサンとバードだ。〝暗殺者〟ハッサンは、ぼくたちのクラスの最年長者で、見た目は漁師が壺から引っ張り出した魔物のようだった。バードのほうは、スズメより少し大きいくらいで、威圧感も似たようなものだった。

ぼくたちは〝もっとも神聖な場所〟へ通された。校長は車椅子にすわっていた――そこから降りている姿を見るのは土曜日の視察と閲兵行進のときだけで、たぶん歩くと痛みがあるのだろう。だからといって、ふだん会わないわけではなかった――たとえば黒板のまえで問題を解いているとき、振り返ると背後に車椅子があり、ニールセン大佐が解答のまちがいを見つけていたりするのだ。

校長はけっして授業のじゃまはしなかった――「気をつけ！」と叫ぶなという内務規程があったのだ。とはいえ、こっちはうろたえてしまう。校長は六人くらいいるような感じだった。

校長には艦隊将軍という正規階級があった（そう、あのニールセンなのだ）。大佐という階級は、二度目の退役を保留にして校長になるための、一時的なものでしかない。まえに一度、主計官にこの件について質問して、規則はどうなっているのか確認してみたことがある。校長は大佐としての給与しか受け取っていない――ただし、ふたたび退役すると決めた日に、艦隊将軍としての給与に戻るとのことだった。

まあ、エースが言ったように、世の中にはいろんな人間がいるということだ――候補生たちを監督する特権のために給与が半分になる道を選ぶなんて、ぼくにはとても想像がつかない。

ニールセン大佐が顔をあげて言った。「おはよう、諸君。楽にしたまえ」ぼくは腰をおろしたけど楽にはならなかった。大佐はコーヒーメーカーにするすると近づいて、カップを四つ用意し、ハッサンの手を借りてそれを全員にくばった。ぼくはコーヒーなんか飲みたくなかったけど、候補生が校長のもてなしを拒否できるはずがなかった。

大佐はコーヒーをひと口飲んだ。「諸君、これよりきみたちに命令をあたえる」彼は宣言した。「だが、諸君には自分の立場をきちんと理解してもらいたい」

この件については事前に説明を受けていた。ぼくたちは教育と試験のためだけに、〝員数外で、見習いとして、一時的に〟士官となる。とても地位が低く、ほぼ無用の存在で、行儀良くしていなければならず、きわめて暫定的だ。帰還したら候補生に戻り、試験を担当する士官たちによってすぐにでも退学させられるかもしれない。

ぼくたちがなるのは〝臨時准尉〟――魚の足なみに必要性の低い階級で、艦隊軍曹とほんものの士官とのあいだの髪の毛一本ぶんの隙間に押し込まれたものだ。これ以下はないという立場だが、それでも〝士官〟と呼ばれる。だれかが准尉に敬礼をしたとすれば、それは暗くてよく見えなかったせいだろう。

「諸君は〝准尉〟に任官する」大佐は続けた。「だが、給与は変わらないし、やはり〝ミスター〟と呼ばれるし、軍服については、肩章が候補生の記章よりもさらに小さくなるだけだ。諸君が士官としてふさわしいかどうかはまだ結論が出ていないので、教育は今後も続く」大佐はにっこりした。「では、なぜ〝准尉〟と呼ぶのか？」

ぼくもその点については疑問だった。なぜほんとうの任官ではない〝任官もどき〟にこだわるのだろう？

もちろん、教科書に載っている解答は知っていた。

「ミスター・バード？」大佐が言った。

「はい……われわれを指揮系統に組み込むためです、大佐どの」

「そのとおり！」大佐は壁に貼ってある編成表にするすると近づいた。ふつうのピラミッド型の図で、指揮系統がずっと下まで表示されていた。「これを見たまえ――」大佐は自分の名前に水平な線でつながっているボックスを指さした。そこにはこう書かれていた――〈校長補佐、ミス・ケンドリック〉

「諸君」大佐は続けた。「ミス・ケンドリックがいなかったら、わしはこの学校の運営にさぞかし苦労していることだろう。彼女の頭脳は、校内で起きるあらゆるできごとに関するファイルに高速でアクセス可能なのだ」大佐は椅子のボタンにふれ、空中にむかって呼びかけた。「ミス・ケンドリック、バード候補生はこのまえの学期に軍法でどのような成績をとったかね？」

すぐにミス・ケンドリックの返事があった。「九三パーセントです、校長」

「ありがとう」大佐は続けた。「わかるかね？　ミス・ケンドリックが承認の印をつけているなら、わしはどんな書類にでもサインする。わしが見てもいない書類に彼女がどれほど頻繁にわしの名前を書いているか、調査委員会には知られたくないほどだ。教えてくれ、ミスター・バード……もしもわしが死んだら、ミス・ケンドリックは学校の運営のために仕事を続けるだろうか？」

「それは、ええと――」バードはとまどっていた。「たぶん、日常業務でしたら、そのまま必要なことを――」

「ミス・ケンドリックはなにもしないのだ！」大佐の声がとどろいた。「チョーンシー大佐が、彼なりのやりかたで、彼女にやるべきことを指示するまではな。ミス・ケンドリックはとても聡明な女性で、きみが明らかに理解していないことをきちんと理解している――つまり、自分は指揮系統に入っていないからなんの権限もないということを」

大佐は続けた。「指揮系統は単なる言葉ではない。顔をひっぱたかれるのと同じような現実だ。わしが諸君に士官候補生として戦えと命じたら、諸君にできるのはだれかの命令を伝えることとくらいだ。諸君の小隊長が戦死して、諸君が二等兵に命令をあたえたとしたら——分別ある賢明な命令だぞ——それはまちがいであり、それに従ったら二等兵もまちがいをおかすことになる。なぜなら士官候補生は指揮系統に入ることができないからだ。士官候補生は軍隊の中に存在せず、階級もなく、軍人ですらない。士官になるにせよもとの階級に戻るにせよ、いずれ軍人になる生徒でしかない。陸軍の規律のもとにあっても、陸軍の一員ではないのだ。だからこそ——」

ゼロだ。完全な無だ。候補生が陸軍の一員ですらないとしたら——「大佐どの！」

「なんだ？　言ってみろ、ミスター・リコ」

自分でもびっくりしたけど、言わずにはいられなかった。「しかし……ぼくたちが陸軍の一員でないとしたら……機動歩兵の一員でもないのですか？」

大佐は目をしばたたいた。「それが心配なのかね？」

「なんというか、その、あまり気に入りません、大佐どの」実はまるっきり気に入らなかった。裸にされた気分だった。

「なるほど」大佐は不快そうではなかった。「きみはわしに、宇宙弁護士の見解について考えさせようというのだな」

「しかし——」

「それは命令なのだ。きみは理屈の上では機動歩兵ではない。だが、機動歩兵部隊はきみを忘れてはいない。機動歩兵部隊は仲間のことを、そいつがどこにいようと忘れはしない。もしもきみがこの瞬間に急死したら、火葬になるときにはジュアン・リコ少尉であり、所属は機動歩兵――」ニールセン大佐は言葉を切った。「ミス・ケンドリック、ミスター・リコの艦は？」

「ロジャー・ヤング号です」

「ありがとう」大佐は続けた。「――乗艦はTFCTロジャー・ヤング号、所属は機動歩兵第一師団、第三連隊、ジョージ中隊の機動戦闘チーム第二小隊――通称〝愚連隊〟になる」艦名を教えられたあとはいっさい確認をとることなく、すらすらと暗唱した。「良い部隊だ、ミスター・リコ――誇り高く荒っぽい。きみへの〝最後の命令〟は彼らに伝えられて葬送ラッパで迎えられ、きみの名はそのとおり記念館に刻まれるだろう。だからこそ、われわれは死んだ候補生を必ず士官にするのだ――その男を仲間たちのもとへ送り返すことができるようにな」

どっと押し寄せた安堵とホームシックで、ぼくはいくつか言葉を聞き逃した。「……わしが話しているあいだは口を閉じておきたまえ、ちゃんと所属していた機動歩兵部隊へ帰してやるから。諸君が実習で出撃するあいだ臨時に士官にならなければならないのは、戦闘降下では役立たずを使う余裕がないからだ。諸君は戦い、命令を受けるだけでなく、命令を出すことになる。それは正当な命令だ。なぜなら、諸君はその地位にあり、そのチームで職務を果たすよう命令を受けている。それゆえ、任務遂行のために諸君が出す命令は、総司令官の出す命令と同じだけの拘束力をもつのだ。

さらに言うと」校長は続けた。「いったん指揮系統に入ったら、諸君はただちに、より上位の指揮権を引き受ける準備をしなければならない。諸君が一個小隊だけのチームにいて――いまの戦況ではその可能性がきわめて高い――副小隊長をつとめているときに、小隊長が戦死したら……そのときは……諸君が……小隊長なのだ！」

大佐は首を横に振った。「〝小隊長代理〟ではないぞ。訓練を指揮する士官候補生でもない。〝実習中の最下級士官〟でもない。いきなり、親父《オールド・マン》に、ボスに、現場の隊長になるのだ――そして、仲間の人間たちが、なにをして、どんなふうに戦って、いかにして任務を完了させて、生きたまま脱出するかの指示を、諸君だけに頼っていることを知り、吐き気がするほどのショックを受けるだろう。彼らは命令を出すきっぱりした声を待ちかまえていて、時間がカチコチと進む中、きみはその声となり、決定をくだし、正しい命令を出さなければならない……それも、ただ正しいだけではなく、穏やかな、不安をあたえない口調で。なぜなら、諸君の隊は困難に――ひどい困難に！――直面していて、パニックを起こした耳慣れない声は、銀河系で最高の戦闘部隊をも、指揮官をなくした、手に負えない、恐怖で混乱した集団に変えてしまいかねないのだ。

無慈悲なでかい重荷が、なんの警告もなしにのしかかってくる。諸君はただちに行動しなければならず、頼れるのは神だけだ。神がこまかな戦術を教えてくれると期待してはならない。それは諸君の仕事だ。もしも諸君がまちがいなく感じるパニックを声に出さずにいられたとしたら、神は兵士が期待できるすべてをやってくれたことになる」

大佐は言葉を切った。ぼくはすっかり真顔になっていた。バードはひどく深刻で頼りなげな様子だったし、ハッサンは顔をしかめていた。ロジャー・ヤング号の、階級章があまり見当たらない降下室に戻って、食事のあとのバカ話を思い切り楽しみたかった。副班長の仕事には良い面がたくさんあった――はっきり言って、頭を使うくらいなら、死んでしまうほうがはるかに楽なのだ。

大佐は話を続けた。「そこが正念場なのだ、諸君。残念ながら、軍事科学の分野では、真の士官と両肩に記章をつけた軽薄なまがい物とを見分ける方法は知られていない。戦火の試練を経るしかないのだ。ほんものの士官はやり遂げる――あるいは、勇敢に戦死する。まがい物は耐えきれなくてつぶれる。

ときには、つぶれたまま、そのまがい物は戦死する。だが、ほんとうの悲劇は、ほかの人員が失われることにあるのだ……優秀な男たち、軍曹や伍長や二等兵たち、彼らの唯一のマイナス面は、無能な者の指揮下に入るという致命的な不運だった。

われわれはこれを防ごうとしている。まず第一に、すべての候補生は、訓練を積んだ兵士で、砲火にさらされ、戦闘降下を経験した者でなければならないという、破ってはならない規則がある。歴史を見ても、似たような規則をもった軍隊はいくつかあったが、ここまで徹底した軍隊はほかになかった。過去の偉大な士官学校のほとんどが――サンシール、ウェストポイント、サンドハースト、コロラドスプリングス――こうした規則を守るふりさえしなかった。彼らは民間人の若者を受け入れて、訓練し、士官に任官し、戦闘経験もないまま送り出して部下の指揮をとらせた……そして、この聡明な若い〝士官〟が、実は愚かで、臆病で、ヒステリックだったことを手遅れになってから気づくこともあった。

少なくとも、ここにはそのような不適格者はいない。諸君が優秀な兵士なのはわかっている——勇敢で能力も高いことが戦闘で実証されている。そうでなければ、そもそもここへは来ていないだろう。諸君の知能と教育が最低限の許容レベルにあることもわかっている。ここをスタート地点として、われわれは非適格者をできるだけ大勢排除していく——能力以上のことを強要して優秀なカプセル降下兵をだめにしてしまうまえに、さっさともとの階級に戻すのだ。この課程はとても厳しい——なぜなら、あとで諸君はもっと厳しい思いをするはずだからだ。

やがて、候補生たちはかなり見込みのありそうな少人数のグループとなる。まだテストされていない重要な判定基準は、学校の中ではテストできない。その説明しようのないなにかが、戦闘時の指揮官と……ただ標識をぶらさげているだけで適性のない連中とのちがいなのだ。それで実地試験がおこなわれるわけだ。

諸君！　きみたちはその地点まで到達した。宣誓をする準備はできているかね？」

いっとき沈黙がおりたあと、〝暗殺者〟ハッサンがきっぱりとこたえた。「はい、大佐どの」続いてバードとぼくが声をそろえた。

大佐は眉をひそめた。「わしは諸君がいかにすばらしいかを語ってきた——肉体面は完璧、頭脳明晰、訓練を積み、規律に従い、戦闘も経験している。これぞまさしく若く賢い士官の理想像――」大佐は鼻を鳴らした。「ナンセンス！　諸君はいつかは士官になれるかもしれない。そう願いたいものだ……金と時間と労力をむだにするのは嫌いだが、同時に、もっと重要なこととして、わしは諸君のような生焼けで未熟な者を艦隊へひとり送り出すたびにブーツの中で足を震わせているのだ――とんでもないフランケンシュタインの怪物を優秀な戦闘チームへ解き放ってしまったのではないかと。もしも諸君が自分たちの直面しているものを理解しているなら、質問されたとたんにあんなに威勢良く宣誓するとこたえるのはむずかしかっただろう。やっぱり宣誓をやめるから、本来の階級へ戻してくれとわしに迫るかもしれない。だが、諸君はわかっていないのだ。

だから、もう一度試してみよう。ミスター・リコ！　連隊をまるごと失って軍法会議にかけられるのがどんな気分か考えてみたことがあるかね？」

ぼくは仰天した。「それは――いいえ、大佐どの。一度もありません」士官が軍法会議にかけられるのは――いかなる理由があれ――下士官の八倍はきつい。二等兵なら軍から追い出されるだけの犯罪（鞭打ちもあるかもしれないけど、おそらくないだろう）が、士官だと死罪に値する。生まれてこないほうがましだ！

「考えてみたまえ」大佐は重々しく言った。「わしは諸君の小隊長が殺されるかもしれないと言ったが、それは軍における最悪の惨事というわけではない。ミスター・ハッサン！　一度の戦闘でもっとも多くの指揮階層がやられたのは？」

〃暗殺者〃はいつにも増して顔をしかめた。「はっきりとはわかりません、大佐どの。バグハウス作戦で、各自で逃げろ《ソーヴ・キ・プ》が発令されるまえに、ある少佐が旅団を指揮したときではないでしょうか？」

「そのとおり。少佐の名はフレデリックスだ。彼は勲章を受けて昇進した。第二次世界大戦までさかのぼると、海軍の下級士官が主力艦の指揮をとり、敵と交戦しただけでなく、自分が提督であるかのように信号を送ったという事例が見つかる。指揮系統には負傷すらしていない彼よりも上位の士官たちが何人もいたのに、その行為は正当と認められた。特殊な状況――通信設備の故障だな。しかし、わしの頭にあるのは、六分間で四つの指揮階層が一掃されてしまった事例だ――小隊長がまばたきをしたら、次の瞬間には旅団を指揮することになっていたようなものだ。だれか聞いたことがあるか？」

完全な沈黙。

「よろしい。ナポレオン戦争の周縁部で勃発した僻地戦のひとつで、この若き士官は、ある軍艦でもっとも下級の士官だった――もちろん海を行く艦で、実を言えば風を動力としていた。この若者は諸君のクラスのほとんどの者と同じくらいの年齢で、正式には任官していなかった。肩書きは〃臨時准尉〃――きみたちがつけることになる肩書きと同じだという点に注目してほしい。彼は実戦経験がなかった。指揮系統で上位にいる士官は四人いた。戦闘が始まり、彼の上官が負傷した。若者は上官をかついで砲火の届かない場所まで運んだ。それだけだ――仲間を救出したのだ。しかし、彼は命令を受けずに持ち場を離れた。彼がそうしていたあいだに、ほかの士官たちが全員戦死した。若者は〝指揮官としての持ち場を放棄した〟罪で軍法会議にかけられた。有罪となり、追放された」

ぼくは息をのんだ。「そのためにですか、大佐どの？」

「おかしいか？　たしかに、われわれは仲間を救出する。だが、それは海軍の戦闘とは状況がことなるし、兵士は命令に従って救出にあたるものだ。仲間の救出だからといって、敵がいるときに戦闘を中断する言い訳にはならない。この若者の家族は、有罪判決を無効にしてもらおうと、一世紀半ものあいだ努力を続けた。むろん、どうにもならなかった。状況にいくらか疑わしい点はあったが、若者が戦闘中に命令なしで持ち場を離れたことに疑いはなかった。たしかに、彼はまったくの青二才だった——しかし、絞首刑にならなかっただけ運が良かったのだ」ニールセン大佐は冷たい目でぼくを見据えた。「ミスター・リコ——このようなことはきみにも起こり得るか？」

ぼくはごくりと唾をのんだ。「起こらないことを祈ります、大佐どの」

「今回の訓練出撃で、どうしたらそのようなことが起こるかを説明しよう。全連隊が降下する、複数の艦による合同作戦にきみが従事しているとしよう。むろん、士官たちが最初に降下する。これには有利な点も不利な点もあるが、われわれは士気を高めるためにこうしている。兵士が士官のいない敵の惑星に降り立つことはない。バグどもがこれを知っていたとしよう——事実そうかもしれない。やつらがなにか罠を仕掛けて、最初に降りた士官たちを一掃したとする……だが、部隊すべてを一掃するまでにはいたらなかったと。さて、きみは員数外なので、第一波といっしょに射出されるのではなく、あいているカプセルを使わなければならない。その場合きみはどうなる？」

「ええと、よくわかりません、大佐どの」

「きみは連隊の指揮権を引き継いだことになる。その指揮権でなにをするつもりかね、ミスター？　早くこたえたまえ――バグどもは待ってくれないぞ！」

「ええと……」ぼくは教科書から答を見つけて、そのまま引用した。「指揮をとり、できる範囲で指示を出します、大佐どの。そのときの戦術的状況に従って」

「そうか？」大佐はうなるように言った。「そしてきみも戦死するのだろう――そういう混乱した状況では、だれだってそれくらいしかできない。だが、きみにはぶじに降下してもらいたい――そして、理にかなっていようがいまいが、だれかに命令を叫ぶのだ。われわれは仔猫が山猫と戦って勝つことを期待したりはしない――ただ、その努力をしてほしいと願うだけだ。よし、起立したまえ。全員右手をあげろ」

大佐は苦労して立ち上がった。三十秒後、ぼくたちは士官になった――〝一時的に、員数外で、見習いとして〟。

大佐から肩章を受け取ったら、それで解放されると思っていた。肩章は買うものではない――それがあらわす一時的な士官の地位と同様、借りるだけだ。ところが、大佐は車椅子にゆったりと背をもたせかけ、人間と言っていいような見かけに変わった。

「いいかね、諸君——わしはこれからどんな困難が待っているかを説明した。諸君には不安になってほしいのだ。事前に心配をして、悪い知らせがどんな組み合わせで行く手にあらわれようと、それに対処する方法を考えておいてもらいたい。しっかりと自覚するのだ……諸君の命は部下たちのものであり、それを栄光を求める自殺的な行為で勝手に投げ捨てたりしてはならないと……同時に、諸君の命は後生大事にとっておくものではなく、状況が求めるときには使わなければならないと。ぜひとも降下のまえに充分悩んでおいてほしい、そうすれば問題が起きたときにあわてずにすむ。

むろん、不可能だろう。ただし例外がひとつある。重荷がきつすぎるときに救ってくれる唯一の要素とは？　だれか？」

だれもこたえなかった。

「おいおい、どうした！」ニールセン大佐はあざけるように言った。「諸君はもう新兵ではないのだぞ。ミスター・ハッサン！」

「最上位の軍曹です、大佐どの」〝暗殺者〟はゆっくりとこたえた。

「わかりきったことだ。軍曹はおそらく諸君より年長で、降下の経験も多く、まちがいなく隊のことを諸君よりもよく知っている。最高指揮官の、あの恐ろしい、身がしびれるような重荷を背負っていないから、諸君よりも明瞭にものを考えられるかもしれない。軍曹に助言を求めるのだ。それ専用の回線が用意されている。

そんなことで軍曹の諸君に対する信頼が低下したりはしない。軍曹は助言を求められることに慣れている。逆に黙っていたら、軍曹は諸君を愚かで自信過剰な知ったかぶりとみなすだろう――まさにそのとおりだ。

とはいっても、必ず軍曹の助言を受け入れなければならないというわけではない。彼のアイディアを使おうと、なにか別の計画を思いつこうと、諸君はみずから決断して命令をくださなければならない。優秀な小隊軍曹の胸に恐怖を芽生えさせるものが――たったひとつだけ！――あるとすれば、それは自分が決断のできない上官のもとで働いていると知ることなのだ。

機動歩兵部隊ほど、士官と兵士がおたがいを信頼している部隊はかつてなかった。軍曹たちはわれわれをつなぐ接着剤なのだ。けっして忘れるな」

大佐は車椅子をくるりと回して、デスクのそばにある整理棚のほうを向いた。仕切りがずらりとならんでいて、それぞれに小さな箱がおさまっていた。大佐はそれをひとつ取り出してあけた。「ミスター・ハッサン――」

「はい？」

「この肩章はテレンス・オケリー大尉が訓練出撃でつけていたものだ。きみはこれをつけるのにふさわしいか？」

「は……」〝暗殺者〟の声はかすれていて、ぼくはそのでかぶつがいまにも泣き出すのではないかと思った。「はい、大佐どの！」

「ここへ来たまえ」ニールセン大佐は肩章をピンで留めてから言った。「大尉と同じように雄々しくつけていろ……ただし、必ず持ち帰ってこい。わかったな？」

「はい、大佐どの！　最善を尽くします」

「きみはそうしてくれると確信しているぞ。屋上にエアカーが待機している。きみの艇が発進するのは二十八分後だ。命令を遂行したまえ、准尉！」

〝暗殺者〟は敬礼をして去った。大佐は向きを変え、別の箱を取り出した。「ミスター・バード、きみは迷信深いか？」

「いいえ、大佐どの」

「ほんとうか？　わしはとても迷信深いぞ。きみは五人の士官がつけた肩章を身につけることをいとわないか？」全員が戦闘中に死亡したのだが。

バードはほとんどためらわなかった。「はい、大佐どの」

「よろしい。なにしろ、この五人の士官は、〈地球メダル〉から〈傷ついた獅子〉まで十七もの勲章を集めたのだ。こちらへ来たまえ。この茶色く変色したほうの肩章は必ず左の肩につけるのだ――磨こうなどと思うなよ！　右側のやつに同じような汚れをつけないようにしろ。必要のないかぎりは。必要なときはちゃんとわかる。これは以前につけた者たちのリストだ。きみの艇の出発は三十分後だ。大急ぎで記念館へ行って、それぞれの記録を見ておきたまえ」

「はい、大佐どの」

「命令を遂行したまえ、准尉！」

　大佐はぼくに向き直り、じっと顔を見つめて鋭く言った。「なにか考えていることがあるようだな？　言ってみろ！」

「は――」ぼくは思わず口走った。「大佐どの、あの臨時准尉――例の追放された男のことですが。なにが起きたのか、どうすればわかるのでしょう？」

「ああ。青年、きみをひどく怖がらせるつもりはなかった。目を覚まさせようとしただけなのだ。あれは一八一三年六月に米国艦チェサピーク号と英国艦シャノン号とのあいだで起きた古いスタイルの戦闘だ。『海軍百科事典』を見るといい。きみの艦にあるはずだ」大佐は肩章のならぶ棚へ向き直り、眉をひそめた。

　それから言った。「ミスター・リコ、きみのハイスクール時代の教師から手紙を受け取っている。退役した士官で、自分が准尉だったときにつけていた肩章をきみに支給してほしいとのことだ。残念ながら、彼には〝ノー〟と言わざるを得ない」

「は？」ぼくはデュボア中佐がまだ気にかけていてくれたのがうれしかった――それだけに、ひどく失望した。

「なぜなら、それは不可能なのだ。彼の肩章は二年まえに支給してしまった――そして二度と戻ってこなかった。塵となったのだ。ふーむ……」大佐はひとつの箱を取り出し、ぼくを見た。「きみは新しいやつをつけることもできる。金属が重要なわけではない。この依頼が重要なのは、きみの教師が自分の肩章をきみにつけてほしいと願ったという事実なのだ」

「おっしゃるとおりにします、大佐どの」

「あるいは」大佐は両手で持った箱をそっと揺すった。「これをつけることもできる。この肩章は五回着用されてきた……そして、最初以外の四人の候補生は全員が任官できなかった――別に不名誉なことではなく、やっかいな悪運のせいだった。進んでそのいやなジンクスを打ち破ろうという気概はあるか？　これを幸運の肩章に変えてみるか？」

鮫をなでるほうがまだましだった。それでも、ぼくはこたえた。「わかりました、大佐どの。打ち破ってみせます」

「よし」大佐は肩章をピンでぼくに留めた。「ありがとう、ミスター・リコ。実は、これはわしのものだった。わしが最初につけたのだ……きみがこれを持ち帰って悪運の連鎖を断ち切り、そのままぶじに卒業できたとしたら、わしにとってはこのうえない喜びとなる」

ぼくは背丈が十フィートに伸びたような気がした。「努力します、大佐どの！」

「きっとやってくれると信じている。では、命令を遂行したまえ、准尉。同じエアカーがきみとバードを運んでくれる。ちょっと待った――きみの装具袋に数学の教科書は入っているか？」

「は？　いいえ、大佐どの」

「持っていけ。きみの艦の重量検査官には、余分な荷物があることを連絡しておく」

ぼくは敬礼し、急いで校長室を出た。大佐に数学のことを言われたとたん、ぼくはもとの大きさに縮んでしまっていた。

ぼくの数学の教科書は紐で結んで勉強机の上に置いてあり、今日の課題票が紐の下にはさんであった。ぼくの印象では、ニールセン大佐はどんなことでも無計画には進めない人のようだった——でも、それはだれでも知っていることだった。

バードは屋上でエアカーのとなりに立っていた。彼はぼくの教科書に目を留めてにやりと笑った。「最低だな。まあ、もしも同じ艦ならわたしがコーチしてやろう。どの艦だ?」

「トゥール号だ」

「残念、わたしはモスクワ号だ」ぼくたちはエアカーに乗り込んだ。操縦装置を確認したら、発着場まで事前に設定してあったので、ドアを閉めると、エアカーはすぐに発進した。バードが言った。「まだましなほうさ。〝暗殺者〟なんか、数学だけじゃなくて、ほかにふたつの科目の教科書を持たされていたよ」

バードはまちがいなくもの知りだったし、ぼくにコーチを申し出たときもひけらかすような態度ではなかった。教授タイプだったけど、胸の略綬だけは彼が兵士でもあるということを証明していた。

数学については、バードは学ぶほうではなく教えるほうだった。毎日の数学の時間、彼は教官のひとりだった。小さなスズミがキャンプ・カリーで柔道を教えていたのと同じだ。機動歩兵はなにもむだにしない。そんな余裕がないのだ。バードは十八歳の誕生日に数学の学士号を取得していたので、教官として余分な任務をあたえられたのは当然だった——だからといって、彼がほかの時間にガミガミやられなかったわけではない。

別にたくさん叱られたという意味ではない。バードは、すばらしい知性と、しっかりした教育と、常識と、気骨を兼ね備えた珍しい男で、将軍になれる候補生と期待されていた。ぼくたちはバードなら三十歳までには旅団を指揮しているだろうと考えていた。戦争もまだ続いているだろうし。

でも、ぼくの野心はそこまで高くはなかった。「もしも〝暗殺者〟が落第するようなことがあったら、残念きわまりないな」とは言ったものの、自分が落第しても残念きわまりないことに変わりはないのだった。

「あいつは落第なんかしない」バードは楽しそうにこたえた。「上の連中がなんとしてもあいつには最後までやり遂げさせるさ――たとえ催眠ブースに入れてチューブで食事をあたえるしかなくなってもね。どのみち」彼は付け加えた。「ハッサンは落第したら昇進するだけだ」

「はあ?」

「知らなかったのか? 〝暗殺者〟の正規階級は中尉なんだ――もちろん、現場での任官だけど。もしも落第したら、その階級に戻る。規則を見てみなよ」

その規則は知っていた。ぼくが数学で落第したら、最下級の軍曹に戻ることになる。考えてみると、それだってなにもないよりはましだ……勉強で疲れ切った夜、眠れないままよくそんなことを考えたものだった。

でも、これは意味がちがう。「ちょっと待ってくれ」ぼくは反論した。「ハッサンは中尉の正規階級を捨てた……そして、ついさっき臨時准尉になった……その先にあるのは少尉の地位でしかないのに？　きみは頭がおかしいんじゃないか？　それともハッサンがおかしいのか？」

バードはにやりと笑った。「まあ、ふたりとも機動歩兵になるくらいだからね」

「でも――わけがわからない」

「わかるはずだよ。〝暗殺者〟には機動歩兵部隊で身につけた以上の教育はなかった。とすれば、いったいどこまで昇進できる？　あいつなら戦闘で連隊を指揮して立派な仕事をやり遂げることができる――だれかに作戦を立ててもらえればね。だけど、戦場で指揮をとるのは、士官の仕事のほんの一部でしかない。特に上級士官の場合は。戦争そのものを指揮する、あるいは、ひとつの戦闘の計画を立てて作戦を開始するだけでも、ゲーム理論とか、作戦分析とか、記号論理学とか、悲観的統合とかいった、たくさんの知識が必要になる。基礎があるなら独学でもなんとか身につけられるだろう。だけど、それらの知識がなかったら、せいぜいが大尉止まりで、少佐になれるかどうかも怪しい。〝暗殺者〟は自分がなにをしているかちゃんとわかっているよ」

「そうなんだろうな」ぼくはゆっくりと言った。「バード、ニールセン大佐はハッサンが士官だったと――実際にはいまも士官だと――知っているはずだよな」

「うん？　あたりまえだろう」

「知っているようなしゃべりかたじゃなかった。三人とも同じように説教されただろ」

「そうでもないさ。校長が、ある特定の返答をほしがったときには、いつも〝暗殺者〟にたずねていたのに気づかなかったか？」

たしかにそのとおりだった。「バード、きみの正規階級はなんだ？」

エアカーがちょうど着陸しようとしていた。バードは言葉を切り、ドアのラッチに手をかけてにやりと笑った。「一等兵だよ——絶対に落第できないな！」

ぼくは鼻を鳴らした。「しないさ。するわけないだろ！」伍長ですらないというのは驚きだったけど、バードくらい頭が良くて学歴も高いやつなら、戦闘で自分の能力を証明したらすぐに士官候補生学校に入るのは当然だろう——戦争が始まっている以上、たとえ十八歳の誕生日からほんの数カ月しかたっていなかったとしても。

バードはさらに笑みを広げた。「また会おう」

「きみは必ず卒業するよ。ハッサンとぼくは不安だけど、きみは大丈夫だ」

「そうか？　ミス・ケンドリックがぼくのことを嫌っていたらどうかな」バードはドアをあけて驚いた顔をした。「うわ！　もう集合の合図が鳴ってる。じゃあな！」

「またな、バード」

でも、ぼくはバードと再会することはなかったし、バードは卒業さえできなかった。彼は二週間後に士官に任官され、その肩章は十八個目の勲章と共に戻ってきた——死後に贈られた〈傷ついた獅子〉だった。

13

あんたらはこの消え失せた兵隊どもを、く＊＊たれな軟弱野郎と思うだろう。
だがな、そうじゃないんだ！　ほらな？
——古代ギリシア人の伍長が語ったとされる言葉
トロイの城壁のまえで、紀元前一一九四年

ロジャー・ヤング号は一個小隊を輸送するだけでぎちぎちになる。トゥール号は六個小隊を輸送し——それでもゆったりしている。全員を一度に降下させられるだけの発射管を持ち、その倍の兵員を輸送して二度目の降下を実行できるだけの余裕がある。その場合は艦内は大混雑となり、食事は交代制、通路や降下室にまでハンモックが吊るされ、水は配給制で、息を吸うのは相棒が息を吐いたときだけ、目の上からはとなりのやつの肘をどけなければならない！　ぼくが乗艦したときに二倍の兵員が輸送されなくてほんとうに良かった。

でも、この艦の速力と輸送力なら、戦闘準備を整えたぎゅう詰めの兵士たちを、連邦宙域内のあらゆる場所と、バグの宙域のかなりの場所に運ぶことができる。チェレンコフ推進のおかげで、巡航速度はマイク四〇〇からそれ以上――たとえば、太陽からカペラまでの四十六光年なら、六週間もかからない。

もちろん、六個小隊の輸送艦は、戦艦や定期客船と比べたら大きいとは言えない。このタイプは中途半端ではある。機動歩兵が好むのは、どんな作戦でも融通がきくスピードのある一個小隊用の小型輸送艦なのに、宙軍にまかせきりにしておくと、連隊用の大型輸送艦をあてがわれてしまう。小型輸送艦を動かすのに必要な宙軍の乗組員の数は、連隊をまるごと収容する巨艦を動かすのに必要な数とほとんど変わらない。もちろん、保守作業や日常内務作業は増えるけど、それは兵士たちでもできる。なにしろ、このだらけた降下兵たちは、眠って食べてボタンを磨く以外にはなにもしないから、少しばかり日常作業をさせるほうがやつらのためになる。と、宙軍は語っている。

宙軍の本音はさらに過激だ――陸軍は時代遅れだから廃止すべし。

公式にはそんな意見は出てこないけど、慰労休暇中で元気いっぱいの宙軍士官と話をしてみるといい。うんざりするほど聞かされる。宙軍はどんな戦争でも自分たちが戦えば勝利をおさめられると思っている。占領した惑星には少数の宙軍兵士を送り込み、外交団に仕事を引き継ぐまでのあいだ、確保させておけばいいと。

たしかに、宙軍の最新のおもちゃならどんな惑星でも空から消し去ることができる――自分で見たわけじゃないけどそうらしい。ひょっとすると、ぼくはティラノサウルスレックスと同じくらい時代遅れなのかもしれない。でも、自分では時代遅れと感じないし、ぼくたちエイプは、あの突拍子もない艦にはできないことができる。もしも政府がそんなことはしなくていいと思っているなら、必ずぼくたちにそう伝えるはずだ。

宙軍にも機動歩兵にも決め手がないのが、かえって好都合なのかもしれない。連邦軍総司令官を目指そうという者は、一個連隊と主力艦の両方を指揮しておく必要がある――まずは機動歩兵を経験して難所を乗り越えてから宙軍士官になる（チビのバードはそれを考えていたと思う）とか、最初に宇宙を駆けるパイロットになって、そのあとでキャンプ・カリーに入るとか。

この両方をやり遂げたやつの言葉なら、ぼくは謹んで耳をかたむけるだろう。

たいていの輸送艦がそうであるように、トゥール号も男女混成艦だ。ぼくにとってもっとも驚くべき変化は〝三十号の北〟へ行くのを許されたことだ。女性用の区画と髭剃りの必要な荒っぽい連中とをへだてる隔壁は、必ずしも三十号というわけではないけど、どの混成艦でも、それは伝統的に〝三十号隔壁〟と呼ばれている。士官室はそのすぐむこうに位置していて、女性用の区画はさらに前方にあった。トゥール号では、士官室は女性下士官用の食堂を兼ねていて、彼女たちはぼくたちの直前に食事をとっていた。ここは食事以外の時間にはパーティションで仕切られて、女性下士官用の娯楽室と女性士官用のラウンジになった。男性士官のためには、三十号隔壁のすぐ後方にカードルームと呼ばれるラウンジが用意されていた。

降下と撤収には最高の（つまり女性の）パイロットたちが必要になるという明白な事実のほかに、輸送艦に女性の宙軍士官が配属されるのにはとても大きな理由がある。降下兵の士気に良い影響があるのだ。

機動歩兵部隊の伝統はひとまず置いておくとしよう。宇宙船から射出されて、その先に待ちかまえているのは大混乱と突然の死、などという状況よりバカげたことを想像できるだろうか？　とはいえ、だれかがこのバカげた曲芸を演じなければならないとしたら、そいつが進んでやろうという気になるまで士気を高めておくには、男が戦う唯一の正当な理由はちゃんと生きて呼吸している現実なのだと常に思い出させておくのが、もっとも確実な方法ではないだろうか？

混成艦では、降下兵が出撃の直前に聞く声（ひょっとしたら生きて聞く最後の声）は、彼の幸運を祈る女性の声だ。そんなのは重要なことではないと思うやつがいるとしたら、たぶんそいつは人類であることをやめてしまっているんだろう。

トゥール号には十五名の宙軍士官が乗り組んでいて、八名が女性、七名が男性だった。機動歩兵の士官は八名で、うれしいことに、その中にはぼくも含まれていた。別に〝三十号隔壁〟のせいで士官候補生学校に入ろうとしたわけではないけど、女性陣といっしょに食事ができる特権は、どれだけ給与があがるよりも強力な動機になる。艦長は食堂における会長《プレジデント》であり、ぼくの上官のブラックストーン大尉が副会長《バイス・プレジデント》だった。これは階級のせいではない。大尉と同じ階級の宙軍士官は三人いた。それでも、攻撃部隊の指揮官として、彼は艦長を除いただれよりも実質的に格上とされていた。

食事はいつも形式どおりに進められた。ぼくたちはカードルームで待機し、時間が来たらブラックストーン大尉のあとについて食堂に入り、それぞれの椅子の手前に立つ。艦長が女性士官たちを引き連れて入ってきて、テーブルの先頭に着くと、ブラックストーン大尉がおじぎをして「マダム・プレジデント……ご婦人方」とあいさつし、艦長が「ミスター・バイス……紳士の方々」と応じる。そのあと、それぞれの女性たちの右側にいる男性たちが、椅子を引いて着席を手伝うのだった。

こうした儀式により、食事は士官たちの会議ではなく社交上の集まりとなった。それがすむと、階級あるいは肩書きが使われたが、最下級の宙軍士官たちと、機動歩兵の中ではぼくだけが〝ミスター〟あるいは〝ミス〟と呼ばれていた——ただし、混乱する例外がひとつだけあった。

艦内で初めて食事をとったとき、ぼくはブラックストーン大尉が、明らかに〝大尉《キャプテン》〟の肩章をつけているのに〝少佐〟と呼ばれるのを耳にした。事情はあとで知った。宙軍の艦艇では艦長《キャプテン》がふたりいることは許されないので、陸軍の大尉の階級を便宜上ひとつあげることで、唯一の君主のために用意されている肩書きで彼を呼ぶという考えられない事態を避けているのだ。もしも艦長以外の宙軍大佐《キャプテン》が乗艦するときは、たとえ艦長が下級士官であっても〝准将〟と呼ばれることになる。

機動歩兵はこれを順守するために、士官室ではその必要が生じないようにしたし、艦内の自分たちの区画ではバカげた習慣にまったく注意を払わなかった。

士官たちはテーブルの両端から階級順にならぶ。艦長が正面側の端に、攻撃部隊の指揮官が反対側の端に着席するので、宙軍准尉がその右どなりに、ぼくが艦長の右どなりになった。その宙軍准尉のそばにすわれたら最高に幸せだったろう。なにしろものすごい美人だったのだ。でも、お目付役はうまく配置されていた。ぼくは彼女のファーストネームさえ知ることができなかった。

ぼくは、最下級の男性として、艦長の右どなりにすわることは知っていた——でも、艦長の椅子を引くことになっているとは知らなかった。最初の食事のとき、艦長はじっと待っていて、だれも腰をおろそうとしなかった——三等機関士補がぼくの肘をつつくまでは。あんなに恥ずかしい思いをしたのは、幼稚園でとても不幸なできごとがあって以来のことだったけど、ヨーゲンスン艦長は何事もなかったようにふるまってくれた。

艦長が立ち上がると食事は終わる。彼女はこのタイミングを見るのがとてもうまかったけど、一度、ほんの数分とはいえ席についたままでいて、ブラックストーン大尉がいらいらし始めたことがあった。大尉は立ち上がって呼びかけた。「艦長——」

艦長は動きを止めた。「なんでしょう、少佐?」

「どうか艦長から、わたしの士官たちとわたしにカードルームで待機するよう命令していただけないでしょうか?」

艦長は冷ややかに言った。「もちろんです、少佐」そしてぼくたちは食堂を出た。宙軍の士官たちはだれもついてこなかった。

次の土曜日、艦長は乗艦中の機動歩兵を視察する権限を行使した――輸送艦の艦長はまずそんなことはしないのに。もっとも、彼女は隊列に沿って歩いただけで、なにもコメントはしなかった。本来は規律にうるさい人ではないし、厳格な態度のとき以外は笑顔もすてきだった。ブラックストーン大尉は、ぼくに数学を叩き込むために〝どら声《ラスティ》〟・グレアム少尉を指名していた。艦長はどうやってかこれを知り、ブラックストーン大尉に対して、毎日昼食後の一時間、ぼくを彼女のオフィスへ出頭させるようにと言った。ぼくはそこで艦長から数学の個人教授を受け、〝宿題〟が完璧でないときは大声で叱られた。

ぼくたちの六個小隊は二個中隊にまとめられ、残部大隊になっていた。ブラックストーン大尉が、D中隊、通称〝ブラッキーごろつき隊〟の指揮をとり、同時に残部大隊の指揮もとった。編成表でぼくたちの大隊長となっているジーラ少佐は、A中隊およびB中隊といっしょに、トゥール号の姉妹艦であるノルマンディ・ビーチ号に乗り組んでいた――たぶん、宇宙を半分ほど行った先にいるのだろう。少佐がぼくたちの指揮をとるのは、全大隊がいっしょに降下するときだけ――それ以外のときは、ブラッキーが特定の報告書や手紙を少佐のほうへまわしていた。ほかの問題については艦隊や師団や基地へじかに送られた。ブラッキーのもとには、まるで魔法使いのような艦隊軍曹がいて、さまざまな業務の整理をするだけではなく、戦闘中には、大尉が中隊と残部大隊の両方を仕切る手助けをしていた。

何百隻もの艦艇が何光年もの範囲に広がっている軍隊では、こまごました管理は単純にはいかない。昔のヴァレー・フォージ号でも、ロジャー・ヤング号でも、いまのトゥール号でも、ぼくは同じ連隊に所属していた。第一機動歩兵師団〝北極星〟の、第三連隊〝わがまま小僧〟だ。使える部隊を集めて編成された二個大隊は、バグハウス作戦では〝第三連隊〟と呼ばれていたけど、ぼくは〝自分の〟連隊を見たことがなかった。見たのはバンバーガー一等兵と無数のバグどもだけだった。

ぼくは〝わがまま小僧〟で士官になり、そのまま歳をとって退役するかもしれなかった——自分の連隊長を一度も目にすることなく。〝愚連隊〟には中隊長がいたけど、彼は別の小型輸送艦で第一小隊〝スズメバチ〟の指揮を同時にとっていた。ぼくが中隊長の名前を初めて知ったのは、士官候補生学校への派遣命令書を見たときだった。〝消えた小隊〟にまつわる伝説を知っているだろうか——乗り組んでいた小型輸送艦が退役になって、慰労休暇にむかった小隊の話だ。その中隊長は昇進したばかりだったし、ほかの小隊はどこかよそで戦術的に中隊に組み込まれていただけだった。そこの小隊長になにが起こったのかは忘れてしまったが、慰労休暇では士官は隊を離れることになっている——名目上は交代要員が派遣されて代役をつとめるのだが、交代要員はいつでも不足している。

この小隊は、現地時間で一年のあいだ、チャーチル通り沿いにある歓楽街で楽しくすごしたそうだ——彼らが行方不明になっていることにだれかが気づくまで。

ぼくにはとても信じられない。でも、そういうことも起こり得るのだ。

士官の慢性的な不足は、ブラッキーごろつき隊でのぼくの職務に大きな影響をおよぼした。

機動歩兵部隊における士官の割合は、記録にあるどんな軍隊よりも低く、これが機動歩兵部隊に特有の〝戦隊比率〟を生み出す要因のひとつとなっている。〝戦隊比率〟というのは軍の専門用語だけど、その考え方はとてもシンプルだ——一万人の兵士がいるとして、そのうちの何人が戦うのか？　そして何人が、ジャガイモをむいたり、トラックを運転したり、墓をかぞえたり、書類をめくったりするだけなのか？

機動歩兵部隊では、一万人が戦う。

二十世紀の大戦争では、一万人を戦えるようにするために七万人が（事実だ！）必要になることもあった。

たしかに、ぼくたちを戦場へ運ぶためには宙軍が必要だ。でも、機動歩兵の攻撃部隊の人数は、小型輸送艦に乗っているときでも、宙軍の乗組員の三倍以上になる。補給や雑務のために民間人も必要だ。常に一〇パーセントほどの隊員は慰労休暇をとっている。さらに、もっとも優秀な隊員の一部は、持ち回りで新兵訓練キャンプの教官をつとめている。

ごく少数の機動歩兵は事務作業をしているけど、彼らは必ず腕か脚かそれ以外のどこかをなくしている。こういう退役を拒否した人びと——ホウ軍曹やニールセン大佐——は、ほんとうはふたり分にかぞえるべきなのだ。なぜなら、闘争心は必要でも肉体が完璧である必要はない仕事を彼らが引き受けてくれるおかげで、五体満足な機動歩兵が解放されるのだから。民彼らは民間人にはできない仕事をしている——そうでなければ民間人が雇われるだろう。民間人は豆のようなものだ。技術と経験さえあればいい仕事のためなら、必要なだけ買うことができる。

でも、闘争心を買うことはできない。

それはなかなか手に入らないものだ。ぼくたちはそれを残らず使い、ひとつとしてむだにはしない。機動歩兵部隊は、守る人口の大きさを考えれば、歴史上もっとも小さな軍隊といえる。機動歩兵は買うことはできないし、徴用することもできないし、強要することもできない——やめたいというやつを止めることもできない。降下の三十秒まえに、神経をやられてカプセルに入れなくなったとしても、給料をもらって追放され、永久に投票ができなくなるだけだ。

士官候補生学校で、ぼくたちはガレー船の奴隷たちのように駆り立てられた歴史上の軍隊について学んだ。でも、機動歩兵は自由な人間だ。彼を駆り立てるものは心の中からやってくる——自尊心と、仲間たちからの敬意を求める気持ちと、仲間たちの一員であるという誇りが、士気を、あるいは団結心《エスプリ・ドウ・コー》を呼び起こすのだ。

ぼくたちの士気の根っこにあるのはこれだ——〝全員が働き、全員が戦う〟。機動歩兵は楽で安全な仕事につくために裏で手を回したりはしない。そんなやつはひとりもいない。まあ、できる仕事から逃げ出すことはある。どんな二等兵だって、音楽に合わせて足踏みをするだけの知恵があるなら、居室を掃除しない理由や補給品をとってこない理由くらい考えつくことができる。これは兵士が大昔からもつ権利だ。

でも、〝楽で安全な〟仕事はすべて民間人で占められている。仕事をさぼる二等兵も、カプセルに乗り込むときには、将軍から二等兵まで、全員が同じように乗り込むと確信している。一光年離れていようと、別の日だろうと、一時間かそこらあとだろうと、そんなことは問題じゃない。問題は、全員が降下するということだ。だから彼はカプセルに入るのだ――たとえ本人がそうとは意識していなくても。

もしもその確信がもてなくなったら、機動歩兵部隊はばらばらになってしまう。ぼくたちを団結させているのはひとつの概念だけ――それは鋼鉄よりも強くみんなを縛り付けているけど、その魔法の力は、それが変わらずにあるという事実に依存している。

この〝全員が戦う〟という原則があるからこそ、機動歩兵部隊はこんなに士官が少なくてもやっていけるのだ。

ぼくは自分が望む以上にこの原則についてよく知っている。〝軍事史〟の授業でバカな質問をして宿題をあたえられ、そのせいで『ガリア戦記』から清朝の古典である『輝かしき覇権の崩壊』までかき集めるはめになってしまったからだ。理想的な機動歩兵師団について考察せよ――ただし紙の上で。なぜなら、そんなものはどこにもないからだ。必要な士官の人数は？　ほかの軍団に帰属する部隊のことは考えなくていい。そういう部隊はいざ大騒ぎになればいないかもしれないし、そもそも機動歩兵部隊とはちがう――兵站・通信部隊に所属する特殊な才能をもった連中はみんな士官になっているのだ。そうすることで、記憶力のずば抜けた人間や、テレパスや、知覚者《センサー》や、進んで敬礼したくなるような幸運をもたらす人間ができるのであれば、ぼくも喜んで受け入れるだろう。そいつはぼくよりずっと価値があるし、ぼくは二百年生きたとしてもそいつの代わりにはなれない。では軍用犬部隊はどうだろう。その五〇パーセントは〝士官〟だけど、残りの五〇パーセントはネオドッグだ。

こういう連中は指揮系統に入らないので、ぼくたちエイプと、ぼくたちを指揮するのに必要なものにかぎって考えてみよう。

この想像上の師団では、一万八百名の兵士が、二百十六の小隊に分かれ、それぞれに少尉が一名つく。三つの小隊でひとつの中隊にすると、七十二名の大尉が必要になる。四つの中隊でひとつの大隊にすると、十八名の少佐か中佐が必要となる。六つの連隊に六名の大佐をつけて、二または三個の旅団を編成すると、それぞれに少将がついて、さらに最高司令官として中将が一名必要となる。

最終的に、全階級を合計した一万千百十七名の中に、三百十七名の士官が含まれることになる。

欠員はひとりもなく、すべての士官が部隊をひとつ指揮する。士官の合計は全体の三パーセント――これは実際の機動歩兵部隊と同じだけど、配置が少しことなっている。現実には、かなりの数の小隊が軍曹に指揮されているし、多くの士官は〝複数の帽子をかぶって〟どうしても必要な補佐役の仕事を兼任している。

小隊長でさえ〝補佐役〟をつけなければならない――それが小隊軍曹だ。

でも、小隊長は軍曹なしでもやっていけるし、軍曹は小隊長なしでもやっていける。とはいえ、将軍にはどうしても〝補佐役〟が必要だ。仕事が多すぎてひとりの帽子では運びきれない。必要なのは大人数の参謀要員と小人数の戦闘要員だ。士官の数は常に不足しているので、将軍の旗艦輸送艦に乗る部隊指揮官たちは参謀要員を兼任し、機動歩兵部隊でもっとも数学的論理に長けた者たちが選ばれる——そして、彼らは自分の部隊といっしょに降下する。将軍のほうは、小人数の戦闘要員に加えて、機動歩兵部隊でもっとも荒っぽく威勢のいい兵士たちといっしょに降下する。彼らの仕事は、将軍が戦闘の指揮をとっているあいだ、不作法なよそ者にわずらわされないようにすることだ。ときには成功することもある。

必要不可欠な補佐役のほかに、小隊よりも大きな部隊には必ず副指揮官を置かなければならない。でも、士官は常に不足しているので、手元にあるものだけでやりくりすることになる。必要な戦闘任務に対応しようとすると、ひとつの仕事にひとりの士官を割り当てていたら、士官の割合が五パーセントになってしまう——しかし、現実に使えるのは三パーセントだけだ。

機動歩兵部隊は理想的な五パーセントの状態にすら絶対に到達できないのに、過去の多くの軍隊では、総数の一〇パーセントが士官で、ひどいときには一五パーセントとか二〇パーセントまで達していたのだ！　まるでおとぎ話みたいに聞こえるけど、これはたしかな事実で、特に二十世紀のあいだはそうだった。伍長よりも〝士官〟のほうが多いなんて、いったいどんな軍隊なんだ？　（しかも二等兵よりも下士官のほうが多い！）

それは戦争に負けるために組織された軍隊だ——もしも歴史になにか意味があるとすれば。組織と官僚式手続きでがんじがらめになり、なにより、その〝兵士たち〟の大半がけっして戦わない軍隊。

でも、戦う兵士たちを指揮しない〝士官たち〟は、いったいなにをするんだろう？

おそらく、どうでもいい仕事だろう――士官クラブ士官、士気高揚士官、体育士官、広報士官、レクリエーション士官、販売部士官、輸送士官、法務士官、従軍牧師、従軍牧師補佐、副従軍牧師補佐、思いつくかぎりあらゆることに責任をもつ士官――さらには託児所士官さえ！

機動歩兵部隊では、そういう雑用は戦闘士官たちのための追加業務だし、もしもそれがまともな仕事なら、民間人を雇うことで、より上手に、より安く、しかも戦闘部隊の士気をくじくことなく片付けてしまうだろう。ただ、二十世紀の大国のひとつでは状況がひどく生臭くなっていたので、戦う男たちを指揮するほんものの士官たちには、特別な記章があたえられ、回転椅子にすわった大勢の軽騎兵たちとは区別されていたのだった。


戦争が長引くにつれ、士官はますます不足していった。なぜなら、死傷者の割合は常に士官たちがいちばん高かったのだ……そして機動歩兵部隊は、穴埋めのためだけに士官を任命することはけっしてなかった。長い目で見ると、それぞれの新兵連隊はそこで必要とするだけの士官を供給しなければならないし、基準を下げることなくパーセンテージをあげることはできない。トゥール号に乗艦している攻撃部隊には十三名の士官が必要になる――小隊長が六名、中隊長が二名と副官が二名、そして、副官と補佐役が一名ずつついた攻撃部隊指揮官が一名。
でも実際の人数は六名……それとぼくだ。

編成表

〝残部大隊〟攻撃部隊――
ブラックストーン大尉（第一の帽子）
艦隊軍曹

C中隊――〝ウォレン貂熊《クズリ》隊〟
第一小隊――
ウォレン中尉
第二小隊――
ベイヨン中尉
第三小隊――
スカルノ少尉
ンガム少尉

D中隊――〝ブラッキーごろつき隊〟

ブラックストーン大尉（第二の帽子）
第一小隊――
（シルバ中尉・入院中）
第二小隊――
コローシェン少尉
第三小隊――
グレアム少尉

ぼくはシルバ中尉の指揮下に入るはずだったけど、中尉はなにかでひどい痙攣を起こして、ぼくが出頭した日に入院してしまった。だからといって、ぼくが彼の小隊を引き継ぐという話にはならなかった。臨時准尉なんて数に入っていないのだ。ブラックストーン大尉としては、ぼくをベイヨン中尉の指揮下に置いて、自分の第一小隊の指揮を軍曹にとらせることもできたし、〝第三の帽子をかぶって〟、自分で小隊を指揮することもできた。

実際には、大尉はその両方をしたわけだけど、それにもかかわらず、ぼくをごろつき隊の第一小隊の小隊長に任命した。そのために、大尉は貂熊隊からいちばん優秀な軍曹を借りてきて大隊の補佐役に置き、自分の艦隊軍曹を第一小隊の小隊軍曹に据えた――本来より二階級も下の仕事だ。それから、ブラックストーン大尉はぼくに頭が痛くなるような説明をしてくれた。要するに、ぼくは編成表には小隊長として載るけど、ブラッキー自身と艦隊軍曹が小隊の指揮をとるということだ。

ぼくは行儀良くしていれば、作戦に加わることができる。しかも小隊長として降下することさえ許される。ただし、小隊軍曹から中隊長へひとことでもなにか言われたら、くるみ割り人形の顎は閉じてしまう。

これはぼくにはちょうどよかった。うまくやれているあいだは、第一小隊はぼくの指揮下にある――でも、うまくできなくなったら、なるべく早くわきへ押しのけられるほうが、だれにとってもいいことだ。それに、こういうかたちで小隊を受け持つほうが、混乱した戦場でいきなり引き継ぐよりは神経をやられずにすむだろう。

ぼくは仕事に真剣に取り組んだ。なにしろぼくの小隊なのだ――編成表にそう書いてある。でも、ぼくはまだ権限をゆだねるということを学んでいなかったので、一週間ほどは、兵士たちの領域へ必要以上に踏み込んでしまった。ブラッキーが居室にぼくを呼び出した。「若いの、おまえはいったいなにをやってるつもりなんだ？」

ぼくは身を固くしてこたえた――小隊に戦闘準備をととのえさせようとしているのだと。

「そうなのか？　だったら、おまえのやりかたはまちがっているぞ。おまえは兵士たちを蜂の巣みたいに引っかき回している。わたしがなぜ艦隊で最高の軍曹をおまえにつけたと思っているんだ？　自分の居室へ戻ったら、フックに体を引っかけて、そのままぶら下がっていろ！　いずれ〝戦闘準備〟の合図が鳴り響いたら、軍曹がバイオリンみたいにきちんと調律された小隊をおまえに引き渡してくれる」

「大尉のおっしゃるとおりにいたします」ぼくはむっつりと言った。

「それともうひとつ——わたしは混乱した候補生のようにふるまう士官にはがまんできない。わたしのまえで三人称を使ったバカみたいなしゃべりかたはするな——そんなのは将軍や艦長のためにとっておけ。肩をいからせたり、かかとを鳴らしたりするのもやめろ。士官はリラックスしているように見えるべきなんだ」

「はい、大尉どの」

「それと、まる一週間続けてきた〝どの〟を使うのも、いまので最後にしろ。敬礼も同じだ。その暗い候補生づらはどこかへやって、笑顔をぶら下げておけ」

「はい、大尉ど——わかりました」

「そのほうがいい。壁に背をもたせかけてみろ。体をかいて。あくびをして。なんでもいいから、とにかくあの鉛の兵隊みたいな動きはやめるんだ」

ぼくは試してみた……そして、習慣を破るのが容易ではないことに気づいて弱々しく笑みを浮かべた。背をもたせかけるのは、気をつけをするよりむずかしかった。ブラックストーン大尉はぼくをしげしげとながめた。「練習しろ」大尉は言った。「士官は怯えや緊張をおもてに出してはならない。伝染するからな。さあ、ジョニー、おまえの小隊がなにを必要としているか教えてくれ。どうでもいいようなことではないぞ。わたしは部下のロッカーに規則どおりの数の靴下が入っているかどうかには興味がないからな」

ぼくは急いで考えた。「あの……シルバ中尉がブランビーを軍曹に昇格させるつもりだったかどうか知りませんか？」

「知っている。おまえの意見は？」

「ええと……記録を見ると、ブランビーはこの二カ月のあいだ班長代理をつとめてきました。効率性では高い得点をあげています」

「わたしはおまえの考えをたずねているのだ、ミスター」

「はい、大尉ど――すみません。ブランビーを戦場で見たことがないので、はっきりした意見は言えません。降下室ではだれでも兵士になれますから。ただ、見たところ、彼は軍曹代理をずいぶん長くやってきたので、いまさら降格して班長を彼の上に置くのはどうかと思います。降下するまえに、彼には三本線の階級章をあたえるべきです――さもなければ、帰還したあとで転属させるべきでしょう。宇宙方面でいい転属先があるなら、できるだけ早く」

　ブラッキーはうなった。「おまえはわたしのごろつき隊を気前よく手放してしまうんだな――准尉のくせに」

　ぼくは真っ赤になった。「そうは言っても、これはぼくの小隊の弱点になります。ブランビーは昇進させるか、転属させるべきです。彼がもとの仕事に戻って、代わりにだれかがその上にいくというのは良くありません。彼は不機嫌になるでしょうし、そうなったらもっとひどい弱点ができてしまいます。軍曹の階級章をもらえないのなら、ブランビーは補充隊へ行くべきです。そうすれば屈辱を味わうこともないですし、別の部隊で軍曹になる公正なチャンスを得られます――ここで袋小路にはまっているのではなく」

「ほう？」ブラッキーは嘲笑しているわけでもなかった。「みごとな分析のついでに、その推理力で、われわれが三週間まえにサンクチュアリに到着したとき、なぜシルバ中尉がブランビーを転属させなかったのか教えてくれるかな」

それについてはぼくも不思議だった。兵士を転属させるなら、そう決めてから最初に機会があったときにするべきだ――事前に知らせることなく。本人にとっても部隊にとってもそのほうがいい。ちゃんと教科書に書いてある。ぼくはゆっくりと言った。「シルバ中尉はそのときにもう病気でしたか、大尉？」

「ちがうな」

断片がはまった。「大尉、ブランビーをただちに昇進させるよう進言します」

大尉はすっと眉をあげた。「一分まえ、おまえは彼を無能だから追放しようとしていたではないか」

「いいえ、それはちがいます。どちらかを選ぶべきだと言ったんです――でも、どちらかはわかりませんでした。いまはわかりました」

「続けたまえ」

「えー、これはシルバ中尉が優秀な士官であるという前提で――」

「ふううううむ！　ミスター、参考までに言うが、〝切れ者〟シルバは成績表で〈優秀――昇進を推薦〉の評価を途切れることなく受け続けているぞ」

「いいえ、中尉が有能だったのはわかっています」ぼくは続けた。「なぜなら、引き継いだのが良い小隊だったからです。有能な士官は兵士を、まあ、いろいろな理由で、昇進させないこともあるでしょうが、その懸念を文書に残したりはしません。しかし、今回のケースでは、もしも中尉がブランビーを軍曹に推薦できなかったとしたら、そのまま隊に残しておくことはなかったでしょう――最初にチャンスがあったときに艦を離れさせていたはずです。しかし、中尉はそうしませんでした。だからブランビーを昇進させるつもりだったとわかったのです」ぼくは付け加えた。「ただ、中尉がどうして三週間まえに昇進させなかったのかがわかりません。そうしておけば、ブランビーは慰労休暇中に軍曹の階級章をつけていられたんですが」

ブラックストーン大尉はにやりとした。「それはおまえがわたしを優秀だと思っていないからだな」

「大――どういうことでしょう？」

「気にするな。おまえはだれがコマドリを殺したかを証明したが、わたしはよちよち歩きの候補生にすべてのトリックを見破られるとは思っていない。とにかく、よく聞いて学ぶんだぞ。この戦争が続いているあいだは、基地へ戻る直前にはけっして兵士を昇進させてはならない」

「え……なぜですか、大尉？」

「ブランビーを昇進させないのなら補充隊へ送るべきだとか言っていたな。だが、もしもわれわれが三週間まえにブランビーを昇進させていたら、あいつはまさにそこへ行っていたのだ。補充隊の下士官担当部がどれほど人をほしがっているか知らないだろう。公式文書ファイルをめくってみれば、うちに基幹要員として二名の軍曹を出せと要求があったのがわかるはずだ。小隊軍曹が士官候補生学校へ派遣されているうえに、最下級軍曹が欠員で、人手不足になっているから、断ることができたのだ」大尉は獰猛な笑みを浮かべた。「これは荒っぽい戦争だぞ、若いの、気をつけていないと味方に最高の部下を盗まれてしまうんだ」彼は引き出しから二枚の紙片を取り出した。「そら――」

一枚はシルバ中尉からブラックストーン大尉への手紙で、ブランビーを軍曹に推薦するものだった。日付は一カ月以上まえだった。

もう一枚はブランビーを軍曹へ昇進させることを認めた文書だった――日付は、ぼくたちがサンクチュアリを離れた翌日だった。

「納得したか？」大尉はたずねた。

「はい？　ああ、もちろんです！」

「わたしは待っていたのだ。おまえが自分の隊の弱点を見つけ出し、どうするべきかを提案してくるのを。おまえがそれを思いついてくれたのはうれしい――ただ、経験豊富な士官なら編成表と勤務記録を見ればすぐに分析できたことだから、喜びも半分くらいといったところだな。気にするな、そうやって経験を積んでいくんだ。さて、おまえがやるべきことはこうだ。シルバが書いたような手紙をわたしに書け――日付は昨日だ。そして、おまえがブランビーを軍曹に推薦していると、おまえの小隊軍曹のほうからあいつに伝えさせるんだ。シルバが推薦していたことは話すんじゃないぞ。おまえはブランビーを推薦したときにはそのことを知らなかったんだから、そういうことにしておくんだ。わたしがブランビーに宣誓をさせたあとで、ふたりの士官から別々に推薦があったことを伝える——あいつも気分がいいだろう。よし、ほかにあるか？」

「いえ、組織のことではなにも……ただ、シルバ中尉はブランビーの後釜にナイディを昇進させるつもりだったんでしょうか。その場合、一等兵をひとり上等兵に昇進させることができます……そうすると、四人の二等兵を一等兵に昇進させて、現時点で三人分ある欠員も埋めることができます。編成表の穴をきっちりふさぐのが大尉の方針かどうかはわかりませんが」

「できればそうしたいがね」ブラッキーは穏やかに言った。「おまえもわかっているはずだが、一部の新兵たちには楽にすごせる日々はそう多く残っていない。忘れるなよ、われわれは実戦経験のない二等兵を一等兵にすることはない——ブラッキーごろつき隊では絶対にやらないのだ。小隊軍曹といっしょに考えて、結論を知らせてくれ。急ぐことはないぞ……今夜の就寝時刻よりまえならいつでもいい。さて……ほかには？」

「実は——大尉、スーツのことが心配なんです」

「わたしもだ。どの小隊でもそうだ」

「ほかの小隊のことは知りませんが、スーツを合わせなければならない新兵が五名いるほか、四機のスーツは壊れて交換されていますし、さらに二機はつい先週に故障が見つかって倉庫のやつと交換になりました。クーナとナヴァレだけで、それだけのスーツのウォームアップをおこない、それ以外の四十一機について定期検査を実行し、予定日までにすべてを完了させられるものでしょうか。たとえなにもトラブルがなくても――」

「トラブルは常にあるものだ」

「そうです、大尉。ただ、ウォームアップして体に合わせるだけで八十六人時、プラス定期検査で百二十三時間。しかも長引くのがふつうです」

「で、おまえはどうすればいいと考えているんだ？　ほかの小隊は自分たちのスーツの作業が早めに終わったら手を貸してくれるが、むずかしいだろうな。貂熊隊に応援を頼んだりはするなよ。こっちが応援する可能性のほうが高いんだ」

「ええと……大尉がこれについてどのように思われるかはわかりません、兵士たちの領域へ踏み込むなと言われたことがありますから。ただ、ぼくは伍長だったときに、兵装担当軍曹の助手をしていました」

「続けたまえ」

「それで、最後にはぼくが兵装担当軍曹になっていました。しかし、ただ前任者の仕事を引き継いだだけで――正式な兵装関係の整備士ではありません。それでも、助手としてはかなり優秀でしたから、もしも許可していただけるなら、その、新しいスーツのウォームアップか定期検査のどちらかを引き受けることができます――その分だけ、クーナとナヴァレにトラブルに対処する時間をあたえられるということです」

ブラッキーは背をそらせてにやりと笑った。「ミスター、実は規則を慎重に調べてみたのだ……士官は手を汚してはならないという記述はどこにもなかった」大尉は続けた。「なぜこんなことを言うかというと、わたしのもとに配属された何人かの〝若き紳士たち〟が、そういう規則を読んでいたようだったからだ。よし、作業服を出せ――手といっしょに軍服まで汚す必要はないからな。艦尾へ行って小隊軍曹を見つけて、ブランビーのことを話し、編成表の隙間を埋めるために推薦状を用意するよう命令しろ――わたしがおまえのブランビーについての推薦を承認した場合にそなえてな。それから、おまえが今後は兵装整備にすべての時間を注ぎ込むと伝えるんだ――それ以外のことはすべて小隊軍曹にまかせたいと。なにか問題が起きたら兵器庫でおまえを探せと。わたしに相談したことは伝えるなよ――ただ命令するんだ。わかったな？」

「はい、大尉ど――はい、そうします」

「よし、急ぐんだぞ。カードルームをとおるとき、わたしの代わりにラスティによろしく言って、そのだらけた体をここまで引きずってくるよう伝えてくれ」

それからの二週間は、かつてない忙しさだった――新兵訓練キャンプですらなかったほどだ。兵装担当の整備士として一日に十時間働いていただけではない。当然ながら、数学があった――艦長の個人教授を受けている以上、逃れるすべはない。食事――これは一日に一時間半ほどかかる。それと、生きていくためのあれこれ――髭剃り、シャワー、軍服のボタンつけ、さらには、宙軍の警備主任を追いかけて洗濯室の鍵をあけてもらい、閲兵の十分まえにきれいな軍服を見つけ出さなければならない（宙軍の不文律として、どの施設もいちばん必要なときには常に鍵がかかっているのだ）。

衛兵勤務、閲兵、点検、小隊としての最低限の日常業務で、一日のうちのさらに一時間がとられた。それとは別に、ぼくは〝ジョージ〟だった。どの部隊にも〝ジョージ〟がひとりいる。最下級の士官としてよけいな仕事があるのだ——体育士官、郵便検閲係、各種競技の審判、学務士官、通信教育課程士官、軍法会議検察官、相互融資基金会計係、登録刊行物の管理者、倉庫係士官、兵員食堂士官など、うんざりするほどだ。

以前はラスティ・グレアムが〝ジョージ〟で、引き継ぎのときは幸せそうだった。でもぼくが、サインしなければならないすべての品目について在庫調べを主張したら、それほど幸せそうではなくなった。ラスティは、ぼくに先輩士官のサインした在庫表を受け取るだけの分別がないのなら、直接命令してその態度を変えさせることになるとほのめかした。ぼくはむかっとして、だったらその命令を文書にしてくれと言った——正式なコピー付きにしてもらって、ぼくが原本を保管し、コピーを中隊長へまわすからと。

ラスティは腹を立てながらも引き下がった——たとえ少尉でも、そんな命令を文書に残すほど愚かではない。ラスティはルームメイトだったし、当時は数学も教えてもらっていたので、ぼくもうれしくはなかったけど、とにかくぼくたちは在庫調べをした。ウォレン中尉は出過ぎた干渉だとぼくを叱り飛ばしながらも、自分の金庫をあけて登録刊行物を調べさせてくれた。ブラックストーン大尉はなにも言わずに金庫をあけてくれたので、ぼくの在庫調べを認めてくれたのかどうかはわからなかった。

刊行物は問題なかったものの、会計責任のある物品はそうはいかなかった。気の毒なラスティ！　彼は前任者の報告数をそのまま受け入れていて、いまそれが不足していた――その前任者の士官はというと、ただいなくなったのではなく、戦死していた。ラスティは眠れぬ夜をすごしたあと（ぼくもだ！）、ブラッキーのところへ行って真実を伝えた。

ブラッキーはラスティを叱り飛ばしてから、なくなった物品についてくわしく調べ、その大半を〝戦闘中に紛失〟という名目で片付けてしまった。これでラスティの損失は給与の数日分にまで減った――でも、ブラッキーはラスティにそのまま仕事させたので、現金の精算は無期限に延期となった。

すべての〝ジョージ〟の仕事がそんな悩みをもたらすわけではなかった。軍法会議はひらかれなかった――そもそも優秀な戦闘部隊には縁のないものだ。艦はチェレンコフ推進の最中だったので、検閲すべき郵便物もなかった。同じ理由で融資もなかった。体育はブランビーにまかせてしまったし、審判は〝もしもそんなことがあれば〟の話だった。兵員食堂は最高だった――好きなメニューを始めたりもしたし、兵器庫で遅くまで仕事をしていたときなど、調理室の視察という名目で、作業服を着たままサンドイッチを拝借したりした。通信教育課程については、戦争があろうがなかろうが、かなりの人数が勉強を続けていたので、たくさん書類仕事があった――でも、それは小隊軍曹にまかせて、記録はその書記をつとめる一等兵にとらせた。

　にもかかわらず、〝ジョージ〟の仕事で毎日二時間は吸い取られた――それくらいたくさんあったのだ。

　これで残る時間がはっきりする。兵装整備に十時間、数学に三時間、食事に一時間半、個人的な用事に一時間、軍の雑用に一時間、〝ジョージ〟に二時間、睡眠に八時間。合計すると二十六時間半。艦はサンクチュアリの二十五時間制を使っているわけですらなかった。いったん惑星を離れたら、グリニッジ標準時と万国暦に変わるのだ。

　削れるのは睡眠時間だけだ。

　ある日の午前一時ごろ、カードルームですわり込んで数学の勉強に励んでいたら、ブラックストーン大尉が入ってきた。ぼくは言った。「こんばんは、大尉」

「おはようだろう。なにを悩んでいるんだ、若いの？　不眠症か？」

「いいえ、ちょっとちがいます」

　大尉は積み重なった紙片を取り上げながら言った。「こんな書類仕事は軍曹にまかせられないのか？　ああ、なるほど。もう寝ろ」

「しかし、大尉――」

「まあすわれ。ジョニー、話しておきたかったことがあるんだ。このカードルームで夕刻におまえを見かけたことは一度もない。おまえの部屋のまえをとおると、いつも机にむかっている。同室のやつが寝たら、おまえはここへ移ってくる。なにが問題だ？」

「実は……いつまでたっても追いつけないみたいなんです」

「だれだってそうだ。兵器庫での仕事はどんな調子だ？」

「順調です。なんとかなりそうです」

「わたしもそう思う。いいか、若いの、バランス感覚を忘れてはだめだ。おまえにはふたつの重要なつとめがある。ひとつは、小隊の装備をしっかりととのえておくこと――それはやっているな。まえにも言ったように、小隊自体のことは心配しなくていい。もうひとつ、同じくらい重要なのは、おまえが戦闘準備をととのえることだ。おまえはそれをやり損なっている」

「準備はできています、大尉」

「なにをバカなことを。おまえは体も鍛えていないし睡眠も足りていない。それで降下の準備になるというのか？　小隊を指揮するときにはな、若いの、元気いっぱいでなければだめなんだ。これからは、毎日一六三〇時から一八〇〇時までは体を鍛えろ。そして二三〇〇時には明かりを消してベッドに入れ――もしも二晩続けて十五分以内に眠れなかったら、軍医のところへ行って治療を受けるんだ。これは命令だぞ」

「はい、大尉どの」ぼくは隔壁が迫ってくるような気がして、必死にくいさがった。「大尉、どうやれば二十三時までにベッドに入れるのかわかりません――それでなにもかも仕事を片付けろなんて」

「だったら片付けなくていい。いまも言ったように、バランス感覚を忘れるな。どんなふうに時間を使っているのか話してみろ」

ぼくは話した。大尉はうなずいた。「思ったとおりだ」彼は数学の〝宿題〟を取り上げて、ぼくのまえにほうった。「たとえばこれだ。たしかに、おまえは勉強をしたいんだろう。だが、戦場へむかうまえになぜそんなに根を詰める？」

「それは、考えたんですが――」

「おまえは〝考えて〟なんかいない。起こる可能性があることは四つだが、こういう宿題を片付ける必要があるのはそのうちのひとつだけだ。第一に、おまえは戦死するかもしれない。第二に、おまえは負傷して名誉任官を受けて退役するかもしれない。第三に、おまえはぶじに生き延びられるかもしれない……が、評価担当官、すなわちわたしから、成績表に落第点をつけられるかもしれない。これこそ、たったいまおまえが熱心に求めていることだ――なあ、若いの、睡眠不足で目が真っ赤になり、机上の行進ばかりで筋肉がたるんでるようなやつは、そもそも降下させないぞ。第四に、おまえはきちんと自制できるようになるかもしれない……その場合、わたしはおまえに試しに小隊の指揮をとらせるかもしれない。さて、おまえがアキレスがヘクトルを倒したとき以来の最高のショーを演じてみせてくれたとしよう。その場合だけは――おまえはこの数学の宿題を片付けなければならない。つまり、そんなのは帰り道にやればいいわけだ。

それでなにも問題はない――わたしが艦長に話しておく。残りのこまごました仕事については、いまここで解放してやる。帰還するときに、数学に時間を割けばいい。帰還できればの話だがな。とにかく、最初にやるべきことを最初にやれるようにならなければ、なにひとつやり遂げられないぞ。ベッドへ行くんだ！」

一週間後、チェレンコフ推進を終えたトゥール号は、光速以下の速度で航行しながら艦隊と合流し、信号を交換した。状況説明と、戦闘計画と、それぞれの任務と命令——長篇小説ほどの長さがある言葉の羅列——が送られてきた。カプセル降下はするなとのことだった。

そう、ぼくたちは作戦に加わろうというのに、クッションのきいた撤収艇で、まるで紳士のように降りていった。そんなことができたのは、連邦軍がすでに地上を確保していたからだ。第二、第三、第五機動歩兵師団がそこを制圧し——代償を支払ったのだ。

説明を聞くかぎりでは、その代償に見合う場所とは思えなかった。惑星Pは地球よりも小さく、表面重力は〇・七、その大半が北極のように冷たい海と岩におおわれ、苔のような植物が生えているだけで、興味を引くような動物はいない。大気は亜酸化窒素と多すぎるオゾンで汚染されていたので、長時間の呼吸は不可能だった。唯一の大陸はオーストラリアの半分ほどの大きさで、ほかに価値のない島々がたくさんあった。おそらく、利用可能になるまえの金星と同レベルのテラフォーミングが必要になるだろう。

とはいえ、ぼくたちはそこで住むための土地を買おうとしていたわけではなかった。そこへ降りたのは、バグどもがいたからだ。そして、バグどもがいたのはぼくたちのためだ、と参謀たちは考えていた。惑星Pは未完成の前進基地（確率は八七プラスマイナス六パーセント）で、ぼくたちに対抗するために使われるのだと。
惑星自体に魅力がなかったので、ここにあるバグの基地を排除するには、宙軍が安全な距離からこの醜悪な回転楕円体を人間もバグも住めない世界に変えてしまうというのが通常のやりかただった。ところが、最高司令官は別の考えをもっていた。

作戦は奇襲だった。数百隻の艦艇と数千人の死傷者がからむような戦闘を〝奇襲〟と呼ぶのは信じられない感じだった。とりわけ、その作戦のあいだに、宙軍と大勢のほかのカプセル降下兵たちがバグどもの宙域へ何光年も入り込んで陽動をおこない、惑星Ｐへの増援部隊を引き付けていたのだから。

しかし、最高司令官は兵士をむだに浪費していたわけではなかった。今回の大がかりな奇襲は、来年か三十年先かはわからないが、どちらが戦争に勝つかを決めるものだった。ぼくたちはバグの心理をもっと学ぶ必要があった。この銀河系からすべてのバグを一掃しなければならないのか？　それとも、やつらを徹底的に叩きのめして平和を強要することは可能なのか？　それはわからなかった。ぼくたちはバグのことをシロアリなみにしか理解していなかった。

バグどもの心理を学ぶためには、やつらと意思疎通をして、その動機を学び、なぜやつらが戦い、どんな条件で戦いをやめるのかを突き止めなければならなかった。そのために、心理戦科は捕虜を必要としたのだ。

労働バグをつかまえるのは簡単だ。でも、やつらは生きている機械程度のものでしかない。

兵隊バグは、動けなくなるまで外肢を焼き払ってしまえば捕獲できた――ただ、こいつらは指揮官がいないと、労働バグと同じくらいの頭しかなかった。そんな捕虜たちからでも、こちらの教授タイプの連中は重要な事実を突き止めた。例の、バグは殺すけど人間は殺さない油性のガスが開発できたのは、労働バグと兵隊バグの生化学を分析したおかげであり、そうした研究から、ぼくがカプセル降下兵だった短い期間にも、ほかのさまざまな新兵器が生み出された。ただ、バグどもがなぜ戦うかを知るためには、やつらの頭脳階級のメンバーを研究する必要があった。さらに、ぼくたちは捕虜の交換にも期待していた。

それまで、頭脳バグを生け捕りにしたことはなかった。シオールのときのように地表からコロニーを一掃してしまうか、あるいは（このケースはあまりにも多かった）奇襲隊員がやつらの巣穴へ降りていったきり二度と帰ってこないかのどちらかだった。大勢の勇敢な男たちがこうして失われていたのだ。

さらに多くの男たちが撤収の失敗で失われていた。地上部隊が残っているのに、その艦が空から撃墜されてしまうこともあった。そういう部隊はどうなったかって？　最後のひとりまで死んでしまったかもしれない。それよりむしろ、パワードスーツの動力と弾薬がなくなるまで戦い続けて、それでも生き残った者は、裏返しになったカブトムシのようにあっさりと捕虜になったかもしれない。

同盟を組んでいるヒョロヒョロたちを通じて、ぼくたちは大勢の行方不明になった兵士が捕虜として生きていることを知った――期待できるのが数千人、確実なのは数百人。捕虜たちは必ずクレンダツウへ連れていかれると、諜報科では考えていた。人間がバグどもに興味をもっているように、バグどもも人間に興味をもっていた――ぼくたちにとって群居生物が謎めいている以上に、あの群居生物にとっては、都市や宇宙船や軍隊を作ることのできる個体の種族というのは謎めいているのかもしれない。

ともかく、ぼくたちは捕虜を取り戻したかったのだ！

宇宙の過酷な論理において、これはひとつの弱点かもしれない。わざわざ個体を救出したりしない種族なら、この特徴を利用して人類を一掃しようとするかもしれない。ヒョロヒョロはこうした特徴をほんのわずかしかもっていないし、バグどもはまったくもっていないように見える――負傷した仲間を助けようとするバグが目撃されたことは一度としてないのだ。やつらは戦うときには完璧に協力し合うが、個々は役に立たなくなったとたん見捨てられてしまう。

ぼくたちのとる行動はちがう。こんな見出しをどれだけ頻繁に見かけるだろう――〈溺れかけたこどもを救おうとして二人が死亡〉。ひとりの男が山で行方不明になっただけで、数百人が捜索に出かけて、しばしば二、三人の死者を出してしまう。それでも、次にだれかが行方不明になると、同じくらい大勢の志願者が捜索に加わるのだ。

とても割に合わない……でも、すごく人間的だ。そうした特徴は、ぼくたちのあらゆる民話に、あらゆる宗教に、あらゆる文学作品に見られる――だれかが助けを必要としていると き、ほかの人びとは見返りを考えないというのが、種としての信念なのだ。

弱点？　その独特な強みのおかげで、ぼくたちは銀河系で成功をおさめているのかもしれない。

弱点にせよ強みにせよ、バグにそれはない。戦士と戦士を交換できる見込みはなかった。でも、群居生物の多頭政治では、一部の階級の価値がとても高い――というか、心理戦科の連中はそう期待していた。もしも頭脳バグを生きたまま怪我なくとらえることができれば、いい条件で捕虜と交換できるかもしれなかった。

そして、もしも女王をとらえたら！

女王の交換価値はどれくらいだろう？　一個連隊ぶんの降下兵たち？　それはだれにもわからなかったけど、上から命じられた戦闘計画は、やつらの〝王族〟である頭脳バグや女王を、どんな犠牲を払ってでも捕獲せよというものだった。そいつらを人間の捕虜たちと交換するために。

〝王族作戦〟の第三の目的は、さまざまな手法の開発だった――いかにしてバグの巣穴へもぐり、いかにしてやつらを見つけ出し、いかにして大量破壊兵器を使うことなく勝利をつかむか。降下兵と兵隊バグとの戦いでは、すでに地上でならやつらを倒せるようになっていた。艦船と艦船との戦いでも、ぼくたちの宙軍のほうが優勢だ。でも、これまでのところ、やつらの巣穴へ降りようとしてうまくいったことはなかった。

どんな条件であれ、捕虜の交換に失敗した場合でも、まだまだ先があった。（a）戦争に勝つ、（b）努力しだいで仲間たちを救出できるようなかたちでそれを実現する、あるいは

（c）――認めるとしよう――がんばって死んで、戦争に負ける。惑星Pは、バグどもを根絶する手段を見つけられるかどうかが判明する実地テストの場だった。

状況説明はすべての降下兵たちに対して読みあげられ、さらに睡眠中の催眠学習によって念押しされた。だから、ぼくたちはみんな、王族作戦は最終的に仲間たちを救出するための基礎作りだということだけではなく、惑星Pには人間の捕虜はいないということも知っていた――そこに攻撃を仕掛けたことはないのだ。というわけで、自分が仲間たちを救出するのだという大それた期待で勲章を狙う理由はなかった。これはいつものバグ狩りで、ただ莫大な兵力と新しい技術が投入されているにすぎない。ぼくたちはその惑星を、バグどもを一匹残らず見つけたと確信できるまで、タマネギみたいにむいていくのだ。

宙軍は、たくさんある島々と、大陸の占領できていない部分を、放射性のガラスみたいになるまで徹底的に爆撃した。これで背後を心配することなくバグどもの相手をできるわけだ。宙軍はさらに、惑星を低くめぐる軌道上で毛糸玉のようにみっしりした哨戒を続けて、ぼくたちを守り、輸送艦を護衛し、あの猛爆にもかかわらずぼくたちの背後へ出てくるバグどもがいないよう地表を監視した。

戦闘計画により、ブラッキーごろつき隊には次のような命令があたえられていた。指示を受けるか、機会が到来したときには最重要任務の支援にあたること、すでに占領地域にいる中隊と交代すること、ほかの兵団の各部隊を防護すること、周囲にいる機動歩兵部隊との連絡を緊密にすること――そして、バグどもが醜い頭をのぞかせたときは叩きつぶすこと。

というわけで、ぼくたちは撤収艇でゆうゆうと降下して、抵抗を受けることなく着陸した。ぼくは小隊を連れてパワードスーツの早足で進んだ。ブラッキーは、交代する中隊の指揮官と会って、状況報告を受け、地形を把握するために、みなより先行していった。地平線へむから姿は怯えた野ウサギのようだった。

ぼくはクーナに命じて第一班を監視エリアの前方両端を特定させるために送り出し、うちの小隊軍曹を第五連隊から来る偵察隊と接触させるために左翼方向へむかわせた。ぼくたちの所属する第三連隊は、幅三百マイル奥行き八十マイルの格子に囲まれた地域を確保することになっていた。ぼくの持ち場は、奥行き四十マイル幅十七マイルの方形で、最前方の左端に位置していた。貂熊隊はぼくたちの後方にいて、コローシェン少尉の小隊が右側、ラスティがそのむこうだった。

同じ師団の第一連隊は、前方にいる第五師団の連隊とすでに交代していて、壁のレンガをずらして重ねるように、ぼくの持ち場の隅から前方にかけて展開していた。〝前方〟と〝後方〟と〝右翼〟と〝左翼〟は、指揮用スーツに内蔵された位置推定装置《デッド・レコニング》に戦闘計画の格子に合わせて設定された方位を意味していた。そこにはほんとうの意味での前線はなく、ただエリアがあるだけで、その時点で戦闘がおこなわれていたのは、ぼくたちから見て右後方へ数百マイル離れた場所だけだった。

そちらの方向のどこか、おそらく二百マイルほど行った先に、第三連隊、第二大隊、G中隊の第二小隊がいるはずだった――通称〝ラスチャック愚連隊〟だ。

でも、実際には、愚連隊は四十光年離れたところにいるのかもしれなかった。戦術上の編成が編成表と一致することはない。戦闘計画でわかったのは、〝第二大隊〟と呼ばれるものがぼくたちの右翼、ノルマンディ・ビーチ号から来た連中のむこう側にいるということだけだ。でも、その大隊は別の師団から借りてきたのかもしれなかった。連邦軍総司令官はチェスをさすときに駒に相談したりはしない。

それはさておき、ぼくは愚連隊のことなど考えているべきではなかった。ごろつき隊の一員として、できることを精一杯やらなければならない。ぼくの小隊はとりあえず問題はなかった――敵の惑星で確保できる範囲の安全だが――でも、クーナの最初の分隊が遠い隅に到着するまでにやっておくことがたくさんあった。必要なのは――

1　このエリアをいままで確保してきた小隊長を見つける。

2　それぞれの隅がどこになるかを確定し、班長と分隊長に伝える。

3　ぼくの前後左右と四隅にいる八名の小隊長と連絡をとる。そのうちの五名（第五および第一連隊から来た連中）はすでに持ち場についていて、残りの三名（ごろつき隊のコローシェンと貂熊隊のベイヨンとスカルノ）はそれぞれの位置へ移動中だ。

4　部下たちを、初期の持ち場へ、最短コースで可能なかぎり早く散開させる。

最後のやつは優先して進めなければならなかった。着陸したときの縦列隊形のままではだめだ。ブランビーの最後の分隊は左翼へ展開させる。クーナの先頭の分隊はまっすぐ前方から斜め左へ散開させる。ほかの四つの分隊はそのあいだに扇形に展開させる。

これが標準の方形展開で、ぼくたちはどうやったら迅速にその隊形に移行できるかを降下室でシミュレートしていた。ぼくは下士官用の回線で呼びかけた――「クーナ！　ブランビー！　そろそろ散開するぞ」

「了解、第一班！」――「了解、第二班！」

「各班長が指揮をとれ……新兵には注意しろよ。これから大勢の天使隊のそばを通過するんだ。彼らがまちがって撃たれるのを見たくないからな！」ぼくは歯をかみしめて個人用回線に切り替え、呼びかけた。「軍曹、左翼で接触はできたか？」

「はい。彼らにはこちらが見えています」

「よし。基点にビーコンが見えないが――」

「行方不明です」

「――それならＤＲでクーナに座標を教えてやれ。先頭の斥候、ヒューズにも伝えて、新しいビーコンを設置させるんだ」第三または第五連隊がどうして基点ビーコンを交換しなかったのか不思議だった――ぼくの持ち場の前方左側の隅、そこは三つの連隊が合流する場所だった。

考えていてもしかたがない。ぼくは指示を続けた。「DR確認。そちらは方位二七五、マイル十二」

「逆は方位九六、マイル十二弱です」

「近いな。こちらはまだ対応する数値が見つからないから、最大速度で前進する。任務に専念しろ」

「了解です、ミスター・リコ」

ぼくは最大速度で前進を続けながら、士官用回線をカチリとひらいた。「ブラック1地区、応答せよ。ブラック1、チャン天使隊――聞こえるか？　応答せよ」交代する予定になっている小隊の指揮官と話をしておきたかった。おざなりな交代のあいさつをしたかったわけじゃない。率直な言葉を聞きたかった。

それまでに目にしていたものが、どうにも気に入らなかったのだ。

上層部の連中が、まだ完成していない小さなバグの基地に対して圧倒的な兵力を投入したと楽観的に信じ込んでいたのか――あるいは、ブラッキーごろつき隊が災難だらけの地点をまかされたのか。艇を降りてすぐに、半ダースほどのパワードスーツが地上に放置されているのが見えた。無人ならいいけど、たぶん死体が入っていたんだろう。いずれにせよ、どう考えても数が多すぎた。

しかも、戦術レーダーには、ぼく自身の小隊が配置につくために移動している様子が表示されていたけど、撤収地点へ戻ろうとしている者やまだ持ち場に残っている者はほんのわずかだった。その動きはまったく統制がとれていないように見えた。

ぼくは六百八十平方マイルにおよぶ敵の領土について責任を負っていて、自分の小隊がそこへ深く踏み込んでいくまえに、なんとしても、できる範囲で状況をつかんでおきたかった。戦闘計画が命じる新たな戦術方針はがっかりさせられるものだった――バグどもの巣穴をふさぐな。ブラッキーは、これを自分で考えた名案であるかのように説明していたけど、気に入っているとは思えなかった。

その戦術は単純で、たぶん、理にかなってもいた……それにともなう損失を許容できるなら。まずはバグどもを地上へあがらせる。それを待ちかまえて地上で殺す。さらにどんどん地上へあがらせる。巣穴は爆破せず、ガスも投下しない――とにかく外へ出てこさせる。しばらくたって――一日か、二日か、一週間か――ほんとうにこちらが兵力で圧倒しているなら、やつらは出てこなくなる。作戦参謀の推計では（どうやって計算したのかはきかないでくれ！）、七〇パーセントから九〇パーセントの兵隊バグを失ったら、やつらはぼくたちを地上から撃退しようとするのをやめるはずだ。

そのあと、ぼくたちは皮むきを始める。生き残った兵隊バグを殺しながら巣穴へ降りていって、〝王族〟の生け捕りを試みる。頭脳階級がどんな姿をしているかはわかっていた。そいつらの死体を（写真で）見ていたし、走れないことも知っていた――ほとんど機能しない脚、神経系が大半を占めるふくれあがった胴体。女王を見た人間はいないけど、生物戦科の連中がその外見の予想図を用意していた――馬よりも大きくてまったく身動きのできない不快な化け物だった。

頭脳バグと女王たちのほかにも、〝王族〟階級がいるかもしれなかった。というわけで――兵隊バグを外へ出て死ぬようしむけてから、兵隊バグと労働バグ以外のすべてを生け捕りにするのだ。

必要な計画だし、とても良さそうに思える――机上でなら。ぼくにとってそれが意味するのは、あけっぱなしのバグの巣穴が山のようにあるかもしれない、十七×四十マイルのエリアを受け持つということだ。ほかの部隊とうまく協力しなければ。

巣穴が多すぎるようなら……いくつかを誤ってふさいで、部下たちには残りの監視に集中させてもよかった。攻撃用のパワードスーツを着用した兵士なら広大な地域を担当できるけど、一度に監視できるのは一箇所だけだ。人間にすぎないのだから。

ぼくは、第一分隊の数マイル前方で先を急ぎながら、天使隊の小隊長に呼びかけを続けた。天使隊の士官に片っ端から呼びかけて、こちらの自動応答ビーコンのパターンを送ってみたりもした。

返事はなかった――

ようやく、大尉から応答があった――「ジョニー！　雑音を立てるな。会議用の回線で応答しろ」

指示どおりにすると、ブラッキーがきびきびと言った。ブラック1地区の天使隊の指揮官を見つけようとするのはやめろ。そんなやつはもういない。どこかに下士官くらいは生きているかもしれないが、指揮系統は崩壊したのだと。

規則によれば、だれかが必ず昇格する。でも、あまりにも多くの指揮系統が切れてしまえば、そういうことも起こるのだ。いつだったか、ニールセン大佐から警告されたことがあった……もう一ヵ月もまえのことだ。

チャン大尉は、三名の士官を従えて作戦行動を開始していた。いまでも残っているのはひとりだけ（ぼくの同級生だったエイブ・モイーズ）で、ブラッキーは彼から状況を聞き出そうとしていた。エイブはあまり役に立たなかった。ぼくが会議に加わって名前を告げたとたん、エイブはぼくのことを大隊長と思い込み、胸が苦しくなりそうなほど詳細に報告を始めたけど、それはまったく要領を得ないものだった。

ブラッキーが割り込んで、ぼくに任務に戻れと言った。「引き継ぎのことは忘れろ。状況はおまえが見ているとおりだ――だから動き回って目をこらせ」

「わかりました、ボス！」ぼくは自分の担当エリアを突っ切り、基点となる遠い隅を目指して全速力で進みながら、最初のジャンプで回線を切り替えた。「軍曹！　例のビーコンはどうなった？」

「あの基点には設置する場所がありません。新しいクレーターができているんです、六等級くらいの」

ぼくは低く口笛を吹いた。六等級のクレーターなら、トゥール号をその中へ降下させることもできる。ぼくたちが地表で攻撃を仕掛けているときに、地下にいるバグどもが使う防御策のひとつが、地雷だった（ミサイルは宇宙船以外では使わないようだ）。爆発地点のそばにいたら、大地の震動でやられてしまう。爆発時に空中にいても、衝撃波でジャイロが混乱して、スーツの制御がきかなくなる。

四等級よりも大きなクレーターは見たことがなかった。セオリーとして、やつらはあまり大きな爆発を起こすことはなかった——たとえ防壁をめぐらしていたとしても、穴を張り巡らした棲息地に被害が出てしまうからだ。

「代替用のビーコンを設置しろ」ぼくは軍曹に言った。「各班と各分隊の指揮官に伝えるんだ」

「もう設置しました。方位一一〇、マイル一・三。ツー・トン・トン。そちらにも聞こえるはずです。方位三三五になります」軍曹の声は、教練中の指導教官みたいに落ち着いていて、ぼくは自分が金切り声をあげていたんじゃないかと心配になった。

左の眉のまえにある表示でそれを見つけた——長い棒が一本と短い棒が二本。「よし。クーナの最初の分隊が持ち場に近づいている。あの分隊をそちらへまわして、クレーターの監視にあたらせろ。各エリアの配置を均等にする——ブランビーはさらに四マイル前進させよう」ぼくはいらいらしながら考えた。ひとりひとりの兵士がすでに十四平方マイルの地域を監視していたのだ。バターを薄く塗り広げるということは、ひとりあたり十七平方マイル—

―バグどもは幅五フィートもない穴から出てくるというのに。

ぼくは言葉を継いだ。「そのクレーターはどれくらい〝ホット〟なんだ？」

「ふちの部分が琥珀がかった赤色です。中には入っていません」

「近づくなよ。あとで確認する」琥珀がかった赤色ということは、無防備の人間は死ぬけど、スーツを着た兵士ならかなりの時間耐えられる。ふちの部分でそれだけの放射線があるとすれば、底ではまちがいなく目玉がフライになるだろう。「ナイディに言って、マランとビョークを琥珀ゾーンまで引き返させ、地下聴音機を設置させろ」五人の新兵のうちの二人が第一分隊にいた――新兵は仔犬みたいなものだ。いろんなことに鼻を突っ込みたがる。

「ナイディに、ぼくが興味をもっているのはふたつだけだと伝えてくれ――クレーターの内部の動き……それと、周囲の地中の物音だ」兵士たちを、通過するだけで死んでしまうほどの放射線を発しているクレーターへ踏み込ませるわけにはいかない。ところが、バグどもは、それでこちらに接近できるとなれば気にしないのだ。「ナイディに報告をさせろ。ぼくたちふたりに、という意味だぞ」

「了解しました」小隊軍曹は付け加えた。「ひとつ提案してよろしいですか？」

「もちろんだ。次からはいちいち許可をとらなくていい」

「ナヴァレは残りの第一班の指揮をとることができます。クーナ軍曹にその分隊をクレーターへ連れていかせて、ナイディを地下聴音の指揮に専念させてはどうでしょう」

軍曹の考えていることはわかった。ナイディは伍長になったばかりで、地上で分隊を指揮したことなど一度もなかったので、ブラック1地区でもっとも危険と思われる場所を受け持つのはまずむりだった。ぼくが新兵たちを呼び戻したのと同じ理由で、軍曹はナイディを呼び戻したかったのだ。

軍曹はぼくが考えていたことがわかったのだろうか？　あの〝くるみ割り人形〟め。彼が使っているスーツは、ブラッキーの大隊の補佐役をしていたときに着ていたもので、ぼくのと比べるとひとつ回線が多い――ブラックストーン大尉への直通回線だ。

たぶん、ブラッキーは一時的にその余分な回線をつないで聞いていたのだろう。小隊軍曹がぼくの指示した小隊の配置に賛成していないのは明らかだった。ぼくが軍曹の助言を聞き入れなかったら、次に聞こえてくるのはブラッキーの声かもしれない――「軍曹、小隊の指揮をとれ。ミスター・リコ、おまえは交代だ」

とはいえ――ちぇっ、伍長が分隊の指揮をとることを許されなかったら、そんなのは伍長じゃない。それに、小隊軍曹のあやつる人形でしかない小隊長なんて、空っぽのスーツみたいなものだ！

深くは考えなかった。ぼくは頭にひらめいたとおりに返事をした。「伍長に二人の新兵のお守りをさせておく余裕はない。軍曹に四人の新兵とひとりの上等兵の指揮をさせておく余裕もな」

「しかし――」

「まあ待て。クレーターの監視は一時間ごとに交代させたいんだ。最初のパトロールは迅速に実行する。各分隊長は報告のあった穴を残らず調べてビーコンで座標を確定し、班長、小隊軍曹、小隊長が到着したときにすぐ調べられるようにする。それほど数が多くなかったら、ひとつひとつを監視し——ぼくがあとでどうするかを決める」

「わかりました」

「二回目のパトロールはゆっくりやり、できるだけ入念に調べて、一回目のときに見落とした穴を見つけられるようにする。副分隊長はそのときに暗視装置を使う。分隊長は、地上にいるすべての兵士たち——というかパワードスーツ——の座標を把握する。天使隊が負傷者を置き去りにしているかもしれないからな。でも、ぼくが命令するまでは、たとえ身体状況を調べるためでも立ち止まってはならない。バグどもの状況を知るのが最優先だ」

「わかりました」

「なにか提案は？」

「ひとつあります」軍曹はこたえた。「副分隊長は最初のパトロールのときから暗視装置を使うべきだと思います」

「いいだろう、それでやってくれ」軍曹の提案は理にかなっていた——地表の気温は、バグどものいるトンネル内よりずっと低い。カムフラージュされた換気孔は、赤外線で見たらまるで間欠泉のように噴流をあげているはずだ。ぼくはレーダーの表示に目を向けた。「クーナの兵士たちはほとんど限界だ。きみの出番だぞ」

「承知しました！」

「以上」ぼくはクレーターを目指して前進を続けながら、回線を広域へ切り替え、全員の声をいっぺんに聞けるようにして、小隊軍曹が最初の計画を修正する声に耳をかたむけた——分隊をひとつ切り離してクレーターへむかわせ、第一班の残りを二個分隊で後退させるいっぽうで、第二班には、最初の計画どおり——ただし奥へ四マイル距離を伸ばして——巡回パトロールを継続させる。各班を動かしておいて、いったんそちらの回線を切り、基点となるクレーターへ近づいている第一分隊をつかまえて指示を伝えたあと、余裕をもって各班長に回線を戻し、彼らが方向転換することになる新しいビーコンの座標を伝える。

軍曹はこれだけのことを、閲兵行進の楽隊長のように手際よく正確にやってのけた。ぼくがやるよりも速かっただろうし、言葉の数も少なかった。小隊が荒野で何マイルにも広がる散開隊形でのパワードスーツ教練は、きちんとした姿勢で歩く閲兵行進よりずっとむずかしい。でも、それは正確にやらなければならなかった。さもないと、作戦行動中に味方の頭を吹き飛ばしかねない……あるいは、今回の場合だと、ある地域の一部を何度もパトロールしながら、ほかの部分を見落としてしまう。

でも、教練指導官は、小隊のフォーメーションをレーダー表示でしか見ることができない。肉眼で見えるのは近くにいる者だけだ。ぼくは耳をすましながら、それを自分のヘルメット内の表示で見つめた——ホタルたちが精密なラインで顔のまえを這っていく。どうして〝這う〟なのかというと、さしわたし二十マイルにおよぶフォーメーションを人間がひと目で見られる大きさの表示に圧縮すると、時速四十マイルでもゆっくりと這っているようにしか見えないのだ。

　ぼくは全員の声に耳をすました。それぞれの部隊でどんなことが話されているのかを知りたかったのだ。

　なにも聞こえなかった。クーナとブランビーは補助的な命令を出し――あとは黙り込んだ。伍長たちが声をあげるのは、分隊の変更が必要になったときだけだった。副班長や副分隊長はときどき間隔やならびについて指示するだけ――そして、二等兵たちはまったく口をきかなかった。

　聞こえてくる五十名の男たちの息づかいは、まるでこもった波音のようで、それが途切れるのは、必要な命令が最小限の言葉で伝えられるときだけだった。ブラッキーの言ったとおりだった。この小隊は〝バイオリンみたいにきちんと調律され〟て、ぼくに引き渡されたのだ。

　彼らはぼくを必要としていなかった！　たとえぼくが家に帰っても、ぼくの小隊は変わらずにうまくやっていくだろう。

　ひょっとしたら、そのほうがいいのかも――

　クーナにクレーターの監視をさせるのを拒否したことが正しかったのかどうか、ぼくにはよくわからなかった。そこでなにかやっかいごとが起きて、もしも兵士たちの到着が間に合わなかった場合、〝規則どおりに〟やったという言い訳は通用しない。〝規則どおりに〟やって、ぼくが殺されたり、部下のだれかが殺されたりしたら、ほかのあらゆるやりかたと同じように取り返しがつかないのだ。

ラスチャック愚連隊には、最下級軍曹の入り込む余地はあるだろうか。


ブラック1地区は、キャンプ・カリー周辺の大草原と同じように平坦で、それよりずっと不毛の地だった。ぼくにとってはありがたかった。おかげで、バグどもが地上へあがってくるのを見つけて先に倒す唯一のチャンスが生まれたのだ。ぼくたちはとても広く散開していたので、兵士たちの間隔は四マイル、およそ六分ごとに迅速な巡回というのが、ぼくたちにできるもっとも緊密なパトロールだった。これは充分に緊密とは言えない。ひとつの地点について、パトロールの合間に最低でも三、四分はまったく監視のない状況が生まれる――三、四分あれば、とても小さな穴からでも大勢のバグどもが出てくることができるのだ。

もちろん、レーダーは肉眼よりも遠くを見ることができるけど、肉眼のようにはっきりと見ることはできない。

しかも、ここで使う気になれるのは、標的を選べる近距離用の兵器だけだった――仲間たちがあらゆる方角に散開しているからだ。バグがあらわれたときに、なにか致命的なものを発射した場合、そのバグからさほど離れていないところにカプセル降下兵がいるのはまちがいない。このせいで、使用する兵器の射程と威力は厳しく制限された。今回の作戦では、士官と小隊軍曹だけがロケット弾を装備していたけど、だれもそれを使えるとは期待していなかった。ロケット弾には、標的を捕捉しそこねたときは見つけるまで追い続けるという困った性質がある……しかも敵と味方の区別はつかない。小さなロケット弾に詰め込める頭脳はかなりまぬけなものになってしまうのだ。

こんな、まわりに何千人も機動歩兵がいる地域パトロールより、味方の居場所がわかっていてそれ以外は敵という、一個小隊による単純な攻撃のほうがずっとましだ。

ぼくは愚痴をこぼして時間をむだにはしなかった。基点となるクレーターへむかって跳躍を繰り返しながら、周囲の地表に目をくばり、レーダーの画像にも注意をおこたらないようにした。バグどもの巣穴はひとつも見つからなかったけど、峡谷といってもよさそうな乾いた河床を飛び越したときは、かなりの数が隠れていそうに見えた。でも止まって確かめたりはしなかった。その座標を小隊軍曹に伝えて、だれかに調べさせろと命じただけだ。

そのクレーターはぼくが想像していたよりもさらに大きかった。トゥール号でも中で迷子になりそうだ。放射線測定器を指向性連続モードに切り替えて、底と側面の表示を見た――赤い表示がどんどん増えて測定限界を超えてしまったので、パワードスーツを着用していても長時間の被曝はきわめて有害だ。ヘルメットの距離計で幅と深さを測定してから、そこらを歩き回って地下へ通じる穴を探してみた。

穴はひとつも見つからなかったけど、隣接する第五および第一連隊から派遣されたふたつの小隊が設置したクレーター監視所があったので、そこの連中に、扇形に区画を分けて共同で監視することで、三つの小隊すべてから救援を求められるようにしたいと提案した。これを実現するための区画割りは、ぼくたちの左側のエリアを受け持つ〝首狩り隊〟のドゥ・カンポ中尉を通じておこなった。それから、ナイディのところの上等兵と分隊の半分（新兵たちを含む）を小隊へ帰らせて、これらすべてをうちのボスと小隊軍曹に報告した。

「大尉」ぼくはブラッキーに言った。「地面の震動はまったくありません。これから内側へ降りて巣穴を探してみます。表示を見るかぎり、大量の被曝を避けるには――」

「若いの、そのクレーターからは離れていろ」

「しかし大尉、ここはやはり――」

「黙れ。そんなことをしても役に立つことはなにもわからない。離れていろ」

「はい、大尉どの」

それからの九時間は退屈だった。ぼくたちは、強制睡眠と高血糖と催眠教育によって四十時間（惑星Pの二回転分）の連続勤務ができるよう準備をしていたし、当然ながら、パワードスーツには個人的な要求を満たすための装備がすべて用意されていた。スーツはそれほど長時間連続して使うことはできないけど、ひとりひとりが予備の動力ユニットと再充塡用の超圧縮エアカートリッジを携行していた。それでも、戦闘のないパトロールは退屈で、どうしてもだらけがちになってしまう。

そこで思いつけるだけの手を打ってみた。クーナとブランビーを交代で新兵の指導にあたらせ（これで小隊軍曹と分隊長は自由に動き回ることができる）、パトロールは同じパターンで繰り返してはならないと命令して、ひとりひとりが常に自分にとって初めてとなる地域を調べるようにした。組み合わせを変えれば、あるエリアを巡回するパターンは無数にあるのだ。さらに、小隊軍曹に相談して、最初に巣穴を確認したり最初にバグを殺したりした栄誉ある分隊にはボーナス点をあたえると発表した――新兵訓練キャンプで使うような計略だけど、緊張を保つことは生き延びることを意味するので、退屈しないようにあらゆる手を打つのだ。

　やがて、ぼくたちのもとへ特殊任務部隊が到着した。多用途エアカーで、三名の工兵たちがひとりの能力者――空間知覚者《センサー》――を護衛してきたのだ。彼らが来ることについては、ブラッキーから事前に伝えられていた。「そいつらを護衛して、要望はすべてかなえてやるんだぞ」

「はい、大尉どの。どのような要望があるのでしょう？」

「わたしにわかるわけがないだろう？　もしもランドリー少佐がおまえに、皮を脱いで骨だけで踊れと言ったら、そのとおりにするんだ！」

「はい、大尉どの。ランドリー少佐ですね」

　ぼくはその言葉を部下に伝え、区画ごとに護衛役をひとり決めておいた。エアカーが到着したときには、興味があったので自分で出迎えた。特殊能力者が仕事をしているところは見たことがなかったのだ。エアカーが担当エリアの右翼に着陸し、彼らが出てきた。ランドリー少佐と二名の士官はパワードスーツを着用して火炎放射器を持っていたけど、能力者はスーツも武器も身につけていなかった――酸素マスクだけだ。記章もなにもついていない作業服を着て、あらゆることにひどく退屈しているように見えた。ぼくはその男に紹介されなかった。見た目は十六歳くらいの少年……でも、近づいてみると、疲れた目のまわりには細かなしわが広がっていた。

エアカーを降りた能力者は、いきなり酸素マスクをはずした。ぼくはぞっとして、ランドリー少佐に話しかけた。無線は使わず、ヘルメット同士をくっつけて。「少佐どの——このあたりの空気は放射性物質で汚染されています。それに、ぼくたちは絶対に——」

「静かにしろ」少佐が言った。「彼は知っている」

ぼくは口を閉じた。能力者は少しだけ歩いてから、こちらへ向き直って下唇をすぼめた。目を閉じて物思いにふけっているように見えた。

能力者は目をひらき、いらいらした声で言った。「まわりでバカな連中が跳ね回っているところで仕事ができると思うか？」

ランドリー少佐がきびきびと言った。「きみの小隊を地上へ降ろせ」

ぼくは息をのみ、抗議しかけて——すぐに全員の回線に割り込んだ。「ごろつき隊の第一小隊——地上に降りてフリーズ！」

シルバ中尉にも褒めてもらえるだろう。聞こえてきたのはぼくの命令を復唱する声だけで、それが分隊の隅々まで繰り返された。ぼくは言った。「少佐、部下を地上で行動させるのはかまいませんか？」

「だめだ。それと口を閉じろ」

しばらくたつと、能力者がエアカーに戻ってマスクをつけた。ぼくが乗る場所はなかったけど、許可された――というか、命令された――ので、機体につかまって牽引され、そのまま二マイルほど移動した。能力者がふたたびマスクをはずして歩き回った。今度は、話しかけられた工兵のひとりが、うなずきながらスケッチをとっていた。

特殊任務部隊は、ぼくの担当エリアで十回ほど地上に降りて、そのたびに、見たところ無意味な手続きを繰り返した。それから、第五連隊の格子の中へ移動していった。彼らが去る直前に、スケッチをとっていた士官が、スケッチボックスの底から一枚の紙片を引き抜いてぼくに手渡した。「これが地下の地図だ。幅広の赤い帯は、きみの担当エリアを走る唯一のバグの大通りだ。エリアにさしかかるあたりは千フィート近くの深さだが、左の奥へむかってじわじわと上昇していて、エリアから抜けるところでは地下四百五十フィートほどになっている。それにつながっている薄い青色の網目模様はバグの大きなコロニーだ。地上から百フィート以内にある場所については印をつけてある。われわれが来て対処するまで、聴音担当者を何人かそこへ配置しておくといいかもしれないな」

ぼくは地図をまじまじと見つめた。「これは信頼できるんですか？」

工兵は能力者をちらりと見てから、押し殺した声で言った。「信頼できるに決まっているだろう！　おまえはなにをしたいんだ？　彼を怒らせたいのか？」

ぼくが地図を調べているあいだに、一行は去っていった。あの画家兼工兵は二枚のスケッチをとっていて、それがボックス内で合成されて、地下千フィートまでの立体画像ができあがっていた。ぼくはすっかり度肝を抜かれていたので、呼びかけられてようやく小隊のフリーズを解くことができた。そのあと、クレーターにいる聴音担当者たちを引き上げさせ、各分隊から二名ずつ選んで、その地獄の地図に記された座標を伝え、バグの大通り沿いと町の上で聴音にあたらせることにした。

ぼくはこの件をブラックストーン大尉に報告した。座標でバグのトンネルの説明を始めたところで、大尉がぼくをさえぎった。「わたしのところにもランドリー少佐から複写が届いている。聴音地点の座標だけ教えてくれ」

ぼくは教えた。大尉が言った。「悪くないぞ、ジョニー。ただし、わたしが望むほどではないな。地図にあるトンネルの上に必要以上の聴音担当者が配置されている。四人をバグの大通りに沿ってならばせて、別の四人を町の上にダイヤモンド形に配置しろ。これで四人残る。ひとりを、右奥の隅と中央トンネルで形作られる三角形の中に置く。残りの三人はトンネルの反対側のもっと広いエリアへ行かせるんだ」

「わかりました」ぼくは付け加えた。「大尉どの、この地図は信頼できるんですか？」

「なにが心配なんだ？」

「つまり……まるで魔術みたいで。そう、黒魔術のほうです」

「ああ。いいか、若いの、連邦軍総司令官からおまえに特別メッセージが届いている。その地図は正式なものだとおまえに伝えろとな……それと、ほかのことはぜんぶ心配してやるから、おまえは自分の小隊にすべての時間を注ぎ込めと。わかったか？」

「はい、わかりました、大尉」

「ただし、バグどもはものすごい勢いで穴を掘るから、トンネルのある場所以外の聴音地点に特に注意を払うことだ。外側に広がった四人のところで、蝶の羽ばたきよりも大きな物音が聞こえたら、それがどんな音だろうとただちに報告させろ」

「わかりました」

「やつらが穴を掘るときは、ベーコンを焼くような音がする――おまえは聞いたことがないかもしれないから言っておく。巡回パトロールはただちにやめさせろ。クレーターが肉眼で監視できるところにひとりだけ残しておけ。小隊の半分を二時間だけ眠らせて、残りの半分に交代で聴音をさせるんだ」

「わかりました」

「おまえはこれからも工兵と会うことになるだろう。修正された計画はこうだ。工兵部隊が、この中央トンネルを地上にいちばん近いところで爆破してコルク栓を詰める――おまえのところの左翼か、そのむこうの〝首狩り隊〟のエリアの中だ。同時に、別の工兵部隊が、おまえの右側へ三十マイルほどいった第一連隊の領分の、トンネルが分岐している部分でも同じことをする。このふたつのコルク栓で、やつらの大通りの長い一部分とやや大きめのコロニーが切り離されることになる。ほかの多くの場所で同じようなことがいっせいに進行するんだ。そのあとは……見てのお楽しみだ。バグどもが穴を掘って地上へあふれだして、われわれとの合戦になるか、あるいは、やつらがじっとしていて、われわれのほうが一区画ずつ選んで地下へ降りていくことになるか」

「なるほど」ぜんぶ理解できたかどうかはよくわからなかったけど、自分がやるべきことはわかった。聴音地点の再配置をおこない、小隊の半分に睡眠をとらせる。それからバグ狩りだ——運が良ければ地上で、必要とあらば地下で。

「工兵部隊が到着したら、左翼の兵士たちに連絡をとらせるんだ。むこうが支援を求めてきたら、助けてやるんだぞ」

「わかりました、大尉」ぼくは熱心にうなずいた。歩兵として見た場合、工兵は機動歩兵と同じくらい優秀だ。彼らと共に戦えるのはうれしかった。ピンチのとき、工兵は上手ではないかもしれないが勇敢に戦う。あるいは、自分たちの仕事に専念し、まわりで戦闘が繰り広げられていても顔すらあげない。彼らにはずっと昔から続く、非公式の、きわめて皮肉なモットーがある——〝まず穴を掘り、次にその中で死ぬ〟。これは公式のモットーである〝為せば成る！〟の補足になっている。どちらのモットーも文字どおり真実だ。

「さあとりかかれ、若いの」

聴音地点が十二あるということは、それぞれの地点に分隊の半分ずつを配置する計算になる。伍長か上等兵が一名に、二等兵が三名で、その四名のうちの二名に睡眠をとらせているあいだ、残りの二名が交代で耳をすますわけだ。ナヴァレともうひとりの副班長がクレーターの監視と睡眠を交代でやっているあいだ、班長たちは交代で小隊の指揮をとることができる。ぼくが計画を説明してそれぞれの座標を軍曹たちに伝えると、配置替えは十分とたたずに完了した。だれも遠方へ移動することはなかった。ぼくは全員に対して、工兵部隊が来るからよく注意するよう伝えた。各班からそれぞれの地点で聴音が開始されたと報告が届くとすぐに、ぼくはカチリと全員用の回線に切り替えた。「奇数番号！　横になって眠る準備……一……二……三……四……五……眠れ！」

パワードスーツはベッドではないけれど、その代用にはなる。戦闘にそなえた催眠処置の利点のひとつはこうだ——とても眠れそうにない状況下でも、催眠術師にかぎらないだれかがきっかけをあたえれば、兵士たちは事前に受けた催眠暗示によって即座に眠りにつくことができる——そして、同じように即座に目を覚まし、ただちに戦闘にそなえることができるのだ。これは命を救う処置でもある。戦闘で疲れ切った兵士は、そこにない標的を撃ったり、戦うべき相手が見えなくなったりしかねないからだ。

でも、ぼくは眠るつもりはなかった。眠れと言われていなかった——眠らせてくれと頼んでもいなかった。何千匹ものバグがほんの数百フィート離れたところにいるかもしれないときに眠ることを考えたら、胃がおかしくなってきたのだ。もちろん、あの知覚者《センサー》が言ったことはまちがいなく事実で、バグどもはこちらの聴音にひっかかることなく近づいてくることはできないのかもしれない。

おそらくは——でも、いちかばちか試してみる気にはならなかった。

ぼくはカチリと個人用回線に切り替えた。「軍曹——」

「はい」

「きみも眠っておくほうがいい。ぼくが監視を受け持つから。横になって眠る準備……一…

……二……」

「失礼ですが、ひとつ提案があります」

「なんだ？」

「修正された計画から考えますと、これから四時間は戦闘は起きないでしょう。あなたがいま眠っておいて、それから――」

「気にするな、軍曹！　ぼくは眠るつもりはない。聴音地点をまわって、工兵部隊が来ないか監視するつもりだ」

「わかりました」

「ここにいるあいだに三番をチェックする。きみはブランビーとここで少し休んで、そのあいだにぼくは――」

「**ジョニー！**」

ぼくは話を中断した。「はい、大尉どの？」いまのを親父《オールド・マン》が聞いていたのか？

「配置はすべて完了したのか？」

「はい、大尉どの、いまは奇数番号が睡眠をとっています。これからそれぞれの地点をまわるつもりです。そのあと――」

「それは軍曹にやらせろ。おまえは休め」

「しかし、大尉――」

「横になれ。これは命令だ。眠る準備……一……二……三……ジョニー！」

「大尉、許可をいただけるなら、そのまえに各地点をまわっておきたいんです。そのあとで、大尉がおっしゃるなら休みますが、できれば起きているほうが――」

ブラッキーの高笑いが耳の中に響き渡った。「いいか、若いの、おまえはもう一時間十分眠っていたんだぞ」

「はい？」

「時間を調べてみろ」ぼくは調べてみた――そして呆然とした。「目はちゃんと覚めているんだろうな、若いの？」

「はい、大尉どの。そう思います」

「ものごとはスピードアップしているんだ。奇数番号を起こして、偶数番号に睡眠をとらせろ。運が良ければ、一時間ほど眠れるかもしれない。さあ、交代させて、各地点をまわって、わたしに報告しろ」

ぼくは言われたとおりにして、小隊軍曹にはなにも言わずに巡回を始めた。軍曹にもブラッキーにもムカついていた。中隊長に対しては、希望に反して眠りにつかされたことに腹が立っていた。小隊軍曹については、彼がほんとうのボスでぼくがただのお飾りという状況でなければこうはならなかっただろうという、いやな予感があった。

でも、三番と一番の聴音地点のチェックを終えたころには（どちらもバグの領土の手前で、なんの物音もしなかった）、冷静さが戻ってきた。結局のところ、大尉がやったことについて軍曹を――それも艦隊軍曹を――責めるのはバカげたことだった。「軍曹――」

「はい、ミスター・リコ？」

「きみも偶数番号といっしょに睡眠をとりたいか？　彼らを起こす数分まえには起こしてやるが」

軍曹はちょっとためらった。「自分も聴音地点をまわっておきたいのですが」

「まだやってなかったのか？」

「まだです。この一時間ほど眠っていました」

「なに？」


軍曹はばつが悪そうだった。「大尉から命じられたのです。大尉はブランビーを臨時の指揮官にして、あなたを眠らせた直後に、自分を眠らせたのです」


ぼくは返事をしかけてから、耐えきれずに笑い出した。「軍曹？　ふたりでどこかへ消えて寝直さないか？　こんなの時間のむだだ。ブラッキー大尉がこの小隊を指揮しているんだからな」

「これは経験から知っているんですが」軍曹は固い声で言った。「ブラックストーン大尉がなにかをするときには必ず理由があるのです」


ぼくは考え込み、相手から十マイルの距離にいることも忘れてうなずいた。「そうだ。きみの言うとおり、大尉の行動には必ず理由がある。ふーむ……ふたりとも眠らせたということは、いまはどちらも目を覚まして警戒していてほしいと思っているわけだな」

「そういうことだと思います」

「ふーむ……なにか思い当たることは？」

軍曹は返事をするまえにかなり間を置いた。「ミスター・リコ」彼はゆっくりとしゃべりだした。「もしもわかっているなら、大尉はわれわれに伝えるはずです。大尉が情報を隠したという話は聞いたことがありません。しかし、理由を説明できないまま、なにかをすることはあるんです。大尉の直感でしょう――まあ、自分はそれを尊重するすべを学んできました」

「そうか。分隊長はみんな偶数番号だな。いまは眠っている」

「はい」

「各分隊の上等兵に警告しておいてくれ。だれも起こすことはない……ただ、いざ起こすときには、一秒ずつが重要になるかもしれない」

「ただちに」

ぼくは残っていた手前の聴音地点を調べてから、バグの町を取り巻く四つの地点をまわり、自分のイヤホンをそれぞれの担当者といっしょに接続した。そこで耳をすますためには強固な意志が必要だった――なにしろ、はるか地下でやつらがさえずっている声が聞こえてくるのだ。さっさと逃げ出したかったけど、ぼくにできるのはそれをおもてに出さないことだけだった。

例の〝特殊能力者〟というのは、ありえないほど聴力が鋭いだけなのではないかという疑問が心に浮かんだ。

まあ、あの男がどうやったにせよ、バグどもは彼の言ったとおりの場所にいた。士官候補生学校にいたころ、録音されたバグの音を聞かされたことがあった。ここの四つの聴音地点では、大きなバグの町がたてる典型的な巣の物音が聞こえていた。やつらの会話かもしれないあのさえずるような音（でも、全員が頭脳階級に遠隔操作されているんだとしたら、なぜ話をする必要があるんだ？）、木の枝と枯れ葉がこすれるような音、その背景で流れているかん高いうなりは、やつらのコロニーでは常に聞かれる音で、機械の騒音にちがいなかった——たぶん空調装置だろう。

やつらが岩を掘り進んでいるときにたてるジュージューという音は聞こえなかった。バグの大通りに沿って聞こえる物音は、コロニーの物音とはちがっていた。背景に流れる低いとどろきが数秒ごとに高まり、なにか大きな車両が通過しているようにも聞こえた。五番の聴音地点でこの音を聞いていたとき、ひとつ思いついたことがあった。それを確かめるために、トンネルに沿った四つの地点で耳をすましている兵士たちに、その音がいちばん大きくなるたびに「通過！」と声をあげさせてみた。

しばらくして、ぼくは報告した。「大尉——」

「なんだ、ジョニー？」

「このバグの大通りに沿った交通は、すべてこちらから大尉の方向へ、一方通行で流れています。速度は時速約百十マイル、一分に一度くらいの間隔で通過しています」

「近いな」大尉は同意した。「わたしの計算では百八マイルで、間隔は五十八秒ごとだ」

「ああ」ぼくはがっくりして、話題を変えた。

「まだ工兵部隊を見ていませんが」

「もう見ることはないな。工兵部隊は〝首狩り隊〟エリアの中央の奥に拠点を置いた。すまない、話しておくべきだった。ほかになにかあるか？」

「ありません」接続が切れた。ぼくは少し気分が良くなった。ブラッキーでも忘れることはあるんだ……それに、ぼくの考えはなにひとつまちがってはいなかった。ぼくはトンネル地帯を離れて、コロニー地帯の右奥にある十二番の聴音地点へむかった。

ほかの地点と同じように、そこではふたりが眠っていて、ひとりが聴音にあたり、あとのひとりが待機していた。ぼくは待機中の兵士に声をかけた。「なにか聞こえたか？」

「なにも聞こえません」

地下の音に聞き入っていた、五人いる新兵のうちのひとりが、顔をあげて言った。「ミスター・リコ、この聴音機は調子が悪いんじゃないかと思うんですが」

「調べてみよう」ぼくは言った。新兵が場所をあけ、ぼくは彼といっしょにイヤホンを接続した。

〝ベーコンを焼く音〟はすごく大きな音で、においがしそうだった！

ぼくは全員の回線に割り込んだ。「第一小隊、ただちに起きろ！　起きて点呼をとり、報告しろ！」

——それから、士官専用回線に切り替えた。「大尉！　ブラックストーン大尉！　緊急事態です！」

「落ち着け、ジョニー。報告しろ」

「〝ベーコンを焼く〟音です」ぼくは必死になって冷静な声を出そうとした。「十二番聴音地点——ブラック1地区のイースター9です」

「イースター9だな」大尉は確認した。「デシベルは？」

ぼくは大急ぎで聴音機のメーターをのぞき込んだ。「わかりません、大尉。最大値のほうへ針が振り切れています。すぐ足の下にいるみたいな音です！」

「よし！」大尉は歓声をあげた——ぼくはなぜそんなふうに感じられるのだろうと不思議になった。「これは本日最高の知らせだな！　よく聞くんだぞ、若いの。まず兵士たちを起こして——」

「もう起きてます！」

「よろしい。聴音担当の兵士たちのうちふたりを引き上げさせて、十二番の周辺の見回りをさせろ。バグどもがどこから出てくるか突き止めるんだ。そして、その場所からは離れていろ！　わかったか？」

「話は聞こえました、大尉どの」ぼくは用心深く言った。「しかし理解できません」

大尉はため息をついた。「ジョニー、わたしを白髪頭にするつもりか。いいか、われわれはバグどもを外へ出てこさせたいんだ、それも多ければ多いほどいい。おまえにはやつらに対抗できるだけの火力はないから、トンネルが地上まで到達したところで爆破するしか手立てはない——だが、それはおまえが絶対にやってはならないことだ！　やつらが大挙して出てきたら、一個連隊では対処できない。だが、将軍はまさにそれを望んでいて、重火器をそなえた旅団を軌道上に配し、そのときを待っている。だから、おまえはバグどもの突破口を見つけたら、退却して監視を続けるんだ。もしも受け持ちのエリアで大規模な突破口に出くわすほど運が良ければ、おまえは偵察内容をはるか上層部まで伝えることになるだろう。だから幸運なままでいて生き続けろ！　わかったか？」

「はい、大尉どの。バグどもの突破口を見つけます。退却して接触を避けます。監視して報告します」

「さあ急げ！」

ぼくは〝バグ大通りの〟中央部分から九番と十番の聴音担当者を引き上げさせて、イースター9へ右と左から接近させ、半マイルごとに止まって〝ベーコンを焼く〟音に耳をすますよう命じた。同時に、十二番の聴音装置を持ち上げて、ぼくたちの後方へと移動させ、音が遠くなっていくのを確認した。

そのあいだ、ぼくの小隊軍曹は、バグのコロニーと例のクレーターとのあいだに広がる前方のエリアで小隊の再編成をおこなっていた――聴音を担当している十二名を除く兵士たち全員だ。攻撃をするなという命令を受けていたので、ぼくも軍曹も、小隊の面々がおたがいに助け合えないほど広く散開していることを心配していた。そこで軍曹は、兵士たちを長さ五マイルの短いライン上に配置し直して、ブランビーの班をバグのコロニーに近い左翼に置いた。これでおたがいの間隔は三百ヤード以下になり（カプセル降下兵にとっては肩をならべているのと変わりがない)、まだ聴音地点にいる九人を、左翼か右翼のどちらかから支援できる距離に置くことができた。ぼくといっしょにいる三人の聴音担当者たちだけは、ただちに助けられる場所にはいなかった。

ぼくは貂熊隊のベイヨンと首狩り隊のドゥ・カンポに、もうパトロールはしていないことと、その理由について説明し、小隊の再編成をおこなったことをブラックストーン大尉に報告した。

大尉はうなるように言った。「好きにするがいい。突破口は見つかりそうか?」

「どうやらイースター10のあたりのようですが、はっきり指定するのは困難です。さしわたし三マイルほどのエリアで音がすごく大きいんです——しかもだんだん広がっているみたいです。ぎりぎりメーターが振り切れないあたりで円を描いてみようとしているんですが」ぼくは続けた。「やつらが地表のすぐ下で新たに水平なトンネルを掘っている可能性はあるでしょうか?」

大尉は驚いたようだった。「可能性はある。そうではないことを祈るが——とにかく出てきてもらわないとな」彼は付け加えた。「もしも音の中心が移動したら知らせてほしい。調べてみてくれ」

「わかりました。大尉——」

「なんだ? 言ってみろ」

「大尉はバグどもが出てきても攻撃するなとおっしゃいました。もしもやつらが出てきたら、われわれはどうするのですか？　ただの見物人ですか？」

〝上層部〟に相談したのか、十五秒か二十秒ほどの、やや長い間があった。ようやく大尉が返事をした。「ミスター・リコ、おまえはイースター10またはその近辺では攻撃してはならない。それ以外の場所なら――バグどもを退治しろ」

「承知しました」ぼくは喜んで言った。「バグどもを退治します」

「ジョニー！」大尉が鋭く言った。「おまえがバグ狩りではなく勲章狩りをしようとして――わたしがそれに気づいたら――おまえはとてつもなく悲しい成績表を見ることになるんだぞ！」

「大尉」ぼくは真剣に言った。「勲章をほしがるなんてありえません。頭にあるのはバグどもを狩ることだけです」

「よろしい。さあ、これ以上わたしのじゃまをするな」

小隊軍曹に呼びかけて、ぼくたちが行動するうえでの新しい限界点を説明し、それを全員に伝えるよう言ってから、各自のスーツに空気と動力をしっかり充填しておくよう念を押した。

「それはたったいま終えたところです。あなたといっしょにいる兵士たちを交代させてはいかがでしょう」軍曹は交代要員として三人の名前をあげた。

その提案は理にかなっていた。ぼくの聴音担当者たちには再充填する時間がなかったのだ。でも、軍曹が名前をあげた交代要員はみんな偵察兵だった。

ぼくは無言で自分の愚かさをののしった。偵察用スーツは指揮用スーツと同じくらい敏捷で、攻撃用スーツの二倍は速度が出る。なにかやり残していることがあるような不安がつきまとっていたのに、バグどもが近くにいるときに感じるいらだちだろうと決めつけてしまっていたのだ。

ようやくわかった。ぼくはいま、小隊から十マイル離れたところで三人の部下とともにいた。三人とも着用しているのは攻撃用スーツだ。バグどもが地上へあらわれたら、ぼくはとんでもない決断に直面せざるを得なくなる……三人の部下たちがぼくと同じ速さでついてこられないかぎり。「それでいこう」ぼくは同意した。「ただ、もう三人は必要ない。すぐにヒューズをよこしてくれ。ナイバーグとの交代だ。ほかの三人の偵察兵は、もっとも前方の聴音地点の兵士たちと交代させろ」

「ヒューズだけですか？」軍曹は疑わしそうな声になった。

「ヒューズがいれば充分だ。ぼくも聴音を受け持つから。ここはふたりだけでいける。やつらの居場所はわかっているからな」ぼくは付け加えた。「ヒューズをすぐにこっちへよこすんだ」

それから三十七分間は、なにも起こらなかった。ヒューズとぼくはイースター10を囲む一帯の前後の円弧に沿って行ったり来たりしながら、一箇所で五秒ずつ聴音をおこない、また先へと進んだ。もうマイクを岩の中へ押し込む必要はなかった。地面にあてるだけで〝ベーコンを焼く〟音が強くはっきりと聞こえた。音のする範囲は広がっていたけど、その中心は動かなかった。一度、音が急に止まったとブラックストーン大尉に報告したときには、三分後にまた復活したと報告することになった。それ以外のとき、ぼくはずっと偵察用の回線を使い、小隊とその近くにある聴音地点の世話は小隊軍曹にまかせておいた。

この三十七分間がすぎたとき、あらゆることがいっぺんに始まった。

偵察用回線で声が叫んだ。「〝ベーコン〟です！　アルバート2！」

ぼくはすぐに回線を切り替えて叫んだ。「大尉！　ブラック1地区、アルバート2で〝ベーコン〟です！」――まわりにいる各小隊との連絡用回線に切り替え――「緊急連絡！　ブラック1地区、アルバート2で〝ベーコン〟」――そのとたん、ドゥ・カンポが報告する声が聞こえた。「グリーン12地区、アドルフ3で〝ベーコン〟の音」

その情報をブラッキーに中継して、自分の偵察用回線に切り替えると、すぐに声が聞こえてきた――「バグが！　バグが！　助けて！」

「どこだ？」

返事はなかった。回線を切り替える。「軍曹！　バグの報告をしたのはだれだ？」

軍曹が怒鳴り返してきた。「やつらが町から出てきました――バンコク6付近」

「攻撃しろ！」ぼくはブラッキーに回線を切り替えた。「ブラック1地区、バンコク6にバグ出現――攻撃します！」

「おまえの命令は聞いていた」大尉は穏やかにこたえた。「イースター10はどうした？」

「イースター10は――」足下の地面が崩れ落ちて、ぼくはバグどもにのみこまれた。

自分の身になにが起きたのかわからなかった。怪我はなかった。それは木の枝の山に墜落するのとちょっとだけ似ていた。ただし、その木の枝は生きていてぼくをこづき続けていたし、スーツのジャイロはうめき声をあげながらぼくを直立させようと奮闘していた。落下したのは十から十五フィートで、日光が届かなくなるには充分な深さだった。

そのあと、生きている怪物たちがぼくを日光の中へ押し上げた――そこで訓練の成果が出た。ぼくは両足で着地し、そのあいだもしゃべり、戦っていた。「イースター10に突破口――いえ、イースター11です、ぼくがいまいる場所です。でかい穴で、やつらがあふれ出してきます。数百か、もっとたくさんいます」ぼくは両手に火炎放射器を持ち、バグどもを焼き払いながら報告を続けた。

「そこから脱出しろ、ジョニー！」

「了解！」――ぼくはジャンプをしようとした。

そして思いとどまった。ぎりぎりでジャンプを中止し、火炎放射もやめて、目をこらした――突然、自分が本来なら死んでいるはずだと気づいたのだ。「訂正」自分の見ているものが信じられなかった。「イースター11の突破口は陽動です。兵隊バグがいません」

「繰り返せ」

「ブラック1地区、イースター11。こちらの突破口にいるのは、いまのところすべて労働バグです。兵隊バグはいません。まわりはバグだらけで、いまも続々とあらわれてはいますが、武装しているやつは一匹もいませんし、すぐそばにいるやつはどれも典型的な労働バグの特徴をそなえています。攻撃を受けてはいません」ぼくは続けた。「大尉、これは単なる陽動作戦ではないでしょうか？　やつらのほんとうの突破口はどこかよそにあるのでは？」

「そうかもしれないな」大尉は認めた。「おまえの報告は師団まであがっているから、考えるのはそちらにまかせておけ。動き回って報告内容を確認しろ。そいつらがすべて労働バグだと決めつけるなよ――痛い目にあうことになるかもしれない」

「わかりました、大尉」ぼくは高く遠くへジャンプして、無害だけど気色悪い怪物どもの群れから抜け出そうとした。

ごつごつした平原は、どこもかしこも這い回る黒い影におおわれていた。ぼくはジェットを再噴射してジャンプの距離を伸ばしながら、呼びかけた。「ヒューズ！　報告しろ！」

「バグだらけです、ミスター・リコ！　おびただしい数です！　いま焼き払っているところです！」

「ヒューズ、そのバグどもをよく見てみろ。抵抗するやつが一匹でもいるか？　ぜんぶ労働バグじゃないのか？」

「あ――」ぼくは着地してまたジャンプした。ヒューズが話を続けた。「ほんとだ！　そのとおりです！　どうしてわかったんですか？」

「分隊と合流しろ、ヒューズ」ぼくは回線を切り替えた。「大尉、この付近では数千匹のバグどもが、数え切れないほどの穴から出現しています。攻撃は受けていません。繰り返します、攻撃はまったく受けていません。たとえ兵隊バグが混じっているとしても、武器は使用せず、労働バグをカムフラージュに使っているにちがいありません」

返事はなかった。

ぼくの左側のずっと遠くで、とてつもなく明るい閃光がひらめいたかと思うと、すぐにまた、右前方のさらに遠いあたりで、よく似た閃光がひらめいた。ぼくは反射的に時刻と方位を記憶した。「ブラックストーン大尉——応答願います！」ジャンプが頂点に達したところで、大尉のビーコンをとらえようとしたけど、そちらの地平線にはブラック2地区の低い丘がつらなっていた。

ぼくは回線を切り替えて呼びかけた。「軍曹！　そっちで大尉に中継できるか？」

その瞬間、小隊軍曹のビーコンがふっと消えた。

ぼくはスーツを限界まで鞭打ってそちらの方角へ急行した。ヘルメットの表示にはあまり注意を払っていなかった。小隊のことは軍曹にまかせていたし、ぼくのほうは、初めは地下の聴音で、ついいましがたは数百匹のバグの相手で忙しかったのだ。表示を見やすくするために、小隊軍曹のビーコン以外はすべて暗くしてあった。

ぼくは表示された概要図をじっくり見て、ブランビーとクーナ、それぞれの分隊長たちと副班長たちを確認した。「クーナ！　小隊軍曹はどこだ？」

「軍曹は穴を偵察しています」

「これからそっちへ合流すると伝えてくれ」返事を待たずに回線を切り替える。「ごろつき隊の第一小隊から第二小隊へ——応答せよ！」

「なんの用だ」コローシェン少尉が怒鳴り返してきた。

「大尉と連絡がつきません」

「だろうな、大尉は連絡不能だ」

「戦死したんですか？」

「ちがう。だが動力が切れた——だから連絡不能だ」

「なるほど。では、少尉が中隊の指揮官に？」

「ああ、そうだ、それがどうした？　救援でもいるのか？」

「あ……いえ。ちがいます」

「だったら黙ってろ」コローシェンは言った。「救援が必要になるまではな。こっちは手に負えない状況になってるんだ」

「了解です」ぼくは突然、自分だって手に負えない状況になっていることに気づいた。小隊のすぐそばまで来ていたので、コローシェンに連絡しながら、レーダーを近距離の全面表示に切り替えた——見ると、画像から第一班がひとりずつ消えようとしていた。ブランビーのビーコンが最初に消えかかっていた。

「クーナ！　第一班になにがあった？」

彼の声はこわばっていた。「小隊軍曹を追って地下へむかっています」

教科書の中にこの状況にあてはまるものがあるとしても、ぼくにはそれがどんなものかわからない。ブランビーは命令も受けずに行動したのか？　それとも、ぼくには聞こえなかった命令を受けたのか？　あいつはもうバグの巣穴へおりていて、こちらからは見ることも聞くこともできない――いまは規則のことを考えている場合か？　そんなことは明日になってからでいい。ぼくたちに明日があればの話だが――

「いいだろう」ぼくは言った。「いま戻った。報告しろ」最後のジャンプで仲間たちの中へ降りた。一匹のバグが右のほうに見えたので、着地するまえに片付けた。そいつは労働バグじゃなかった――動きながら発砲していた。

「うちの班は三名失いました」クーナが息を切らしながら言った。「ブランビーの班の損害はわかりません。バグどもは三箇所からいっせいに出てきました――そのときに犠牲者がでたんです。しかし、われわれはやつらをぶちのめし――」

もう一度ジャンプしたとたん、すさまじい衝撃波が横から叩きつけてきた。三分三十七秒――三十マイルくらいか。工兵部隊が〝コルク栓を詰め〟たのか？　「第一班、次の衝撃波にそなえろ！」ぼくは三、四匹のバグのほぼてっぺんにみっともなく着地した。そいつらは死んではいなかったけど、戦ってもいなかった。ただ体をひくつかせていた。ぼくはそいつらに手榴弾を進呈して、ふたたびジャンプした。「すぐに攻撃しろ！」ぼくは叫んだ。「やつらはふらふらだ。それと次の衝撃――」

話している途中で二度目の衝撃波がやってきた。まえのやつほど強烈ではなかった。「クーナ！　班の点呼をとるんだ。全員、はりきって掃討にかかれ」

　点呼は途切れ途切れで時間がかかった――身体状況の表示を見ても、あまりにも大勢が欠けていた。それでも、掃討は正確かつ迅速だった。ぼくも端のほうを歩き回って半ダースほどのバグを仕留めた――最後のやつは、焼かれる直前にいきなり動き出していた。どうして人間よりもバグのほうが衝撃で放心状態になるのだろう？　やつらにはスーツの装甲がないからか？　それとも、地下のどこかにいる頭脳バグが放心状態なのか？

　点呼によれば、十九名が健在、二名が死亡、二名が負傷、そして三名がスーツの故障で行動不能――故障した三機のうち二機は、ナヴァレが死者と負傷者のスーツから強引に動力ユニットをはずして修理を進めていた。三機目のスーツの故障は、通信・レーダー機器の部分で修理ができなかったので、ナヴァレはその搭乗者を負傷者たちの警護にあたらせた。救援が来るまでは、それがぼくたちにできる精一杯だった。

　そのあいだ、ぼくはクーナ軍曹とふたりで、バグどもが地下の巣から飛び出してきた三箇所を調べていた。地下の地図と照らし合わせてみたところ、案の定、やつらはトンネルの地表にいちばん近い部分から出口を掘り抜いていた。

　ひとつの穴はふさがっていた。そこには崩れた岩が山になっていた。二番目の穴にはバグの気配はなかった。ぼくはクーナに言って上等兵と二等兵をひとりずつ配置させ、単独のバグなら殺し、大量にあふれだしてくるようなら爆破しろと命じた。連邦軍総司令官が穴をふさいではならないと決定するのはけっこうだが、ぼくが直面しているのは現実であって、理論ではないのだ。

それから第三の穴を調べた。小隊軍曹も含めて、ぼくの小隊の半分をのみこんでしまった穴だ。

ここではバグの通路が地表まで二十フィートもないあたりを伸びていて、やつらはその屋根を五十フィート分ほど取り除いただけだった。岩がどこへ行ったのか、その作業をしていたときに例の〝ベーコンを焼く〟音がした原因はなんだったのか、ぼくにはわからなかった。岩の屋根は消え失せ、穴の両側は斜面になって溝がついていた。地図を見るとなにが起きたかがわかった。ほかのふたつの穴は細い支線のトンネルから伸びていたが、このトンネルはバグどもの主要な迷路の一部だった――つまり、ほかのふたつは陽動であり、本格的な攻撃はここからおこなわれたのだ。

バグどもは硬い岩を見通すことができるのだろうか？

第三の穴には、バグも人間もなにも見えなかった。クーナは第二班が姿を消した方向を指さした。小隊軍曹が穴の中に降りてからは七分四十秒、ブランビーがそのあとを追ってからは七分ちょっとたっていた。ぼくは暗闇の奥をのぞきこみ、ぐっと息をのみ込んだ。「クーナ、班の指揮をとれ」なるべく元気な声を出そうとした。「救援が必要なときは、コローシェン少尉を呼ぶんだ」

「命令はありますか？」

「ない。上からなにか言ってこないかぎりはな。ぼくはこれから穴へ降りて第二班を捜索する――だから、しばらくは連絡がつかないかもしれない」それから、ぼくはすぐに穴へ飛び降りた。度胸が消え失せてしまいそうだったからだ。

背後で声がした。「第一班！」

「第一分隊！」――「第二分隊！」――「第三分隊！」

「分隊ごとに！　おれに続け！」――そしてクーナも飛び降りてきた。

おかげで、それほど心細くはなくなった。

クーナに命じて、背後を守らせるためにふたりの兵士を穴の入口に残した――ひとりはトンネルの底に、ひとりは地面の高さに。ぼくは一行の先頭に立ち、第二班が消えたトンネルをできるだけ急いで進んだ――もっとも、トンネルの天井が頭のすぐ上にあったので、速いとはいえなかった。パワードスーツでも、足を上げずにスケートをするような格好で前進することはできるけど、簡単なことではないし、自然な動きともいえない。スーツがないほうが速く走れたはずだ。

すぐに暗視装置が必要になってきた。結果として、理論化されていたある事実が裏付けられた――バグは赤外線でものを見るということだ。真っ暗なトンネルは、暗視装置で見たら明るく照らされていた。ここまでのところ、特に目につくものは見当たらず、なめらかな岩の壁がつるりとした平らな床の上にアーチをかけているだけだった。

ぼくたちのいるトンネルと交差するトンネルに行き当たったので、その手前で足を止めた。地下で攻撃部隊をどのように配置すべきかについては、戦闘教義に記されている。でも、そんなものがなんの役に立つ？　ひとつだけたしかなのは、その教義を書いたやつは自分でそれを試していないということだ……なぜなら、王族作戦が実施される以前には、なにがうまくいってなにがうまくいかなかったかを教えてもらおうにも、だれひとり戻ってこなかったのだ。

ある教義では、こういう交差点があったら必ず監視を置くことになっていた。でも、すでにふたりの兵士を脱出口に残していた。一〇パーセントの兵力をそれぞれの交差点に残していったら、あっという間に自分が命を落とす一〇パーセントになってしまうだろう。

ぼくは全員をひとつにまとめておくことに決めた……ついでに、ひとりも捕虜にはさせないと決心した。バグどもの捕虜には。それくらいならあっさり戦死するほうがはるかにましだ。そう決めたとたん、胸の重荷が消えて、もはや心配事はなくなった。

そろそろと交差点をのぞき込み、左右へ視線を走らせた。バグはいない。そこで、下士官用の回線で呼びかけてみた――「ブランビー！」

結果は驚くべきものだった。スーツの無線を使っているときは、出力波から遮断されるので、自分の声はほとんど聞こえない。ところが、この地下に広がるなめらかな通路のネットワークの中では、全体がひとつの巨大な導波管となったように、出力波が自分のところへ返ってきた――

「**ブゥウラァアンビー！**」

耳がわんわんと鳴った。

そしてまた――「**ミスター・リィイコォォ！**」

「あまりでかい声を出すな」ぼくはなるべく静かな声を出そうとしながら言った。「どこにいる？」

ブランビーが、今度は耳を聾することのない声でこたえた。「わかりません。迷ったんです」

「まあ、落ち着け。ぼくたちが助けに行くから。それほど遠くはないはずだ。小隊軍曹はいっしょなのか？」

「いいえ。われわれは一度も――」

「待て」ぼくは個人用の回線に切り替えた。「軍曹――」

「聞こえています」軍曹の声は穏やかで、音量も抑えられていた。「ブランビーと自分は無線で連絡はとっているんですが、まだ合流できていないのです」

「きみはどこにいるんだ？」

軍曹はためらった。「あなたはブランビーの班と合流して――それから地上へ戻るべきだと思います」

「質問にこたえろ」

「ミスター・リコ、ここで一週間探し回っても自分を見つけることはできません……それに、自分は身動きがとれないのです。あなたは――」

「黙れ、軍曹！　負傷しているのか？」

「ちがいますが――」

「では、どうして動けない？　バグのせいか？」

「たいへんな数です。やつらは自分に手を出せません……しかし、こちらも出ていくことはできません。ですからあなたは――」

「軍曹、時間のむだだ！　きみはどこで曲がったか正確におぼえているはずだ。ぼくが地図を見ているから、説明するんだ。それと、DR追跡装置の数値を教えてくれ。これは命令だぞ。報告しろ」

軍曹は正確かつ簡潔に報告を始めた。ぼくはヘッドランプをつけて、暗視装置を跳ね上げ、地図の上でルートをたどった。「よし」ぼくは言った。「きみはこちらのほぼ真下で、二階層下にいる――どこで曲がるかもわかった。第二班を救出したらすぐにそっちへ行くからな。がんばれ」回線を切り替える。「ブランビー――」

「はい」

「最初にトンネルの交差点があったとき、右、左、まっすぐの、どれを選んだ？」

「まっすぐです」

「よし。クーナ、みんなを連れてこい。ブランビー、バグの問題はあるのか？」

「いまはありません。でも、そのせいで迷ったんです。たくさんのバグどもと戦いになって……終わったときには状況が一変していました」

ぼくは死傷者のことをたずねようとして、悪い知らせはあとまわしにしようと思い直した。

とにかく小隊の仲間を集めて、ここから脱出するのだ。バグの町なのにバグが一匹も見当たらないというのは、予想どおりバグと遭遇するよりもずっと不安になる状況だった。ブランビーの説明でさらに二箇所の交差点を通過し、とおらなかった通路には千鳥足爆弾を放り込んでおいた。〝千鳥足〟というのは、これまでにバグを相手に使ってきた神経ガスの派生物だ――殺すのではなく、その中を通過したバグが一種の痙攣状態になる。今回の作戦のためだけに装備していたのだが、そんなものが一トンあるより、ほんものの爆弾が数ポンドあるほうがうれしかった。それでも、ぼくたちの側面を守ってくれるかもしれなかった。

長く伸びたトンネルの中で、ブランビーとの交信が途絶えた。たぶん電波の反射がおかしくなったのだろう。次の交差点でまた復活したのだ。

ところが、ブランビーはその交差点でどちらへ進んだのかを説明できなかった。その場所で、あるいはその近くで、バグどもが彼らに襲いかかってきたからだ。

そしていま、バグどもはぼくたちにも襲いかかってきた。

やつらがどこからやってきたのかはわからない。一瞬まえには、なにもかも静まり返っていた。それから隊列の後方で「バグだ！　バグだ！」という叫び声があがり、ぼくが振り返ると――突然バグがそこらじゅうにあふれていた。あのなめらかな壁は、見た目ほどしっかりしていないんじゃないかと思う。やつらが急にぼくたちのまわりやあいだに出現した方法を説明するなら、それ以外考えられない。

火炎放射器は使えなかったし、爆弾も使えなかった。おたがいを攻撃してしまう可能性が高すぎたからだ。でも、バグどものほうは、捕虜さえとれるのであれば、仲間がどうなろうが気にならないようだった。それでも、ぼくたちには両手と両足があった――戦闘は一分と続かなかったと思う。突然、バグは一匹もいなくなり、その壊れたかけらけが床に散らばっていた……そして、四人のカプセル降下兵が倒れていた。

ひとりはブランビー軍曹で、死んでいた。あの大騒ぎのあいだに第二班が合流していたのだ。だ。彼らはそれほど遠くない場所にいて、迷路の中でさらに迷うのを避けるために身を寄せ合っていたとき、戦いの物音が聞こえてきた。無線ではぼくたちを見つけられなかったけれど、その音をたどることで合流を果たしていたのだ。

クーナとぼくは、犠牲者がまちがいなく死んでいるのを確認してから、ふたつの班を四分隊から成るひとつの班にまとめて、さらに下へ降りていった――そして、ぼくたちの小隊軍曹を包囲しているバグどもを発見した。

軍曹がどんな状況か警告してくれていたので、その戦闘はあっという間に終わった。彼は頭脳バグを捕獲し、そのふくれあがった肉体を盾にしていた。脱出することはできなかったものの、バグどものほうも、自分たちの頭脳を攻撃して（文字どおり）自殺をはからないかぎり、軍曹に襲いかかることはできなかった。

ぼくたちにはそんな不利な条件はなかった。だから背後からやつらに襲いかかった。

そのあと、ぼくが軍曹のとらえたおぞましい代物を見て、味方に犠牲者が出ていたにもかかわらず大喜びしていたとき、突然、〝ベーコンを焼く〟音が間近に迫ってきた。天井の大きな破片が頭上に落下してきて、ぼくに関するかぎり、王族作戦は終わりを告げた。

ベッドで目を覚ましたときには、自分が士官候補生学校に戻っていて、ずいぶん長くて込み入ったバグの悪夢を見ていたのだと思った。ところが、そこは士官候補生学校ではなかった。そこは輸送艦アルゴンヌ号の臨時の病室で、ぼくはほんとうに十二時間近く自分の小隊を指揮していたのだった。

でも、そのときのぼくは大勢いる患者のひとりで、救出されるまでに一時間以上もスーツを脱がされていたために、亜酸化窒素中毒と放射線被曝に苦しめられていた。おまけに肋骨は折れていたし、行動不能になる原因となった頭部の打撲もあった。

だいぶあとになって王族作戦の全貌をくわしく知ったけど、一部については永遠にわからないままだろう。たとえば、ブランビーはなぜ自分の班を連れて地下へ降りたのか。ブランビーは死に、ナイディも同時に命を落としたとはいえ、ぼくは単純に、ふたりがそれぞれに階級章を手に入れて、なにもかも計画どおりにはいかなかった惑星Pでのあの日にそれをつけていたことをうれしく思う。

結局、ぼくの小隊軍曹がバグの町へ降りていった理由は知ることができた。軍曹は、ぼくがブラックストーン大尉に、あの〝大きな突破口〟は実は陽動で、労働バグを送り出して殺させるために作られたのだと報告するのを聞いていた。自分のいた場所にほんものの兵隊バグが出現したとき、軍曹はひとつの結論に達した（それは正しい結論で、作戦参謀たちが同じ結論に達するより数分早かった）——つまり、バグどもは玉砕覚悟の突撃をしかけているのであり、そうでなければ、敵の砲火をそらすだけの目的で労働バグを無駄死にさせるはずがないと。

軍曹は、バグの町からの反撃に充分な兵力が投入されていないのを見て、敵の予備軍はそれほど多くないと結論づけた——そして、この貴重な瞬間であれば、単独行動によってのみ、バグの巣を急襲し、〝王族〟を発見して捕獲するチャンスがあると判断した。思い出してほしい——あの作戦の最大の目的はそこにあったのだ。ぼくたちには惑星Pをあっさり壊滅させるだけの兵力があったけど、本来の目的は王族階級をつかまえて、巣穴へ降りていく方法を知ることだった。だから軍曹は、その一瞬のチャンスをとらえ——両方の点について成功をおさめた。

この行為により、ごろつき隊の第一小隊は〝任務を達成〟した。小隊は何千何百とあるけど、そんなことを言える小隊はさほど多くない。女王はつかまらず（バグどもはまず女王たちを殺した）、つかまったのは六匹の頭脳バグだけだった。この六匹は捕虜と交換されることはなかったし、あまり長くは生きなかった。それでも、心理戦科の連中は生きた標本を手に入れたのだから、王族作戦は成功だったと思う。

ぼくの小隊軍曹は現場で任官された。ぼくにはそういう話はなかった（どのみち受け入れなかっただろう）——でも、彼が士官になったと聞いても驚きはなかった。ブラックストーン大尉から〝艦隊で最高の軍曹〟をつけてやると言われていたし、その意見の正しさを疑ったことは一度たりともなかったからだ。ぼくは以前にもあの小隊軍曹と会っていた。ごろつき隊のだれかがそのことを知っていたとは思わない――ぼくは言わなかったし、彼が言うはずもなかった。ブラッキー自身も知っていたかどうか。でも、ぼくはあの小隊軍曹を、新兵になったその日から知っていた。

彼の名前はズィムだ。

王族作戦におけるぼくの役割は、ぼくにとっては成功とは思えなかった。ぼくはアルゴンヌ号で、初めは患者として、ついで無所属の待機兵として、艦に余裕ができてほかの数十人の兵士といっしょにサンクチュアリに届けてもらえるまで一カ月以上をすごした。おかげで必要以上に考える時間ができた――そのほとんどは、死傷者のことや、ぼくが小隊長として地上ですごしたわずかな時間にやらかした、おおむね支離滅裂な仕事ぶりのことだった。少尉どのがやっていたように、すべてを巧みにあやつるなどということは、まったくできなかった。それどころか、負傷をまぬがれることすらできなかった。岩のかたまりの下敷きになってしまったのだ。

そして死傷者――いったい何人出たのだろう。ぼくにわかっていたのは、部隊を編成し直したとき、初めは六個分隊だったのが、わずか四個分隊になっていたことだけだ。ズィムが全員を地上へ連れ戻すまでに、ごろつき隊が救出されて撤退するまでに、さらにどれだけの死傷者が出たのかはわからなかった。

ブラックストーン大尉がまだ生きているのかどうかさえ知らなかったし（大尉は生きていた――それどころか、ぼくが地下へ降りていたあいだに指揮に戻っていた）、候補生が生きていてその試験官が死んだらどういう手続きになるのかは見当もつかなかった。ただ、ぼくの成績表では最下級軍曹へ逆戻りなのはまちがいない気がした。数学の教科書が別の艦にあることは重要とは思えなかった。

にもかかわらず、アルゴンヌ号ですごした最初の週にベッドから起きたとき、ぼくは一日ぶらぶらしてあれこれ考え込んだあと、下級士官のひとりから数冊の本を借りて、勉強に取りかかった。数学はむずかしいから、頭がそれでいっぱいになる――それに、どんな階級であろうと、できるだけ勉強しておいたところで害にはならない。重要なことはみんな数学の上に成り立っているのだ。

ようやく士官候補生学校に戻って、肩章を返却したとき、自分が軍曹ではなくて候補生に戻っていることを知った。たぶんブラッキーが、疑わしい点を好意的に解釈してくれたのだろう。

ルームメイトのエンジェルは、ぼくたちの部屋で机の上に足をのせていた――その足のまえに、ぼくの数学の教科書を入れた包みが置かれていた。彼は顔をあげて驚いたような顔をした。「よう、ジュアン！　てっきり戦死したと思っていたぞ！」

「ぼくが？　バグどもはぼくのことがあんまり好きじゃないんだよ。きみはいつ出発するんだ？」

「もう行ってきたんだよ」エンジェルは不満げに言った。「おまえが出かけた翌日に出発して、三度降下して、一週間で帰ってきた。おまえはなんでこんなに長くかかったんだ？」

「遠回りをしたからな。一カ月は乗客としてすごしていた」

「運のいいやつもいるんだな。降下はどうだった？」

「降下は一度もしなかった」

エンジェルはぼくをまじまじと見た。「ほんとに運のいいやつもいるんだなあ！」


エンジェルは正しかったのかもしれない。やがてぼくは卒業した。でも、彼自身もいくらか幸運をくれたのだ――辛抱強い個人教授というかたちで。ぼくの〝幸運〟はいつでも人だったと思う――エンジェル、ジェリー、少尉どの、カール、デュボア中佐、それとぼくの父、それにブラッキー……ブランビー……エース……そしてもちろんズィム軍曹。いまや名誉大尉のズィムは、中尉の正規階級をもっている。彼よりも階級が上だったというのは、ぼくにとっては〝正しい〟ことじゃなかった。

卒業の翌日、同級生だったベニー・モンテスとぼくは、艦隊着陸場でそれぞれの艦へ乗り込むときを待っていた。ぼくたちはまだ少尉になったばかりで、敬礼されるとむずむずしたので、ぼくはそれを隠すために、サンクチュアリをめぐる軌道上にいる艦艇のリストをながめていた――すごく長いリストで、なにかでかいことが始まろうとしているのは明らかだったけど、上の連中はまだぼくに伝えるのは適当ではないと考えていた。ぼくは興奮した。ぼくのたいせつな願いは、ふたつでひと組になっていた――かつての部隊に配属されることと、それを父がまだそこにいるあいだに実現すること。そしていま、なんであれ、このリストが意味するのは、ぼくがジェラール中尉のもとで実戦に参加しながら磨きをかけられようとしている、ということだった――なにか重要な降下が迫っているのだ。

いろいろ胸がいっぱいになりすぎて、それについて話すこともできなかったので、リストをじっくりながめてみた。いやあ、なんてたくさんの艦艇だろう！　型式ごとにならんでいるのは、そうでもしないと探し出せないからだ。ぼくは兵員輸送艦の名前を読み始めた――機動歩兵にとって意味があるのはそれだけだ。

マンネルハイム号があった！　カルメンと会うチャンスがあるかな？　たぶんないだろうけど、メッセージを送って確かめてみることはできる。

大型艦――新造のヴァレー・フォージ号、新造のイープル号、マラトン号、エル・アラメイン号、イオウ号、ガリポリ号、レイテ号、マルヌ号、トゥール号、ゲティスバーグ号、ヘースティングズ号、アラモ号、ワーテルロー号――いずれも、歩兵たちがその名を輝かせた地名ばかりだった。

小型艦には、有名な歩兵の名前がついていた――ホラティウス号、アルヴィン・ヨーク号、スワンプ・フォックス号、ああ、ロジャー・ヤング号もある、カーネル・ボウイ号、デヴェリュー号、ウェルキンゲトリクス号、サンディノ号、オーブリー・コセンズ号、カメハメハ号、オーディ・マーフィ号、クセノポン号、アギナルド号――

ぼくはつぶやいた。「マグサイサイという名前の艦もあるべきだな」

ベニーが言った。「なんだって？」

「ラモン・マグサイサイだよ」ぼくは説明した。「偉大な男、偉大な兵士だ――いま生きていたら心理戦科のトップにいるだろうな。きみは歴史を勉強したことがないのか？」

「まあな」ベニーは認めた。「おれが勉強したのは、シモン・ボリバルがピラミッドを建てて、無敵艦隊をやっつけて、初めて月旅行をしたことくらいだ」

「クレオパトラと結婚したのを忘れてるぞ」

「ああ、そうか。うん。まあ、どの国にもそれぞれの歴史があるんじゃないかな」

「それはまちがいない」ぼくが小声で言葉を継ぐと、ベニーがたずねた。「なんて言ったんだ？」

「すまない、ベニー。ぼくの国の言葉にある古いことわざだよ。翻訳すると、だいたいこんな感じかな――〝故郷とは心のあるところ〟」

「どういう言葉なんだ？」

「タガログ語。ぼくの母国語だよ」

「おまえの生まれ故郷では標準英語を話さないのか？」

「いや、もちろん話すよ。職場とか学校ではね。家にいるときに少し昔の言葉を使うだけだ。伝統だな。わかるだろ」

「ああ、わかるよ。うちのやつらも同じようにスペイン語でおしゃべりをする。でも、おまえはどこで――」スピーカーから〈ポーリュシカ・ポーレ〉が流れ出した。ベニーはにんまりと笑った。「艦とデートなんだ！　行儀良くしろよ、相棒！　また会おう」「バグどもに気をつけてな」ぼくは顔を戻して艦名を読み続けた。パル・マレーテル号、モントゴメリー号、シャカ号、ジェロニモ号――

そのとき、世界でいちばん甘美な旋律が流れ出した。「――**その名は輝く、その名は輝く、ロジャー・ヤング！**」

ぼくは装具袋をつかんで急いだ。〝故郷とは心のあるところ〟――ぼくはまさに故郷へ帰ろうとしていた。

14

わたしは弟の番人でしょうか？

——創世記・第四章九節

あなたがたはどう思うか？　ある人が羊を百匹持っていて、その一匹が迷い出たとすれば、九十九匹を山に残しておいて、迷い出た一匹を捜しに行かないだろうか？

——マタイによる福音書　第十八章十二節

人間は羊よりもはるかに大切なものだ。

——マタイによる福音書　第十二章十二節

慈悲深く慈愛あまねきアッラーの御名において……ひとりの人間の命を救った者は、あたかも全人類の命を救ったのと同等にみなされる。

――コーラン　第五章三十二節

年がすぎるたびに、ぼくたちは少しずつ勝利をおさめていった。バランス感覚を忘れてはいけない。

「時間です、少尉どの」ぼくが指導をしている士官候補生――または〝准尉〟――のベアポーが、ドアのすぐ外に立っていた。見た目も声もすごく若くて、頭皮を剝いでいた彼の祖先たちと同じくらい無害に見えた。

「わかった、ジミー」ぼくはすでにパワードスーツを着用していた。ふたりで艦尾の降下室へむかって歩きながら、ぼくは口をひらいた。「ひとつ言っておくぞ、ジミー。わたしのそばにくっついていて、じゃまはするな。派手にやって弾薬は使い切るんだ。万が一わたしが死んだときは、きみがボスになる――ただし、指示を出すのは小隊軍曹にまかせるほうが賢明だな」

「はい、少尉どの」

ぼくたちが降下室に入ると、小隊軍曹が気をつけと号令をかけて敬礼した。ぼくは敬礼を返して、「休め」と命じ、第一班の列を歩き始めた。ジミーは第二班を受け持った。

そのあと、ぼくは第二班の列も歩いて、全員の装備を隅々までチェックした。小隊軍曹はぼくよりもはるかに慎重だったので、なにも問題はなかった。いつでもそうなのだ。それでも、親父《オールド・マン》がすべてをしっかりと見るほうが、兵士たちの気分は良くなる――それに、これはぼくの仕事だ。

ぼくは中央へ進み出た。「さあみんな、またもやバグ狩りだ。知ってのとおり、今回はいつもと少しちがう。やつらがまだわれわれの仲間を捕虜にしているので、クレンダツウに新星爆弾を使うことはできない——だから、今回は降下をおこない、地上に立って、そこを確保し、やつらから奪い去る。撤収艇はわれわれを迎えにくることはない。弾薬と携帯食を届けてくれるだけだ。たとえ捕虜になることがあっても、胸を張って規則に従えばいい——きみたちの背後には全軍がついている、それどころか全地球連邦がついているのだ。われわれが必ず救出する。スワンプ・フォックス号とモントゴメリー号から降下した連中もそれを頼りにしているのだ。まだ生きている者は待っている、われわれがやってくるのを確信している。そしてわれわれはやってきた。さあ、仲間たちを助けにいこう。

われわれが味方に囲まれていることを、頭上には大勢の援軍が待機していることを忘れるな。われわれが気にかけなければならないのはたったひとつ、訓練でやったとおりにやるということだ。

最後にひとこと。出撃する直前に、ジェラール大尉から手紙を受け取った。新しい脚はとても具合がいいそうだ。それだけでなく、きみたちにこう伝えてくれとも書かれていた。大尉どのは常にきみたちのことを考えていると……きみたちがその名を輝かせることを期待していると！

それはわたしも同じだ。従軍牧師へ、五分だ」

自分が震え始めているのを感じた。もう一度「気をつけ」と号令をかけられるのはありがたかった。ぼくは続けて言った。「班ごとに……右舷および左舷……降下準備！」片側でカプセルに乗り込む兵士たちを検分しているあいだは大丈夫だった。反対側はジミーと小隊軍曹の受け持ちだった。そのあと、ぼくたちはジミーを中央発射管の第三カプセルに乗せて密封した。若者の顔が隠れたとたん、本格的な震えが始まった。

小隊軍曹が、スーツを着用したぼくの両肩に腕をまわしてきた。「訓練どおりにやればいいんだ、息子よ」

「わかってるよ、父さん」震えはたちまち止まった。「待っているあいだだけだから」

「そうだな。あと四分だ。そろそろわれわれも乗り込みますか、少尉どの？」

「ただちに、父さん」ぼくは小隊軍曹を素早く抱き締めてから、宙軍の乗組員にカプセルを密封してもらった。もう震えがくることはなかった。すぐに報告することができた。「ブリッジ！　リコ愚連隊……降下準備完了！」

「あと三十一秒だ、少尉」艦長の声がした。「幸運を祈る、諸君！　今回はやつらをやっつけよう！」

「了解です、艦長」

「よろしい。じゃあ、待っているあいだ音楽でもいかが？」彼女はスイッチを入れた――

「**永遠なる栄光に満ちた歩兵たちの胸に……**」

歴史的事実について

ロジャー・W・ヤング二等兵、第三七歩兵師団、第一四八歩兵連隊（オハイオ栃の木隊）。一九一八年四月二十八日、オハイオ州ティフィンにて誕生、一九四三年七月三十一日、南太平洋ソロモン諸島のニュー・ジョージア島にて、敵の機関銃座を単身で攻撃して破壊し、死亡。彼の小隊は、その銃座からの激しい射撃によって釘付けにされていた。ヤング二等兵は最初の一連射により負傷した。彼は機関銃座にむかって匍匐前進し、二度目の負傷をしたものの、小銃を撃ちながらさらに前進を続けた。機関銃座に接近したのち、手榴弾でそこを攻撃して破壊したが、その際に三度目の負傷をして戦死した。

ヤング二等兵の、圧倒的に不利な状況における大胆かつ勇敢な行動により、彼の戦友たちは犠牲者を出すことなく脱出した。死後、彼は名誉勲章を授与された。

『宇宙の戦士』のパワードスーツ

加藤直之

『宇宙の戦士』を最初に読んだのは高校生のとき。それも書店での立ち読みだった。ハヤカワ・SF・シリーズの中の一冊で、初刷りは一九六七年、僕が中学生の頃だ。僕はこの頃、武部本一郎さんの絵をふんだんに使った東京創元社のE・R・バローズ『火星シリーズ』と出会い、その後もイラストが豊富な本から順番にSFにのめり込み、小遣いのほとんどを新刊古本の区別なく文庫本につぎ込んでいた。イラストが表紙だけで値段も高かったハヤカワ・SF・シリーズにまで手を出す余裕はとてもない。しかし『宇宙の戦士』だけは立ち読みしただけでは我慢ができず、東京のデザイン学校でイラストを学んでいるとき、神田の書店で買ってしまったのだった。

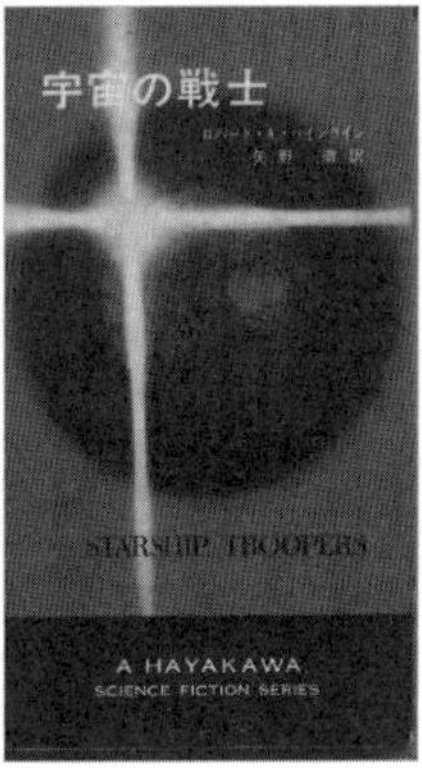

ハヤカワ・SF・シリーズ『宇宙の戦士』

カプセルに入って降下する機動歩兵の描写に感動した。

しかしシーンを頭の中に思い浮かべるためにはやはりパワードスーツがどんな姿をしているかを考えないわけにはいかず、仲間と作った同人誌にパワードスーツの上半身の絵を描いた。一九七四年頃のことだ。同じ仲間と会社を作り、今度は『SFマガジン』の特集ページでパワードスーツと降下カプセルの絵を描いた。そうやって絵のテクニックを磨きながら、同僚となった宮武一貴からメカの描き方も学びつつ、本来目指していた早川書房と東京創元社の装幀や挿絵を担当できるようになっていく。

だからある日、早川書房から『宇宙の戦士』が文庫で出ることを聞いたとき、慌てて絵を担当させて欲しいと売り込んだ。幸い仕事を受けることはできたのだが、なんと口絵や挿絵が入らないという。

そのちょっと前から早川書房はそれまで新書サイズのハヤカワ・SF・シリーズから出ていた名作シリーズを、口絵や挿絵が収録されない（つまり、スペースオペラではないのだろう）「青背」と呼ばれる（口絵挿絵入りは「白背」だった）形態で文庫への収録を始めていた。僕も何冊かカバー絵を担当していたから事情はわからないわけではないが、あのときの強烈な売り込みがなかったら『宇宙の戦士』もそのまま誰か他のイラストレーターが描いたカバーイラストだけの本になっていたかもしれない。

幸い『宇宙の戦士』だけは、急遽、口絵、挿絵付きで発売されることになった（一九七七年）。これ幸いと挿絵を挟む位置も自分で決めさせてもらった。それまで挿絵入りのハヤカワ文庫では、見開きイラストは一枚だけだったが、僕の希望で三枚になった。挿絵を入れる箇所を選びながら、僕はその後日本のアニメやコミックに大きな影響を及ぼすことになる判断をした。宮武にパワードスーツのデザインを頼むことにしたのだ。

そして、本文中の挿絵には、構造や機能を紹介するページを含め、なるべくパワードスーツが登場するようにページを割り振った。

こうして宮武と僕が生み出した『宇宙の戦士』のパワードスーツは、『スター・ウォーズ』がきっかけとなったSF映画のブームに乗る形で雑誌に紹介され、アニメや漫画に影響を与えていく。そして、文庫版『宇宙の戦士』を読んで育った若者が大人になり、玩具会社やプラモデル会社で商品化のラインナップを決める地位につき、『宇宙の戦士』がアクションフィギュアやプラモデルになった。僕はそのすべてで彩色や監修作業に当たったが、そのとき僕が常にこだわったのは「人が着る」という部分だ。

小説の『宇宙の戦士』には、形状がゴリラに似ていると書かれているだけで、宮武はこれをうまくデザインの中に取り入れてくれた。僕自身は、パワードスーツの魅力は外形や機能ではなく、カプセル降下を含め戦闘の描写だと考えている。戦闘時は互いに数キロの距離で行動する、その距離感が表現できなくてはなら

ハヤカワ文庫SF『宇宙の戦士』（1977）

ハヤカワ文庫SF『宇宙の戦士』新装版（1994）

ない。

なにより、人が着るというコンセプトがきちんと叶えられていないのなら、それは『宇宙の戦士』のパワードスーツとはいえない。ロボットなら内部に形状に合わせて最適化された骨組みを後付けの理由で考えればいいし、必然としてそれは二重関節だったりするのだが、人が着るパワードスーツではそういうわけにはいかないのである。

僕が描いたパワードスーツの装甲板は完全に人体を覆い尽くす。隙間があってはならないのだ。それがハインラインが考えた時代、金属の装甲板で覆われた『宇宙の戦士』の戦闘用パワードスーツである。その発想は西洋の甲冑が元になっている。のちにはプラモデルを実際に改造して、検証してもみた。

常に問題となるのが、腕の付け根と腿の付け根である。関節部分はお椀状の硬い装甲板を蛇腹状に入れ子式に並べている。左頁の写真は商品化されたプラモデルの蛇腹構造の関節部分を、さらに自分で改造したものだ。これが驚くほど精巧に動く。これなら実物を作ることも不可能ではないだろう。

しかしどうしても実現できずに終わったのが腿の付け根を覆う関節部である。人の両腕は胴体から左右へ真逆の方向へ突き出しているが、脚は真下に並行して突き出しているから、

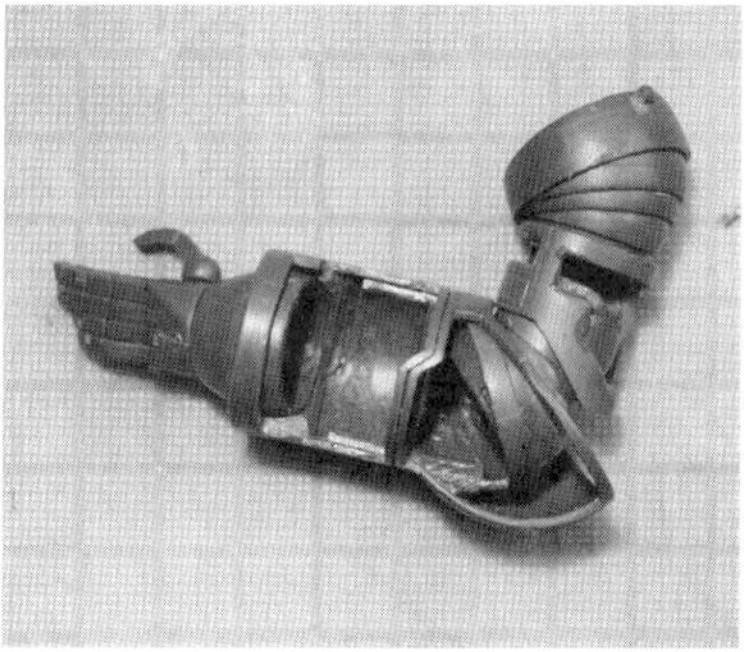

腿の付け根をそれぞれ蛇腹の装甲板で覆うと関節が互いに干渉する。肩なら腕を下方向に下ろさなければ（腕はいつも横に広げている状態になる）いいが、腿は常に極端なガニ股でいるわけにはいかないから、なかなか難しい。

二〇一二年、僕は本物の甲冑を身につけて動きまわる体験をした。関節の蛇腹構造がどういうものかをさらに理解する助けになったが、まだまだこの課題は解決していない。

現実や映画の中のパワードスーツはしばしばエクソスケルトン（外骨格）パワードスーツとしてイメージされ、現実にも兵器やロボットスーツとして発表されている。それは装着するモデルで、僕の考える「着る」スーツではない。

つまり、僕と宮武で考え出したパワードスーツを受け継ぐスーツは未だ存在しない。一つの例外を除いて。NASAが開発している火星用の宇宙服がそれである。なんとその関節にはモーターが組み込まれ（残念ながら蛇腹方式ではない）、マスター＝スレーブ方式で動く。まさにパワードスーツだ。

二〇一五年九月（新訳版のための新装画を描きながら）

本書は、一九六七年二月にハヤカワ・SF・シリーズ、
一九七七年三月にハヤカワ文庫SFより刊行された
『宇宙の戦士』の新訳版です。

ロバート・A・ハインライン

夏への扉〔新版〕
福島正実訳
ぼくの飼っている猫のピートは、冬になるときまって夏への扉を探しはじめる。永遠の名作

〈ヒューゴー賞受賞〉
宇宙の戦士〔新訳版〕
内田昌之訳
勝利か降伏か——地球の運命はひとえに機動歩兵の活躍にかかっていた！　巨匠の問題作

〈ヒューゴー賞受賞〉
月は無慈悲な夜の女王
矢野　徹訳
圧政に苦しむ月世界植民地は、地球政府に対し独立を宣言した！　著者渾身の傑作巨篇

人形つかい
福島正実訳
人間を思いのままに操る、恐るべき異星からの侵略者と戦う捜査官の活躍を描く冒険ＳＦ

輪廻の蛇
矢野　徹・他訳
究極のタイム・パラドックスをあつかった驚愕の表題作など六つの中短篇を収録した傑作集

SF名作選

泰平ヨンの航星日記〔改訳版〕
スタニスワフ・レム／深見弾・大野典宏訳

東欧SFの巨星が語る、宇宙を旅する泰平ヨンが出会う奇想天外珍無類の出来事の数々！

泰平ヨンの未来学会議〔改訳版〕
スタニスワフ・レム／深見弾・大野典宏訳

未来学会議に出席した泰平ヨンは、奇妙な未来世界に紛れ込む。異色のユートピアSF！

ソラリス
スタニスワフ・レム／沼野充義訳

意思を持つ海「ソラリス」とのコンタクトは可能か？　知の巨人が世界に問いかけた名作

地球の長い午後
ブライアン・W・オールディス／伊藤典夫訳

遠い未来、人類は支配者たる植物のかげで生きのびていた……。圧倒的想像力広がる名作

ノーストリリア
〈人類補完機構〉
コードウェイナー・スミス／浅倉久志訳

地球を買った惑星ノーストリリア出身の少年が出会う真実の愛と波瀾万丈の冒険を描く

訳者略歴　1961年生，神奈川大学卒，英米文学翻訳家　訳書『老人と宇宙（そら）』『アンドロイドの夢の羊』『レッドスーツ』スコルジー，『言語都市』ミエヴィル，『フラッシュフォワード』ソウヤー，『レッド・ライジング　火星の簒奪者』ブラウン（以上早川書房刊）他多数

HM=Hayakawa Mystery
SF=Science Fiction
JA=Japanese Author
NV=Novel
NF=Nonfiction
FT=Fantasy

宇宙《うちゅう》の戦士《せんし》

〔新訳版〕

〈SF2033〉

二〇一五年十月二十五日　発行
二〇二五年六月　十五日　八刷

（定価はカバーに表示してあります）

著者　ロバート・A・ハインライン
訳者　内《うち》田《だ》昌《まさ》之《ゆき》
発行者　早川浩
発行所　株式会社　早川書房
郵便番号　一〇一 - 〇〇四六
東京都千代田区神田多町二ノ二
電話　〇三 - 三二五二 - 三一一一
振替　〇〇一六〇 - 三 - 四七七九九
https://www.hayakawa-online.co.jp

乱丁・落丁本は小社制作部宛お送り下さい。
送料小社負担にてお取りかえいたします。

印刷・星野精版印刷株式会社　製本・株式会社フォーネット社
Printed and bound in Japan
ISBN978-4-15-012033-7 C0197

本書は活字が大きく読みやすい〈トールサイズ〉です。